판타지 유니버스 창작 사전 2

고대 중국과 중화풍 세계

일러두기: 현대 중국 지명 등의 경우 처음 등장할 때는 한국식과 중국식 한자음을 병기하고
이후에는 한국식으로만 표기했다. 이 책에서 새롭게 만든 가상의 명칭은 한국식으로만 표기했다.

판타지 유니버스 창작 사전 2

고대 중국과 중화풍 세계

지은이 에노모토 아키, 에노모토 구라게, 에노모토사무소
옮긴이 전홍식

요다

중국은 일본과 매우 친근한 국가 중 하나이며, 일본 문명을 구성하는 정수 중 중요한 부분의 창조자, 말하자면 뿌리라고 할 수 있다. 그 대표적인 것이 한자이고, 불교역시 중국(과 한반도)을 통해 일본에 들어왔다. 불교는 인도에서 발흥했지만, 일본불교는 중국의 영향을 많이 받았다. 일본 불교에서 중요한 존재인 승려 구카이와 사이초도 중국에서 유학했다. 하지만 일본 문화는 독자적인 것이다. 뿌리는 외부에 있지만, 그것을 잘 소화하고 섞어서 재구성하여 이른바 '재팬 오리지널'이라 부를 만한 독창적인 문화를 만들어냈다.

중국이라는 나라가 일본과 다양한 문화를 공유했지만, 그러면서도 대륙이라는이질적인 환경에서 만들어졌기에 일본과는 다른 역사와 문화를 가진 것은 분명하다. 그리고 그것은 과거부터 현재에 이르기까지 많은 일본인에게 관심과 동경의 대상이 되었다. 예를 들면『삼국지』,『수호전』,『서유기』등 중국에서 탄생한 이야기가일본의 이야기에 미친 영향은 헤아릴 수 없다. 엔터테인먼트 작품 역시 중국 이야기가 본보기이자 목표가 되었으며, 적어도 한 번쯤은 그러한 것들을 추구한 시기가 있었다는 사실은 부정할 수 없다.

물론 과거의 이야기만은 아니다. 지금도 중국이나 중국풍 세계를 그린 만화, 애니메이션, 소설은 셀 수 없다.『킹덤』등이 그 선두에 있으며,『삼국지(연의)』관련 작품도 부동의 인기를 자랑하고 있다.

좀 더 현실적으로 말하자면 중국 시장에 대한 기대의 영향도 있다. 지금도 계속 발전하는 중국에는 많은 '오타쿠'가 있고, 여전히 엔터테인먼트 작품에 대한 수요가높다. 따라서 중국에 판매하기 위해 중국과 관련된 내용을 포함하는 것은 당연한 영업 전략이라고 할 수 있다. 이쯤 되면 중국적인 요소와 주제, 엔터테인먼트의 재료가 될 만한 요소들을 공부하고 싶은데 쉽지 않다. 일본과 비교하면 생소한 부분도 있고, 정리해서 소개한 책도 별로 없기 때문이다.

그래서 이 책을 준비했다. 이 책은 고대 중국을 중심으로 하면서 청나라 시대, 즉 근세까지 되도록 충실하게 소개했다. 중국 자체 또는 중국적인 세계(중화풍 세계)를 무대로 이야기를 만들기 위한 첫걸음으로 매우 유용할 것이다. 앞에서부터 읽어도 좋고, 사전처럼 중간중간 골라서 봐도 좋다.

또한 이 책은 『판타지 유니버스 창작 사전 1: 이세계 판타지』, 『중세 유럽풍 세계 창작 사전』, 『신화와 전설 창작 사전』, 『고대 일본과 일본풍 세계 창작 사전』에 이은 다섯 번째 작품이며, 앞서 출간한 책들과 같은 형식을 띠고 있다(따라서 『중세 유럽 풍 세계 창작 사전』과 『신화와 전설 창작 사전』은 일부 내용이 중복된다). 즉, 단순히 중국의 역사와 사정을 소개하는 책이 아니라 '창작에 도움이 되려면 어떻게 해야 좋을지'에 중점을 두고 있다.

더불어 이 책의 시작 부분에 세 개의 세계 설정을 예시로 들었으니 창작에 도움이 되길 바란다.

에노모토 아키

한국어판 서문

한국 독자 여러분, 안녕하세요. 저는 저술가로 활동 중인 에노모토 아키라고 합니다. 이번에『판타지 유니버스 창작 사전』의 '이세계 판타지 편'과 '고대 중국과 중화풍 세계 편'이 한국어로 번역 출간되면서 여러분에게 인사를 드리게 되어 매우 기쁩니다. 저술업이라고 하면 매우 다양한 분야가 있는데요. 실제로 저는 다양한 일을 하고 있습니다. 소설이나 만화의 편집을 하는 것은 물론이고, 다른 필명으로 소설도 쓰고 있으며, 역사 분야의 작가로서도 활동하고 있습니다.

또한 교육 분야에서도 활동하고 있습니다. 소설 중에서도 라이트 노벨이라고 불리는 장르를 중심으로 소설을 쓰려면 어떤 지식과 기술이 필요한지, 다른 이의 평가를 받아서 전문 소설가가 되려면 무엇을 의식하면 좋을지에 관한 책을 쓰거나, 전문학교, 문화센터 등에서 사람들을 가르치고 있습니다. 일본에는 이러한 분야의 전문학교가 몇 개 있고, 저와 제가 소속된 에노모토사무소의 일원은 여러 학교에서 수업을 진행하고 있습니다. 수강생 중에는 외국에서 온 학생들도 상당히 많습니다.

실제로 소설가를 지망하는 학생들을 위해 강의를 진행하면서 과제나 연습을 시키는데요. 그들의 작품을 읽어보면 어떤 점이 부족하고, 어디에서 어려움을 느끼는지가 보입니다. 수업을 통해 학생들과 피드백을 주고받음으로써 우리 에노모토사무소에서 가르치는 소설 쓰는 법이 꽤 좋은 평가를 얻고 있다는 것도 알 수 있었습니다.

학생들이 고민하거나 어려워하는 지점은 다양한데요. 예를 들면, 좋은 스토리를 만들기 위해서는 무엇을 하면 좋은지, 매력적인 캐릭터의 포인트는 어디에 있는지, 작품 주제는 어떻게 해야 찾아낼 수 있을지 등입니다. 그중에서 학생들은 그다지 의식하지 못하지만, 여기에 주목하면 더 좋아질 것 같은 부분이 있습니다. 그것이 바로 세계관 설정이자, 나아가 그 바탕이 되는 지식입니다.

지식은 캐릭터 설정이나 스토리 창작 등 모든 부분에서 필요하지만, 세계 설정 만

6

들기에서는 특히나 중요합니다. 왜냐하면, 모순 없는 설정을 만들거나, 자신이 만들고 싶은 가상 세계에 적합한 모델을 찾을 때 이를 뒷받침하는 지식이 없다면 판별하기 어렵기 때문입니다.

『판타지 유니버스 창작 사전』의 '이세계 판타지 편'과 '고대 중국과 중화풍 세계 편'은 이러한 창작을 위한 지식의 필요성을 강하게 느끼고 집필한 책입니다. 물론 창작에 도움을 주려면 딱딱하고 어려운 책이 되어서는 안 되기 때문에 일러스트나 삽화를 충실하게 수록했습니다. 문장도 최대한 재미있게 읽을 수 있도록 구성했습니다.

아직 한국에 출간되지는 않았지만, 일본에는 중세 유럽에 초점을 맞춘 '중세 유럽 세계 편', 세계 각지의 신화나 전설을 소개하는 '신화와 전설 창작 편', 고대 일본에 주목한 '고대 일본과 일본풍 세계 편'이라는 시리즈도 나와 있습니다. 이것들 또한 한국어판이 출간된다면 매우 기쁘겠지요. 하지만 우선은 '이세계 판타지 편'과 '고대 중국과 중화풍 세계 편'을 많은 분이 읽어주셨으면 합니다.

특히 '고대 중국과 중화풍 세계 편'이 여러분의 흥미를 끌지 않을까 싶은데요. 이 책은 중국이라는 거대한 나라의 역사와 거기서 태어난 다양한 문화와 도구, 사람들의 생활 방식 등을 안내합니다. 물론, 단순히 중국을 소개하지만은 않습니다. 그렇다면 제가 쓸 필요가 없지요. 중요한 것은 역사와 문화를 창작하는 데 도움이 되는 부분입니다.

라이트 노벨을 비롯한 창작품에서는 종종 작가가 독자적으로 창작한 가상의 세계를 무대로 이야기가 펼쳐지곤 합니다. 그 세계는 중세 유럽 또는 고대 중국이 바탕이거나, 일본의 전국 시대를 방불케 하기도 합니다. 물론 한국에선 고대 한국이 배경이 될 수 있겠지요. 게다가 바탕이 되는 세계를 그대로 재현하지 않고, 나름대로 변형을 가하고 있습니다. 예를 들면, 마법이나 괴물 같은 환상적인 요소에 머무르지 않고, 글을 읽고 쓸 수 있는 사람이 많다고 설정하는 등 다른 시대나 지역의 특징을 섞기도 합니다.

작품을 창작할 때 자신이 원하는 주제나 전개를 위해 여러 요소를 섞어 독자적인 세계를 만드는 것은 당연한 일이며, 그러한 작업을 위한 소재를 제공하는 것이 창작 사전 시리즈의 목적입니다.

예를 들면, '고대 중국과 중화풍 세계 편'에서는 신화·전설적인 존재인 하 왕조부터 마지막 왕조인 청에 이르는 다양한 왕조를 소개하고 있습니다. 한민족에 의해 만들어진 왕조도 있고, 이민족이 세운 왕조도 있습니다. 오랫동안 안정과 번영을 누린 왕조도 있고, 단기간에 멸망한 왕조도 있습니다. 애초에 중국처럼 넓은 지역에선 확고한 왕권을 유지하기 어려운 만큼, 오랫동안 여러 나라가 계속 다툰 시대도 존재합니다.

그중에서 흥미로운 요소를 바탕으로 당신이 만들고 싶은 이야기에 적합한 왕조(혹은 제국이 서로 싸우는 상황)를 설정하고자 한다면 '고대 중국과 중화풍 세계 편'에서 소개하는 각 왕조나 시대 정보가 매우 도움이 될 것입니다.

그게 전부는 아닙니다. 환상적인 모험을 연출하고 싶다면 주인공과 동료들에게 특별한 전투 능력과 불가사의한 마법 능력을 부여하면 좋겠죠. 한편, 이들이 너무 강해서 위기에 빠지지 않는다면 그것은 그것대로 이야기가 고조되지 않기 때문에 무서운 괴물의 존재도 필요합니다. 그렇기 때문에 '고대 중국과 중화풍 세계 편'에서는 음양오행, 풍수, 선술, 기공과 같은 중화풍 세계와 관련된 신비한 힘의 요소나 강시, 귀신 등 중국의 신화와 전설에 등장하는 괴물들을 소개하고 있습니다.

창작을 하면서 뭔가 머릿속에서 확 떠오르는 게 없다면 표본을 찾는 것도 좋은 방법입니다. 이 책에서는 『삼국지』, 『수호전』, 『서유기』 등 오랫동안 사랑받아 온 창작물과 함께 그들이 어떤 사실과 사람들의 바람에 바탕을 두고 만들어졌는지도 소개합니다. 여러분만의 이야기와 세계를 만들 때 매우 도움이 될 것입니다.

더욱더 확실한 예제를 원하는 분도 계시겠지요. 창작물의 무대가 되는 세계 설정, 이야기에 도움이 될 법한 요소를 담은 세계 설정이란 무엇인지 알고 싶어 하는 것은 당연한 일입니다. 이에 창작 사전 시리즈에는 각 권마다 세 개의 예제 세계관이 수록되어 있습니다. 이 책에서는 안정된 통일 왕조가 있는 세계를 바탕으로 한 '용양제국', 군웅할거 하는 국가들이 등장하는 '군화칠국', 그리고 현대 세계를 배경으로 중화풍 판타지 요소가 가미된 '선도와 괴이'를 준비했습니다. 각각 방향성이 다르면서도 중화풍 세계의 흥미로운 점을 충실하게 정리한 예제입니다.

앞에서 소개한 것 외에도 중화풍 세계에서 살아가는 서민의 삶을 상상하는 데 도움이 될 만한 정보나, 중국을 배경으로 할 때 빼놓을 수 없는 주변 이민족 등 창작에 도움이 되는 정보를 충분히 수록했습니다. '고대 중국과 중화풍 세계 편'을 포함한 창작 사전 시리즈를 통하여 여러분의 작품이 더욱 충실해지기를 바랍니다.

에노모토 아키

차례

세계 창작 예시

중화풍 세계는 어떻게 만들면 좋을까.
어떤 요소를 담아내면 '중화풍'이라는 인상을 줄 수 있을까.
여기서 준비한 세 가지 예시는 모두 중화풍 소재를 충실하게 담아낸 것들이니 꼭 참고하자.

용양 제국

용양 제국龍陽帝國은 중앙 대륙에서 발전한 거대 제국이다. 대륙의 역사를 거슬러 올라가도 이 정도 영토와 인민을 지배한 나라는 유례가 없다. 제국의 역사는 건국으로부터 200년을 맞이했으며, 13번째 황제가 다스리고 있다. 시조 황제 이후 내분이나 외침 등 적지 않은 파란이 있었지만, 선대 황제인 12대 인룡계仁龍季 시대에 이르러 제국은 가장 부유한 시대를 맞이했고, 신민은 번영을 누렸다.

하지만 현명한 이들은 제국의 상황을 우려하며 언젠가 다가올 혼란에 대비하고 있다. 제국 내에는 쉽게 손댈 수 없는 수많은 문제가 있고, 외부에는 칼을 날카롭게 벼리는 적이 있다.

새롭게 즉위한 지 얼마 안 된 13대 황제 인룡황仁龍鳳이 다스리는 세상은 어떻게 될 것인가? 제국은 그 역사를 계속 이어나갈 수 있을까?

◆ 용양 제국의 건국 역사

제국은 대륙 중앙부를 중심으로 매우 광대한 영토를 가진 나라다. 북부는 황폐한 초원 지대를 접하고 있으며, 동부에서 남부에 걸쳐 넓은 바다가 펼쳐졌고, 서쪽으로는 거대한 산맥이 있다. 산맥 너머에는 새로운 육지가 이어져 있지만 그쪽은 다른 문화권이며, 제국의 지배력도 미치지 않는다. 북부의 초원, 동부의 제도諸島, 남쪽 해안, 서쪽 산악 등에는 여러 나라가 있으며, 이들 대부분은 중립국이거나 제국의 속국이다. 하지만 일단 적대적인 관계였던 나라도 많아서 그 관계를 간단하게 정리하기는 어렵다.

용양 제국은 고대 제국인 '원수猿樹'를 전복하고 세워진 나라다. 폭정으로 백성을 괴롭힌 원수 제국에 대해 반란을 일으킨 이들도 적지 않았지만, 이러한 시도는 모두 실패로 돌아갔다. 원수 제국의 황제는 악마의 가호를 받고 있었다고도 한다.

    이 폭정에 맞선 젊은 소년 인룡기仁龍麒가 후일의 시조 황제다. 그의 주변에서는 신비한 일들이 거듭하여 일어났기에 사람들은 신선의 가호를 입었다고 여겼으며, 그 명성은 원수 제국의 폭정을 두려워하는 사람들을 일어나게 했다. 이렇게 모인 군세가 원수 제국을 타도한 것이다. 최종 결전에서는 시조 황제가 던져서 날린 빛나는 칼이 원숭이 괴물로 변한 황제를 꿰뚫으면서 봉인했다고 전해진다.

이처럼 신비한 전설 중 어디까지가 진실이고, 어디까지가 과장인지는 알 수 없다. 하지만 적어도 용양 제국 백성들은 모두 이것을 믿고 있으며, 시조 황제를 신이라고 생각한다. 그 후예인 황제들도 모두 신이고, 그들의 통치로 영원히 번영하리라 여긴다.

◆ 제국은 왜 이렇게 되었는가?

하지만 용양 제국의 역사는 간단하지 않았다. 그것은 혼란과 투쟁의 역사였다. 시조 황제는 원수 제국을 타도한 후, 초로에도 미치지 못한 나이에 세상을 떠났다. 전설에 따르면 임무를 마치고 하늘로 떠났다고 하지만, 역사가들은 '건국기의 동란을 수습하는 데 분주한 나머지 과로로 수명이 단축된 것'이라고 추측한다. 이후 시조 황제의 후예들이 대대로 황제 자리를 이어받아 통치 기구를 정비해왔다. 국가 통치와 방어를 위해 각각 지방 관료와 군단을 배치하고 수도인 화성華城의 중앙 관료들이 통제하는 중앙 집권 체제다.

하지만 이런 체제는 나라가 세워지고 대략 50년 정도 지난 뒤 4대 황제 때에 이르러 수립되었다. 각지의 군벌과 부농이 좀처럼 황제를 따르지 않고 종종 분쟁을 일으켰기 때문에 황제와 군대는 그것을 수습하느라 분주했다. 이때 활약한 것이 개국 이래의 가신들(및 그 후예)이며 이들은 귀족으로 우대를 받았다.

그로부터 얼마간은 평화가 이어졌지만, 8대 황제 때 제국이 크게 흔들리는 사건이 벌어졌다. 후계자 다툼으로 인해 두 명의 황제가 탄생하면서 제국이 둘로 갈라져버린 것이다. 형 황제는 수도인 화성에, 동생 황제는 그로부터 서쪽에 위치한 원수 제국의 옛 수도에 정착했다. 이러한 연유로 이 시기를 형제 왕조 시대, 혹은 동서 왕조 시대라고 부른다.

10년 정도 계속된 이 시대는 동생 황제의 죽음으로 끝났다. 이후 외세의 침입과 반란이 이어지면서 제국의 영토는 이전보다 약간 줄어들었지만, 어떻게든 살아남았다. 이로부터 11대 황제까지 계속된 것이 '대원정 시대'다. 9, 10, 11대 황제들은 연이어 군대를 이끌고 주변국을 평정하고 다녔다.

물론 항상 전쟁 상황에 놓인 것은 아니었다. 수년에서 수십 년의 공백을 두면서 원정을 반복하기도 했는데, 전쟁을 통해 영토가 늘어났고 많은 이익을 얻었다. 수도에 모이는 제국 신민들도 노란 피부, 흰 피부, 검은 피부 등 다양한 인종이 있었고, 그들이 바치는 특산물이나 교역품의 산지도 동쪽부터 서쪽에 이르기까지 다양했다. 이러한 세계의 제국으로서 용양의 번영은 대원정 시대가 있었기 때문에 가능했다.

하지만 전쟁이 계속되면 나라가 피폐해진다. 12대 황제 인룡계는 원정을 멈추고 외교로 외국을 굴복시키는 노선으로 전향했다. 이런 거대 제국에 맞설 수 있는 나라가 주변에 없었기에, 용양은 수십 년간 태평을 누린다.

◆ 제국의 통치 체제

제국은 이미 소개한 대로 관료에 의한 중앙 집권제로 통치된다. 그들의 활동은 방대한 서류(종이는 발명됐다)로 기록된다. 적절한 도장이 찍힌 서류와 인장이 있다면, 그에 적합한 시설이나 물자, 인원을 움직일 수 있는 상당히 수준 높은 통치 기구라고 할 수 있다.

하지만 인간이 만든 거대한 조직이기 때문에 부패에서 벗어날 수 없다. 지방에서는 뇌물을 쥐어짜며 부정하게 편의를 도모하려는 지방 관리들이 속출하고, 중앙에서는 이권이 모이는 자리를 독점하려고 귀족들이 파벌 싸움을 벌이고 있다. 각 지방의 군단도 아직 독자적으로 움직이는 정도는 아니지만, 군벌

화될 징조가 적지 않게 나타난다.

감찰관이라 불리는 관료들이 각지를 돌며 부패 퇴치에 힘쓰지만, 제국이 너무 넓은 데다 부패 관료와 그들에게 빌붙은 이들이 교활해서 쉽지 않다. 대중의 눈길이 쏠리는 곳에 언 발에 오줌 누기 식으로만 할 뿐이다. 한편, 황제 직속의 특별 감찰관이 있다는 은밀한 소문이 돌기도 한다. 그들은 본래 죄인으로서 형벌을 받지 않는 대신 일하는 것이라고도 하고, 신선의 힘을 지닌 이들이라고도 하며, 황제가 직접 비밀리에 감찰하는 것이라고도 한다.

관료가 되려면 과거, 즉 시험에 통과해야 한다. 지방 관료라면 어렵지 않지만, 중앙 관료가 되려면 대륙 각지에서 모인 경쟁자와 대결할 필요가 있다. 경쟁률이 높고, 시험도 매우 어렵다. 여러 고전을 암기하는 기억력, 거기에서 새로운 아이디어를 만들어내는 응용력, 다른 사람을 협력하고 따르게 하는 의사소통 능력, 나아가 기예와 같은 취미 세계의 역량마저도 요구된다.

제국의 종교는 대륙에서 예로부터 내려온 다신교다. 우주의 상징인 주신을 중심으로 태양과 달과 별을 의인화한 신들과 선인을 숭배한다. 또한 이미 소개한 대로 시조 황제는 신격화되어 있으며 신 중에서도 가장 인기가 높다.

♦ 제국을 위협하는 자들

제국의 통치는 견고해 보이지만 문제도 많다. 부패 관료가 횡행하고, 개국 공신 혈통을 자랑하는 귀족들에게 괴롭힘을 당하거나 그들의 다툼에 휘말려 민중이 피해를 보기도 한다. 이에 사람들 사이에서는 작지만 확실하게 반란의 싹이 생겨나고 있다.

제국의 지배 체제를 뒤집으려고 칼을 가는 이들도 많다. 대표적인 예가 원수 제국의 잔당들이다. 원수 제국이 시조 황제에 의해 멸망한 후, 많은 이가 그

를 따르며 새로운 나라 세우기에 참여했지만, 사교邪敎를 믿는 자들은 음지에 숨어 시조 황제와 제국에 복수하는 길을 선택했다. 정쟁에 패한 귀족의 후예와 제국에 의해 멸망한 나라 후손 중에도 원한을 품고 복수 기회를 노리는 자들이 있다. 8대 황제 동생인 서쪽 황제의 후손이 어디선가 어둠의 제국을 세우고 있다는 소문도 전해진다.

하지만 가장 기괴한 소문에 따르면 시조 황제 본인이 베일에 싸인 복수자라고 한다. 2대 황제가 부친인 시조 황제(피가 섞이지 않은 양자라고도 함)를 해치고 그 자리에 앉았는데, 사실은 시조 황제가 살아남아 어딘가에서 상처를 치료하며 자신을 배신한 제국을 멸망시키려 한다는 것이다.

제국 외부에도 적은 많다. 대원정 시대에 공격을 받아서 원한을 품었거나, 제국이 언제 공격할지 몰라서 두려움에 떠는 주변국은 용양 제국의 빈틈을 노리고 있다. 무언가 일이 생기면 연합하여 단번에 침공해 올 것이다. 강력한 외적이 될 만한 두 세력이 있다. 하나는 북방의 초원 지역에서 무리를 이루고 있는 유목 민족이며, 다른 하나는 서방의 대산맥 너머로 세력을 넓히고 있는 거대 국가다. 유목 민족은 이들을 이끌 만한 강력한 지도자가 없어서 뭉치지 못하고, 거대 국가는 길이 좁아서 대대적으로 침략하기 어렵다. 하지만 이러한 문제가 해결된다면, 태평하게 잠든 용양 제국은 바로 위험에 빠질 것이다.

마지막 문제는 제국의 중추에 있다. 제국에 번영을 안겨주었던 룽계가 사망하고 즉위한 젊은 황제 룽황은 방탕한 인물로 유명해서 평판이 좋지 않다. 황제가 제국을 통치하지 못한다면 여기서 소개한 수많은 내우외환은 물론, 귀족과 관료 중에서도 더 큰 힘을 얻고자 책략을 꾸미는 이들이 생기게 될 것이다.

👐 창작의 힌트

용양 제국은 당이나 명을 바탕으로 만들어낸 가공의 중국풍 나라다. 제도와 문화는 그래도 괜찮지만, 역사를 그대로 흉내 내는 것은 재미없다. 그래서 중국 역사에 종종 등장하는 '반란군'이 성공한 사례로 구성해봤다. 실제로는 반란에 성공하는 일은 드물며, 많은 제국이 거듭된 동란에서 싸워 이긴 나라였거나 강력한 군벌의 힘으로 태어났지만, 창작 세계이므로 자유롭게 설정해도 좋다.

다만, 반란에 성공했다는 설정에 설득력을 더하기 위해 시조 황제를 초자연적인 힘을 지닌 사람으로 설정했다. 『삼국지』 『수호전』 등에도 신선 같은 힘을 가진 인물들이 등장하고, 신선이 주연급 인물들에게 축복을 주는 장면이 있는데 거기에서 착상한 것이다.

제국을 위협하는 많은 문제는 실제 역사 속에서 자주 일어난 사건을 채용했다(황제가 믿음직하지 못해서 나라가 흔들리는 상황은 흔한 전개다. 물론 사실은 그가 뛰어난 인물이라는 것도……). 하지만 그것만으로는 극적인 전개를 만들기 어려우므로 환상적인 요소를 도입했다. 특히 시조 황제에 관한 부분은 이 유형을 좋아하는 사람도 많지 않을까 싶은데, 과연 시조 황제에 대한 진실은 무엇인가. 되살아난 시조 황제가 나타나더라도 그의 말을 믿어도 되는 걸까?

군화칠국

세상 사람들이 말하는 '군화칠국群華七國'. 대륙의 패권을 장악하고 있던 꽃 제국이 멸망한 후, 그 잔당 또는 새로운 세력이 세운 일곱 개의 열강국이다. 위대한 제국이 꽃처럼 화려하게 사라진 지 수십 년, 여러 나라는 끊임없이 싸움을 거듭하고 있다. 잃어버린 것을 되찾거나 조금이라도 많은 결실을 얻기 위해, 혹은 아무도 모르는 진정한 소망을 이루기 위해서일까. 그 목적은 다양하며, 그것을 실현하는 방법 역시 전쟁뿐 아니라 외교, 음모, 저주 등 실로 다종다양하다. 그 결과, 전란은 대륙 전체를 두루 뒤덮었고 지금도 그칠 기미가 보이지 않는다.

천하의 지배자는 일곱 나라 중에서 나타날까? 아니면 새로운 영웅이 등장할까? 미래는 아직 알 수 없다.

◆ 동란이 벌어지기까지의 과정

본디 대륙에는 '꽃 제국'이라는 거대한 제국이 있었다. 화려한 꽃들을 상징으로 하는 이 나라는 100년 이상에 걸쳐 번영했으며, 광범위하게 그 세력을 넓혔다. 하지만 수십 년 전, 한 사건이 일어났다. 북방에서 들이닥친 기마 민족이 무서운 기세로 제국에 침입한 것이다. 그들은 요격에 나선 제국군을 차례로 물리치고, 마침내 제국의 수도에서 벌어진 결전에서 제국군 본대를 격파하여 황족을 모두 몰살했다.

하지만 진정한 이변은 그 후에 일어났다. 기마 민족이 갑자기 제국의 수도를 떠나 북쪽으로 돌아가버린 것이다. 그들의 본거지에서 예상치 못한 사태가 일어났다고도 하고, 그 군대가 괴이한 존재였다고도 하는데, 진실은 알 수 없다.

춘추 전국 시대의 칠웅처럼 천하 패권을 겨루는 나라들.

일곱 개의 나라 각각에 특징을 주어 극적으로!

일곱 개 나라가 각기 다른 상황이다.

주인공과 경쟁자, 여주인공을 어느 나라로 설정할까?

역사적 사실을 근거로 한 사실성보다는 창조적인 특징을 중시한다.

창작 이야기이기 때문에 재미있는 점이 있다.

확실한 것은 기마 민족이 떠난 후, 본래의 제국이 부활하지 않았다는 사실이다. 황제를 포함해 황족 대부분이 사망하고 후계자 다툼이 일어났지만, 누구나 인정할 만한 정통 후계자는 나타나지 않았다. 나아가 제국에 속했던 나라와 세력이 단숨에 독립했다는 점도 있어서 제국은 분열되고 말았다.

그 후 수십 년에 걸친 싸움을 통해 중소 세력이 멸망하거나 흡수되면서 일곱 개의 유력한 세력이 남게 되었다. 이들이 바로 군화칠국이다. 이들 대부분은 꽃 제국의 후예 세력이지만, 새로 나타난 나라들도 있다.

◆ 장미 나라

장미 나라는 대륙 중심부에 자리 잡은 군화칠국의 필두에 선 나라다. 꽃 제국이 붕괴했을 때, 그 당시 알려져 있던 황족 중에서 유일하게 살아남은 황제의 동생을 중심으로 만들어진 국가로서 구 제국의 군단과 유력 가신, 관료 시스템을 많이 물려받았다. 꽃 제국의 근간 대부분이 남아 있는 데다 지배 영토도 가장 넓은 만큼, 그 힘은 군화칠국 중에서도 독보적이다.

그렇지만 그들이 천하 통일을 이루지 못한 이유는 세 가지다. 첫째는 백합 나라에 빼앗긴 옛 수도를 되찾지 못하는 한, 꽃 제국의 후계자라고 자칭할 수 없다는 점. 또 하나는 너무 강한 탓에 다른 여섯 나라의 견제를 받는 점. 그리고 마지막 하나는 구 제국의 근간을 물려받으면서 부패마저도 계승하고 말았다는 점이다. 거대한 군단을 보유했지만, 이를 움직이는 데 여러 고민거리가 있는 만큼 난세에 살아남을 수 있을지 의문이다.

◆ 백합 나라

대륙 서부에서 중부에 걸쳐서 세력을 넓히고 있는 백합 나라에 대해 장미 나라 사람들은 '반역자의 나라'라고 말할 것이 분명하다. 하지만 백합 나라 사람들에게 묻는다면 자신들은 정당하다고 할 것이다.

구 제국 황제의 동생(장미 나라의 시조)이 황제로 즉위하려고 할 때, 그 존재가 알려지지 않았던 황족이 갑자기 나타나 자신의 정당성을 주장했다. 의심하는 이도 많았지만, 3대 전 황제의 후손이라고 주장하는 그가 권력의 상징인 옥새(도장)를 내보였기에 이전 제국의 가신단 중 상당수, 그중에서도 구 제국 수도의 지도층이 그를 따랐다. 옥새에 마법적인 힘이 담기진 않았지만, 황족들이 죽었을 당시에 잃어버렸던 옥새가 그의 곁으로 온, 그 운명을 믿은 것이다.

지금 백합 나라는 그의 자손이 다스리면서 지배 지역과 군사력을 포함해 장미 나라에 버금가는 힘을 지니고 있다. 구 제국 시대에는 드러나지 않았던 이들이 나라의 기반을 만들었다는 점에서도 젊고 활력 있는 국가라고 할 수 있다. 구 제국의 수도가 교통이 매우 편리하고 풍요로운 도시였다는 점도 나라를 더욱 강하게 했다. 장미 나라에 대항해 이길 가능성이 큰 나라는 백합 나라일 것이다.

하지만 약점도 있다. 첫 번째 왕이 진짜 황족이었을까? 그 상황에 거짓은 없는가? 건국 이래로 이와 관련한 소문이 끊이지 않는다. '북방 기마 민족 사이에서 그의 모습을 봤다'는 노골적인 소문도 돈다. 만약 그것이 사실이라면, 제국의 붕괴와 동란은 모두 한 남자의 야망에서 비롯된 것일까?

◆ 동백 나라

동백 나라는 대륙 남부의 국가 연합이다. 원래 이 지역은 분열되는 경향이 강해서 꽃 제국 탄생 이전부터 작은 토착 왕국들이 세력 다툼을 벌이고 있었다. 그들을 한데 모아 통일한 것이 꽃 제국이었던 셈이다. 제국 붕괴 후 그들은 어떻게 되었는가? 이전처럼 대립할 것으로 여겨졌지만, 그렇게 되지 않고 연합 국가를 만들었다.

제국의 오랜 지배를 받으며 서로 다투던 시절의 혈기가 약해졌다는 점도 있겠지만, 또 다른 이유로 장미 나라나 백합 나라의 지배를 피하려면 하나로 뭉칠 수밖에 없었다. 봉오리째로 떨어지는 동백꽃을 나라 이름으로 선택하면서 그 각오를 드러냈지만, 비웃는 사람도 있다. 결국, 하나로 뭉칠 수 없고 제각각인 집단이 아니냐는 것이다. 실제로 여러 왕이 참석하는 회의에서는 항상 대립하며 의견이 제대로 통일되지 못하는 일이 많아서 합일된 국가로서의 움직임은 둔하다.

◆ 해바라기 나라

해바라기 나라는 제국을 붕괴하게 만든 원인 중 하나인 북방 민족이 세운 나라다. 그들은 태양을 숭배하는 신앙을 가졌으며, 해바라기는 그 상징이다. 꽃 제국을 멸망시켰을 정도로 그들의 군사력은 막강하다. 하지만 그것은 일치단결했을 때의 일이며, 평소에는 몇 개 부족으로 나뉘어 서로 싸우고 있다. 일단 국가를 자칭하지만, 그 분열 상황은 동백 나라보다 더 심각하다.

또한, 제국을 멸망시킨 일도 그들의 분열에 큰 영향을 미쳤다. 기마 민족도 그 원정으로 큰 타격을 입었음에도 많은 것을 얻지 못하고 물러섰기 때문이다. 제국을 지배하는 일은 생각하지 않았더라도 적어도 더 많은 것을 빼앗아야 하지 않았을까? 도대체 제국을 공격한 이유가 무엇인가? 당시의 대족장이 결정한 일이라곤 하지만, 그것에 의문을 품은 사람이 적지 않다. 옛 싸움의 진실이 밝혀지거나 상당히 놀라운 일이 일어나지 않는 한, 해바라기 나라가 하나로 뭉치기는 어려울 듯하다.

◆ 연꽃 나라

연꽃 나라는 대륙 남부의 변경, 호수와 밀림 지대에 세워진 신흥 세력이다. 이 지역은 꽃 제국의 지배가 거의 미치지 못한 곳이었고, 당연히 전란에도 휩쓸리지 않았다. 하지만 약 10년 전에 한 사람이 나타나더니 밀림과 호수에 흩어져 살던 여러 부족을 규합해 나라를 만들면서 사정이 크게 바뀌었다. 한순간에 강대해진 이 세력에 주변 세력이 흡수되고 만 것이다.

연꽃 나라의 왕이 된 이 인물의 정체는 알려지지 않았다. 본래 중앙에 살던 인간이라고도 하며, 또는 완전히 다른 지역에서 온 사람이라고도 한다. 다만, 밀림에 사는 맹수와 독성을 띤 늪과 같은 지형, 각종 특산물을 잘 다룬다는

점에서 외부 인물이었다고 하더라도 상당히 밀림 사람들과 친숙했을 것으로 추측된다.

◆ **벚꽃 나라**

　벚꽃 나라는 대륙 동부에서 세력을 떨치는 나라다. 본거지는 동부의 섬 지역이지만, 요 몇 해 사이에 동부 연안으로 진출해 상당한 범위의 영지를 얻었으며, 대륙의 패권을 다투는 플레이어 중 하나로 등장하기에 이르렀다.

　원래는 신하로서 꽃 제국을 따르던 변방 국가 중 하나에 불과했지만, 대륙의 앞선 문화를 흡수해 순식간에 국가 체제를 정비하고 세력을 확대했다. 한편 독특한 문화, 가치관, 주술, 전법을 유지하고 있어서 대륙의 여러 나라에는 섬뜩한 존재다.

◆ 엉겅퀴 나라

엉겅퀴 나라는 대륙 중앙에서 동남부에 걸쳐서 큰 강이 몇 개나 지나는 지역에 세력을 가진 나라다. 이 지역에는 예로부터 상인(배를 집으로 삼아서 유통이나 해적 행위를 하며 살아온 사람)이 많았는데, 그들은 재산과 전투력, 정보력으로 나라도 움직인 존재다. 제국이 건재했던 시절에 제국과 관계가 깊었지만, 지금은 엉겅퀴 나라에 힘을 빌려주고 있다.

엉겅퀴 나라에서는 벚꽃 나라의 약진이 문제시되고 있다. 한면은 강, 또 한면은 바다이긴 하지만 주된 운송 수단이 수상 교통인 데다 지배 지역도 가까워서 두 나라의 이익은 완전히 충돌하고 있다. 이미 작은 분쟁이 계속 이어지는 만큼, 결전이 벌어질 날도 머지않았다고 여겨진다.

📖 창작의 힌트

중국(중화)적인 세계를 만든다면 당나라나 명나라처럼 우수한 관료 기구를 가진 안정된 국가와 송처럼 파란만장한 나라, 그리고 춘추 전국 시대나 삼국 시대 같은 혼란기가 재미있을 것이다. 안정된 시대는 '예시 1'에서 제시했으며, 파란만장한 시대는 이를 변형해서 구상하는 것이 편리하다. 그렇다면 '예시 2'는 동란의 시대가 적합하다고 생각해 구성해보았다.

일곱 나라가 경쟁한다는 점에서는 춘추 전국 시대에 가까울지도 모르지만, 여기에 나라마다 개성을 달리해서 분명하게 차별화하고자 한 만큼, 삼국 시대(더 정확하게 말하면 역사적 사실을 바탕으로 한 소설 『삼국지연의』)에 더 가까울지도 모른다.

역사적 사실을 연구하다 보면, 나라나 지역의 특색이나 특징에 집착하다가 끝나버릴 수 있다. 현실의 인간이 모인 나라나 집단은 매우 복잡한 존재이기에 그 특성을 한 마디로 정의할 수 없기 때문이다. 하지만 매력적인 이야기의 무대를 추구한다면 조금 지나칠 정도로 개성을 부여하는 편이 좋다. 이것은 세계관뿐만 아니라 등장인물 만들기에도 통하는 방법론이다.

선도와 괴이

발전한 과학 덕분에 인류가 폭발적으로 늘어나 지구라는 별 구석구석까지 사람의 영역이 된 이 시대. 사람들은 과학으로 설명하지 못하는 것은 없다고 믿었다. 하지만 그것은 인간의 오만이었다. 사람의 이치가 닿지 않는 곳에 사람의 정에 좌우되지 않는 세계가 있음을 그들은 모른다.

그것은 괴이怪異의 세계와 선도仙道의 세계다. 괴이는 인간을 먹고 정기를 축적하며, 선도는 수행을 통해 정기를 쌓는다. 이들은 모두 영원한 생명을 바란다. 괴이는 선도를 즐겨 먹는다. 그 몸에 가득 찬 정기를 원하기 때문이다. 선도는 괴이를 찾아서 물리친다. 괴이는 세계의 균형을 깨뜨리기 때문이다. 하지만 잊어서는 안 된다. 괴이는 사람을 해치는 존재이지만, 선도가 그 반대편에서 사람을 구하는 존재라고는 할 수 없다는 점을. 선도란, 선악을 넘어선 존재를 의미하기에…….

◆ 괴이가 위협하고, 선도가 무찌른다

이 세계는 언뜻 보면 우리가 사는 현대 사회와 거의 차이가 없다. 과학 기술은 지금이 절정이라는 듯이 진화하며, 인간은 가만히 앉아서 모든 정보에 접속할 수 있다. 굶주림으로 고통받는 사람도 예전과 비교하면 놀라울 정도로 줄어들었고, 수많은 병도 몰아냈다.

하지만 사람의 천적은 사라지지 않았다. 그것은 '괴이'라고 부르는데, 비뚤어진 인간 혹은 거대한 원숭이 형상이다. 또한 늑대라고도, 사자라고도 할 수 없는 짐승이다. 그들은 밤의 어둠이나 어두운 숲속에서, 때로는 대낮에 사람을 덮쳐서 잡아먹는다. 하지만 그 누구도 이를 인식하지 못한다. 존재할 리가 없다 보니 사람들은 알아챌 수 없으며, 단지 소문으로만 전해질 뿐이다. 바로 그런 괴물이다.

그렇다면, 사람들은 괴이에게 잡아먹힐 따름인가? 그렇지는 않다. 괴이와 싸우는 이들이 있다. 그것이 바로 '선도'다. 그들은 아시아의 전설 속에 등장하는 선인(신선)과 같은 존재다. 평소 그들은 산속이나 섬에 머문다. 그것도 평범한 산과 섬이 아니다. 자격이 없는 자는 결코 도달할 수 없는 다른 세계, 선경仙境의 산과 섬이다. 이러한 선경에서 선도들은 수행을 한다. 세계의 구조를 생각하고, 세계를 자유자재로 조종하는 술법을 배우거나 명상을 통해 세계와 한 몸이 되려고 한다. 무술 단련도 중요하다. 자기 몸을 완전하게 다루는 일은 세계를 이해하는 일과 같기 때문이다.

그렇다면 선도의 목표는 무엇인가? 바로 불로불사다. 죽고 싶지 않다거나, 젊음을 유지하고 싶어서가 아니다. 속세에서 벗어나고, 윤회에서 해방되며, 완전한 존재가 되기 위해 불로불사를 추구한다.

◆ 정기를 둘러싼 싸움

선도든 괴이든, 초자연적 존재인 그들은 '정기'와 깊이 관련되어 있다. 정기란, 인간이 지닌 생명 에너지다. 다른 동물도 가지고 있지만, 인간에게는 미치지 못한다. 그러나 때때로 여우 같은 동물은 지혜를 얻을 수 있는데, 이때 인간 수준의 정기를 얻게 된다. 따라서 정기는 지성이나 의지, 혹은 영혼과 관계가 있지 않을까 생각된다.

강한 정기를 지닌 사람은 속세의 상식, 소위 물리 법칙에 얽매이지 않고, 불로불사에 다가서게 된다. 괴이는 사람을 먹음으로써 이것을 얻지만, 선도는 그러지 않는다. 대신 수행을 통해서 자신이 지닌 정기를 늘리려고 한다.

선도는 체내에 선골仙骨(신선 뼈)이라는 특별한 뼈(또는 기관)를 가지고 있다. 여기에 정기를 축적할 수 있다고 한다. 태어날 때부터 선골을 지닌 사람만이 선도가 될 수 있다고 하지만, 어떤 수행이나 우연, 또는 약품을 통해 후천적으로 선골을 만들어낼 수 있다는 소문도 들린다.

선도가 사람을 먹지 않는 이유에 대해서는 다양한 의견이 있다. 동족을 잡아먹는 행위를 피하기 위함이라고 하지만, 윤리관이 희박한 선도도 사람을 먹지는 않는다. 일설에는 사람을 먹으면 선골에 이상이 생기고, 그러면 그들이 원하는 진정한 불로불사를 이룰 수 없기 때문이라고 한다.

◆ 선술이란?

선도들이 조종하는 힘을 '선술仙術'이라고 부른다. 부적을 사용하거나 주문을 외움으로써 초자연적인 현상을 일으키는 힘이다. 이와 관련된 지식이나 기술은 매우 다채롭고 풍부해서 선도마다 싸우는 방법이 전혀 다르다.

가장 알기 쉬운 것은 오행, 즉 나무, 불, 흙, 쇠, 물을 직접 만들어내어 상대와 맞부딪치거나 적의 공격을 막는 술법이다. 하지만 이것도 말처럼 간단하지 않고 상생이나 상극의 상성이 있다(자세한 내용은 '음양오행' 항목을 참조). 그렇기 때문에 머리를 써서 싸워야 한다. 적의 공격이 오행 중 어느 성질에 속하는지를 신속하게 파악하고, 자신과 주위의 속성을 자주 바꾸면서 대응할 필요가 있다. 따라서 오행의 기술에 능한 선도가 괴이와 싸울 때는 어지럽게 속성을 변화시키면서 상대의 전략을 읽고 정확하게 약점을 찔러야만 한다.

그 밖에도 도교의 선술이나 방술方術로서 전승되는 술법 대부분은 선도들도 다룰 수 있다. 그들의 활약이 바로 후세에 전설로 남은 것이다. 예를 들어 재앙을 몰아내는 주금술呪禁術, 상대를 저주하는 염매술厭魅術, 생물들을 서로 죽이게 하여 초자연적 현상을 일으키는 고독술蠱毒術 또는 무고술巫蠱術 같은 것이 그렇다. 하늘을 나는 비행술 정도는 선도라면 누구나 사용할 수 있다. 이것은 속세에서 멀어진 존재인 선도의 상징이라고 해도 좋다.

◆ 보패는 단순한 무기가 아니다

하지만 선도가 괴이와 싸울 때는 그 자리에서 발현하는 술법에 의존하지 않는 경우가 많다. 선술의 정수, 선도의 힘이 응축된 특별한 물건이야말로 선도가 자신의 목숨을 맡길 수 있는 동료다. 이를 '보패寶貝'라고 한다.

예를 들면, 불꽃을 일으키는 창, 바위를 가르는 검, 적을 결박하는 밧줄, 상대

의 머리를 때려 부수는 사발, 모습을 바꾼 괴이의 정체를 드러내는 거울 등이 있다. 사람을 미혹하는 안개, 사람이 올라탈 수 있을 정도로 거대하고 인간의 언어로 말할 수 있는 새나 늑대, 그리고 진법, 다시 말해 결계를 만들어서 그곳에 들어간 존재를 해치는 도구에 이르기까지 더욱 기묘한 것도 있다.

많은 선도는 자신을 상징하는 보패를 하나씩은 지닌다. 드물게 보패를 여러 개 지니는 선도도 있지만, 어디까지나 예외다. 반대로, 보패가 하나도 없는 선도도 없지는 않지만, 역시 희귀하다.

선도는 수행 과정에서 거의 대부분 보패를 만든다. 선계와 지상에서 특별한 소재를 모아서 만들기도 하지만, 괴이가 모은 정기가 재료가 되기도 한다. 또는 어떤 재료를 이용하지 않고도 무에서 유를 창조하듯이 만들어내는 자도 있다.

보패는 선도와 함께 성장한다. 소유자가 수행을 쌓음으로써 선골에 정기가 찰 때마다 보패가 뿜어내는 불꽃이 강해지거나, 칼날이 예리해진다. 이전에는 없었던 기능이 새롭게 생겨나는 경우도 드물지 않다.

◆ 각각의 조직체

선도는 느슨한 조직이다. 몇몇 선경仙境에는 대표자가 있으며, 전체를 총괄하는 회의도 있다. 스승과 제자, 수행 동료와의 관계는 강고하다. 하지만 기본적으로 간섭이 적은 개인주의이기에 유대가 강한 조직은 되기 어렵다.

한편, 괴이는 더욱 개인주의적인 성향이 강하다. 무리를 지어 행동하는 일은 많지 않다. 그들은 정기를 얻기 위해 서로 잡아먹는 일도 서슴지 않기 때문이다. 하지만 매우 강력한 괴이가 다른 괴이를 거느리고 군단을 구성하는 일도 간혹 있다.

그런데 최근에는 이러한 상황이 바뀌기 시작했다. 괴이 중에서 왕이 나타나 이제까지는 생각하지 못했던 거대한 조직이 만들어지려 한다. 그리고 이에 대응해야 하는 선도도 조직을 구성하려는 분위기가 높아지고 있다. 어느 쪽이건 본래의 성격에서 벗어난 이야기이기 때문에 갑자기 어떻게 되진 않겠지만, 수천 년간 변하지 않았던 그들의 역사에서 새로운 움직임이 나타나고 있는 것은 틀림없다.

◆ 왜 싸우는가?

선도가 괴이를 퇴치하게 된 동기는 크게 두 가지다. 하나는 선도 조직 전체가 추구하는 공공의 동기다. 괴이는 존재 그 자체만으로도 세계를 어지럽히는 만큼, 그 수를 줄이는 것이 선도에게는 매우 중요한 대의다. 개인주의인 선도로서는 거의 유일한 공동 정책이라고 해도 좋다.

다른 하나는 괴이를 퇴치하는 것이 선도에게 매우 좋은 수행 방법이라는 점이다. 10년간 폭포를 맞고, 100년간 좌선을 한 채 명상하는 것도 중요하지만, 괴이를 물리치는 일은 그 이상의 가치가 있다고 한다. 괴이 퇴치는 개인적인 목적에도 부합하는 일이다.

다만, 불로불사 이외의 것에 얽매여 힘을 사용하는 것은 선도로서 적절하지 않다고 여겨진다. 인간 세상의 관계와 같은 선도에 어울리지 않는 일에 대한 집착은 선골의 순수성을 훼손하며, 불로불사라는 목적에서 멀어지게 한다.

선도로서 수행을 시작하면 세속을 떠나 선경에 살면서 집착을 끊으려고 노력하지만, 괴이를 퇴치하려면 인간 세상으로 돌아가야 한다. 또는 괴이가 특히 많은 지역에 선도가 정착하여 감시하기도 한다. 그렇게 되면 당연히 속세의 사람들과 접할 기회나 옛날에 함께 지낸 사람들을 회상할 기회도 늘어나고, 이것이 젊고 아직 미련을 버리지 못한 선도들을 괴롭힌다. 이처럼 인간 세상의 인과因果를 끊지 못한 결과, 선골이 손상되고 파괴되어 인간으로 돌아가버리는 이도 있지만, 괴이가 된 자도 있다.

또한, 소문에 따르면 선도의 성질을 지니면서도 세계가 어지러워지길 바라는, 이른바 '요선妖仙'(요사한 선인)이라고 할 만한 새로운 존재로 변화하는 선도도 있다고 한다. 하지만 그들이 무엇을 하려는지는, 적어도 지금 시점에서는 알 수 없다.

이 예시는 원래 선한 선도(선인)가 사악한 괴이와 싸우는 권선징악의 영웅 이야기로서 생각했다. 선도가 선행을 하고 덕을 쌓음으로써 불로불사를 추구한다는 전투물로 설정한 것이다. 이 편이 이야기를 연출하기에도 편했다. 하지만 '선도가 그렇게 단순한 것일까?'라는 의문이 머릿속에 떠올랐다. 음양의 표식인 태극에는 흰색과 검은색이 있는데, 흰색 중심에는 검은색, 반대로 검은색 중심에는 흰색이 있어서 '극점에 이르면 돌아간다物極則反(물극즉반)'는 것을 나타낸다. 이것은 단순한 권선징악적인 가치관과는 모순되는 개념이다.

신선 이야기 중에는 '색욕에 빠져서 힘을 잃고 말았다'는 이야기도 적지 않다. 그렇다면 욕망에 대한 집착이 선도의 적이라는 설정도 재미있지 않을까? 선악 중 하나의 성질을 띠는 것이 아니라, 현세의 다양한 일에 집착하지 않고 단지 자신의 수행과 세계에 대해서만 생각하는 어린애 같은 존재가 선도가 아닐까 하고 생각해봤다.

칼럼
중국다움

  갑작스러운 얘기지만, 당신은 과연 어떤 부분에서 '중국답다'고 느낄까? 예전의 만화나 애니메이션에서 등장인물 중 중국인은 대부분 말할 때 '~아루요'(한국에선 '~해'와 같다 - 옮긴이 주)라는 어미를 사용하며, 흔히 차이나 드레스라고 부르는 치파오를 입고 있다. 다카하시 루미코의『란마 1/2』에 등장하는 샴푸라든지, 소라치 히데아키의『은혼』에 나오는 카구라 같은 이들이 대표적이다.

  그 밖에 청나라의 변발이라는 특징적인 머리 모양(머리 대부분을 깎고 남은 머리카락을 마치 꼬리처럼 늘어뜨리는 모양)을 하기도 한다. 이건 유데타마고의 작품『근육맨』에 나오는 라면맨이 대표적이다.

  이러한 요소야말로 중국다운 모습이라고 느끼는 사람이 적지 않을 것이다. 하지만 현대 중국인 중에서 이 같은 특징을 가진 사람은 거의 없다(차이나 드레스를 입는 사람은 있겠지만, 일상적으로 입는 사람은 별로 없다).

  '~아루'라는 어미는 에도 시대 말기부터 메이지 시대에 걸쳐서 일본인들이 외국인과 만나게 된 시기에 시작되었다. '입니다(데스です)', '(생물이) 있습니다(이마스います)', '(사물이) 있습니다(아리마스あります)'와 같은 일본어의 복잡한 표현을 구분하기 어려웠던 외국인들이 이를 뭉뚱그려서 '있습니다(아리마스あります)'라고 표현한 것이다. 이것이 쇼와 초기에 일본인이 진출한 중국에서도 사용되어 '아루'로 변화했고, 중국인이 사용한다는 이미지가 정착했지만, 중국인 특유의 습관이라고는 할 수 없다(한국의 '~해' 말투도, 한국어에 익숙하지 않은 화교의 언어 습관에서 나왔다고 하지만, 사실은 코미디 프로그램에서 유행시켰으며 비하하는 듯한 느낌이 있다-옮긴이 주).

  또한, 변발과 차이나 드레스(그중에서도 허벅지 부분에 옆트임이 들어간 치파오)는 본래 여진족의 풍습으로서 청나라에 퍼졌으며, 한족의 것은 아니다. 따라서 고대 중국에 그런 모습을 한 인물을 등장시키면 상당히 이상해진다.

  현대 중국인들은 그와는 모습도 말투도 다르다(서양 문화를 누리고 있다는 점에서 우리와 비슷하다). 하지만 그 나름의 특징이나 경향을 찾을 수도 있다. 예를 들어, 일본어의 장음이나 작은 '쓰ㄱ'(한국의 시옷 받침처럼 사용한다-옮긴이 주) 등을 잘 구분

하지 못해서 '알고 있어(싯테루요知ってるよ)'가 '시테루요シテルヨ'가 된다. 잘 관찰해보면 분위기를 내는 데 유리할 것이다(한국어로 보자면 외국인들이 '이/가', '을/를', '은/는' 같은 조사를 쉽게 구분하지 못한다는 점도 있지만, 중국어 사용자의 경우에는 'ㅕ'(여)나 'ㅓ'(어), 'ㅡ'(으) 등을 잘 발음하지 못하고, 자음인 'ㄱ, ㄷ, ㅂ, ㅈ' 등을 'ㅋ, ㅌ, ㅍ, ㅊ'로 발음하는 경향이 눈에 띈다. 이는 중국어에 이러한 발음이 없거나 차이가 없기 때문으로, 딱히 언어가 우수하고 아니고의 문제는 아니다. 실례로, 한국어 사용자도 외국어를 발음할 때 J/Z, L/R 등을 구분하기 어려워한다. 이런 특징을 이용해 '~해'처럼 '중국 느낌'을 살릴 수도 있겠지만, 남발하면 비하나 차별하는 것처럼 보일 수 있다는 점에 주의하자 - 옮긴이 주).

1장

중화풍 세계의
바탕을 탐구한다

바탕이 확실하지 않으면 재미를 느끼기 어렵다.
이 장에서는 중화풍 세계의 바탕이 되는 중국 역사와 기본적인 사고방식에 영향을 준
정치, 사회, 종교, 가치관에 대해서 간결하게 정리하여 소개한다.
세계를 이해하기 위해서는 우선 여기부터 읽어보길 권한다.

중국의
역사

◆ 유구한 중국사

중화풍 세계를 만들고자 한다면 중국 문화의 바탕이 되는 중국 역사를 어느 정도 알아두는 편이 좋다. 바탕이 되는 소재나 예시를 찾아내고자 할 경우에 '전란의 시대에 어울리는 요소는 무엇일까', '다른 민족의 분위기를 도입하고 싶다'는 식으로 방향을 잡을 때 도움이 된다.

여기서는 흔히 4,000년 역사라고 하는 중국사를 간단하게 소개하고자 한다. 중국의 패권을 다툰 왕조와 여러 왕국, 그중에서도 특히 이름을 남긴 역사적 인물에 관해 정리해보았다. 대략적인 특징과 내용을 다루고 있으니 흥미를 느낀 부분에 대한 좀 더 구체적인 내용이나 이야기는 각각 관련 항목과 중국 역사와 인물, 국가를 소개하는 전문서를 찾아보길 바란다.

반복해서 말하지만, 중국 4,000년 역사에는 극적인 이야기와 매력적인 인물이 무수히 많아서 한 권의 책으로는 도저히 소개할 수 없다. 부디 이 항목을 통해 또는 다른 곳에서 흥미를 느끼게 된 인물이나 국가, 사건이 있으면 따로 조

중국 지도

광대한 지역에 여러 나라가 세워졌으며,
중국이라고 부를 만한 영역도 변화했다.

북경
(北京, 베이징)

낙양
(洛陽, 뤄양)

장안
(長安, 창안)

개봉
(開封, 카이펑)

남경
(南京, 난징)

사해보길 바란다. 단순히 읽고 재미를 느끼든, 아니면 창작 소재로 삼든 매우
가치 있는 경험이 될 것이다.

◆ 전설의 존재, 하나라

중국 역사상 확인된 것 중에서 가장 오래된 나라의 이름은 '은殷'(상商)이라
고 한다. '확인되었다'는 점이 중요하며, 최근 연구에 의하면 은나라 이전에도
다른 왕조가 존재했을 것이라고 한다. 그것이 바로 하夏나라다.

고대 중국의 역사서 『사기』에는 은나라에 의해 멸망된 왕조로서 하나라의
이름이 적혀 있다. 하지만 하나라가 존재했다는 증거는 확인되지 않았고, 오랫
동안 전설로만 생각되었다. 현재도 하나라의 존재가 확인되었다고 말하기는

어렵다. 그러나 은나라 유적의 발굴과 조사가 진행되면서 그 이전 시대에 대한 고찰도 깊어졌다. 그로 인해 하나라는 전설이 아니라 실재했다고 여겨지게 되었지만, 그 모습은 아직도 베일에 싸여 있다. 예를 들어, 하나라에 문자가 있었는지도 확실하지 않다.

덧붙여서 '하'라는 이름은 후세에 붙여진 것이다. 하나라 이후에 권력을 잡았다는 은나라도 그렇지만, 이처럼 당시의 명칭과 이후 시대에 불리는 명칭은 달라질 수 있다. 이름도 실체도 자세한 내용도 모호한 환상의 왕조는 왜 사라졌을까? 그리고 그 후예는 어떻게 되었을까? 이야기의 재료로서 그야말로 흥분할 만한 요소가 아닐까?

◆ 은나라(상나라)

은나라는 기원전 1600년경에 세워졌다. '은'이라는 이름은 그곳을 멸망시킨 주나라에서 부른 것으로, 본래는 '상'이라고 불렀다. 현재 중국에서는 이를 채용하는 경우가 많지만, 이 책에서는 일반적으로 두루 쓰이는 '은'으로 통일한다. '은'으로 불린 이유는 은나라 제19대 왕이 천도하여 멸망할 때까지 수도였던 곳이 '은'으로 불렸기 때문이다.

은나라도 『사기』에 이름이 등장하지만, 이전에는 하나라와 마찬가지로 전설로만 생각되었다. 하지만 19세기에 은나라 유적에서 갑골문이 발견되면서 은나라가 실재했다고 여겨지게 되었다. 은나라는 점복을 바탕으로 국가를 운영했다고 한다. 신의 뜻을 물어봄으로써 올바른 통치를 하고자 했다. 이 점의 결과를 새긴 것이 갑골문이다. 갑골문은 한자의 원형이기도 한데, 자세한 내용은 2장의 '한자와 갑골점과 하늘'에서 기술한다.

은나라는 30대 왕 제신 때 멸망했다. 제신은 '주왕'이라는 이름으로 알려졌으며 폭군이었다고 한다(주왕과 전설적인 하나라의 마지막 왕 걸桀 때문에 '걸주桀紂 같은 폭군'이란 표현이 탄생했다. 성군은 '요순우탕堯舜禹湯 같다'라고 한다 – 옮긴이 주). 그때까지는 보병이 전쟁의 중심이었지만, 전차를 도입함으로써 은나라는 강력한 군사력을 얻게 되었다.

그렇게 해서 세력을 확대해나갔지만, 이후 한족의 조상이라고 할 수 있는 주족周族이 등장한다. 기원전 1046년 목야 전투에서 은나라는 주나라에 의해 멸망했으며, 싸움에서 패배한 제신은 불길에 몸을 던져 자결했다.

◆ 주나라

주周나라는 은나라 왕조 말기인 기원전 1100년경에 세워졌으며, 진秦나라에 의해 멸망한 기원전 255년까지 약 845년간 존속했다고 한다. 주나라 시대는 크게 둘로 구분된다. 주나라가 세워져서 호경鎬京(현재의 서안西安[시안])에 도읍을 두고 기원전 770년에 낙읍洛邑(현재의 낙양洛陽[뤄양])으로 천도할 때까지 약 330년간을 서주 시대, 그로부터 진나라에 의해 멸망할 때까지 515년간을 동주 시대라고 부른다.

은나라 시대에는 힘이 약했던 주 민족은 기후가 온난하고 비옥한 땅이었던 주원周原에서 농경 생활을 하면서 주변 부족과 연계하여 전력을 강화해갔다. 이것이 목야 전투에서의 승리로 연결되었다.

주나라는 은나라의 정치 체제를 모방했지만, 이전 왕조보다도 강력한 나라의 기반을 조성했다. 은나라가 점에 의존해 정치를 했다면, 서주는 천명을 받은 군주가 '덕', 즉 인간적인 올바름을 내세워 민중을 제대로 이끄는 방법을 구현함으로써 통치했다.

주나라는 왕족과 신하를 각지에 파견하여 제후로 삼았고, 그 아래에는 경卿, 대부大夫와 같은 계급을 두었다. 통치를 담당한 그들의 신분은 세습되었다. 제후는 대부분 왕실과 동성의 귀족이었으며, 나아가 다른 성을 가진 제후들과도 혼인 관계를 맺었다. 여기서 중국의 봉건 제도가 시작되었다.

주나라 시대에는 청동기 제련 기술 수준이 높아졌다. 도시에는 대규모 청동기 공방이 있어서 많은 청동기가 만들어졌고, 중국 각지로 보내졌다. 이 시대를 알 수 있는 사료로서 청동기에 새겨진 '금문'이 중요한 역할을 한다. 금문은 청동기에 주조되었거나 새겨진 문자를 말한다. 청동기에 문자를 주조해서 넣거나, 새기는 것은 고급 기술이었다. 주나라는 이 기술을 독점하고 문자가 들어간 청동기를 제후에게 하사하여 선조를 모시는 일에 사용하게 했다. 주나라가 덕을 통해서 나라를 다스렸다곤 하지만, 왕실의 권위를 영적으로 끌어올리는 일도 게을리하지 않았다는 사실을 알 수 있다.

봉건제를 통해 주나라는 3대 왕 강왕 시절에 이미 전성기를 맞이했다. 그러나 점차 제후와의 관계가 악화하거나, 주변의 적과 싸웠기 때문에 태평했다고는 할 수 없다. 기원전 771년에 왕이 외적에 의해 살해되면서 서주의 역사는 막을 내렸다.

◆ 춘추 전국 시대의 패자와 하극상

기원전 770년, 서주는 분열했고 호경에서 동쪽의 낙읍으로 천도한 쪽이 이겼다. 이후의 주를 '동주'라고 부른다. 이때부터 진시황이 중국을 통일한 기원전 221년까지를 춘추 전국 시대라고 한다. 이 시대는 춘추 시대와 전국 시대로 나눌 수 있지만, 그 구분에 대해서는 여러 가지 설이 있다. 이 명칭은 노魯나라의 연대기인 『춘추』와 왕에게 제안한 사상가들의 주장이나 일화를 담은 『전국책』이라는 두 책에서 비롯되었다.

이 무렵, 주나라는 봉건제로 천하를 다스리는 힘을 잃었다. 제후는 더욱 많은 힘을 얻고자 전쟁을 시작했고, 천하는 어지러워졌다. 그중에서도 특히 막강한 권력을 얻은 제후를 '패자覇者'라고 불렀다.

전란 속에서 수많은 나라가 생겨나고 사라졌다. 본래 주왕의 제후국이었던 제齊나라와 진晉나라에서는 주왕을 배려하여 '왕'을 자칭하지는 않았지만, 다른 나라에서는 왕을 자칭하는 사람도 나오기 시작했다. 또한 기원전 403년, 주왕은 진의 유력한 일족이었던 조趙·위魏·한韓의 세 성씨가 독립하여 각각 나라를 세우는 것을 인정했다. 이것은 주나라가 하극상을 인정했다는 말로서 이후, 이러한 움직임이 늘어나게 된다(하극상이란, 계급이나 신분이 낮은 사람이 예의, 규율을 무시하고 높은 사람에게 도전하는 행위로, 타고난 신분, 계급이 명확한 나라가 아니면 잘 쓰이지 않는 표현이다. 왕과 영주가 동등한 계약 관계였던 서양 봉건제 설정이나, '왕후장상에 씨가 따로 있느냐'고 했던 한국과 중국 작품에선 친숙하지 않고, 일본 작품에서 자주 쓰인다 – 옮긴이 주).

전란 속에서 수많은 나라가 대국에 병합되어 연燕·제齊·조趙·위魏·진秦·한韓·초楚의 일곱 나라가 겨루게 되었다. 이 나라들을 전국칠웅戰國七雄이라고 부른다. 이 일곱 나라 이외에도 소국은 있었지만, 결국 승리자는 이들 일곱 나라 중에서 나왔다.

♦ 진에 의한 통일

전국칠웅 중에서 경쟁자인 여섯 나라를 타도하고 중국을 통일한 것이 진秦의 시황제다. 그의 성은 영嬴, 이름은 정政이라고 한다. 그때까지 군주들은 '왕'이라는 칭호를 사용했다. 이것으로는 부족하다고 생각한 영정은 고대의 전설을 끌어들였다. 즉, '덕은 삼황三皇보다 높고, 공은 오제五帝를 능가한다'는 의미로 삼황오제를 합쳐서 '황제'라고 부른 것이다. '시황제'라는 이름은 자손이 오랫동안 황제의 자리를 이어 나갈 수 있기를 바라면서 영정 자신이 붙인 사후 칭호다.

진시황은 화폐와 도량형을 통일하고, 군현제로 나라를 통치하며, 만리장성을 쌓는 등 수많은 업적을 남겼다. 중국의 정치 체제는 그에게서 시작되었다고도 해도 과언이 아닐 정도다. 그러나 그가 죽은 뒤 진나라는 급속히 퇴색한다. 환관 조고는 막내인 호해를 2대 황제로 옹립하고 괴뢰 정치를 자행했는데, 조고의 악정에 대한 불만이 높아지면서 이윽고 반란이 일어났다. 진시황의 소원은 이루어지지 않았고, 기원전 206년에 진은 멸망한다.

◆ 한나라(전한)

한나라의 시조로서 유명한 것이 바로 유방이다. '고조'라고도 불린 그는 초나라의 항우와 함께 진나라를 멸망시켰다. 그 후 항우도 물리치고 황제의 자리에 올라서 한나라 황실을 세운 것이다. 수도는 장안長安(창안)(당시엔 함양咸陽)이다. 기원전 206년부터 기원후 8년에 걸쳐서 이어진 한나라 시대에 중국은 주변 정벌에 나섰으며 중앙아시아까지 세력을 넓혔다. 서역의 비단길(실크로드)이 열린 것도 바로 이 시기였다.

하지만 나라 밖으로 눈을 돌린 결과, 경제적 부담이 커지면서 몰락해갔다. 그리고 황후의 동생인 왕망이 정권을 좌우하다가 결국 스스로 즉위하여 국호를 신新으로 고쳤다. 한나라는 일단 멸망한 것이다. 이 시점까지를 전한(서한)이라고 부른다.

◆ 『사기』

여기서 잠시 이야기를 돌려보자. 지금까지 소개한 역사는 『사기』의 기술을 바탕으로 한 것이 많다. 『사기』는 서한 시대의 역사가 사마천이 쓴 중국 최초의 통사로서 고대 중국 역사를 말할 때 빼놓을 수 없는 책이다.

『사기』는 연대기, 연표 등 많은 역사 내용을 각 부류에 따라서 정연하게 통합하여 서술하는 방식을 채택했는데, 이 형식을 기전체라고 한다. 역대 왕조의 편년사인 본기本紀와 표表(연표), 부문별 문화사인 서書, 열국의 역사를 다룬 세가世家와 개인의 전기집인 열전列傳으로 구성된다. 『한서』와 그 이후의 정사는 이 형식을 답습했다. 『사기』는 사서의 본보기로서도 매우 뛰어난 작품이다. 따라서 사마천은 중국 역사의 아버지로 불렸다.

◆ 한나라(후한)와 삼국 시대

전한은 왕망의 신에 의해서 무너졌지만, 그 후손이 일어나서 신을 멸망시켰다. 황제가 된 것은 유수라는 사람으로 광무제라고 불린다. 그는 파괴된 장안에서 낙양으로 도읍을 옮겨 한나라를 재건했다. 그것이 후한(동한) 왕조다.

광무제는 자기 자식들과 일족을 지방 제후로 임명하고 국토의 통일을 목표로 했으며, 또한 유교를 국가 사상으로 도입한 것으로도 잘 알려져 있다. 그러나 서한 시대의 영화를 되찾기란 쉽지 않았던 듯하다.

시대가 지나면서 어린 황제만이 즉위하고 외척이 권력을 쥐게 된다. 심지어한 살 미만의 황제도 있었을 정도다. 특히 후한 말기에는 황제인 환제가 외척세력을 몰아내기 위하여 신뢰할 수 있는 환관을 아군으로 삼은 결과, 이번에는 환관이 마음대로 권력을 휘둘렀다. 여기에 지진과 기근, 가뭄 등 자연재해가 더해지면서 백성은 피폐해져갔다(환관은 궁중에 살면서 생활하기에, 궁녀 등과의 연애를 막고자 거세한 남성 관료로, 후손을 둘 수 없는 만큼 가족보다 황실에 충성했다고 한다. 십상시 등이 악평을 받았지만, 훌륭한 환관도 많았다. 중국에선 궁형이라고 하여 거세하는 형벌도 있었는데, 역사가인 사마천도 궁형을 받은 사람 중 하나다 — 옮긴이 주).

민중 사이에서 왕조에 대한 반감이 널리 퍼지면서 마침내 황건의 난이 일어났다. 그리고 유명한 세 명의 인물이 위魏·오吳·촉蜀을 건국하여 중국이 셋으로 갈라진 삼국 시대로 돌입하게 되었다. 『삼국지연의』에 그려진 영웅들의 시대다. 후한 왕조의 마지막 황제 헌제는 220년에 위나라에 황제 자리를 양보하고 후한 왕조는 멸망한다.

◆ 위진남북조 시대

전한과 후한, 두 한나라가 멸망한 후 수나라에 의해 다시 중국이 통일될 때까지를 위진남북조 시대라고 한다(육조 시대와 거의 일치한다).

265년에 위나라로부터 황제 자리를 물려받은 사마염이 진晉나라를 세웠다. 촉한이 먼저 멸망했고, 280년에 진이 오吳를 물리치고 중국은 통일된다. 하지만 진나라도 약해져서 이민족들에게 짓밟히고, 수많은 나라가 세워져서 오호 십육국 시대로 돌입한다.

춘추 전국 시대부터 이 시기까지의 전란 내용은 『삼국지』, 『킹덤』과 동란의 시대' 부분에서 소개하고자 한다.

◆ 수나라

오호 십육국 시대로부터 중국 남북에 왕조가 세워졌던 남북조 시대를 거쳐서 수많은 나라로 갈라진 중국을 589년에 통일한 것이 북주北周의 실력자였던 양견이 세운 수隋나라였다. 수나라는 율령을 정비하고, 관료 등용에 사용되었던 추천 제도인 구품중정제를 대신해 공거 제도(후에 과거제로 바뀐다)를 도입했다. 이는 혈연관계에 의한 등용을 부정하는 개혁으로, 청나라 말기까지 이어졌으며 중국 관료제의 바탕이 되었다.

수나라는 오노노 이모코 같은 이들이 외교 사절로 건너갔다는 점에서 일본과 친숙한 왕조였지만, 2대밖에 지속되지 않았다. 618년 섭정이었던 이연이 악정을 일삼던 2대 황제를 물리치고 수 왕조를 멸망시켰다(수, 그리고 이후의 당나라는 고구려와 항쟁을 벌인 존재로서 한국에서 매우 잘 알려져 있다. 이러한 점을 창작에 응용해보면 어떨까? - 옮긴이 주).

◆ 당나라

수나라 다음에 이연이 고조高祖로서 세운 것이 당唐나라다. 당나라는 300년 가까이 이어지는 왕조가 되었지만, 그가 즉위했을 당시에는 태평한 세상이 아니었다. 여기에서 활약한 것이 2대 황제가 된 고조의 차남 이세민이다. 그는 형과 동생을 죽이고 아버지로부터 황제의 자리를 물려받았다. 이것을 이세민이

거병한 장소의 이름을 따서 '현무문의 변'이라고 한다. 사건의 배경에는 이세민을 이용해 불교 교단을 폐하려 했던 도교 교단의 의도도 있었던 듯하다.

즉위 후 태종이라고 불리게 된 이세민은 점차 나라를 평정해나갔다. 태종은 중국 황제 중에서도 위대한 인물로 칭송된다. 학문에 뛰어나고, 적에 대해서도 관대하며, 부하의 말도 잘 들어줬다. 태종의 선정은 그의 연호를 따서 '정관의 치세'라고 칭송된다(연호는 동양의 한자 문화권 국가에서 쓰인 연도법으로, 군주가 즉위한 해나 그다음 해를 원년으로 삼는 제도였다. 보통 군주가 추구하는 정치 방향을 나타내는 한자어를 연호로 사용한다. 현재는 일본에서만 쓰이지만, 고대 동양을 배경으로 한 작품에서 사용하기 좋다 - 옮긴이 주). 이 시대에 장안에는 일본과 신라 등 각지에서 유학생이 찾아오고, 페르시아와 아라비아의 상인도 방문했다. 그리하여 국제도시로서 발전한다. 물자, 사상, 종교 등 여러 가지가 오갔으며 기독교 교회도 존재했다.

또한, 당나라 초기의 빼놓을 수 없는 인물로서 현장 삼장이 있다. 『서유기』로 친숙한 승려인 그는 장안에서 인도로 여행을 떠났는데, 실로 길고 오랜 여정을 거쳐 16년 뒤에야 장안에 돌아왔다.

그 밖에도 당나라의 유명 인사로 황제 현종과 왕비 양귀비를 꼽을 수 있다. 현종은 좋은 황제였지만, 아들의 부인이었던 양귀비를 자기 아내로 삼으면서 그의 통치가 흔들리기 시작했다. 양씨 일족이 조정에서 권력을 갖기 시작하면서 대립하는 자들과 다툼이 일어난 것이다. 현종은 어쩔 수 없이 양귀비를 죽였다. 세계 3대 미녀로 거론되는 양귀비의 비극적인 죽음은 지금도 다양한 이야기에서 소개된다.

현종 이후, 혼란에 빠진 당나라를 평정하는 황제는 나타나지 않았고, 875년에 일어난 황소의 난으로 당나라는 종막을 맞이했다.

◆ 오대십국

907년 후량後梁 왕조가 세워지고, 오대십국五代+國 시대가 시작된다. 이 시대에도 수많은 나라가 흥하고 망해갔다. 이후 송宋나라가 세워져 중국을 통일할 때까지 100년도 되지 않았지만, 격동의 시대가 펼쳐졌다. 하지만 국가 기반 자체에는 큰 변화가 없었다. 황제와 나라는 계속 바뀌었지만, 제도나 조직은 유지된 것이다.

◆ 송나라

960년부터 1279년까지(전기를 북송, 후기를 남송이라고 부른다) 약 300년간 계속된 송나라 시대는 문화가 꽃을 피우고 동양의 르네상스라고 불린 시기였다. 문화와 사상뿐만 아니라 과학도 발전하던 시절이었다.

하지만 요遼, 금金, 서하西夏 같은 주변 이민족 국가가 번성했기에 이 시대도 결코 평온한 시대는 아니었다. 관료들의 악정에 괴로워하는 서민들이 있었으며, 다른 한편으로 자유롭게 살아가는 이들이 있었다. 이에 대해서는 '송강과 악비와 혼돈의 시대'에서 소개하겠다.

◆ 원나라

송나라 다음으로 중국을 지배한 것은 원元나라였다. 이들은 중국만이 아니라 몽골 평원에서 세력을 확장해 동아시아, 남러시아, 동유럽까지 판도를 넓힌 몽골 제국의 후예이기도 했다. 그 초대 황제, 칭기즈 칸의 이름은 누구나 들어본 적이 있을 것이다.

하지만 그 광대한 제국도 결국 갈라졌다. 5대 황제 쿠빌라이 칸(칭기즈 칸의 손자)은 몽골 평원과 중국을 지배했는데, 국호를 원나라(대원大元)로 정했다. 수도는 대도大都로서 훗날 북경北京(베이징)이 된다.

몽골 유목민이 중국을 정복하여 세운 원나라는 당연히 몽골인 지상주의 정책을 펼쳤다. 네 개의 신분 계급에 이것이 잘 나타나 있다.

· 1: 몽골인
· 2: 색목인(튀르크인, 아라비아인, 유럽인 등)
· 3: 한인(금나라 지배하의 사람들)
· 4: 남인(남송 지배하의 사람들)

하지만 정치를 소홀히 한 것은 아니다. 지방 통치에 관해서는 송나라 제도를 이어받은 후 행중서성行中書省을 두고 관리했다. 이 제도는 명나라 이후에도 이어져 현재 중국의 행정 구역인 '성省'의 바탕이 되었다.

또한, 원나라는 두 번의 일본 원정을 했던 것으로도 유명하다. 아직은 원이라는 나라 이름이 성립하기 전, 송나라를 공격하던 당시에 송의 수뇌부가 일본으로 도망치리라 생각한 쿠빌라이는 일본을 아군으로 삼고자 사신을 보냈지만, 당시의 가마쿠라 막부는 이를 무시했다. 분노한 원나라는 일본으로 쳐들어갔지만 일본군의 분투와 폭풍우의 영향으로 물러나고 말았는데, 이를 일본에서는 분에이의 역文永の役이라 부른다(특히 서두르느라 급조한 함선들이 원양 항해에 적합하지 않아서 폭풍에 쉽게 파손되었다고 한다 – 옮긴이 주).

그러나 쿠빌라이는 포기하지 않고 두 번째 침공에 나섰다(고안의 역弘安の役). 일본을 점령해 원에 항복한 송나라군을 일본에 정착시키려는 계획이었지만, 폭풍에 의해서 또다시 무산되고 말았다. 이렇게 중국과 고려 등 동아시아를 석권한 원나라(몽골)의 마수가 일본에는 닿지 않았다.

원나라의 역사도 안정되었다고는 할 수 없었다. 황제가 끊임없이 바뀌었고, 황하黃河(황허강) 범람과 전염병 유행 등으로 백성의 불만이 폭발했다. 거기에 몽골인으로부터 영토를 되찾아 송나라를 재건하려는 홍건당에 의해 홍건적의 난이 일어나고, 1368년에 명明나라가 세워졌다. 명나라는 원나라를 북쪽으로 몰아냈고, 중국에는 오랜만에 한족 왕조가 세워졌다. 수도는 초기에는 남경南京(난징), 나중에는 북경으로 옮겨진다.

◆ 명나라

　명나라를 세운 홍무제(주원장)는 가난한 농가의 넷째 아들로 태어났다. 17세에 천연두로 추측되는 전염병으로 가족을 잃고 자신도 얼굴에 흉터가 남았다. 일단은 승려가 되지만 나중에 홍건적에 합류하여 두각을 보였다.

　주원장은 자신이 빈민 출신이었던 탓인지 농민 친화적인 정책을 펼쳤다. 그렇다고 어진 군주였는가 하면 그건 아니었고, 말년에 이르러 왕조 성립에 진력한 측근과 부하를 차례로 처형했다. 그 인원이 수만 명에 이르렀다고 하니 엄청난 규모다. 아마도 자신이 죽고 나면 아들이 제대로 왕조를 다스리기 힘들지 않을까 염려하여 반란의 싹을 잘라내고 싶었던 것이 아닐까. 이런 첫 번째 황제의 영향을 받았는지 명나라는 황제가 독재하는 중앙 집권제의 색채가 짙었다. 그래서 그만큼 중기처럼 황제가 여러 번 바뀌는 상황에는 정치가 불안정해지기 쉬웠다.

　한편, 15세기 중반에 세계가 대항해 시대를 맞이할 무렵, 명나라는 해금령을 내리고 민간 무역을 금지했다. 이에 따라 밀무역이 늘어났으며, 그것을 담당하는 해적 겸 상인인 왜구倭寇가 급증했다. 이름은 왜, 즉 일본인에서 유래했지만, 나중에는 중국인이 대부분을 차지했던 것으로 보인다. 게다가 북쪽에서 몽골인들의 침입이 잇따라 '북로남왜'라고 하는 중국 외부로부터의 압박에 시달린 시기가 이어져 결국 명나라도 민간 무역을 인정하게 된다.

　이 시대에는 문화 활동도 활발하게 이루어졌다. 『삼국지연의』, 『수호전』, 『서유기』 같은 소설도 이 시대에 나온 것이다(그러나 이야기의 원형은 더 이전에 만들어진 듯하다).

　명나라는 후기에 주변 세력의 압박과 정치 실패가 이어지면서 쇠퇴해간다. 그리고 1644년에 여진족의 압박을 받는 가운데, 농민 반란으로 멸망한다. 40만 명에 달하는 반란군 앞에서 명나라는 속수무책으로 무너지고, 명나라 최후의 황제 숭정제는 산속에서 목매달아 자살했다(한국 무협물에서는 조선의 세조처럼 조카를 숙청하고 즉위해 다양한 정복 정책 등을 펼친 명나라의 영락제 시대를 무대로 한 작품이 많다. 영락제가 유교적 정통성 문제로 논란이 있었고, 정부 첩보조직인 동창東廠이 창설되었으며, 서쪽에 티무르 제국도 있었던 만큼 이야깃거리가 많다. 또한, 명나라 멸망의 원인으로 지목되지만, 임진왜란 당시 조선을 적극적으로 지원하여 조선에선 인기가 좋았던 만력제 등도 유명하다 - 옮긴이 주).

◆ 청나라

청清나라는 중국 최후의 왕조로, 만주족(그 바탕은 여진족)이 주도해서 만든 나라였다. 변발이나 치파오(차이나 드레스)처럼 현대에 우리가 중국 하면 떠올리는 이미지 상당 부분이 청나라, 그리고 만주족 문화에서 비롯되었다. 청나라는 이 같은 문화를 한인들에게 강제했지만, 명나라 정치 체제의 많은 부분을 물려받는 동시에 한인 관료들을 환대함으로써 정치·행정을 안정시켰다. 나아가 만주족을 중심으로 팔기군을 구성해 군사력까지 제대로 갖춤으로써 주변 세력을 위협하고 멸망시킬 힘을 지니고 있었다. 297년 동안 이민족의 정복 왕조가 이어진 것은 바로 이 덕분이었다.

청나라, 그리고 중국의 마지막 황제가 된 것은 부의(선통제)다. 그는 악녀라고 불리던 서태후의 지명으로 1908년 불과 세 살의 나이에 황제가 되었다. 그로부터 몇 년 후에 청나라 정예 부대인 신건육군의 반란이 일어나 호북성湖北省(후베이성)이 독립했으며, 이를 시작으로 각지에서 봉기가 이어져 열다섯 개의 성이 청나라로부터 독립을 선언했다.

1912년 초, 혁명가로서 국민당을 이끈 손문(쑨원)을 임시 대통령으로 삼아서 남경에서 민주주의 국가인 중화민국이 세워졌다. 부의는 그다음 해에 퇴위

중국의 각 시대

삼황오제 〈 위대한 군주들이 있던 전설과 신화의 시대.

하 〈 오랫동안 실재했는지 의심되었던 나라.

은(상) 〈 악녀에게 미혹된 왕에 의해 멸망한 나라.

주 〈 예법을 중시하여 공자가 이상으로 삼았다.

춘추 전국 〈 주나라가 힘을 잃고, 군웅할거의 시대.

진 〈 처음으로 중국이 통일되어 황제가 생겨났다.

한 〈 초한 전쟁의 승자인 유방이 세웠다. 한번 멸망했지만, 부활했다.

삼국 〈 유비의 촉, 조조의 위, 손권의 오가 대립했다.

위진남북조 〈 주변 민족의 영향도 강하여 불안정한 시대가 이어졌다.

수 〈 겨우 천하가 통일되었지만, 2대 황제 때 붕괴했다.

당 〈 우수한 관료 제도 덕분에 오랜 안정기를 누렸다.

오대십국 〈 황하 이북의 다섯 왕조와 주변 여러 왕국 시대.

송 〈 본래는 북송, 이민족에 밀려나고 남송.

원 〈 몽골 제국이 분열하여 중국을 지배했다.

명 〈 독재적인 황제가 강력하게 지배했다.

청 〈 만주의 여진족이 자신들의 문화를 펼쳤다.

했고 청나라는 멸망했다. 이렇게 4,000년에 이르는 중국을 무대로 한 왕조 이야기는 끝났다. 하지만 중국의 역사는 아직 끝나지 않았다.

그 후 중국은 일본을 비롯한 외국의 간섭으로 고통받고, 또한 일시적으로 민주주의가 폐지되고 황정으로 돌아가는 등 혼란이 계속되었다. 일본이 제2차 세계 대전(중일 전쟁)에서 패배하며 중국에서 손을 뗀 후, 손문 사후에 장개석(장제스)이 지배하는 국민당과 모택동(마오쩌둥)이 이끄는 공산당의 내분으로 상처를 입었다. 승리한 공산당은 중화인민공화국을 세웠고, 이것이 현재까지 이어지고 있다.

중국의
창조 신화

◆ **중국의 신화**

　만약 규모가 큰 이야기를 만들고 싶다면 역시 신화를 참고하는 것이 가장 좋다. 세계가 태어나는 순간과 세계가 지금의 형태로 완성되어가는 과정, 나아가 인간이 세상에 태어나게 된 경위 등 간단히 말해서 '창조 신화'만큼 웅장하고 재미있는 것은 많지 않다. 여기에서는 중국의 창조 신화를 소개하고자 한다. 다만, 약간의 문제가 있다. 사실 중국에 신화가 존재하는지에 대해서는 예부터 논란의 여지가 있었다. 물론 이 말에는 어폐가 있다. 신들 혹은 그에 가까운 존재들이 활약하는 이야기나 세계가 만들어지는 과정을 소개한 이야기는 있기 때문이다.

　이러한 논란이 벌어진 데에는 몇 가지 이유가 있다. 하나는 사람을 만들거나 그들에게 문화를 전해준 존재가 일반적인 신화라면 신들이지만(예를 들면, 그리스 신화에서 인간에게 불을 준 프로메테우스 등), 중국에서는 '삼황오제'라는, 신으로 취급하지 않는 경우가 많은 위인과 성인 들이 맡고 있다는 점에서 신화

가 아니라고도 할 수 있다. 물론, 삼황은 각기 괴이한 모습을 하고 있기에 인간으로 여겨지지 않고, 오제도 신처럼 신비한 힘을 지니고 있다는 점에서는 중국에도 신화가 있다고 볼 수도 있다.

한편, 중국에 체계적인 신화는 없다는 견해도 있다. 예를 들어, 일본의 신화는 『고사기』와 『일본서기』에, 그리스 신화는 『신통기』(신들의 계보)에 정리되어 있다. 하지만 중국에는 그러한 신화의 계보를 체계적으로 정리한 고전이 눈에 띄지 않는다. 물론 신화적인 이야기를 소개하는 책은 있다. 언제 만들어졌는지는 알 수 없지만, 지리, 역사, 괴물 등을 기록한 『산해경』이나 전한 시대의 『회남자』가 대표적이다. 앞에서 소개한 역사서 『사기』에도 신화라고 할 만한 이야기가 기록되어 있다.

'역사서인데 신화가 쓰여 있다고?' 이렇게 의문을 가질지도 모르겠다. 하지만 이것은 별로 이상한 일이 아니다. 예를 들면 일본의 『고사기』나 『일본서기』는 덴노(천황) 가문과 일본 역사를 기록한 역사서이지만, '일본이라는 섬은 어떻게 탄생했는가?', '인간은 어떻게 이 섬에 널리 퍼졌는가?', '왕(덴노)의 뿌리는 어디에 있는가'와 같은 내용을 포함하고 있다. 여기에 소개된 것은 현대의 가치관으로는 신화라고밖에 할 수 없는 이야기들이다. 하늘에서 신이 내려오고, 부부 신이 섬을 낳고, 용을 퇴치하며, 토끼가 말을 한다는 식이다.

이처럼 『사기』에도 천지 구조나 사물의 기원 등이 적혀 있다. 예를 들어, 오제五帝 중 하나인 황제黃帝와 괴물 치우蚩尤의 싸움 같은 것은 신화라고 해도 좋지 않을까. 하지만 『고사기』와 『일본서기』, 『사기』에 기술된 신화적인 내용도 (적어도 근대 이전의 사람들에게는) 훌륭한 역사였다. 아니, 그보다도 신기하고 환상적인 신화와 인간이 펼쳐내는 역사는 자연스럽게(경계가 없이) 연결되어 있었다. 이러한 감각은 고대와 중세 또는 근세의 인간을 사실적이고 그럴듯하게 묘사하고자 할 때 매우 중요한 요소이므로 꼭 기억해두길 바란다.

중국은 워낙 넓은 데다 다양한 지역과 민족이 각각 자기들만의 신화를 가지고 있었지만, 그것들을 모아서 정리한 책이 있는 것은 아니기에 '신화'라는 하나의 체계를 구성하고 있지 않다고 생각할 수 있다. 그러니 중국 신화에 대해 자세히 알고 싶다면 각각의 책에서 조금씩 이야기를 모으는 수밖에 없다. 그러나 반대로 말하면 우리처럼 이야기를 만드는 입장에서는 그런 단편적인 신화들을 자유롭게 취사선택하여 쓰고 싶은 이야기를 구성할 수 있다는 점에서 큰 장점이 될 것이다.

♦ 거인 천지개벽 신화

중국의 세계 창조 신화는 매우 다양하다. 현재 중국에 사는 수많은 민족이 제각기 그 세계가 어떻게 태어났는지에 관한 이야기를 지니고 있다. 그것들을 전부 다 소개할 수는 없지만, 매우 다양한 이야기가 있는 만큼 여러 가지를 찾아보면 좋을 것이다.

여기에서는 원래 남방 민족의 신화였다가 한족에게 전해졌다고 하는 반고盤

古(반호盤瓠라고도 쓴다) 신화를 소개하겠다. 이 반고가 천지를 창조함으로써 세계가 시작되었다는 신화다. 하늘과 땅이 갈라지기 전 세계는 달걀 같은 모양이었고, 혼돈으로 가득 차 있었다. 반고는 혼돈 속에서 태어났지만, 꼼짝도 하지 않고 가만히 있었다. 그렇게 1만 8,000년이 지나 반고는 간신히 눈을 뜬다. 혼돈 속에서 반고는 팔을 내밀어 혼돈을 눌렀다. 그러자 가볍고 맑은 것(양陽)이 위로 올라가 하늘이 되고, 무겁고 탁한 것(음陰)이 아래로 가라앉아 대지가 되었다.

하늘과 땅이 열린 후에도 반고는 천지가 다시 하나가 되지 않도록 계속 유지했다. 반고의 몸은 천지를 사이에 둔 상태로 매일 1장丈씩 커졌다. 이렇게 다시 1만 8,000년이 지났다. 하늘은 한계까지 높아졌고 대지도 한계까지 두꺼워졌다. 반고의 몸도 극한까지 커졌다. 일설에는 9만 리에 이르렀다고 한다. 천지는 다시는 혼돈으로 돌아가지 않았지만, 힘이 다한 반고는 죽어버렸다.

반고가 죽은 뒤 이상하게도 그 시신은 변화하기 시작했다. 입에서 내뿜어진 숨이 봄바람, 구름, 안개가 되고, 소리는 천둥이 되었다. 왼쪽 눈은 태양이, 오른쪽 눈은 달이 되었다. 머리카락과 수염은 별이 되었다. 양팔, 양다리, 몸통은 동서남북의 네 기둥과 다섯 명산(오악)이 되었다. 피는 강물이, 신경은 사방으로 통하는 도로가 되었다. 피부는 비옥한 논밭이 되었고, 치아와 뼈는 보석과 지하에 묻힌 광석이 되었다. 몸의 털은 대지에 뿌리를 내린 초목이 되고, 땀은 만물을 촉촉하게 적시는 비가 되었다. 이처럼 반고의 몸이 풍요로운 국토를 만들어냈고, 인간은 반고의 영혼에서 태어났다고 한다.

중국에서는 이것이 인간이 만물의 영장으로서 지혜를 갖고, 자연을 개척하는 이유라고 말한다. 그 후 삼황오제의 시대가 오고, 특히 여와女媧가 진흙으로 인류를 창조했다고 하는데, 구체적인 이야기는 '도교의 신들' 항목에서 소개하겠다.

반고와 같은 '거인'을 바탕으로 세계가 만들어지는 이야기는 종종 볼 수 있

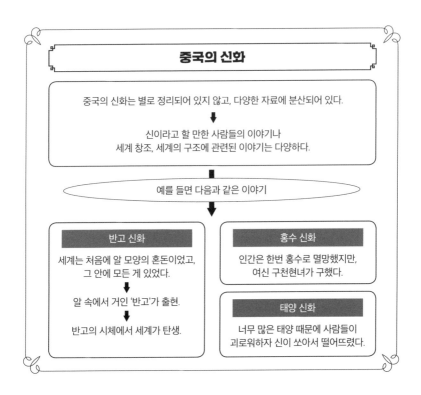

중국의 신화

중국의 신화는 별로 정리되어 있지 않고, 다양한 자료에 분산되어 있다.

↓

신이라고 할 만한 사람들의 이야기나
세계 창조, 세계의 구조에 관련된 이야기는 다양하다.

↓

예를 들면 다음과 같은 이야기

↓

반고 신화

세계는 처음에 알 모양의 혼돈이었고,
그 안에 모든 게 있었다.

↓

알 속에서 거인 '반고'가 출현.

↓

반고의 시체에서 세계가 탄생.

홍수 신화

인간은 한번 홍수로 멸망했지만,
여신 구천현녀가 구했다.

태양 신화

너무 많은 태양 때문에 사람들이
괴로워하자 신이 쏘아서 떨어뜨렸다.

다. 검과 마법 판타지 작품을 소재로 한 TRPG(테이블탑 RPG) '소드 월드' 시리즈나 한국에서도 잘 알려진 소설 '로도스도' 시리즈(『로도스도 전기』, 『로도스도 전설』)의 무대인 세계 포세리아는 '시원始原의 거인'에게서 시작되었다고 한다(거인 신화는 북유럽이나 인도 등 다른 지역에서 더 많이 보이는데, 그 때문에 남방의 왕조[삼국 시대 동오의 역사서에 처음 등장한다]에서 자국의 정체성을 위해 외국에서 수입했다는 의견도 있다. 다만, 한국에도 세계를 창조한 마고麻姑라는 거인 여신의 토착 신화가 있다 - 옮긴이 주).

◆ 황금과 황색의 이야기

또 다른 세계 창조 신화도 소개한다. 이것은 기원후 2세기 무렵의 이야기라고 하니 후한 시대에 만들어졌을 것이다.

처음에 혼돈이 있었다는 부분은 반고 신화와 다르지 않다. 혼돈에서 천지가 나뉘어 음양을 낳고 오행이 성립했다는 흐름도 같지만, 여기에 반고 같은 신비한 존재는 개입하지 않는다. 그 대신에 황색이라고 표현되는 '최초의 남자'와 하늘에서 내려온 '황금의 남자'가 등장한다. 황금의 인물은 최초의 남자에게 다양한 것을 가르친다. 역법, 태양과 달의 움직임, 기후 변화, 방위와 이 세계의 중심에 있다는 큰 바위 등에 대해서……

이런 이야기는 그대로 창작 이야기의 기반이 될 수 있다. 황금의 남자는 누구인가(역시 신인가, 아니면 그리스 신화의 프로메테우스나 기독교 신화의 천사 집단인 그리고리처럼 신들의 뜻에 반하여 인간에게 지혜를 준 존재인가?). 최초의 인간은 지식을 받아 무엇을 했는가? 그가 남긴 유산이 있다면 어떻게 될까? 그대로 판타지 이야기에 활용할 수도 있고, '황금의 남자는 외계인(황금은 우주복의 색깔?)이며 그가 전해준 지식을 훗날 왕조에서 활용했다'는 설정도 재미있겠다.

◆ 현녀와 홍수 신화

세계적으로 유사한 내용이 많은 홍수 신화의 패턴도 중국 신화에서 찾아 볼 수 있다. 그에 따르면 중국에서도 대규모 홍수가 일어났으며, 모처럼 만들어진 인류가 전멸해버렸다는 것이다. 여기서 구천현녀라는 여신이 등장한다. 그녀가 복희伏羲(삼황 중 하나로 거론되는 신. 여와의 형제라고도, 남편이라고도 한다)와 결혼하여 인류를 낳아 되살렸다고도 하고, 홍수의 원인이 된 하늘에 열린 구멍을 봉인했다고도 전해진다. 대륙을 적시는 큰 강인 장강이나 황하 유역에서 시작된 중국 문명은 당연히 강의 범람이나 홍수에 시달리게 마련이다. 그러한 곳인 만큼 홍수 신화가 탄생한 것이다.

◆ 태양이 하나밖에 없는 이유

'세계가 이렇게 된 이유'를 말하는 신화를 하나 더 소개해보겠다. 오제 중 하나인 요堯(또는 당요唐堯) 시대의 이야기다.

그 무렵, 태양은 열 개가 있었다. 그들이 매일 하나씩 떠올라 사람들을 비추었지만, 어느 날부터 모든 태양이 동시에 땅을 비추게 되었다. 이 태양들은 다리가 세 개 달린 황금 새(삼족오)이자 동방의 천제인 제준帝俊의 자식들로서, 어리고 자유분방해서 그런 일을 저지른 것이었다. 하지만 어린애의 장난으로 치부할 수 없는 결과가 벌어지고 말았다. 사람들은 강렬한 햇빛과 가뭄, 기근으로 고통받았고, 이 틈을 노려 괴물들까지 지상에 쏟아졌다. 그래서 제준(또는 요)은 활의 명수인 신 예羿에게 문제를 해결하라고 지시했다. 예는 태양들을 설득하려고 했지만 잘되지 않았다. 어쩔 수 없이 열 개의 태양 중에서 아홉 개를 활로 쏘아 떨어뜨렸다(요가 열 번째 화살을 훔쳐서 하나만 남았다고도 한다). 나아가 괴물들도 퇴치하고 사람들을 구했다. 이렇게 해서 현재 태양은 하나밖에 남지 않게 되었다.

덧붙여서 여기에는 뒷이야기가 있다. 자신이 지시했지만, 아이가 죽은 것에 분노한 제준은 예와 그의 아내인 선녀 상아를 천계에서 추방해버렸다. 그렇게 불로불사의 능력을 잃은 예는 서왕모가 가졌다는 불로불사의 약을 손에 넣었다. 그리고 아내와 함께 지상에서 살고자 했지만, 상아는 천계로 돌아가고 싶었다. 그래서 상아는 두 사람분의 약을 혼자 먹으면 천계로 돌아갈 수 있다는 서왕모의 말을 믿고 약을 먹었다. 그 결과, 달에 갈 수 있었지만, 거기서 개구리가 되어버렸다고 한다. 홀로 남겨진 예는 제자에게 기술을 전수했지만, 천하제일의 궁수가 되고 싶었던 제자에게 살해당하고 말았다. 실로 씁쓸한 결말이지만, 다양한 창작 소재가 될 만한 신화다.

『봉신연의』와 역성혁명: 중화풍의 근간에 있는 것

◆ **역사적 사실로서의 은주혁명**

앞서 말한 대로 은나라는 제30대 왕 제신, 또는 주왕이라고 불리는 폭군을 끝으로 주나라에 의해 멸망했다. 이 사건을 일반적으로 '은주혁명殷周革命'이라고 한다. 『사기』에 따르면 주왕은 말솜씨가 좋고 머리 회전이 빨랐을 뿐만 아니라, 맨손으로 맹수를 이길 만큼 힘이 셌다고 한다. 이것만 보면 문무를 겸비한 멋진 사람으로도 보이지만, 불행히도 주왕은 술에 빠져 살았으며 달기라는 왕비를 총애하여 백성들에게 중한 세금을 부과하고 자신은 사치에 열중했다. 술과 고기가 넘쳐나는 화려한 잔치를 '주지육림'(술로 만든 연못과 고기가 걸린 나무)이라고 부르는데, 이는 『사기』에서 주왕의 사치가 극에 달한 모습을 묘사한 것에서 나온 말이다. 또한, 올바른 말을 하는 사람들은 잔인한 형벌로 살해하는 등 악행을 거듭했다고 한다.

『사기』에는 주지육림을 비롯하여 주왕의 악행을 강조하는 설명이 꽤 나오는데, 전국 시대 이후에 추가된 것으로 보이는 표현도 많다. 주왕을 멋대로 조종하고, 그와 함께 온갖 악행을 다 하고 다녔다는 총희 달기는 악녀와 요부의 대명사처럼 이야기된다. 그녀도 은주혁명으로 주나라의 무왕에게 살해되었다고 하는데, 실존했는지에 대해서는 의견이 분분하다.

하지만 주왕은 실제로 존재했다. 후세에 추가된 이야기도 있겠지만, 폭군이었다는 것만큼은 분명한 사실인 듯하다. 그렇다면 민심이 떠나는 것은 당연하다.

제후의 인망은 서방 제후국인 주나라 서백西伯(주 문왕)과 아들 주 무왕에게 모였다. 그리고 마침내 주나라가 은나라 토벌을 위해 군사를 일으켰고, 제후가 호응했다. 주왕은 맞서 싸웠지만 패배하고, 수도로 도망친 뒤 구슬로 장식된 옷을 걸치고 스스로 불에 뛰어들어 죽었다고 한다.

이때 주나라를 도운 인물로서 후세에 이름을 남긴 것이 군사軍師 여상이다. '태공망(태공이 바라던 사람)'이라는 이름으로 들어본 사람도 많을 것이다. 그에 대해서는 '태공망이 한가롭게 낚시를 하던 중 우연히 문왕이 그를 찾아왔고, 이야기를 나누며 의기투합하여 문왕이 태공망을 군사로 초빙했'는 전설이 잘 알려져 있다.

◆ 『봉신연의』

『봉신연의』는 은주혁명의 배후에 불로불사하고 초자연적인 능력을 갖춘 선인들의 격렬한 싸움이 있었다고 하는 이야기다. 『봉신연의』는 명나라의 장편소설로서 『봉신전』이나 『봉신방』이라고도 한다. 저자는 허중림이라는 설과 육서성이라는 설이 있지만, 확실하지 않다. 다만, 도교와 선인에 대한 지식이 풍부한 사람이 쓴 것 같다. 육서성의 자는 장경長庚(저녁에 서쪽 하늘에 보이는 금성을 부르는 말이다 – 옮긴이 주)이며, 도교 단도파 동파의 개조로서 잠허진인潛虛眞人이라고 불린 인물이다(잠허진인은 만물의 비어 있는 근원을 탐구하여 깨달은 사람이라는 뜻. 진인은 도교의 수행자를 높여 부르는 말이다. 육서성은 몸과 마음을 함께 수련하는 것을 강조한 성명쌍수性命雙修를 제창한 사람으로, 처음에 유교를 시작으로 도교를 배우며 연단술을 수행했지만, 후세에는 불교와 선종도 연구하여 세 종교를 함께 수행한 인물이다 – 옮긴이 주). 이 책에서 '육서성설'을 지지하는 건 아니지만 육서성설이 뭔가 그럴듯해 보이고, 육서성 자신의 인생에도 다채로운 이야기가 있을 것 같아서 흥미롭다.

『봉신연의』에서 주왕을 악의 길로 이끈 것은 달기이며, 그녀의 정체는 여우 괴물이라고 나온다. 한편, 달기에게 반기를 들고 주나라 군대를 이끄는 강자아(태공망을 말한다)는 사실은 도사로서, 그 배후에는 인간 출신 선인과 도사로 구성된 천교闡敎라는 집단이 있다. 반면, 은나라 쪽에는 인간 이외의 출신자로 구성된 절교截敎가 있어서 인간들의 전투 뒤편에서는 선인들의 격렬한 싸움이 벌어진다.

전투가 끝나고 인간만이 아니라 선인 중에서도 많은 희생자가 나왔다. 강자아는 그들을 신으로 봉하고, 여기서 이야기는 막을 내린다. 본래 선인들은 1,500년에 한 번 사람을 죽여야 한다는 운명을 지니고 있었고, 이 싸움은 희생자를 신으로서 임명하기 위함이었다. 이처럼 중국다운 거대한 규모의 계획 또한 이 이야기에 담겨 있다.

은주 교대와 관련해 전해 내려오는 이야기를 바탕으로 명나라 후기의 삼교합일론(유교, 불교, 도교가 하나의 사상이라는 주장 – 옮긴이 주)이나 민간 설화, 속설이 섞여 있다. 이야기 속에서 달기가 여우의 화신으로 그려지는 것도 재미있다.

◆『봉신연의』는 소년 만화?

『봉신연의』는 작중에 속속 등장하는 선인들의 활약으로 이야기가 고조된다. 그들은 강자아의 아군 또는 적으로 등장하며 절대적인 힘을 펼쳐낸다. 대다수 선인은 각기 효과가 전혀 다른 마법 아이템인 보패(우리말 '보배'의 원형으로 보

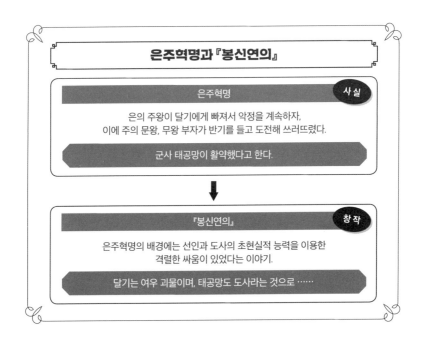

은주혁명과 『봉신연의』

은주혁명 사실

은의 주왕이 달기에게 빠져서 악정을 계속하자,
이에 주의 문왕, 무왕 부자가 반기를 들고 도전해 쓰러뜨렸다.

군사 태공망이 활약했다고 한다.

『봉신연의』 창작

은주혁명의 배경에는 선인과 도사의 초현실적 능력을 이용한
격렬한 싸움이 있었다는 이야기.

달기는 여우 괴물이며, 태공망도 도사라는 것으로 ······

물을 뜻하는 말이지만, 『봉신연의』에선 신비한 힘을 가진 도구를 말한다 - 옮긴이 주)를 지니고 있는데, 그것이 인물 각각의 개성을 살려준다.

『봉신연의』가 현대 일본과 한국에 널리 알려진 것은 후지사키 류가 이것을 만화로 그려서 주간 〈소년 점프〉에서 연재했던 작품(나중에 애니메이션으로 제작)의 공적이 크다. 원작 내용을 살리면서 주로 캐릭터 등의 측면에서 현대적인 느낌을 가미한 매우 매력적인 작품이다. 또한 이야기가 종반으로 갈수록 외계인 문명론처럼 원작에는 없는 SF적 설정이 드러나는 등 흥미롭게 변화시킨 점도 눈에 띈다. 여러 가지 면에서 작가의 실력이 있었기에 성공했다는 점은 분명하다.

그러나 한편으로 원작 『봉신연의』가 본래부터 소년 만화에 어울리는 이야기였다는 점도 무시할 수 없다. 등장인물에게 특별한 능력이나 도구를 부여하여 인물의 개성을 보여주는 기술, 새롭고 강한 능력과 함께 등장인물을 급격하게

늘려나가면서 독자의 흥미를 끌어내는 방법에 이르기까지, 모든 면에서 소년 만화 느낌이라고 할 수 있지 않을까? 이러한 특징 또한 만화판 『봉신연의』가 성공한 요인이라고 할 수 있다.

『봉신연의』의 스토리는 강사講史에 바탕을 두고 있다. 강사란, 역사적 사실에 민간에서 거론되는 다양한 이야기와 속설 등을 뒤섞어서 재미있게 엮어낸 설화의 한 가지 형태다. 구전만이 아니라 책으로도 전해진다는 점에서 일본의 『헤이케 이야기平家物語』(12세기 일본의 겐페이 전쟁을 중심으로 헤이시의 번영과 몰락을 그려낸 군담 소설 - 옮긴이 주)에 가깝다고 할까? 오래전부터 전해 내려온 이 강사의 소재 중 하나가 『봉신연의』의 바탕이 되는 은주혁명으로, 원나라 때에는 이미 『전상무왕벌주평화全相武王伐紂平話』라는 책이 나와 있었다. 이 책은 본래 구술을 기록한 것이지만 삽화도 실려 있어서 현재의 라이트 노벨과 비슷한 느낌도 든다.

이러한 강사의 갈래는 크게 두 개로 나눠볼 수 있다. 하나는 좀 더 역사적 사실에 가까운 내용으로서 현대로 말하면 역사 소설(연의라고도 한다)이고, 또 하나는 『봉신연의』를 비롯한 선술 같은 신비한 힘이 중심이 되는 이야기다. 인간이 느끼는 재미의 핵심이 어디에 있는지에 따른 매우 흥미로운 구분이 아닐까? 어느 시대건 우리는 규모가 큰 이야기와 화려한 전투를 좋아하나 보다.

◆ 역성혁명이란?

이 은나라에서 주나라로 왕조가 바뀌는 시기는 또 다른 중요한 의미를 지닌다. 우리가 중국이라고 부르는 이 광대한 지역은 오랜 역사 속에서 몇 번이나 왕조 교체를 거듭해왔다. 이것을 표현하는 중국 특유의 개념이 '역성혁명'이다. 하夏나라는 실존하지 않았다고 여겨졌기 때문에, 중국에서는 은나라에서 주나라로 처음 왕조가 바뀐 일을 혁명의 형태를 크게 바꾼 사건으로서 주목했다.

우선, 역성혁명부터 설명해보자. 역성이란 성을 바꾼다(혈통에 의해서 왕조를 이어받은 가문의 성씨가 새로운 왕조의 성씨로 바뀌는 것)는 뜻이며, 혁명이란 천명(하늘의 뜻)을 고친다는 의미다. 즉, 왕조 교체를 가리키지만, 여기에 '하늘'이 개입한다는 점이 중요하다. 서양에서 들어온 '레볼루션revolution'이라는 개념도 혁명으로 번역하기 때문에 양자를 혼동하기 쉽다. 하지만 '변혁'이라는 의미가 강한 서양 혁명과, 하늘의 존재인 군주가 덕을 갖춘 인물인지가 중요한 동양 혁명은 분위기가 상당히 다르다.

일찍이 오제 시대에 왕조는 선양禪讓에 의해 교체되었다. 천자가 자신의 혈통을 이은 자에게 지위를 물려주는 것이 아니라, 적합한 사람을 선택하여 양보하는 형태였다. 이를 '선양'이라고 한다. 하지만 앞에서 소개했듯이 은주혁명은 그런 형태를 취하지 않았다. 은나라 주왕은 덕을 잃고 악행을 저지른 왕이며, 하늘뿐만 아니라 백성에게도 버림을 받았다. 이러한 천자가 선양하는 것을 기대할 수 있을 리가 없다. 그렇다면 힘으로 천명을 고친다는 역성혁명이 허용

되지 않을까? 성선설로 알려진 맹자는 이러한 혁명 방식이 적합하다고 말하면서, 선양에 대비되는 개념으로서 '방벌'(걸주 같은 폭군을 타도하는 것 - 옮긴이 주)을 제안했다.

덧붙여서 이후 역사에서도 나오지만 선양 자체가 종종 새로운 황제가 이전 황제를 힘으로 누르고 협박하여 억지로 양보하게 만드는 형태가 되었다. 전설이나 신화의 이야기라면 모를까, 살아 있는 인간이 펼쳐내는 역사 속에서 천자가 스스로 지위를 양보하는 것은 지나치게 이상적인 일일지도 모른다.

나중에 역성혁명 사상에는 오행의 개념이 도입되었다. 즉, 왕조도 오행의 속성을 가지고 있으며, 그 순서대로 교체된다고 생각한 것이다. 예를 들어, 후한 말기에 반란을 일으켰으며 『삼국지연의』의 초반 악역으로 유명한 황건당은 도교를 배경으로 하는 종교 집단으로, 노란색 천을 상징으로 삼았다. 불의 기운을 지닌 한漢나라를 물리치는 것은 노란 천(흙의 기운의 상징)을 몸에 두른 자신들이라고 주장하기 위함이었다. 일본에서도 중세에는 '겐페이源平 교대 사상'이라고 해서 '겐지源氏 뒤에는 헤이시平氏 가문이, 헤이시 뒤에는 겐지 가문이 번영한다'는 생각이 있었다는 점을 보면, 어디서든 법칙성을 찾고자 하는 것은 인류의 공통된 마음일지도 모른다(겐지[미나모토씨]와 헤이시[다이라씨]는 모두 덴노의 일족인 황족에서 갈라져 나온 가문으로, 일본을 대표하는 씨[우지氏, 본래 씨족을 나타내는 용어였지만, 이후 혈연 집단을 구분하는 용어로 쓰인다. 가족 집단을 나타내기 위한 성姓과 구분되며, 고대로부터 내려온 혈통을 말한다] 중 하나다. 일본은 씨로 대표되는 혈통을 중시하며, 특히 황족에 가까울수록 높은 자리에 오를 자격이 있다고 여기는 전통이 있다. 이 탓에 황족의 일파인 겐지와 헤이시가 권력을 쥐는 걸 자연스럽게 여겼다. 혈통에 자리와 순서, 자격이 있다고 여기는 사상은 일본의 전국 시대에도 지속되어[현대에도 어느 정도 남아 있다] 본래는 후지와라시藤原氏에 속한 오다 노부나가가 겐지인 아시카가 가문을 계승하고자 헤이시라고 주장했고, 그의 뒤를 이은 도요토미 히데요시는 전통적으로 후지와라시만 임명되었던 조정의 섭정 역인 간파쿠関白[관백]에 오르고자 후지와라시의 양자가 되기도 했다 – 옮긴이 주).

◆ 중화풍의 바탕에 역성혁명이 있다

이처럼 중국에서 천자의 자리는 언젠가 무너질 것, 누군가에게 빼앗겨 바뀌는 것이라는 생각이 존재하는 셈이다. 고대부터 덴노가 군림하고 있어서 정치 체제나 실권을 쥔 자가 바뀌어도 명목상의 정점은 변하지 않는 일본과는 다르다(중국과 한국의 역성혁명에는 천명사상과 함께 '왕후장상의 씨가 따로 있느냐'는 의식이 깔려 있다. 따라서 신의 후손인지와 물려받은 혈통[씨족]의 자리와 자격, 도리를 중시하여 지위가 낮은 이가 높은 이를 해치는 것을 하극상이라 부르는 일본과 다른 면이 많다 – 옮긴이 주).

군주가 덕을 잃고 정치에 실패하거나 외적에게 패배하면 쉽게 왕조가 교체되는 것이 중화 세계의 상식이라는 점을 고려하면 중국풍 분위기를 만들어내

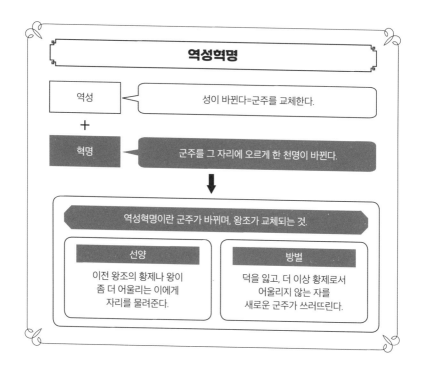

기 쉬워진다. 높은 덕을 지닌 자신이야말로 천명을 받은 군주로서 어울린다고 생각한다면, 군대를 모아서 거병하면 된다. 지금의 천자가 덕을 잃었다고 생각할 때도 마찬가지다. 이민족이 황제가 되어도 그것을 천명이라고 느낀다면 그에 따르며 새로운 문화나 풍습을 받아들일 것이다. 반대로 순종하지 못하겠다면 다른 나라로 도망치거나 밑에서 저항하며 살아가게 될 것이다.

일본의 덴노나 유럽의 교황처럼 변하지 않는 정신적 지주가 있는 사회와 그것이 언제든지 바뀔 수 있는 사회는 사람의 마음가짐, 삶, 도덕의 형태가 매우 다르다.

당신이 만들어내는 세계는 어떨까. 여기에 역성혁명적인 가치관을 주입하면 중화풍이 될 것이다. 그런 점도 의식하면서 이야기를 연출하길 바란다.

『삼국지』, 『킹덤』과 동란의 시대

♦ **동란의 시대 이야기**

현대 일본에서도 중국을 무대로 한 역사 이야기가 꽤 알려져 있다. 그중에서도 특히 많은 독자와 팬을 보유하고 있고, 읽지는 않았어도 이름 정도는 알 정도로 유명한 작품으로는 일찍이 『삼국지(연의)』가 있으며, 근래에는 하라 야스히사의 만화 『킹덤』을 들 수 있다. 전자는 삼국 시대, 후자는 춘추 전국 시대를 소재로 상상을 가미하여 완성한 작품이다. 이야기 규모가 크고 약동하는 전개로 둘 다 절대적인 인기를 누리고 있다. 여기서는 이 두 인기 작품과 관련지어서 중국을 대표하는 전란 시대 이야기를 소개한다.

♦ **춘추 전국 시대**

우선, 『킹덤』의 무대인 춘추 전국 시대부터 소개해보자. 여러 나라가 천하 패권을 놓고 다투던 춘추 전국 시대는 주나라가 낙읍으로 천도한 기원전 770년부터 시작되어 대략 550년간 계속되었다. 이 이름은 『춘추』와 『전국책』이라는 두 책에서 유래했으며, 춘추 시대와 전국 시대로 나뉜다는 것은 앞에서 소개한 바와 같다. 두 시대를 어떻게 구분할지에 대해 이견이 있지만, 일반적으로 한韓·위魏·조趙, 이 세 나라가 주나라 왕으로부터 제후로 인정받은 기원전 403년을 분기점으로 삼는 경우가 많다.

동주 시대에 이르러 주나라의 세력은 약해졌다. 힘을 잃은 주나라 대신 제후를 거느리는 세력도 등장했지만, 주 왕조가 특별하게 여겨졌기에 제후가 왕을 자칭하는 일은 없었다. 하지만 주왕은 제후를 거느리는 패자들이 명목상 받드는 존재에 불과해졌다.

당시 정치의 중추였던 황하 중류와 하류 지방을 중원이라고 한다. 이 중원의 패자로 가장 먼저 등장한 것이 제나라 환공(제환공)이다. 환공은 장강 유역의 강국이었던 초나라를 물리쳤다. 이후 송나라의 양공(송양공), 진나라의 문공(진문공) 같은 패자가 계속 등장했다.

기원전 597년, 초나라 장왕(초장왕)은 진晉을 물리치고 중원의 패자를 능가하는 존재가 되었다. 이전에도 주나라 제후들이 따르긴 했지만, 이 전투를 계기로 초나라는 주나라 왕의 권위가 필요 없어졌으며, 주나라 왕의 인정을 받지 않고도 제후로 군림하게 되었다. 중원의 패자들은 주나라 왕을 배려하여 왕을 자칭하지는 않았지만, 그 이외 지역에서는 왕을 자칭하는 사람도 있었다. 자신이 최고의 자리에 있다는 것을 과시하기 위함이었다.

이 시대를 상징하는 사건으로 중국사 부분에서 소개한 진의 삼국 분립을 들수 있다. 기원전 453년에 진나라가 셋으로 갈라져서 한·위·조의 세 성씨가 각각 나라를 세웠다. 그리고 50년이 지난 기원전 403년에 주나라 왕이 세 나라를 인정했다. 이미 권위는 사라진 것이나 다를 바 없었지만, 주나라가 새로운 나라의 건국을 인정한 이 사건은 큰 전환점이 되었다. 이후, 하극상의 풍조가 강해졌다.

수많은 나라가 생기고 다시 큰 나라에 합쳐지면서 연燕·제齊·조趙·위魏·

진秦 · 한韓 · 초楚의 7개국이 대립하게 된 것은 앞서 말한 대로다. 제자백가가 활약한 것도 이 시대다. 전국칠웅을 물리치고 중국을 통일한 진시황에겐 이 사라는 책사가 있었는데, 그는 유교의 학문을 배운 인물이었다(사상적으로는 법가의 성향을 띠었다 – 옮긴이 주).

만화 『킹덤』은 이 시기의 진나라를 무대로 한 작품이다. 전쟁으로 가족을 잃은 고아 신信이 아직 소년이었던 진나라 왕 정政(훗날의 진시황)과의 만남을 계기로 천하 대장군에 오르기 위해서 분투해나간다는 것이 대략적인 줄거리다(실제 역사 속 신[이신]은 '이李'라는 성씨를 가졌으며, 천민이나 고아가 아니라 귀족 가문 출신으로 여겨진다 – 옮긴이 주).

◆ 초한 전쟁

진나라는 중국 통일을 이루었지만, 의외로 단명하고 말았다. 진나라가 멸망한 후 패권을 다툰 것이 초나라 항우와 한漢나라 유방이다. 이 전쟁은 초한 전쟁, 항우와 유방의 전쟁 등으로 불리며, 중국 고전 소설 『초한지』를 비롯해 다양한 작품에서 소개되었다.

진나라를 타도하는 전투의 주역은 항우이며, 유방은 그를 따르는 처지에 불과했다. 항우는 초나라로 돌아와 의제義帝를 왕으로 추대하고, 자신은 서초패왕西楚霸王을 자칭했으며, 공적을 쌓은 여러 장군을 왕으로 임명했다. 이때 유방은 두메산골로 쫓겨나서 파巴 · 촉蜀(현재의 쓰촨성 – 옮긴이 주) · 한중漢中을 다스리는 한왕漢王이 되었고, 『사서』에서는 기원전 206년을 '한나라의 원년'으로 기술하고 있다.

이듬해 항우는 의제를 암살했다. 이것으로 싸울 명분을 얻은 유방은 항우와 대립하게 된다. 이 초한 전쟁은 4년여에 걸쳐서 진행되었다. 유방은 팽성彭城에서 항우의 군대에 패하여 열세가 되었지만, 항우도 식량 부족과 군사의 피폐에 시달렸다. 이에 따라 한번은 전쟁을 중단하고 화친을 맺었지만, 유방이 약

속을 깨고 귀환하는 항우의 군대를 뒤에서 공격했다. 항우는 해하垓下로 도망쳤지만, 결국엔 패배하여 자살한다.

'사면초가'라는 말은 이 사건에서 나온 것이다. 해하에서 항우가 유방의 군대에 포위되었을 때 사방에서 초나라의 노래가 들려왔다. 유방이 병사들에게 초나라의 노래를 부르게 한 것이다. 초나라 백성이 유방의 군에 협력하고 있다고 생각한 항우는 패배했다고 느끼고 아내인 우희(우미인)와 헤어지는 것을 슬퍼한다. 이때 항우는 우희와 애마의 이야기를 담아 자신의 생애를 시로 읊었다. 『사기』에 그려진 우희와의 이별 장면은 정말 서글프다.

◆ 『삼국지』

한나라 이후, 위魏·오吳·촉蜀의 삼국이 다투던 시대를 삼국 시대라고 부른다. 유명한 무장과 책사가 활약하고 그 이야기가 다양한 작품으로 다시 태어났기 때문에 이 시대를 좋아하는 팬도 많다.

이 시대를 알 수 있는 사료로는 진晉나라를 섬겼던 진수陳壽가 쓴 정사『삼국지』가 있다. 그리고 이『삼국지』를 바탕으로 명나라 때 만들어진 소설, 즉 창작품이 바로『삼국지연의』다. 동양 전역에서 오래전부터 인기를 누린 작품으로, 원작뿐만 아니라 이 내용을 현대적으로 연출하거나 요소를 빌려와 창작한 작품도 사람들이 즐겨 읽는다. 일본에서 잘 알려진 작품으로는 요시카와 에이지의 소설『삼국지』, 이를 바탕으로 요코야마 미쓰테루가 그린 만화『삼국지』(한국에서도『전략 삼국지』란 이름으로 번역되어 나왔다 – 옮긴이 주), 삼국의 전략을 구사할 수 있는 고에이사의 게임〈삼국지〉와 화려한 전투가 펼쳐지는〈진삼국무쌍〉이 있다(한국에서도 여러 작가가『삼국지』를 썼으며, 고우영 등이 그린 만화 작품도 많다. 고에이 게임도 인기가 있지만, 근래엔 크리에이티브 어셈블리에서 개발한〈토탈 워: 삼국Total War: Three Kingdoms〉도 인기를 끌고 있다 – 옮긴이 주).

◆ 황건의 난

한나라 말기에는 외척과 환관의 부패 정치로 국가가 혼란에 빠졌고, 그 피해는 농민의 몫이었다. 이에 더해 나라에서는 중한 세금을 물리고, 수많은 재난이 나라를 덮치면서 굶주린 농민들의 불만이 폭발하게 된다. 이것이 184년에 일어난 황건의 난이었다.

이 집단은 신흥 종교로서 민중에 퍼져 있던 태평도의 신자들로 구성되어 있었다. 태평도는 도교의 근원이 된 민간 종교 중 하나로서 기도와 부적을 태운 물로 병을 치료했다고 한다. 무거운 세금과 기근으로 고통받는 백성이 신흥 종교에 구원을 요청하는 것은 당연했기에 신자가 폭발적으로 증가하여 반란을 일으키게 된 것이다.

"푸른 하늘은 이미 죽었으니, 마땅히 누런 하늘이 서리라. 때가 갑자년이 되면 천하가 크게 길하리라." 이 말을 내걸고 일어난 반란군은 목에 노란 천을 두르고, 노란색 깃발을 세우고 싸웠다. 이것이 '황건의 난'이라고 불리는 이유다.

전란의 시대

중국 역사에서 전란의 시대라면……

춘추 전국 시대

예를 들면

은주혁명으로 세워진 주나라가 무너지고, 일곱 개의 유력한 나라가 등장.
→ 그중 진(秦)이 천하를 통일하고, 처음으로 황제를 자칭한다.

진은 시황제가 죽은 후 얼마 안 가서 붕괴하고,
항우와 유방이 대결한 초한 전쟁의 시대로.

삼국 시대

후한이 쇠퇴. 황건당과 각지의 호적들이 활동.
→ 세 명의 황제가 등장하여 천하를 두고 다툰 시대.

삼국 시대를 끝낸 진(晉)은 동쪽으로 쫓기고
다시 동란의 시대인 오호 십육국 시대로.

이러한 색은 오행 사상에 근거한다. 그리고 중국에서는 갑자년에 혁명이 일어
난다는 믿음이 있었다.

교조인 장각이 병으로 사망하는 등 여러 이유로 황건군의 주력은 연내에 평
정되었다. 그러나 그 잔당은 수십 년에 걸쳐 각지에서 투쟁을 벌였다. 또한, 황
제를 억압하고 권력을 휘두르던 동탁과 여러 호족 연합군의 싸움도 일어났다.
이러한 경쟁 속에서 각 지역 호족들이 사병을 강화하고 자립해나가면서 한나
라는 힘을 잃어갔다.

이윽고, 그중에서 특히 세 개의 세력이 두각을 보이며 각각 황제를 자칭하고
천하를 삼분하여 싸우게 되었다. 유비의 촉蜀, 조조의 위魏(황제가 된 것은 아들
인 조비), 손권의 오吳다. 『삼국지연의』는 유비(와 그를 섬긴 군사 제갈량)를 영웅

으로 그려낸 작품이지만, 세 나라 각각에 특징적이고 매력적인 인물도 많으니 하나씩 소개해보겠다.

◆ 유비—촉(촉한)

유비는 제갈량(공명)을 참모로 삼고, 적벽대전에서 조조를 이긴 것으로 유명하다. 유비는 전한 황제의 후손으로 알려졌지만, 진위는 분명하지 않다. 할아버지와 아버지 모두 관리였지만 어린 시절에 아버지와 사별했고, 소년 유비는 짚신이나 돗자리를 만들어 팔면서 살림을 꾸려갔다.

어른이 된 유비는 과묵한 사람이었다고 한다. 하지만 상대를 잘 받들었고, 다른 이와의 관계를 중시했다. 유비가 24세가 되었을 때, 황건의 난이 일어났고 장비, 관우와 함께 군사를 일으켰다.『삼국지연의』에는 이 세 명이 의형제를 맺는 '도원결의' 장면이 그려져 있다. 이 맹세가 실제로 있었는지는 의문이지만, 당시 20대 중반이었던 젊은이들이 황건의 난을 계기로 모여서 일어난 것은 분명하다.

220년에 후한 왕조의 헌제가 위나라 조비에게 황제 자리를 물려주자, 유비는 스스로 한나라 황실의 뒤를 잇는다며 성도成都(청두)에서 즉위했다. 나라 이름은 한漢이라고 했지만, 촉蜀(현재의 쓰촨성)을 중심으로 하는 지역을 영토로 삼았기에 촉이나 촉한이라고 부른다.『삼국지연의』에서는 촉을 한 왕조의 정당한 후계로 설정하고 있다.

◆ 조조·조비—위

조조는 환관 집안 출신이었다. 젊은 시절에는 방탕한 생활을 했지만, 문무를 겸비하고 시를 짓는 재능도 뛰어났다고 한다.『삼국지연의』에서는 교활한 악당 캐릭터의 측면이 강하지만, 그의 재능과 매력에 끌리는 이들은 이야기 속 인물만이 아니라 독자 중에도 적지 않다.

후한 왕조 말기에 외척과 환관은 권력을 둘러싸고 대립했다. 외척 세력은 환관 세력을 몰아내기 위해 대량 학살을 자행한다. 환관은 남성의 기능을 잃었기 때문에 중성적이고 수염이 자라지 않는다. 이러한 특징이 표적이 되어 단지 수염이 나지 않는다는 이유만으로 살해된 자도 있었다. 조조에게도 이 환관 섬멸에 참여하라는 제안이 들어왔지만 거절했다. 자신이 환관 집안 출신이라는 이유 때문만이 아니라 악(환관)을 몰아내봤자 또 다른 악(외척)의 지배가 강해질 뿐이라면 결국 정치적 혼란은 막을 수 없으리라 생각했다.

196년, 낙양 부근의 황건군을 격파하고 헌제의 낙양 천도를 도왔다. 이로 인해 헌제의 신뢰를 얻었지만 낙양은 폐허가 되었고, 조조는 헌제를 설득하여 허창許昌으로 도읍을 옮겼다. 헌제를 모신 조조는 다른 어떤 무장보다도 주목받는 존재가 되었다. 그 후 216년에 위나라의 왕이 된 조조는 신하이지만 황제 앞에서도 마음대로 행동해도 좋다고 인정받았기에 사실상 황제와 다를 바 없었다.

220년, 조조는 헌제에게 황제 자리를 물려받기 직전에 66세의 나이로 병사했다. 아들인 조비가 곧 아버지의 뒤를 이어 예정대로 헌제로부터 선양을 받아 초대 황제가 되었다. 조비는 자신을 위의 문제文帝라고 칭하고, 아버지인 조조에게 무제武帝라는 시호를 내렸다.

◆ 손권-오

오나라의 초대 황제가 된 손권은 병법으로 유명한 손자孫子의 자손일지도 모른다고 한다. 하지만 이를 부정하는 설도 있어서 확실하지는 않다. 손권의 아버지 손견은 황건의 난 때 반란을 진압하는 공적을 세워서 세력을 넓힌 인물이었다. 손권에게는 형이 있었지만, 26세의 젊은 나이에 사망했다. 형의 세력을 계승하는 형태로 손권은 오나라의 군주가 되었다. 그 당시 그의 나이는 19세였으며 유비나 조조와 비교하면 아들뻘이었다.

손권은 무장으로서 조금 심심한 느낌일지도 모른다. 그는 대군을 이끌고 적극적으로 패권 다툼에 나서지는 않았다. 대신 밖이 아니라 안으로 눈을 돌려서 국력을 높이는 데 진력했다. 하지만 그렇게 할 수밖에 없었다. 손권에게는 후한 왕조의 후예를 자칭하는 유비나, 헌제를 모신 조조처럼 정통성이나 대의명분이 없었다.

손권은 아버지나 형의 유지를 이어 한 황실을 보좌하겠다고 생각했다. 하지만 한 황실의 권위는 실추되었고, 군웅할거의 시대가 되어갔다. 스스로 황제가 되어 천하를 노리겠다는 신하들이 늘어났다. 그리고 229년 손권은 황제가 되었다. 그때 손권의 나이가 48세. 유비와 조조, 조비 부자는 이미 죽은 뒤였다. 손권은 71세까지 살았다.

◆ **오호 십육국 시대**

한나라가 멸망한 후, 삼국 시대를 거쳐 다시 중국을 통일한 것은 진晉이었다.

하지만 동란 시대는 계속되었다. 초대 황제인 무제가 오래지 않아 붕어하고, 권력 다툼이 일어났다. 16년에 걸친 이 싸움은 여덟 명의 황족이 관여했기에 '팔왕의 난'이라고 부른다. 이 동란에 이민족들도 가담하기 시작했고, 이에 따라 자신의 힘을 깨달은 이민족들이 대두했다. 이로써 많은 나라가 흥망을 거듭한 오호 십육국 시대五胡十六國時代로 돌입했다.

'오호'는 흉노匈奴, 선비鮮卑(튀르크 계열이라는 설이 강하다), 저氐(티베트 계열), 갈羯(흉노의 별종), 강羌(티베트 계열) 등 변경에 사는 다섯 이민족을 가리킨다. '십육국'이란, 오호 또는 한족이 세운 나라들이다. 하지만 이들 나라는 단명하는 경우가 많았다.

이 시대를 거쳐서 중국에서는 이민족과의 교류나 융합이 깊고 넓게 전개되어갔다.

◆ 전란 시대와 이야기

춘추 전국 시대든, 삼국 시대든, 오호 십육국 시대든, 통일 왕조가 아니라 여러 나라, 여러 세력이 난립하는 전란 시대는 이야기를 그려내기에 매력적이다. 물론, 이 같은 시대는 그 세계나 지역에서 살아가는 사람들에게 매우 힘든 시기였다. 전쟁 때문에 경비나 치안이 악화하여 도적 떼의 습격을 받으면 모처럼 가꾼 논밭이 망가지고, 모아두었던 식량을 빼앗길 뿐만 아니라 목숨마저 잃기 십상이었다.

하지만 질서가 무너졌을 때 본래는 이룰 수 없는 바람을 이루거나, 절대로 위를 바라볼 수 없는 하층민들에게도 성공의 기회가 주어질 가능성도 적지 않다. 『킹덤』의 주인공 신은 앞날을 기대할 수 없는 고아로서 이야기에 등장한다. 난세가 아니었다면 그는 천하의 대장군이 되는 꿈을 꿀 수도, 이룰 수도 없었을 것이다. 『삼국지연의』의 유비 역시 한 황실의 혈통을 이었다고는 하나, 가난한 농민에 불과했다. 황건당이 날뛰어서 후한이 쇠퇴하여 쓰러지지 않았다면 스

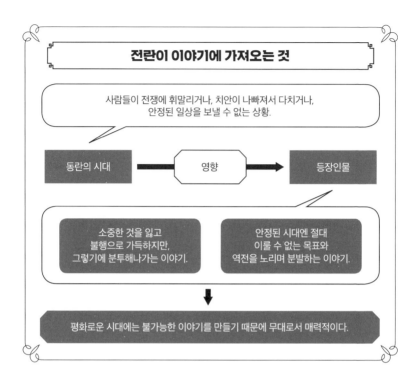

스로 황제가 되려는 길을 선택할 수 없었을 것이며, 무엇보다도 그러한 기회가 주어지지 않았을 것이다.

이것은 영웅에게만 한정되지 않는다. 본래라면 성실한 관료로만 살아갔을 사내가 천하를 좌우하는 악랄한 대신이 될지도 모른다. 평범한 군인으로 살아갈 자가 지방의 군벌 수장으로서 야심을 불태울지도 모른다. 본래는 정숙한 여성으로 평범하게 살기를 바랐지만, 경국지색으로 이름을 떨치게 될 소녀도 있을 것이다. 좋건 나쁘건, 사람의 운명을 뒤흔들고 극적인 이야기를 끌어내는 것이 전란의 시대다.

어떤 이는 야심을 위해서, 또 어떤 이는 정의를 위해서, 혹은 자신이나 가족이나 재산을 지키기 위해서, 그리고 누군가는 상황에 휩쓸려서 싸운다. 적극적으로 싸우는 사람도 있는가 하면 소극적으로만 행동하는 이도 있다. 이 항목에서는 간단하게 소개했지만 어떤 이야기건 다양한 등장인물이 있고, 그들은 여러분이 창작할 때 많은 참고가 될 것이다.

송강과 악비와
혼돈의 시대

◆ 송강과 악비

송강宋江이나 악비岳飛라는 이름을 아는가? 모두 중국에서 매우 인기 있는 역사적 인물이다. 송강은 소설 『수호전』의 주요 인물로서 관리의 부패와 외적 침입에 과감히 맞서 싸운 무법자, 악비는 외적에 맞서서 의용군으로서 싸우고 황제에게 인정받아 강력한 권력을 얻지만, 고위 관료와 대립하여 처형된 군인이다.

두 사람 모두 엘리트가 아니고, 많은 사람에게 존경받았지만 공권력에 의해서 궁지에 몰려서 퇴장한다는 공통점이 있다. 그리고 무엇보다도 그들은 모두 송나라 시대의 인물이다. 송강(및 그의 모델이 된 인물)은 북송 말기, 그리고 악비는 남송 초기 사람이다. 송나라가 내우외환에 시달리던 시기에 크게 활약한 무법자의 향기가 느껴지는 사내들. 이야기의 모델로서 매력적이지 않을까?

혼돈의 시대는 어떻게 시작되었는가? 그리고 그 안에서 저항했지만 비극으로 끝난 사내들의 투쟁은 어떤 것이었는가? 여기서는 이에 관하여 이야기하겠다.

♦ 오대십국 시대

송나라의 상황을 소개하기에 앞서서 이전에 있었던 오대십국五代十國 시대를 소개하겠다. 당나라 마지막 황제인 애제로부터 황위를 물려받는 형태로 후량後梁이 세워진 이후부터 송나라가 건국될 때까지 907~960년 시기를 오대십국 시대라고 한다. 오대는 중국에서 정통으로 계승되어온 왕조를 가리키며, 십국은 그 외의 정통 왕조와 같은 시기에 분립하여 생겨난 왕조를 말한다.

오대는 후량後梁, 후당後唐, 후진後晉, 후한後漢, 후주後周이며, 십국은 일반적으로 전촉前蜀, 후촉後蜀, 오吳, 남당南唐, 오월吳越, 형남荊南(남평南平), 민閩, 초楚, 남한南漢, 북한北漢을 말한다. 하지만 그 외에 소국도 다수 존재했다. 오대의 천자는 황제를 자칭했다. 나머지 군주는 황제와 왕을 자칭하는 사례도 있고, 절도사(지방 군사령관)나 자사(지방 장관)인 채로 남아 있는 등 다양했다.

이 시대의 나라들은 군주가 통치하는 독재 국가이며, 그 아래에 관료 제도가 존재했다. 하지만 믿을 만한 지지자가 없는 상황에서 군주로서는 신변을 경호하는 금군 정도밖에 신뢰할 존재가 없었다. 그것은 군주가 무인이었다는 점이 영향을 미쳤다고 할 수 있다. 금군에서는 양자와 양부모의 관계처럼 의리로 부모 자식과 비슷한 관계를 맺음으로써 상하 관계를 강화하는 일이 많았다.

그것은 물론 세력 다툼과도 관련된다. 겉으로는 공정한 질서를 가진 관료 제도처럼 보이지만, 실제로는 개인적 친분이 크게 영향을 주었다. 따라서 군주의 권력도 불안정해지고, 특히 세대교체가 일어날 때 오래된 가신단과 새로운 가신단의 충돌이 불가피하여 종종 나라가 내부에서 무너지곤 했다. 후량, 후진, 후한은 모두 오래가지 못했고, 황제의 재위 기간은 평균 4년에도 미치지 못했다. 그것은 권력의 불안정성이 초래한 결과라 할 수 있다.

한 가지 재미있는 점은 황제를 포함하여 무인의 세계는 빠르게 변화했지만,

세대교체와 관계없이 문신 관료 기구는 유지되었다는 것이다. 행정 조직뿐만 아니라 인원까지 그대로 계승되는 사례가 많았다. 당나라 말부터 형성되었던 율령이 정착한 결과라고 할 수 있다. 혹은 권력의 주인공은 역시 무인들로서 당시의 문신들은 조연이었기 때문에 영향을 받지 않은 것일까?

정권 교체 상황에서도 별로 할 수 있는 일이 없는 문관들은 무엇을 생각하고 어떻게 살아남을까? 여기에 초점을 맞춘다면 재미있어질 것이다.

◆ 북송의 중국 통일과 개혁

954년, 후주의 태조는 즉위한 지 3년 만에 생을 마감했다. 그 뒤를 양자인 세종이 이어받았지만, 후주의 체제가 정비되지 않은 사이에 북한北漢이 진군해 왔다. 세종은 이들을 물리쳤고, 중국 통일 사업에 착수했다.

하지만 세종은 통일을 이루지 못하고 병으로 쓰러졌다. 그리고 세종의 어린 아들이 뒤를 이었지만, 금군의 총사령관이었던 조광윤이 조정을 장악하고 960년에 즉위했다. 이로써 송나라가 생겨났다. 12세기에 송나라는 남쪽으로 옮겨졌다. 이를 '남송'이라고 부르며, 이전의 나라를 '북송'이라고 부른다. 조광윤(태조)은 역성혁명으로 왕권을 손에 넣었다. 하지만 태조는 후주의 핵심 군단을 장악하고 즉위했기 때문에 정권의 성질로는 연속성이 인정되었다.

태조는 크게 두 가지 정치 개혁을 시행했다. 첫 번째는 중국 통일이다. 남방 국가를 공략하는 것으로 시작하여 태조 초기에 대부분을 통일하는 데 성공했다. 그러나 이는 역대 중국 통일 국가와 비교하면 상당히 작은 규모였다. 요遼나라나 서하西夏 같은 이민족 국가가 주변을 둘러싸고 있었고, 통일된 것은 중심부에 지나지 않기 때문이다.

두 번째는 권력 안정화다. 앞서 언급한 바와 같이 송 이전에는 군주의 권력이 불안정했다. 따라서 태조는 군사 및 행정 조직 모두에서 권력의 안정화를 꾀했다. 이전의 절도사 체제를 바꾸었고, 이를 통해 송나라의 군사 태세, 지방 통치의 원형이 형성되었다.

우선 태조는 금군의 유력한 장군을 해임하여 절도사로 전출시켰다. 그리고 금군을 세 계통으로 분산해 조직하여 권력이 하나로 모이는 것을 막았다. 절도사는 종종 다른 곳으로 옮겨서 한 곳에서 권력을 강화할 수 없도록 했다. 이에 따라 절도사의 권한 축소도 이루어졌다. 절도사의 부하는 중앙이 임명했으며 절도사가 본인 마음대로 뽑을 수 없었다. 중앙에서 파견된 관료가 배치되어 주州의 행정조차 독단적으로 할 수 없었고, 집행하려면 정해진 관리 두 명의 서명이 필요했다.

이러한 새로운 관료 제도가 정비되어감에 따라 절도사는 군관의 최고위임에도 불구하고 실권이 없는 명예직이 되어갔다. 이렇게 군사 조직의 권력을 사령관이 아니라 황제에게 회수하여 중앙에서 집권할 수 있게 된 것이다.

또한, 이 시대에는 국가를 움직이는 새로운 계층이 등장했다. 바로 사대부다. 고대에는 군의 장교를, 나아가 귀족을 가리키는 말이었지만, 송나라 때는 과거 제도를 거쳐서 생겨난 지식층을 가리켰다. 과거 시험에는 상당한 비용이 들기 때문에 그들은 주로 신흥 지주 계층에서 나왔다. 그리고 과거에 합격하여 직책을 얻으면 그 효과는 지대했다. 관료로서의 특권 및 뇌물 덕분에 그 가문은 매우 풍요롭게 번성했다.

◆ 북벌의 실패

북송 왕조는 중앙 집권화 정책을 추진했지만, 안쪽으로만 눈을 돌리고 있을 수는 없었다. 주변에 이민족 왕조가 존재했기 때문이다. 북송 왕조는 중국 통일 사업을 추진했다. 남쪽은 비교적 순조롭게 평정할 수 있었지만, 북방의 땅을 평정하는 데는 실패했다.

북쪽에는 거란이라는 숙적이 있었다. 요나라는 거란족이 세운 국가였다(거란, 글단, 또는 키탄은 언어, 문화적으로는 튀르크나 고구려의 영향을 많이 받은 민족

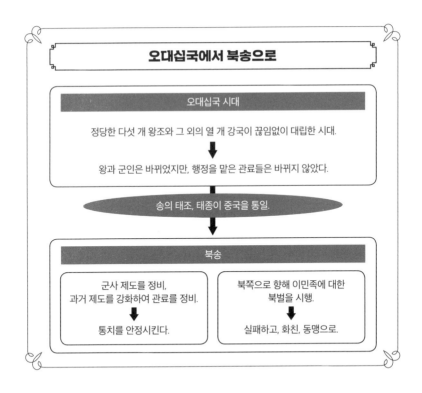

오대십국에서 북송으로

오대십국 시대

정당한 다섯 개 왕조와 그 외의 열 개 강국이 끊임없이 대립한 시대.

⬇

왕과 군인은 바뀌었지만, 행정을 맡은 관료들은 바뀌지 않았다.

송의 태조, 태종이 중국을 통일.

북송

군사 제도를 정비,
과거 제도를 강화하여 관료를 정비.

⬇

통치를 안정시킨다.

북쪽으로 향해 이민족에 대한
북벌을 시행.

⬇

실패하고, 화친, 동맹으로.

으로, 중국 소수 민족인 다우르족으로 계승되었다고 여겨진다 – 옮긴이 주). 974년
에 평화 조약을 맺었지만 이는 오래 가지 않았다. 불과 5년 뒤인 979년에 북송
이 거란의 우방인 북한北漢에 대한 원정을 시작했기 때문이다. 군주인 태종이
직접 출격한 이 싸움은 북송의 승리로 끝났다.

북한에 승리하고 기세가 오른 태종은 그대로 거란으로 쳐들어갔다. 후진이
거란에 넘긴 연운燕雲이라는 땅을 되찾으려 한 것이다. 그러나 거란이 북쪽에
서 파견한 군대의 반격으로 북송군은 대패한다. 그러나 북벌을 포기할 수 없었
던 태종은 986년 거란에 어린 왕이 즉위한 것을 기회로 다시 북벌을 감행한다.
하지만 어린 왕인 요나라 성종에겐 여걸로서 이름 높은 어머니 승천황태후가
있었다. 태종은 황태후가 이끄는 거란군의 반격에 직면했고, 두 곳에서 벌어진

전투에서 북송군은 다시금 대패하고 만다. 결국, 북송은 연운을 되찾지 못했고, 주변 나라와의 대립은 계속됐다. 이후 거란에 여러 차례 토지를 빼앗기면서 북송은 수세에 몰리고 말았다. 거란은 북송을 군사력으로 압도했다.

이후 1004년 겨울에 거란군은 황하 유역까지 쳐들어왔다. 북송에선 수도를 옮기는 이야기도 나왔지만, 재상이 당시 황제인 진종을 설득하는 형태로 양국 황제의 회담이 실현되었다. 송나라가 평화 조약을 제안했고, 거란이 이를 받아들였다. 그리고 여러 차례 양국이 사자를 보내어 협상을 거쳐 결국 화의가 성립했다. 이것이 중국사에서 유명한 전연澶淵의 맹이라는 사건이다. 이 맹약을 통해 거란과 중원 정권 사이의 긴 싸움은 종지부를 찍었다. 거란 측이 다소 우위에 있었지만, 양국 황제는 상대를 인정하고 서로 형제 관계를 맺으며 대등한 관계가 되었다. 무역을 하고 황제의 생일에는 사절단을 상대국 조정에 파견했다. 이후 양국은 120년 가까이 우호 관계를 유지해나갔다.

◆ 여진족의 대두와 북송의 멸망

12세기 초, 거란 동북 변방에서 여진족이 대두하면서 전연의 맹 이후 북송과 거란 사이의 평화는 점차 흐트러지기 시작했다. 여진족은 넓은 지역에 분포했고, 각 지파는 사냥과 농경, 목축 등으로 생계를 유지하고 있었다. 이때 그들을 '여진'이라고 묶어서 부르긴 했지만 정치적으로 하나의 집단은 아니었으며, 부족 간 다툼도 있었다. 그중에서도 거란의 지배 영역에서 멀리 떨어진 지역에 살면서 거란에 복속하지 않았던 이들을 '생여진生女眞'이라고 했다. 그 족장이 거란을 공격해 1115년에 황제가 되어 금金나라를 세운다. 금은 각지의 여진족을 규합하여 거란군을 숫자로 압도하고 계속해서 거란의 영토를 빼앗아갔다.

이것은 당연히 송나라에도 영향을 미쳤다. 송나라는 이것이 연운을 탈환할 기회라고 본 것이다. 1119년 북송은 몰래 금과 밀약을 맺고, 거란을 협공할 계획을 세웠다. 하지만 북송이 그 약정을 깨고 말았다. 국내에서 반란이 일어나

는 바람에 진군이 늦어버린 것이다. 게다가 거란의 황제가 도망쳤던 연경燕京(옌징, 현재의 북경)에 쳐들어간 북송군은 거란에 대패한다. 그 후 금군은 단독으로 연경을 함락했다. 그리고 1125년에 거란을 멸망시킨 금은 약정을 어긴 북송을 토벌하기 위해서 움직이기 시작했다.

황하를 넘어 금군이 남하하면서 송나라는 혼란에 빠졌다. 1127년에 금군은 북송의 흠종 황제를 포함하여 3,000명을 포로로 잡아 북쪽으로 연행했다. 이 '정강의 변'이라고 불리는 사건으로 북송은 멸망하고, 황제는 죽을 때까지 포로로 살아가게 되었다.

또한, 이 시기의 북송은 내부에도 많은 문제를 안고 있었다. 흠종 황제의 아버지인 휘종 황제는 예술가로서는 뛰어난 재능을 지녔지만, 정치에는 관심이 없어서 모든 일을 재상과 내시에게 맡긴 채 사치스러운 생활을 영위하고 있었다. 특히 진귀한 식물이나 석재 등을 여기저기서 옮기게 한 화석강으로 악명이 높았다. 폭정과 전횡으로 고통받던 사람들은 마침내 폭발했고 민중 반란을 일으켰다. 이러한 내분도 북송 멸망의 큰 원인이 되었을 것이다. 휘종 역시 흠종과 함께 포로로 붙잡히고 말았다.

◆ 송강과 『수호전』

『수호전』은 이 북송의 혼란기를 무대로 한 작품이다. 이야기는 봉인되어 있던 108개의 마성이 해방되어 인간으로 다시 태어나면서 시작된다. 호걸이라 불리는 이들은 무술에 뛰어난 젊은이이거나, 또는 거친 성격의 강력한 승려이거나, 예상치 못한 불운으로 절체절명의 궁지에 몰린 사람이었고, 그중에는 화석강 때문에 직책을 잃은 군인 등도 있었다. 이들은 대부분 의협 정신을 가진 사람들이었다('협俠'에 대해서는 175쪽 참조). 그중에서도 특히 유명하고 많은 사람의 존경을 받은 인물이 송강이었다.

호걸들은 때때로 스스로 원해서 또는 부득이하게 양산박이라는 거점으로 모여들었다. 호수로 둘러싸인 천연 요새에 호걸들이 모이게 된 사연은 각기 다양하다. 처음에는 이곳저곳에서 문제(그 배후에는 사욕을 챙기는 관리들이 있었다)를 해결하는 정도였지만, 점차 더욱 강력하고 거대한 조직이나 집단과 싸우게 되며, 마침내 송나라 관군까지 공격해 온다. 그 와중에 때로는 피해자도 나왔지만 양산박 호걸들이 결국 승리하고, 항복한 군인마저 아군에 합류한다.

결국 휘종 황제도 그 무력을 인정했고, 양산박 무리는 관군이 되어 각지의 반란군과 외적을 물리친다. 심지어 『수호전』에는 역사적 사실과는 달리 양산박 무리가 요나라의 위협을 막아냈다고 나온다. 그런 그들도 마지막 싸움에서 큰 희생을 치렀고, 많은 호걸이 목숨을 잃었다. 살아남은 이들은 각자의 삶을 찾아 나서지만, 중심인물인 송강은 그의 명성과 업적을 두려워한 고관들에게 독살된다.

이것이 『수호전』의 줄거리(다만, 결말은 여러 버전이 있다)로, 그 내용이 모두 허구는 아니다. 북송 말기에 송강이라는 사람은 확실히 있었다. 그는 '송강

36인'이라고 불리는 집단의 지도자였지만, 양산박 무리와 같은 의적 집단은 아니었던 것으로 보인다. 당시 수없이 많았던 반란군, 약탈을 일삼던 도적 떼였던 모양이다. 여기에 같은 시기에 활동한 동명의 송나라 장군 이미지가 합쳐져서 『수호전』의 영웅으로 발전해간 것이다.

♦ 남송과 금나라의 화친

이때 겨우 화를 모면한 황제의 아홉째 자식 조구를 중심으로 북송의 잔존 부대들이 집결했다. 조구는 그들의 지지에 힘입어 즉위하고, 수도를 남쪽의 강남 지방으로 옮겨 계속해서 송나라 왕조를 자칭했다. 역사적으로 이것을 남송이라고 부른다. 금나라와의 싸움은 계속되었고, 남송군은 패배를 거듭했다. 즉위한 조구(고종)는 계속 도망칠 뿐이었고, 강남의 치안은 엉망이 되어 정권의 기반도 항상 불안했다.

그 후 1130년에 남송을 향한 금나라의 대규모 침공이 진정되었다. 금은 황하 이북을 직접 소유하고, 황하 이남에는 제齊나라를 세워서 북송의 문관이었던 유예劉豫를 황제로 임명하여 통치하게 했다.

그리고 악비에 의한 남송군의 반격이 시작되었다. 1134년 악비는 제나라가 통치하던 지역을 회복하고, 침공해 온 금, 제나라 연합군을 격퇴하는 등 활약했다. 하지만 1137년에 국경을 지키던 수만 명의 군대가 제나라로 돌아서는 사건이 생기는 등의 이유로 결국 남송은 북쪽으로 진격할 힘을 되찾을 수 없었다.

이후, 제나라를 없애고 직접 통치하게 된 금과 남송 간 화의가 1138년에 성립한다. 본래는 황하 이남에 있는 제나라 영토를 남송에 반환할 예정이었지만, 금나라 내부에서 정변이 일어나 화해 건은 백지상태로 돌아갔다. 1140년에 다시 금나라가 침공해 왔지만, 남송이 격퇴에 성공했다.

그 무렵, 남송에서는 진회를 중심으로 한 주화파와 주전파 무장들이 대립하고 있었다. 진회는 정강의 변으로 금에 사로잡혔다가 귀국한 뒤 고종에게 중용되어 재상이 된 인물이다.

조정에서는 군대가 북상하는 것을 금지하고, 세 명의 무장을 논공행상을 명목으로 소환하여 군정을 장악하는 장관직에 임명한다. 그러나 이것은 그들의 병권을 박탈하기 위해서였다

이후 남송과 금은 평화를 위해 움직이기 시작했다. 남송은 주전론자였던 악비를 화해를 방해한다는 죄목으로 투옥하고 모반죄를 뒤집어씌워 독살했다. 그리고 1142년, 금과 남송 간에 평화 조약이 성립한다. 남송은 금나라에 세금을 바치고 사대 관계를 맺어야 하는 처지가 되었지만, 국가로서의 체면은 지킬 수 있었다. 금은 남송보다도 먼저 주변국인 고려와 서하에도 압력을 가하여 사대 관계를 맺었는데, 이들과도 맹약을 맺음으로써 나라는 존속시키고 외교 관계를 유지했다.

◆ 군벌의 수장, 악비

이렇게 북송이 멸망하고 남송 초기의 투쟁이 이어지는 가운데, 악비가 맹렬하게 활약했다. 일본에서는 '은하영웅전설' 시리즈로 알려진 다나카 요시키가 청나라 때 소설인 『설악전전』을 원전으로 쓴 『악비전』이나, 기타카타 겐조가 송나라의 역사를 대범하게 재구성하여 완전히 새로운 이야기로 만든 '대수호' 시리즈의 『양령전』, 『악비전』에 악비가 주요 인물로서 등장한다.(한국에는 별도로 번역된 게 없지만, 무협 소설 팬이라면 김용의 소설 '사조삼부곡(영웅문)' 시리즈에서 그가 남긴 병서가 등장하기 때문에 친숙할 것이다 – 옮긴이 주).

빈농 출신이면서도 궁지에 몰린 고국을 근심하던 악비는 의용군에 참군하여 무인으로서의 명예를 떨치고, 마침내 군의 장군이 되기에 이른다. 이를 '악비군'이라고 불렀으니 완전한 악비의 군대, 사설군이었다. 장군이 된 악비는 나아가 반란군이나 양※과의 전투에서 활약하며 선무사로 임명된다. 이것은 그 지방의 군사를 담당하는 직책이었지만, 거기에 그치지 않고 행정이나 재정까지 담당할 수 있었다. 즉, 악비는 독립 세력에 가까운 존재였다고 할 수 있다.

중국사에서 그와 같은 존재는 군벌로서 수없이 등장한다. 그중에서도 악비의 인기가 높은 이유는 금나라에 위협받던 남송의 최전선에서 몇 번이나 침략을 막아냈다는 실적 덕분이지만, 또 하나, 그의 비극적인 죽음 때문이기도 할 것이다. 남송의 재상 진회는 금과 화해할 방침을 세웠지만, 악비와 같은 여러 군벌이 문제였다. 평화 조약을 거부하고 독립이라도 했다간 큰일이었다. 그래서 진회는 악비를 '모반을 꾸몄다'는 이유로 체포하여 독살해버렸다.

악비 등은 지방에 독자적인 군사력(의용군)을 거느리고 있었다. 앞에서 소개한 대로 나라 밖에서의 침공에 대해서만 활약한 것이 아니라, 국내에서 일어난 반란도 제압하며 공적을 세웠다. 하지만 이것은 조정 직할의 군이 아니었기에 금과의 화해를 바라는 주화파 입장에서는 고민거리였다. 조정은 악비 같은 유력한 무장들에게서 독자적인 군을 빼앗는 동시에 각지에 주둔군을 배치했다.

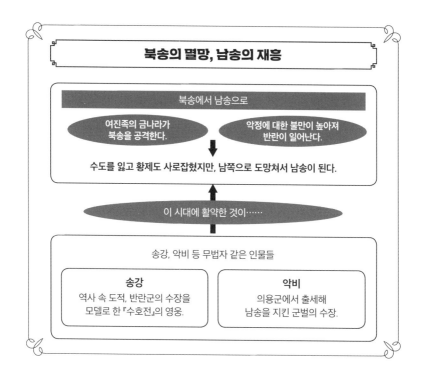

각 군이 독자적으로 행하던 운영 제도를 없애고, 총령소總領所라는 기관에 보급을 맡겼다. 군의 통치를 중앙으로 되찾아온 것이다.

중화 세계를
위협한 외적들

일본은 섬나라로, 바다가 국경이다. 바다를 건너 일본까지 오기란(특히 고대와 중세의 기술 수준으로는) 상당히 어려워서 외부와의 접촉은 당연히 적어진다. 하지만 중국은 다르다. 대륙 국가다. 국경이 주로 육지에 있어서 자연스레 주변 여러 나라와 경제·정치·군사·문화 측면에서 다양한 관계를 맺게 된다. 특히 군사 면에서의 관계가 중요하다. 주변 지역 또는 나라가 종종 중국의 풍부한 부를 노리고 침입해 오거나, 반대로 중국 쪽에서 공격할 수도 있다. 중국이 강할 때는 조공 무역으로 저자세를 보이고, 때로는 이민족의 나라가 중국을 점령하고 지배하기도 했다. 여기서는 (중국 입장에서 본) 외적들을 소개한다.

◆ 중화사상

중국과 주변 지역의 관계성을 생각할 때, 절대로 피할 수 없는 말이 있다. 바로 중화사상(화이사상)이다. 고대 중국인들은 자신들(및 지역)을 '중화', 즉 세계의 중심으로 생각하고, 주변 여러 지역 주민들은 자신들에 비해 열악한

'오랑캐(이적夷狄)'로 여겼다. 한나라 이후의 한자 문헌에 나오는 '중화'는 중원에 사는 한족과 그들을 지배하는 왕조를 의미하며, 문명 세계와 질서의 중심이라는 의식이 담겨 있었다. '이적'은 문화가 뒤떨어진 지역 주민을 의미했다.

이적은 적狄, 이夷, 만蠻, 융戎, 이 네 가지로 나뉘었다. 모두 묶어서 '네 오랑캐(사이四夷)'라고도 한다. 이것은 정치의 중심이었던 화북華北의 황하 중류 지역에 있던 낙양을 기준으로 주변을 본 각각의 호칭이다. 여기에 방위를 붙여서 북적北狄, 동이東夷, 남만南蠻, 서융西戎이라고도 한다.

현대인의 관점에서 보면 상당히 위화감이 들며, 지나친 선민사상이라고 해도 좋을 것이다. 그러나 그 당시 중국이 지니고 있던 군사력과 경제적인 풍요로움, 문화와 기술력을 고려하면 이렇게 생각하는 것도 당연했다.

중국인과 오랑캐를 나누는 기준은 인종 차이로 생각할 수 있지만, 문화적 우열의 차이이기도 했다. 따라서 오랑캐라고 불리는 사람들도 문화 수준이 올라가면 중국에 영입된 것으로 여기곤 했다. 하지만 실제로는 오랑캐의 문화적 발전 자체를 완강히 거부하고, 쉽게 받아들이지 않았던 듯하다. 문화 수준이 올라가면 받아들이겠다는 자세를 취하면서도 발전 자체를 가로막았다. 오히려 오랑캐를 배제하는 양이攘夷 사상을 내세우기도 했다. 중화로 인정받는 국가라고 해도 이 뜻을 거역하면 야만족으로 전락했다.

지나친 차별 사상이지만, 이를 통해서 규율을 만들려는 측면도 있었다. 중화보다 뒤떨어진 오랑캐가 존재한다는 인식을 통해 계층 제도를 수립했다. 또한, 오랑캐로 전락시키는 형벌로 다스림으로써 중화 사람들이 자신을 돌아보고 노력하게 했다. 어떤 의미에서 법의 역할을 했다고 할 수 있다.

중국에서 오랑캐로 여겼던 중국 소수 민족 대부분은 고유의 문자를 가지고 있지 않았다. 일본도 언어는 있었지만 문자는 없었다. 그래서 중국 문자인 한자를 받아들여서 자신들의 말을 기록했고, 나중에는 한자를 바탕으로 독자적

인 글자인 히라가나와 가타카나를 만들었다(한국에서도 '이두'처럼 한자의 음과 뜻을 빌려 한국어를 표기했다 – 옮긴이 주).

독자적인 문자가 있었다고 해도 대개는 무당 같은 이들이 제사를 지낼 때 사용했으며 일반 백성이 사용하는 것은 아니었다. 한족이 자신들을 위로 올리고, 다른 민족을 천시한 데에는 이런 이유도 적지 않을 것이다.

문자가 일상적으로 사용되지 않았던 만큼 고대 한족 이외의 소수 민족에 관한 내용은 본인들이 작성한 기록이 아니라 한족의 사료에 의지할 수밖에 없다. 게다가 많은 저자가 실제로 그들과 교류한 것이 아니라 전해 들은 내용을 정리했을 뿐이다. 한족 왕조의 정통성을 주장하는 내용이 중심이라는 점도 주의해야 한다.

또한 중화사상이 중국만의 것이었다고는 할 수 없다는 점이 재미있다. 일본은 그 정점에 선 이를 황제와 비견되는 존재로서 천황(덴노)이라고 불렀으며, 자신들도 주변에 오랑캐를 지닌 중화라고 여겼다. 조선에서는 중국을 중화로 인정하면서도 '우리는 중국이라는 대중화에 필적하는 소중화이니, 즉, (오랑캐가 아닌) 중화다'라는 소중화사상이 탄생했다. 또한, 자국을 중화라고 칭하면서 이름도 중화의 나라, 즉 중국이라고 자칭하는 나라도 있었다고 한다.

나라 이름은 일반적으로 지명에서 유래하는 경우가 많은데, 이처럼 어떤 개념으로부터 탄생한 이름도 있다. 이런 것이 독창적인 명명 방법에 도움이 되리라고 생각하여 소개했다(중화사상에서 중요한 것은 군사력이나 권력이 아니라, 문화적으로 앞서 있다는 인식이다. 주변 민족을 모두 '오랑캐'라고 부른 것도 문화적 우위를 내세운 것이며, 설사 군사력은 뒤져도 문화는 우위에 선다는 인식만으로 자부심을 느낄 수 있었다. 그만큼, 중화사상은 모든 문화에서 가장 뛰어나야 한다는 집착으로 연결되는데, 현대 중국이 '모든 것은 중국이 원조'라고 주장하는 것도 중화사상의 연장으로 생각할 수 있다 – 옮긴이 주).

◆ 한마디로 중화, 오랑캐라고 해도……

중국인이라면 주로 한족을 가리킨다고 해도 좋을 것이다. 그들은 중화를 구성하고 있던 사람들이다. 그럼, '중국인=한족'인가? 무엇보다도 한족이 단일 민족이냐고 하면 아무래도 의문이 생긴다.

사실 중국 최초의 왕조라고 하는 하나라는 동이가 세운 나라로 여겨진다. 강을 따라서 황하 중류 지역으로 이동해 온 하 민족이 도시 문명을 세웠다는 것이다. 더욱이, 그다음에 은나라를 세운 것은 북적 출신으로 알려졌다. 은나라 사람(상족)은 황하 북쪽에서 남쪽으로 내려온 수렵 민족이었다. 『사기』에 나오는 은나라 신화는 동북아 삼림지대에서 살아가는 수렵민의 시조 신화와 공통된 부분이 있다.

또한, 중국 최초의 통일 왕조인 진秦의 조상은 서융이라고 한다. 이렇게 생각하면 '중국은 한족의 나라다. 중화는 한족의 지역이다'라는 말은 이치에 맞지 않다고 할 수 있지 않을까? 현대에도 함께 묶어서 한족이라고는 하지만, 남

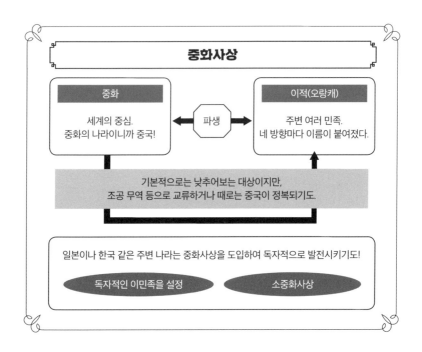

쪽과 북쪽은 신체적 특징도 다르고, 언어도 각 지역 방언으로서 상당한 차이가
있다. 이들을 '중국어'라고 한꺼번에 묶어서 말하기 어렵고, 북경어를 공통어
로 삼고 있으면서 실제로는 복수의 '중국어'가 있다는 것이 지금의 상황이다.

중국은 워낙 넓다 보니 오랜 역사 속에서 지역적인 차이가 신체, 언어, 문화
에 영향을 미쳤다고 생각할 수 있지만, 주변 지역 여러 민족이 뒤섞이면서 동
화되어갔다고 보는 게 타당할 것이다. 중국은 수많은 민족으로 이루어진 다민
족 국가로, 한족 자체가 여러 민족이 뒤섞여 생겨난 나라의 특징을 보여주는
게 아닐까?

이러한 점을 고려해주길 바라며, 네 오랑캐에 관하여 소개하고자 한다.

♦ 몽골계의 북적

현재 산서성山西省(산시성)과 내몽골 자치구의 유목민을 북적이라고 부른다. 그들은 주로 수렵 생활을 하며 살아갔다. 현재는 숲이 적은 지역이지만, 예전에는 단풍나무와 자작나무, 호두나무 등이 자라는 숲으로 뒤덮인 땅이었다. 그런데 기원전 1세기경부터 몽골고원의 유목 민족이 남쪽으로 내려오기 시작했다. 그들의 가축이 수목을 먹어 치웠기 때문에 13~14세기 원나라 시대에 숲이 거의 사라져버린 것이다. 숲이 사라지면서 수렵 민족의 생활권도 변화했다. 생활권이 요하강(랴오허강)보다 동쪽에 한정되면서 12세기의 금나라와 17세기의 청나라는 이 지역에서 등장했다.

♦ 몽골 제국과 원나라

몽골 제국은 몽골계 민족이 세웠으며 중국을 포함한 광대한 영토를 획득한 나라다. 이 제국이 분열되어 중국을 중심으로 세워진 것이 원나라다. 중국 땅

에서 이민족 왕조가 생겨나면 종종 중국의 수준 높은 문화의 영향을 받아서 동화되는 사례도 있었다. 지배자와 지배 대상의 관계라곤 하나, 중국은 특별하고 큰 존재였다. 그러나 원나라는 동화되는 길을 선택하지 않았다. 이른바 몽골 지상주의, 즉 정치적·사회적 특권을 가진 소수의 몽골인이 법적으로 권리가 제한된 다수의 한인漢人(한인세후 아래의 중국인과 여진, 발해, 고려인 등을 포함한 사람들-옮긴이 주)이나 남인南人(남송인)을 지배하는 체제를 강력하게 구축한 것이다. 이를 통해서 몽골인 고유의 문화는 지켜졌다. 과거를 폐지하고 문벌주의가 되었다는 점에서도 중국(한족)의 전통을 계승하지 않았던 원나라는 특이한 존재라고 해도 좋을 것이다.

　하지만 원나라는 100년도 유지되지 못했다. 쇠퇴 원인 중 하나는 왕위 계승을 둘러싼 궁중의 내분이었다고 한다. 초대 황제인 쿠빌라이 칸의 치세 때 가장 번성했으며, 그 후에는 계속 쇠퇴해갔다. 재정난과 천재지변, 몽골 지상주의에 대한 국민의 불만도 높아지면서 반란으로 무너지고 말았다.

◆ 여진

여진족은 퉁구스계 민족으로, 주로 수렵과 유목 생활을 하던 이들이었다. 앞에서 소개한 금나라와 청나라는 바로 이 여진족이 세운 나라다. 퉁구스는 캄차카·사할린에서 시베리아 동부와 중국 동북부에 분포하는 퉁구스어를 사용하는 민족을 부르는 이름이다. 여직女直이라고 쓰기도 했다. 일본에서 만주족이라고 부르는 이들도 본래는 여진족이다.

퉁구스어계 민족은 주로 무속 신앙을 숭배했다. 정령이나 신과 교류하며 능력을 얻는 무당이 중심이 된다. 무당은 신령과 인간을 중개하는 역할을 하며 사람들에게 존경을 받는 존재였다.

여진의 전신은 흑수말갈黑水靺鞨이라고 한다. 흑수말갈은 요나라 시대에는 요나라와 고려에 조공을 바쳤으며, 흑수여진, 동여진이라고도 불렸다. 이 여진족을 생여진生女眞이라고 한다. 한편, 요나라 영토로 이주한 이들도 있었는데, 이들은 숙여진熟女眞이라고 불렸다.

요나라 말기, 생여진들이 금나라를 세워서 요나라를 멸망시켰다. 금나라는 화북을 제패하고 남송과 대립했지만, 1234년 몽골에 의해 멸망했다.

◆ 한국인·일본인을 포함한 동이

낙양을 기준으로 동쪽에 있는 집단을 동이東夷라고 불렀다. 황하, 회하淮河(화이허강) 하류 지역을 중심으로 생활하던 사람들을 이렇게 불렀지만, 한반도와 일본 지역에 살던 민족도 낙양을 기준으로 동쪽에 있고 중국에 포함되지 않은 지역·국가다. 즉, 일본인도 한국인도 중화사상으로 생각하면 동이에 포함되는 셈이다.

'이夷'라는 글자는 한자로 활을 뜻하는 '궁弓'과 크다는 의미의 '대大'를 합쳐서 만든 글자이며, 본래는 한자 '저(낮을 저低 혹은 밑 저底)'와 같은 음이었다고 한다.

이夷라는 한자는 그 모습 그대로 '큰 활을 가진 사람'에서 온 것으로, 이는 중국 동부 주민들의 무기를 가리키지만, 동시에 '낮은 곳에서 사는 사람'을 뜻하기도 한다. 지도를 보면 황하 등 중국의 큰 강은 서쪽에서 동쪽으로 흐른다. 즉 동쪽이 저지대라는 사실을 충분히 알 수 있다.

한마디로 동이라고 칭하지만, 그 안에도 다양한 부족이 있었다. 내이萊夷, 서이徐夷, 회이淮夷 등 아홉 부족이 있었기에 이를 '구이九夷'라고도 불렀다.

◆ 남만

하남성河南省(허난성), 사천성四川省(쓰촨성) 등에 살던 산악 민족을 말한다. 중국의 영토가 확장되면서 남만 지역도 점차 남쪽으로 이동하게 되었다. 그들은 산에서 화전 농업에 종사했다. 또한 『삼국지연의』에서는 촉나라에 토벌되는 악역으로 등장한다.

일본에서는 오래전 아마미오섬奄美大島에서 동남아시아에 걸친 지역을, 16세기 이후에는 유럽의 천주교 국가들을 가리켜서 남만이라고 불렀지만, 이는 일본의 독자적인 방식이며 고대 중국에서 말한 본래의 오랑캐(사이四夷)와는 다르다

◆ 서융

튀르크, 티베트 계열의 섬서陝西(산시) 지역이나 만리장성과 비단길이 통과하는 것으로 잘 알려진 감숙성甘肅省(간쑤성) 초원에 사는 민족을 서융이라고 한다. 튀르크와 티베트계 사람들은 유목과 목축으로 생계를 유지했다.

은나라 다음에 일어난 주나라는 본래 산서山西(산시) 고원 서남부에 살던 종족이었다. 이들이 견융이라는 유목민에게 밀려서 멀리 서쪽으로 이동해 서융과 북적 사이에 나라를 세웠다고 한다. 서융은 많은 부족으로 나뉘었으며, 면저의 융緜諸之戎, 의거융義渠戎, 여驪 등 다양한 이름이 전해지고 있다.

◆ 주변 이민족과 중화 세계

중화풍 세계를 창작할 때, 오랑캐(이민족)와의 관계는 어떤 식으로 이야기에 도입하는 것이 좋을까?

가장 간단한 방법은 외적으로 취급하는 것으로, 판도 확대를 위한 정복 대상으로 설정한다. 물론 나라와 나라(또는 지역)의 관계가 그런 것만 있지는 않다. 외교에서 복종시키는 상대, 경제 교류를 하고 희귀 상품을 공급받는 대상, 수도에 와서 학문과 종교를 공부하는 유학생의 출신지 등으로 설정할 수 있다. 이국적인 요소를 지닌 이민족 인물을 등장시킴으로써 인간관계와 전체적인 분위기에 변화를 가져올 수도 있다.

하지만 오랑캐(또는 그런 존재)가 그대로 야만적인 위치에 머무른다고는 볼 수 없다. 그들이 새로운 중화로서 일어서려는 야심을 품을 때, 당신의 중화풍 세계에는 어떤 변화가 찾아올까? 이러한 점에 주목해보면 좋겠다.

비단길을 통해
외부와 연결된 중화 세계

중국은 닫혀 있는 지역이 아니다. 본래부터 중국이라는 영역 자체가 자주 확대되거나 축소됐지만, 이외에 다른 지역과도 관계가 깊었다. 일본이나 한국과의 관계는 물론, 몽골, 러시아, 베트남, 태국 같은 지역과도 오래전부터 인연이 있었다.

그중에서도 주목할 만한 것은 중국에서 봤을 때 유라시아 대륙 서쪽과 중앙아시아, 나아가 유럽과의 관계다. 비단을 중심으로 다양한 물건을 교환했던 이 길은 비단길(실크로드)이라고 불리며, 동서의 문화가 오갔다.

여기서 다양한 이야기가 태어날 수 있으며, 본래는 있을 수 없는 이질적인 존재가 이 길을 통해서 들어올 가능성도 있다. 얼마든지 이국적인 분위기를 낳을 수 있는 비단길을 창작에서 빼놓을 이유는 없다.

◆ 비단길(실크로드)

중국은 한漢나라 시대 이후, 동북아시아의 여러 민족과 비단과 말 교환을 중

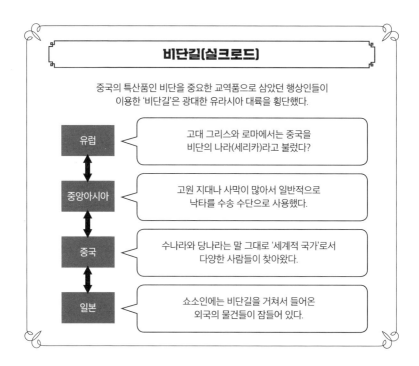

비단길(실크로드)

중국의 특산품인 비단을 중요한 교역품으로 삼았던 행상인들이
이용한 '비단길'은 광대한 유라시아 대륙을 횡단했다.

유럽 — 고대 그리스와 로마에서는 중국을
비단의 나라(세리카)라고 불렀다?

중앙아시아 — 고원 지대나 사막이 많아서 일반적으로
낙타를 수송 수단으로 사용했다.

중국 — 수나라와 당나라는 말 그대로 '세계적 국가'로서
다양한 사람들이 찾아왔다.

일본 — 쇼소인에는 비단길을 거쳐서 들어온
외국의 물건들이 잠들어 있다.

심으로 한 견마 교역을 하고 있었다. 서방과의 공식적인 교역은 한나라 무제武
帝가 중앙아시아에 사자를 파견한 기원전 130년경의 일이다. 하지만 그 이전
에도 어느 정도의 교류는 시작되었던 듯하다.

'비단길'이라는 이름은 중국 특산품인 비단을 옮긴 것에서 유래했으며, 독일
의 지리학자가 '실크로드'라고 이름을 붙인 데서 시작되었다. 물론 비단 이외
의 물건도 유통했지만, 그만큼 비단이라는 특산품이 중요했다. 서쪽에서는 구
슬과 보석, 유리 제품 등이 중국에 전해졌다. 또한, 사자, 포도, 석류와 같은 당
시에 중국에는 없었던 동식물, 심지어 불교 같은 종교와 문화도 소개되었다.

교역로는 여러 경로가 있었다. 타클라마칸 사막 북쪽이나 남쪽 오아시스를
통하는 두 개의 길이 좁은 의미에서의 비단길이다. 하지만 일반적으로는 후세

에 들어와 활발해진 선박에 의한 교역도 포함하여 중국과 서방 국가를 연결하는 교역 루트를 모두 비단길로 보는 듯하다.

♦ 수와 당의 번영과 비단길

수나라와 당나라 시대의 중국은 주변국보다 빼어난 선진국이었다. 그만큼 이 시대에는 실크로드 교역도 더욱 활발했다. 율령제가 정립된 중국에 비해 한반도와 일본 등은 아직 통일과는 거리가 멀었기 때문이다. 일본은 견수사와 견당사를 파견하여 이들 나라와 인연을 맺었는데, 오노노 이모코 같은 이들이 유명하다. 수와 당에 '세계 제국'이라는 말이 붙었던 점을 볼 때, 세계의 리더 격 존재였다고 할 수 있다.

그다음에 송나라 때가 되면 이민족의 나라들이 두각을 나타낸다. 중국은 국력이 쇠퇴하고 주변국에 대한 영향력도 잃어갔다. 그래서 중국 역사에서 수와 당의 번영이 더욱 돋보이는 것이다.

'번영한 고대 제국'은 판타지 이야기에서 종종 등장하는 소재다. 유럽풍 판타지라면 지중해를 중심으로 유럽에서 널리 판도를 확대한 로마 제국이 떠오르고, 남미의 잉카 제국 등을 소재로 활용하는 것도 재미있겠다. 전자는 정치·군사적인 힘뿐만 아니라 도로나 상하수도 같은 기반 시설, 병원 같은 사회 시스템, 심지어는 '머지않아 증기기관을 발명할지도 모른다'라는 기술적인 부분도 포함하여 매우 낭만(로망)이 넘친다(그러고 보니 '로망'이라는 표현도 로마가 기원이다!). 후자는 신비로운 분위기로 여러 가지 상상을 자극한다.

이들과 마찬가지로 수나라·당나라 시대 중국도 고대의 위대한 제국으로서 모티브로 삼을 가치가 있다. 특히 이들 나라는 비단길을 통해서 그 명성과 문화가 주변국뿐만 아니라 유럽에까지 전해졌다. 이때 진정으로 위대한 곳이라는 명성을 떨칠 수도 있겠지만, 동시에 오해가 생길지도 모른다.

예를 들어, 유럽에서는 '세리카'라는 먼 나라에 대한 전설이 전해진다. 이것은 '비단의 나라'라는 뜻으로, 비단길 끝에 있는 중국을 가리키는 말로 생각하는 경우가 많지만 다른 나라라는 설도 있다. 만약 당신이 유럽을 모델로 이야기를 쓸 때 먼 동쪽의 신비한 나라에 '세리카'라는 이름을 붙이면 이에 대해서 알고 있는 사람이 '작가가 꽤 공부했구나'라고 생각하게 만드는 효과도 얻을 수 있다(세리카나 세레스는 육로로 갈 수 있는 동방의 땅으로 지리적으로는 인도 북쪽에 붙어 있다고 여겼기에, 본래는 중국이 아닌, 서양인이 생각한 '동방의 신비한 나라 이름'을 가리키는 의미에 가깝다. 그 밖에 중국을 부른 이름으로는 거란어 '키타이'에서 온 '케세이cathay', 진나라에서 온 '시나sina' 등이 있다-옮긴이 주).

♦ 외부에 대한 중국의 태도

중국에는 비단길이나 여타 방법을 통해서 외국에서 공사를 불문하고 다양한 사람이 찾아오곤 했다. 이런 수당 시대에 중국은 외부로 나가는 사람들을 철저하게 관리했다. 특히 공적인 사신 이외의 사람들이 나라를 빠져나가는 것은 엄격하게 제한되었다. 이를 무시하고 뛰쳐나간 것으로 알려진 인물이 『서유기』로 유명한 현장 삼장법사다. 또한, 외국인 남성이 자신과 결혼한 중국인 여성을 본국으로 데려가는 것도 허용되지 않았다. 중국인은 자산으로 여겨졌기 때문이다.

교역과 관련해서는 '호시互市'라고 불리는 상인들이 서로 거래를 할 수 있는 거점이 변경 등의 장소에 한정적으로 설치되어 있었다. 주변 여러 나라의 사절은 황제에게 특산물을 조공했지만, 조정으로부터 비단 제품 같은 답례품을 받았기에 실질적으로는 무역에 가까운 형태인 경우도 많았다.

수나라 때에는 해상 무역이 그다지 활발하지 않았지만, 당나라 때에는 해상 무역 전문 사무소가 설치되기에 이르렀다. 향료나 염료 등을 수입했던 것 같은데, 주로 무슬림 상인들이 이러한 남해 무역을 담당했다.

교역을 통해서 중국은 비단 같은 특산품을 수출했지만, 그들 또한 외국으로부터 영향을 받았다. 그중에서 가장 많은 영향을 받은 것이 페르시아 문화(지금의 이란)다. 중국에는 '호복胡服'이나 '호모胡帽'처럼 '호胡'라는 말이 붙는 물건들이 있는데, 이들은 주로 페르시아 문화의 영향을 받은 물건을 가리킨다. 특히, 수도인 장안에서 이 페르시아 문화가 유행했다고 한다.

이 영향은 비단길 끝에 있는 일본에까지 흘러들어서 페르시아 양식의 유리잔 등이 일본의 쇼소인(본래 도다이지東大寺란 절의 창고로, 다양한 문화 유물이 있어 국가에서 관리한다 – 옮긴이 주)에 보관되어 있다.

♦ 바다의 비단길

비단길에서는 주요 수송 수단으로 낙타를 이용했다. 낙타는 광대한 사막을 이동하는 데 가장 적합한 동물이지만, 낙타 한 마리가 운반할 수 있는 양은 한정되어 있었다. 더위가 심한 사막을 오가는 것은 사람들에게도 매우 힘든 여정이었다.

그런 가운데, 8세기 후반에 상황이 바뀌었다. 항해 기술이 발달하고 그때까지 겨우겨우 연결되어 있던 각 해역 사이에 제대로 된 항로가 열린 것이다. 이에 따라 중국 남부에서 페르시아까지의 해로가 안정되고, 서아시아와 중국이 직접 연결되기에 이른다. 그 결과로 바닷길 수송량이 육지의 비단길을 넘어서게 되었다.

바다를 통한 교역도 페르시아와 무슬림 상인이 주로 맡았다. 그들은 아프리카 동해안과 페르시아만, 동남아시아, 중국 연안을 잇는 항로를 설립했다. 중국 광주広州(광저우)에는 외국 상인을 위한 대규모 거류지와 이슬람 예배당인 모스크가 만들어졌다. 당나라 말기에 황소의 난(875)이 일어났을 때 무슬림 상인 등 12만 명이 살해되었다는 기록이 있다. 이것으로 당시 중국에는 상당수의 외국인이 방문하고 있었음을 알 수 있다. 외국 상인을 대상으로 자산 반출에 대한 규제가 심했다고 앞에서도 언급했지만, 이 정도로 사람이 많았다면

확실히 엄격한 제한이 필요했겠다는 생각이 든다.

무슬림 상인들이 교역에 사용한 배 중에서 가장 큰 것은 300톤 정도 규모에 이르렀고, 80톤에 가까운 적재량을 자랑했다고 한다. 이는 낙타 1,600마리가 실어 나를 수 있는 양에 해당한다. 바다를 통해서 대량 수송이 가능해짐으로써 비단길 교역은 더욱 활발해졌다.

10세기 후반부터 11세기에 이르면, 중국에서 만든 원양 범선 '정크'와 나침반을 이용한 새로운 항해 기술이 접목되어 광동廣東(광동)이나 복건福建(푸젠) 등지의 중국 상인들이 남중국해와 인도양으로 진출한다(정크는 특정한 형식의 배가 아니라, 중국을 시작으로 동아시아 계열의 배를 통칭하는 영어 표현이다. 구조나 크기 등은 시대에 따라 달랐지만, 정크라는 표현이 대중화되어 중국 배를 흔히 이렇게 부른다 – 옮긴이 주).

정크는 작은 것은 2~300명, 큰 것은 5~600명 정도 태울 수 있었다. 주로 소나무와 삼나무로 제작됐는데, 옆면을 이중, 삼중으로 겹쳐서 만들고, 유동 기

름이나 석회로 틈새를 막아 누수가 되지 않게 했다. 화물창은 제대로 된 격벽으로 나뉘어 있고, 한 화물창에 침수가 일어나도 배가 침몰하지 않도록 설계되어 있었다.

나침반은 서양에서 만들어졌다고 생각하기 쉽지만, 사실은 중국에서 나온 것으로 중국의 4대 발명품 중 하나로 손꼽힌다. 나침반은 상인들을 통해서 유럽에 전파되었다. 중국에서는 전국 시대 말기 무렵에 자석이 지구의 자극을 가리킨다는 사실을 이미 알고 있어서 나침반이 실용화되어 있었다. 그것이 항해술에도 도입된 것이다. 나침반은 십이지와 팔괘로 나뉘어 24개의 방위가 새겨져 있었기에 상당히 정확하게 방향을 알 수 있었다. 반대로 말하자면, 10세기 후반까지는 나침반 없이 항해했다는 말이다. 물론 다른 방법으로 방향을 정했겠지만, 나침반이 등장하면서 위험이 크게 낮아진 것은 분명하다.

송나라 때에는 중국에서 외국으로 수출된 품목이 170개에 이르렀다고 한다. 비단과 함께 금이나 은 같은 광물만이 아니라, 도자기나 동전도 주요 수출품으로 추가되었다. 특히 도자기는 영어로 '차이나china'라고 할 정도로 중국의 대표적인 수출품이 되었다. 특수 점토를 사용한 도자기는 중국 밖에서는 제조하기 어려웠다. 중국 도자기는 다른 나라에 수출되었기에 이집트와 동아프리카 등의 유적에서도 출토되고 있다.

송나라 동전은 품질이 매우 뛰어나서 일본에도 대량으로 수입되어 주요 통화로 사용되었다. 동남아 각지에서도 마찬가지였고, 정크를 이용한 교역을 통해 세계적인 통화가 되었다. 하지만 그렇게 대량으로 수출하다 보니 심각한 동전 부족을 겪었고, 그 결과, 세계 최초로 지폐를 사용하게 되었다.

◆ 정화의 대항해

동서를 연결하려던 시도는 비단길에만 국한되지 않았다. 유럽의 대항해 시대보다도 앞섰던 명나라의 위대한 항해자, 정화鄭和의 얘기를 해보자.

1405년, 환관 한 명이 남해 원정의 지휘관으로 발탁되었다. 정화라는 이름을 가진 그는 운남雲南(윈난)의 무슬림 가정에서 태어난 색목인으로서 12세에 명나라군에 사로잡혀 환관이 되었다. 색목인이란 중국 사회에서 신분을 나타내는 데 사용한 단어로서 위구르와 아랍, 유럽 등의 다양한 인종의 사람들을 가리켰다. 일찍부터 몽골을 따르거나 몽골이 정복한 북방이나 서방 사람들이었다고 한다.

그 후, 공적을 인정받아서 정鄭이라는 성과 태감太監이라는 환관 최고 직위를 받아서 황제의 측근으로 출세했다. 환관은 거세로 인해 남성 기능을 상실하기 때문에 외모와 몸매가 중성적인 경우가 있었다. 하지만 그에 반해 정화는 당당한 체격을 가지고 있었던 것 같다. 항해의 지휘관으로 임명된 것도 그러한 체격이 이유 중 하나가 아닐까? 항해는 30년 동안 일곱 차례에 걸쳐 이루어졌다. 처음에는 동남아시아에서 인도 남부 서해안에 도달했다. 아무리 항해 기술이 미숙한 시대라고는 하나 이 정도는 충분히 가능하지 않을까 싶기도 한데, 놀랍게도 그 후에는 페르시아만, 아라비아, 나아가 아프리카 동해안에까지 이르렀다. 항해자라고 하면 이탈리아의 콜럼버스(1451~1506)와 포르투갈의 바스쿠 다가마(1469?~1524)가 유명하지만, 그들이 태어나기 훨씬 전에 정화는 중국에서 아프리카까지 대항해를 성공시켰다.

그의 함대는 길이가 100미터 이상인 대형 선박이 약 60척, 승무원은 무려 3만 명으로 편성된 대선단이었다. 바스쿠 다가마의 함대가 대서양을 거쳐서 아프리카 대륙 남쪽 해역을 넘어선 것이 1497년이니, 그보다 90년 정도 앞서 아프리카에 도달한 정화의 업적은 얼마나 대단한 것일까? 그만큼 중국의 수준 높은 항해 기술을 엿볼 수 있다.

◆ 비단길과 이야기

육지와 바다의 비단길, 또는 정화의 항해에서 어떤 이야기를 끌어낼 수 있을까? 이국으로 향하는 가혹한 여정을 가장 쉽게 떠올릴 수 있다. 혹독한 자연과 이질적인 문화, 풍습이 앞길을 가로막을 것이다. 어쨌든 비단길을 모티브로 한다면 중앙아시아의 고원과 사막이 기다리는 만큼, 추위와 더위, 고지에서 겪게 되는 질병 등을 고려해야 한다. 위험한 짐승을 만나거나 풍토병으로 쓰러질지도 모른다. 풍습 차이로 인해 예상치 못한 문제가 일어날 가능성도 있다.

이러한 여정을 거쳐서 얻는 것은 사람마다 다르겠지만, 고가에 팔릴 만한 물건, 아무도 본 적 없는 미지의 무언가, 또는 정치·군사적인 힘을 얻기 위해서 망국의 왕자나 외교 사절이 떠나는 일이 생길 수도 있다. 그런 여행자들이 초래한 무언가가 사건이 시작되는 계기가 되기도 한다. 이국에서 전해진 지식과 기술이 사회에 큰 소동을 일으킬지도 모른다. 실제로 중국에서 유래한 나침반이나 활판 인쇄술은 역사를 크게 바꾸었다. 이국에서 전해진 독이 주인공이나 소중한 사람을 해칠지도 모른다. 이국적인 세계와 연결됐을 때 벌어질 법한 일을 당신의 이야기에서 마음껏 활용해보자.

바다의 비단길과 정화의 대항해

육지의 비단길
타클라마칸 사막의 북쪽, 또는 남쪽을 지나는 경로.
오아시스를 거치면서 사막을 지나기에 가혹하며, 짐도 적다.

시대가 흐르면서……

바다의 비단길
중국 남부와 페르시아를 연결하는 해로가 열려서
무슬림 상인, 페르시아 상인이 물건을 옮겼다.

정화의 대항해

대항해 시대보다도 앞선 14세기 전반, 명나라의 환관 정화가
대선단을 이끌고 여러 차례 남쪽 바다로 떠났다.

→ 중동만이 아니라, 아프리카 대륙까지 도달!

『서유기』와 인도로부터
전해져 정착한 불교

    일본인 입장에서는 중국이 불교의 본고장이라는 인상이 있을지도 모른다. 분명히 일본 불교는 중국을 중심으로 동아시아 여러 나라의 영향을 깊이 받았다. 당나라 승려 감진이 고난 끝에 일본에 찾아온 것, 또는 구카이와 사이초 등이 중국에서 공부하여 밀교를 받아들이고, 진언종과 천태종을 열었다는 점에서도 그것은 분명한 사실이다.

    중국은 불교가 매우 번성하여 불교사에 큰 영향을 준 곳이지만, 그 뿌리는 아니다. 불교는 기원전 5세기경 인도에서 탄생했다. 고타마 싯다르타(석가모니, 부처님)의 가르침에서 시작된 종교는 인도에서는 오래지 않아 쇠퇴했지만, 세계로 퍼져 나가서 현재 세계 3대 종교 중 하나가 되었다.

◆ 중국에는 언제 불교가 전해졌는가?

    누가, 언제 중국에 불교를 전했는지에 관해서는 매우 다양한 설이 있다. 삼황오제 시대까지 거슬러 올라간다는 의견이 있는가 하면 '주나라 목왕이다, 공자가 전했다, 연나라 소왕昭王이다, 선진 시대(진시황에 의해 통일되기 이전의 주나라~춘추 전국 시대)다, 진나라 시황제다, 한무제다, 전한의 유향이다, 한나라 애제哀帝다, 후한 명제다'와 같이 다양한 후보가 있다.

물론, 이들 중에는 시대적으로 맞지 않는 등 잘못된 이야기도 많다. 일찍부터 불교가 전해졌다는 의견은 불교가 오래전부터 중국에 있었다거나, 황제와 어떤 관계가 있다는 것을 보여주고자 했던 불교도들의 창작에 의한 것으로 여겨진다.

실재했는지조차 의문시되는 삼황오제 시대는 분명히 맞지 않는다. 서주 시대의 목왕과 공자는 석가모니 이전 시대 인물로, 자신이 죽은 후에 시작된 불교를 중국으로 들여올 순 없다. 다른 인물들 역시 대개는 석가 탄생 이전 사람이거나, 이후 시대의 이야기를 빌려왔거나(시황제가 불교를 금지했다고 하지만, 실제로는 수나라 때의 일이다), 근거가 이상하거나(전한의 유향이 불교 서적을 봤다고 하지만, 그가 살았던 당시에 불교는 구전되는 종교였다) 신빙성이 낮다.

현재의 통설로는 기원 전후 무렵에 전해졌다고 여겨진다. 전한 무제 시대에 비단길이 열리고 이를 통해 중국에 들어왔다는 추측이다. 앞서 언급한 사람 중에서는 전한의 애제나 명제가 후보로 적당하다.

지금까지 몇몇 신빙성이 떨어지는 이야기도 함께 거론했는데, 여기서 불교도들의 노력과 열의가 느껴지지 않는가. 불교가 전해질 때, 이미 다른 종교(도교, 유교, 또는 다른 토착 종교)를 믿는 사람들이 적지 않게 반발했을 것이다. 그래서 '사실은 오래전부터 있던 종교'라거나, '위대한 인물이 관련되어 있다'고 호소했다는 추측은 정말로 그럴듯하다.

현대 사회에 사는 우리는 의외로 잊기 쉽지만, 종교와 신앙은 현실이건 판타지건 세계관을 그릴 때 빼놓을 수 없는 요소다. 왜 우리가 여기에 살고 있는지, 대지는 왜 흔들리지 않고 가만히 있는지, 왜 아이를 낳고 키우면서 성실하게 살아가야만 하는지, 이런 물음에 답해주는 것이 종교다. 그런 만큼, 사람들의 생활에서 사상이나 신앙을 분리하기란 어렵다. 앞서 이야기한 여러 가지 설은 독자적인 신화를 가진 중국에서 어떻게든 불교를 정착시키고자 했던 불교도들이 분투한 결과물이다.

이렇게 기원설과 진실이 어딘가 어긋나 있거나, 후세의 창작 이야기가 뒤섞이는 일은 충분히 있을 법하므로, 왜 그렇게 되었는지, 그때 일어난 비극과 원한이 현대까지 이어진다면 어떤 일이 일어날지 등을 상상해보면 당신이 만들어내는 가공의 세계에서도 다양한 이야기가 펼쳐질 것이다.

◆ 다양한 경로로 전해진 불교

앞서 말한 대로 불교는 인도에서 시작된 종교이지만, 인도에서 중국으로 직접 전래한 것은 아니다. 불교는 전래 초기에는 중앙아시아에 퍼져 있었고, 중앙아시아 나라들의 승려인 서역승이라는 이들을 통해서 중국에 전해졌다. 당연히 그들은 서역 언어를 사용했기에 인도에서 탄생한 본래의 경전과는 해석 등이 다소 달라졌을 것이다.

또한, 불교 경전은 하나가 아닌 데다, 계율도 초기부터 전해진 것은 아니었던 모양이다. 5세기 이후 해로가 발달하면서 동남아시아를 통해서도 불교가 들어왔다. 이 무렵에 인도 불교가 스리랑카를 거쳐 동남아시아에 정착했을 뿐만 아니라, 인도에서도 직접 들어왔다.

중국에서 초기부터 번성한 것은 선종禪宗(좌선, 참선 같은 수행을 통해 내면의 불타를 발견하는 일에 중점을 둔 대승불교의 한 갈래 - 옮긴이 주)이었다. 중국 선종의 시조로서 유명한 것이 보리달마菩提達磨(보디다르마)다. 일본에서는 넘어뜨려도 오뚝이처럼 다시 일어나고, 한쪽 눈을 그려 넣으면서 소원을 비는 붉은 인형(주로 선거 등에서 후보자가 한쪽 눈을 그려 출사표를 던지고, 당선되면 나머지 눈을 그리는 장면이 작품 등에서 종종 나온다 - 옮긴이 주)의 모델이 된 인물이다. 인도 출신의 보리달마는 북위北魏 후기에 중국으로 건너와서 선종을 전파했다

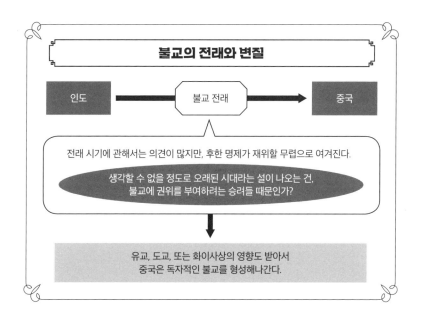

불교의 전래와 변질

인도 → 불교 전래 → 중국

전래 시기에 관해서는 의견이 많지만, 후한 명제가 재위할 무렵으로 여겨진다.

생각할 수 없을 정도로 오래된 시대라는 설이 나오는 건,
불교에 권위를 부여하려는 승려들 때문인가?

유교, 도교, 또는 화이사상의 영향도 받아서
중국은 독자적인 불교를 형성해나간다.

고 한다.

◆ **중국에 적응한 불교**

초기에 중국에 들어온 불교 경전은 우연히 전해진 것도 많았기 때문에 불교에서의 위상이 애매한 상태에서 번역되었다. 이들이 정리되면서 점차 중국의 독자적인 종파가 생겨나기에 이르렀다. 중국에 불교가 전해졌을 무렵에는 이미 존재하고 있던 유가사상, 노장사상(도가사상)의 교리와 뒤섞이면서 정리되기 시작했다. 중국에서 불교가 정착하는 과정에서 유가와 도가 사상을 도입하거나 대립하는 등 세 교리는 복잡하게 얽혀 있었다.

중국 불교를 이야기할 때 한자로 번역된 불교 서적들을 무시할 수 없다. 오늘날에는 이들을 '경經'이라고 부르는데, 이는 본래 유가에서 가장 중요한 책들을 가리키는 말이다. 고대에 불교 서적들을 한자로 번역한 사람들은 '수트

라'(인도계 종교에서 규칙, 공식 같은 금언 등을 모은 경전의 총칭 – 옮긴이 주)라는 말을 유가의 '경'이라는 말로 번역했다. 이는 물론 당시 중국의 문화와 사상의 영향을 받았다. 불교가 전래할 당시에는 이미 한족의 확고한 전통문화가 뿌리 내리고 있었기 때문이다.

이뿐만 아니라 불교 경전의 해석과 번역에도 유가와 도가 용어를 사용하곤 했다. 이외에도 번역 작업에 익숙하지 않아서 내용이 어긋나고, 경전의 목표나 방향성을 제대로 정리하지 못하는 경우 등 본래 인도의 불교 경전과는 다른 모습이 되어갔다.

게다가 중국에서 불교 연구는 한자 문헌에만 의지하는 경향이 강했다. 그에 따라 인도 본래의 불경과 한자로 번역된 불경을 비교하지 않았으며, 그 결과 번역이 잘못되면 해석도 달라지게 마련이었다. 이는 한자 문화를 자랑하는 중국의 중화사상(화이사상) 영향이 크다. 이러한 일로 인하여 중국 불교는 인도 불교와는 전혀 다른 형태로 완성되어갔다.

또한, 번역 과정에서 의도적으로 수정한 것도 있었다. 인간의 도리를 말하는 윤리 사상에서 불교와 유교는 대립적인 위치에 있었다. 불교는 다양한 종파가 존재하지만, 모두 부처처럼 깨달음의 경지에 이르는 것을 추구했다. 이에 반해 유가는 세상 질서를 중시하는 현세주의다. 자신(개인)을 위해 수행하는 불교와 사회 질서를 중시하는 유교는 처음부터 상반된 사상이었다.

이러한 인도와 중국의 윤리관 차이도 경전에서 드러났고, 중국인들이 받아들일 수 있도록 수정할 필요가 있었다.

◆ 불교 경전의 번역자들

앞서 중국 화이사상에 대해서도 언급했지만, 이 시대에는 불교 경전만이 아니라 이국의 문화는 반드시 한자로 옮겨 중국어로 번역되었다. 그리고 경전 번역자로서 외국 승려 안세고와 지루가참 등이 이름을 알렸다. 시대가 조금 지난 후, 구마라습(쿠마라지바)이라는 외국 승려가 번역한 경전들은 중국을 시작으로 여러 나라에 계승된 현대 대승불교 경전의 기초가 되었다.

중국인 중에는 주자행, 도안, 혜원 같은 승려들이 유명하다. 그들은 수많은 경전을 번역하여 중국에 불교를 전하는 동시에, 사람들이 그것을 깊이 이해할 수 있도록 노력했다. 그러한 번역자 중 하나로서 현장 삼장이 있다. 그는 『서유기』에도 등장하는 유명한 인물이지만, 동시에 당나라 시대에 실존한 역사 속 인물이기도 하다. 현장은 낙양 동쪽 출신으로, 열세 살에 출가하여 수나라 말기에서 당나라 초기에 걸쳐서 중국에서 몇 개의 경전을 배웠다. 하지만 이러한 경전을 배우는 과정에서 품은 의문을 국내에서는 해결할 수 없었고, 어쩔 수 없이 원전을 찾아 인도로 떠난 것이다. 현장은 627년에 조정의 허락을 받지 못한 채 장안을 떠나 천산 산맥(톈산 산맥)을 넘어 인도로 들어갔다. 당시 불교 연구의 중심지였던 날란다 수도원에서 학문을 배우는 동시에, 각지의 불교 유적을 찾아 수행을 거듭했다.

그는 641년에 귀국길에 올랐고, 서역 남쪽 길을 거쳐 645년 장안으로 돌아왔다. 이때 현장은 인도에서 불상과 657부의 산스크리트어 경전을 가지고 왔다. 귀국 후 현장은 장안에서 경전 번역과 설법을 해나갔다. 그의 번역은 이제까지 중국에 있던 어떤 번역본보다도 원전에 충실했다. 이에 따라서 번역어가 아주 새로워졌고, 이전 번역본은 구약, 현장의 번역을 신약이라고 한다.

◆ 『서유기』

그 현장 삼장의 실제 여행을 모티브로 신나는 가공의 대모험을 연출한 것이 바로 『서유기』다. 이는 중국 명나라 때 완성된 장편 소설 『삼국지연의』, 『수호전』, 『금병매』와 함께 중국 사대 기서로 불린다. 그 내용 중에서 승려인 현장이 혼란한 세상을 구하는 데 필요한 경전을 찾으러 천축으로 향한다는 점은 역사적 사실과 일치한다. 하지만 여행 과정은 완전히 다르다. 그리고 무엇보다도 현장과 동행한 또 한 명의 주인공이 등장한다. 그의 이름은 손오공이다.

　손오공은 원숭이 요괴이지만, 그냥 원숭이가 아니다. 신성한 돌에서 태어난 그는 놀라운 변신술을 사용하며, 엄청난 속도로 날아다니는 근두운筋斗雲을 타고, 자유롭게 늘어나고 줄어드는 여의봉을 가졌으며, 상제를 비롯한 신들과 싸워도 쉽게 밀리지 않는다. 제천대성齊天大聖(하늘의 제왕처럼 높은 성인)이라는 이름에 어울리는 엄청난 괴물이다. 그러나 부처는 이길 수 없었기에 붙잡혀 봉인된다. 당시 손오공은 근두운을 타고 멀리 날아갈 생각이었지만, 그렇게 한참을 날아서 도착한 산이 부처의 손가락이었다고 하는데, 고작해야 부처님 손바닥 안에서 놀아나고 있었다는 유명한 이야기다.

　그 손오공을 삼장이 구출해내어 제자로 삼았고, 두 사람은 여행을 떠난다. 여행 중 돼지 괴물인 저팔계, 물의 괴물인 사오정(일본에선 머리에 접시를 쓴 요괴 갓파河童로 그려지는 일이 많지만, 원전과는 다르다)을 만나서 그들도 제자로 삼는다. 이 두 사람은 본래 천계의 장수, 즉 신이었지만 죄를 짓고 괴물로 환생했다. 덧붙여서, 삼장을 태우고 여행을 가는 말 백룡도 평범한 말은 아니다. 그는 이름 그대로 본래는 용이었던 존재다.

　삼장 일행의 여행은 순조롭게 진행되지 않는다. 그를 잡아먹으려는 괴물들이 나타난다. 이름을 불렀을 때 대답하면 안으로 빨려 들어가는 호리병(자금홍호로紫金紅葫爐)을 지닌 금각과 은각, 화염산 근처에 살고 있으며 그 불길을 제어할 수 있는 부채 파초선을 가진 나찰녀와 우마왕, 그리고 그들의 자식인 홍해아 등이 유명하다. 이러한 고난 끝에 천축에 도착한 삼장 일행이 경전을 가지고 중국으로 돌아간다는 것이 대략적인 이야기다.

　이 『서유기』의 바탕이 되는 전설은 이미 당나라 시절에 어느 정도 형태가 잡혀 있었던 것 같다. 이것이 남송 시대에 이르러 『대당삼장취경시화大唐三藏取經詩話』(당나라 고승 삼장이 경전을 얻는 이야기 - 옮긴이 주)로 정리된다. 만담 대본으로서 이야기도 짧고 소박하며, 손오공과 사오정 같은 이들이 이미 모습을 드

러내고 있다.

그 후에도 벽화나 시, 희곡 등의 형태로 단편적으로 전해지다가 원나라 말기에 이르러 우리가 잘 아는 『서유기』의 대략적인 형태가 만들어진다. 저자는 명나라의 문인 오승은이라는 것이 통설이지만, 성립되는 과정을 보면 알 수 있듯이 한 사람의 작품이 아니다. 오랜 기간 많은 사람의 손을 거쳐 만들어진 소설이다. 오승은이 저자 중 한 사람일 가능성은 있으나, 적어도 그 혼자서 완성한 책은 아니다.

일본에는 에도 시대 초기에 『서유기』가 들어왔는데, 중기에 이르러 번역서나 그림책이 만들어지면서 널리 소개되기에 이른다(한국에서는 고려 말, 조선 초에 일부 문헌에서 언급되지만, 유교가 성행한 조선에서는 '괴력난신'이 횡행하는 이야기라며 배척당했다. 하지만 이야기 자체는 널리 알려져서 여러 절의 벽화 등 이를 소재로 한 그림이 그려지기도 했다 - 옮긴이 주).

◆『서유기』에서 엿볼 수 있는 중화풍 가치관

지금까지『서유기』라는 작품을 소개한 데에는 중요한 의미가 있다.『서유기』에는 도교의 신들이나『봉신연의』에서 활약한 선인들이 많이 등장한다. 그러나 작중 최고 망나니인 손오공을 혼내주는 것은 그들 중 누구도 아니고, 바로 석가여래다. 현장 삼장이 불교 승려라는 사실은 말할 것도 없고, 그에게 오공을 제어할 수 있는 고리(긴고아緊箍兒)를 주고, 주문을 가르친 것은 관세음보살이다. 즉, 도교적인 세계관을 활용하면서도 이야기의 중심에는 불교가 있다. 이 미묘한 관계가 중국에서 양자가 어떤 사이인지를 잘 보여주는 게 아닐까?

일본에서 민족 신앙인 신도神道와 불교가 융합하기도 했지만, 어떤 세상이나 지역에서 한 가지 종교만이 신봉된다고는 볼 수 없다(한국의 절에도 무속 신앙인 칠성신 등을 모시는 사당이 있다 - 옮긴이 주). 여러 종교가 뒤섞이면서 어느 하나가 우세한 모습을 보인다면 꽤 매력적으로 느껴지지 않을까.

여러분이 만들어내는 이야기에 중국풍 가치관을 도입하고자 한다면『서유기』에 나타난 가치관과 불교의 모습이 매우 도움이 된다. 물론,『서유기』자체도 소재로서, 또한 괴물과 싸우는 이야기의 본보기로서 매력적인 것은 말할 필요도 없다. 원래 중국인에게 서쪽(티베트나 인도, 혹은 그 너머에 있는 유럽)은 동경의 땅이었다. 동쪽으로는 바다와 중국 문화의 영향을 받은 한국과 일본밖에는 보이지 않기 때문에 동경의 대상으로 삼기 어려웠다.

비단길이 열리게 된 계기 중 하나인 한나라 무제에 의한 서쪽 진출도 무제가 서방의 천마天馬(하늘을 나는 신기한 말이 아니라, 단지 명마를 말한다)를 얻고자 했기 때문이라 한다. 서쪽 끝에는 굉장한 것, 본 적도 없는 것, 신기한 무언가가 있다고 중국인들은 믿고 있었다.『서유기』에 수없이 등장하는 신기한 땅들의 모습 속에는 그러한 동경이 충실하게 담겨 있다. 아무쪼록 이를 본받아서 여러분의 바람을 이세계의 모습과 이야기에 담아보길 바란다.

『서유기』와 불교

현장의 위업

법을 무시하고 천축(인도)으로 향하여
중국에 전해지지 않았던 경전을 수집하여 귀환한다.

번역어가 크게 바뀐다.

『서유기』

천축으로 향하는 길에 괴물들에게 위협받는 현장을
제자 손오공, 저팔계, 사오정이 지키며 활약한다.

괴물들의 신비한 전투가 매력이다.

옥황상제 등 도교의 신들은 도저히 막을 수 없었던 손오공의 무법 행위를
석가여래나 관음보살이 제압한다.
→ '도교를 넘어서는 불교'라는 사상이 엿보인다?

칼럼

무릉도원의 환상

　무릉도원 또는 도원향이란, 중국 사람들이 꿈꾸던 이상향을 말한다. 이 개념은 4세기 진晋나라 무렵, 도연명의 『도화원기』에서 나왔다. 강을 거슬러 올라간 어부가 복숭아꽃이 가득한 숲을 발견한다. 이상한 마음에 계속 나아가다 보니 한 동굴로 들어섰는데, 그곳에는 진秦나라 때 전란을 피해 이주한 사람들이 살고 있었다. 그들은 행복하게 살아가면서 어부를 극진하게 대접해주었다. 나중에 어부가 다시 그곳에 찾아가려고 했으나, 다시는 찾을 수 없었다고 한다.

　중국에서는 복숭아가 선인과 관련된 성스러운 열매이며, 서왕모를 상징하는 신비한 힘의 근원이라고 여긴다. 그 때문인지 나중에 도원경은 선인들이 사는 선계와 동일시되기도 했다. 예를 들어, 중국의 이름난 다섯 개의 산인 오악五岳이나 동쪽 저편에 있다는 봉래도와 같은 신비한 장소로서 여겨지게 되었다. 다만, 적어도 『도화원기』의 도원향에 사는 사람들은 지극히 평범하게 살아가는 만큼, 선인과 관계가 있다고 보기는 어려울 듯싶다.

　또한, 도원향은 고생하지 않고 살 수 있는 이상적인 장소라는 점에서 유토피아와 유사하다. 다만 서양의 유토피아 사상은 이상 사회를 만들어나가려는 측면이 있지만, 도원향은 어디까지나 전란을 피해서 도망친 사람들의 은신처이며 일종의 현실 도피처라고도 볼 수 있다. 이러한 차이점에 주목한다면 창작에 도움이 될 수 있다. 그들은 전란으로부터 달아날 수 있을까? 아니면 결국 전란에 휘말릴까? 영원히 살 수 있을까? 아니면 신비한 힘이 한계에 이르고 말까? 이런 것들을 생각해봐도 좋겠다.

　동서양에 관계없이 이러한 신비한 세상을 둘러싼 이야기는 '시간'과 관련이 있다는 점도 살펴보면 좋다. 도원향에는 수백 년 전 사람들이 살아 있고, 난가爛柯 설화에 따르면, 산속에서 신비한 동자들이 바둑을 두는 모습을 구경하다 보니 어느새 200년 정도가 흘렀다고 한다. 아마도 도원향은 높은 산, 넓은 바다 대신에 시간이라는 벽에 의해서 막혀 있는 장소가 아닐까?

2장

중화풍 세계의
여러 요소

더욱 재미있는 이야기를 쓰려면 세계의 세세한 부분을 무시하면 안 된다.
사람들의 삶, 의복, 취미, 문화…….
이러한 것들을 확실하게 이해함으로써 더욱 세계를 생생하게 그려낼 수 있다.
또한, 이러한 세부 요소가 이야기를 끌어내기도 한다.

시황제와 관료, 과거

 이야기의 규모를 키우려면 나라와 이를 구성하는 관리를 외면할 수 없다. 정치나 전쟁 같은 요소에 당연히 관련될 수밖에 없기 때문이다. 일상을 그리더라도 주인공들이 세금을 내거나 마을에 출입할 때, 범죄에 휘말리거나 했을 때 관리가 등장할 것이다.

 또한, 황제라는 절대 권력자가 정점에서 군림하고, 아래에는 그를 보좌하는 (때로는 실권을 장악하는) 재상 등 고급 관료가 있으며, 또 그 아래에도 수많은 관료가 있는 모습은 중국을 상징하기도 한다.

 중국의 오랜 역사 속에서 관리들의 모습도 변해갔기 때문에 여기서는 대략적인 것을 이야기하겠다. 중국 관료 제도의 기본은 최초 황제인 진시황 시대에 성립했다. 여기서는 지방과 중앙의 관리들이 대략 어떤 모습이었는지, 나아가 관료가 되기 위해서 피할 수 없는 관문인 과거를 소개한다.

◆ 군현제의 실시

중국을 통일한 진秦나라는 봉건 제도를 폐지하고 군현제郡縣制를 시행했다. 황제의 친족과 황자를 각지의 왕으로 임명하여 지방을 통치하는 것이 아니라, 지방을 군이나 현 단위로 분리하고 중앙에서 관리를 파견하여 전국적으로 관리한 것이다. 진나라의 지방관 제도는 『한서』에서 그 내용을 엿볼 수 있다. 그러나 진·한나라 모두 그 정확한 실태는 밝혀지지 않았으며, 많은 가설이 존재한다.

이 시대에 지방 단위로서 가장 큰 것은 군郡이고, 그 밑으로 현縣, 향鄉, 정亭이 이어진다. 중국은 처음에 36개의 군으로 분할되었다. 그 후 영토가 확대되고 군이 분할되거나 하여 48부가 되었다. 군에는 이를 감찰하는 감어사監御史와 군의 장관인 군수郡守, 군의 군무를 담당하는 군위軍尉, 여기에 관도위關都尉가 있었다.

군 아래에 있던 현의 장관은 지역 규모에 따라서 '현령'이나 '현장'이라고 불렸으며, 그 밑에는 승丞과 위尉가 있었다. 또한 그 밑에는 수승守丞이나 서기가 있어서 문서 작성이나 실무를 맡았던 모양이다.

군의 역할로서 알려진 것은 노동력 총괄, 무기 관리, 호적 파악, 재정과 관련된 기능 등이 있다. 실제로 다른 군에 물자를 운반하기 위한 노동력에 대한 기록이 남아 있다. 자동차가 없는 시대였던 만큼, 무슨 일이건 인력이 필요했다. 그것을 관리하려면 적절한 인원을 모아야 했으며, 따라서 당연히 호적 관리도 필요했다.

당시의 군현제에 대해 불분명한 점도 많은데, 흥미롭게도 군과 관련해서 세금 징수나 재판, 치안 유지에 관한 자료가 발견되지 않았다. 이러한 기능은 현 이하의 지역이 맡고 있었다. 향에서는 색부嗇夫가 재판과 징세를, 유요游徼가 치안 유지를 맡았다.

긴 중국 역사를 거치면서 군현제의 형태도 변해갔다. 현을 일부 묶어서 부府

또는 현과 비슷한 존재인 주州가 설치되었다. 자세한 내용은 시대마다 다양한 변화가 있는 만큼, 직접 조사해보길 바란다. 중요한 것은 중앙에서 관리가 파견되는 형태는 진시황 이후 변하지 않았다.

◆ 중앙 정부

물론 국가는 지방 제도만으로는 돌아가지 않는다. 진시황 시대에는 승상丞相이 행정의 정점에 있었고, 그 밑에 행정을 수행하는 관리를 두었다. 이 형태는 한나라와 삼국 시대까지 이어진다.

당나라에 이르러 원형이 갖추어지고, 명나라와 청나라 때까지 변천하면서도 이어진 것이 육부제六部制다. 여섯 개 부서가 각각의 분야를 관리하는데, 현대의 정부 부처를 생각하면 된다(고려, 조선에도 육조六曹라고 해서 같은 형태의 중앙 관청이 있었다 – 옮긴이 주). 육부는 다음과 같다.

- 이부吏部 - 인사

- 호부戶部 - 재정

- 예부禮部 - 제사와 교육

- 병부兵部 - 군사

- 형부刑部 - 사법

- 공부工部 - 토목

이 위에 재상(승상)이 있어서 행정을 총괄하는 경우가 많았지만, 명나라처럼 황제 독재 정권에서는 그러한 벼슬이 필요 없었다.

또한 중앙과 지방을 연결하는 관리도 있었다. 그들은 지역에서 무슨 일이 일어나는지를 감시하고 감찰했으며, '어사'라고 불렸다. 이 직책이 감찰을 맡게 된 것은 진秦나라 무렵으로, 당나라 때에는 어사대라는 조직으로 정비되었다. 명나라 때 폐지되면서 도찰원으로 바뀌었다.

관리들이 상을 받을지 벌을 받을지는 그들 마음에 달렸기 때문에 중국 관료 중 가장 두려운 존재였다고 해도 좋을 것이다. 또한 중화 세계에서 부패 관료와 국가를 좀먹는 악당들과 싸우는 이야기의 주역으로서, 혹은 새로운 일을 도모하는 주인공들을 처벌하려는 악역으로서 사용하기 편리한 직책이라고 할 수 있다(한국에서 암행어사라는 이름으로 알려진 직책을 생각하면 된다 - 옮긴이 주).

그렇다면, 이러한 관청에서 일하는 관리가 되려면 어떻게 해야 할까? 여기서 과거 제도가 등장한다.

◆ 과거란?

과거는 수나라 문제文帝 때부터 청나라 말기까지 거의 1,300년 이상 진행되었던 국가 공무원 시험 제도다. 과목(시험에 여러 종류의 학과목이 있다)에 의한 선거(관리 등용법)라는 뜻이다. 일본은 중국의 정치 제도와 문화를 많이 받아들였지만 이 제도는 거의 도입하지 않았다. 초기에 형식적으로만 진행되었고, 훗날 에도 시대에 하타모토(쇼군으로부터 직접 영지 통치권을 인정받은 영지 규모 1만 석 미만의 사무라이 – 옮긴이 주)의 관리 등용 시험 등이 있었지만, 중국의 과거와는 상당히 달랐다. 과거는 중국 고유의 것이었던 듯하다(하지만 고려와 조선에서는 시행되었다).

과거 시행 이전, 예를 들면 삼국 시대 같은 경우에는 구품관인법에 따라서 관리를 뽑았다. 이는 덕德(인품)에 바탕을 두어 선발하는 제도였지만, 그만큼 주관적이고 불평등했다. 이 무렵 큰 권력을 지니고 있던 문벌 귀족들이 정부 관리의 지위를 독점하고 세습하기에 좋은 제도였다. 과거 제도의 목적은 이러한 상황을 타파하고, 객관적이고 공정한 시험을 통해 재능 있는 인재를 채용하는 일이었을 것이다. 이를 통해 선발된 실력 있는 관리가 전국에 파견되었다.

당나라 초반에는 수재秀才(정치학), 명경明經(유학), 진사進士(문학) 등의 과목으로 각각 과거가 시행되었다. 그러나 평가 기준이 너무 엄격하여 합격자가 나오지 않았고, 당시 상황에서 받아들이기 어려운 과목이 속출했다. 그런 가운데 당시 귀족 사회의 입맛에 가장 잘 맞았던 진사가 중시되면서 송나라 이후에는 여러 과목의 과거를 폐지하고 내용을 통합해 진사과만 남게 되었지만, 그 이름은 변하지 않았다.

그 후에도 청나라 말기에 폐지될 때까지 과거 제도에는 다양한 변화가 있었다. 송나라 때에는 뒤에서 설명할 '전시殿試'라고 해서 어전에서 실시하는 시험이 있었다. 원나라 때에는 중단되었다가 원나라가 망하면서 다시 시작되었고, 명나라와 청나라 시대에 이르러 더욱 대대적으로 진행되었다.

이 무렵이 되면 지원자가 너무 많아서 지원자 수를 제한해야 했다. 따라서 수험 자격을 중앙과 지방의 학교 재학생인 감생監生, 생원生員으로 한정했고, 생원이 되기 위한 입학시험인 동시童試가 과거의 예비시험으로서 중시되었다.

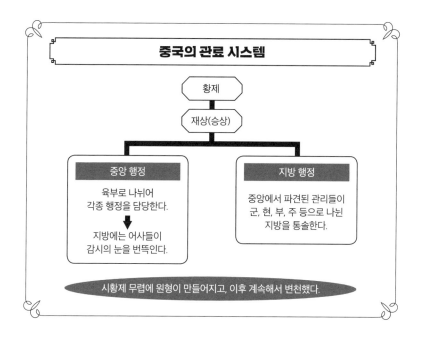

중국의 관료 시스템

황제

재상(승상)

중앙 행정
육부로 나뉘어
각종 행정을 담당한다.
⬇
지방에는 어사들이
감시의 눈을 번뜩인다.

지방 행정
중앙에서 파견된 관리들이
군, 현, 부, 주 등으로 나뉜
지방을 통솔한다.

시황제 무렵에 원형이 만들어지고, 이후 계속해서 변천했다.

◆ 과거 시험

과거는 송나라 이후 3년에 한 번씩 열렸다. 본시험은 향시鄕試, 회시會試, 전시殿試, 3단계로 나뉘어 있었지만, 사실은 회시會試를 보기 전에는 거인복시擧人覆試, 회시 본시험 뒤에는 회시복시會試覆試라는 시험이 있었다. 전자는 등록을 위한 것, 후자는 본시험 성적과 대조하여 본인이 틀림없다는 것을 확인하기 위함이었다.

시험은 3단계(실은 5단계)이지만, 본시험 전에 지방 학교 생원이 되기 위한 입시로서 학교 시험을 봐야만 했다. 여기에도 현시縣試, 부시府試, 원시院試라는 3단계가 있었다. 현시는 현의 장관인 지현知縣이 진행했다. 다섯 번에 걸쳐 진행되는 시험으로, 사서四書, 오경五經, 시 짓기, 글짓기 실력을 시험했다. 지원자는 나이를 불문하고 '동생童生'이라고 불렀다.

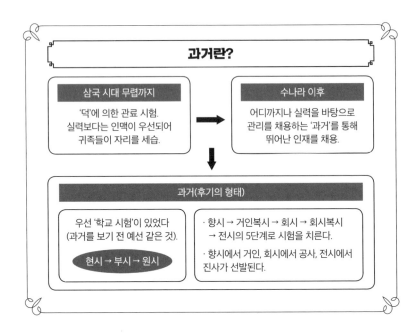

현시를 모두 통과하면 부로 가서 지부知府가 행하는 부시를 치르는데, 그 방법은 현시와 거의 같았다.

마지막으로 원시는 각 성의 학사를 감독하는 대관인 학정學政이 임기 3년 동안 반드시 2회, 성내의 각 부를 돌아다니면서 진행하는 시험이다. 이것도 4회에 걸쳐 진행되며, 학과목도 이전과 같다. 다만 현시보다 높은 시험인 만큼 문제도 평가도 더욱 어려워진다.

원시에 합격하면 지부의 명령으로 부학府學, 또는 현학縣學에 배속되어 그 생원이 된다. 생원은 관리에 필적하는 대우를 받을 수 있으며, 특별한 의관을 착용하고 일반 서민과 구별된다. 다만, 생원은 학교에서 수업을 받을 의무가 없고, 집에서 공부하면 되었다. 정말로 자유롭다고 생각하겠지만, 그렇게 쉽지만은 않았다. 3년에 한 번 학정이 부로 와서 행하는 세시歲試를 치러야 하며, 여기서 실력을 증명했다. 3년이나 학교에 다니지 않고 홀로 공부를 계속하기란 매우 힘들 것이다. 게다가 성적이 나쁘면 벌을 받았다. 연속으로 우수한 성적을 올리면 중앙의 대학으로 보내어져 감생이 되었다. 감생과 생원이 과거의 첫 번째 단계인 향시를 치르기 위해서는 그 예비시험으로서 3년에 한 번 각 성의 학정이 부에 와서 실시하는 과시科試에 참여하여 학력이 충분하다는 것을 증명해야만 했다.

♦ 본시험

자, 이제부터 드디어 본시험에 들어서게 된다. 향시는 3년마다 한 번씩 실시되었다. 당시 중국에서도 해年를 셀 때 12간지를 사용했는데, 자子, 묘卯, 오午, 유酉의 해에 각 성의 수도에 있는 특설 시험장인 공원貢院에서 큰 시험이 진행되었다.

수험생은 세 번 독방에 들어간다. 그때마다 이박 삼일을 지내며 사서, 오경, 시, 책론策論의 문제에 대해서 답안을 적어서 제출한다. 시험관은 천자가 파견하는 정고관正考官과 부고관副考官, 지방에서 추천된 몇 명의 동고관同考官이 맡았다.

향시의 날짜는 음력 8월 중으로 정해져 있으며, 성적 발표는 9월이었다. 답안은 모든 담당자가 주필朱筆로 베껴서(과거에서는 시험자의 필체를 알아보지 못하게 서리를 시켜서 답안을 옮겨 썼다-옮긴이 주) 성명 부분을 숨기고 시험관에게 제공한다. 그 시험관이 우선 예선 심사를 하고, 추천받은 자를 정, 부 시험관이 심사하여 최종 결정을 내린 후에 이름을 적어 발표한다. 합격자가 100명 중 한 명 이하가 되는 일도 드물지 않을 만큼 시험은 엄격했다. 합격자는 거인擧人이라고 불리며 평생 자격이 유지되었다.

향시가 열린 이듬해 3월, 북경 시험장에서 전국의 거인 중 희망자를 모아서 회시를 진행하는데, 그 직전에 거인복시가 실시된다. 이는 사람 수를 제한하기 위해서이기도 했다. 회시는 당, 송나라 때의 명칭을 따라서 공거貢擧라고 불리기도 했다. 3회에 걸쳐 시험을 치른다는 점에서 향시와 완전히 같지만, 시험관으로 천자가 친히 정고관 한 명, 부고관 세 명, 동고관 열여덟 명을 임명한다. 답안 주인의 이름을 감추는 것은 향시와 같다. 합격자는 일반적으로 300명 정도였다. 합격자는 공사貢士라고 불리지만, 이는 바로 뒤의 전시에 응하는 자라는 의미로 영구적인 학위는 아니다.

전시는 회시를 치른 직후 4월에 궁중에서 거행되는 최후의 시험으로, 송나라 때 추가된 천자가 직접 진행하는 시험이다. 현대 사회로 생각하면 입사 시험의 최종 면접에 사장이 나오는 것과 비슷할까? 공무원 선발에 천자가 직접 관여한다는 것만으로도 진사가 얼마나 뛰어난 인재인지를 알 수 있다. 진사는 이부에서 주관하는 시험에 통과해야 했지만, 전시가 시행되면서부터 명목적인 것으로 바뀌어갔다. 천자가 직접 관여하는 시험에 합격한 사람이기 때문이다.

전시 직전에는 회시복시라는 작은 시험이 시행되었다. 이는 궁중에서 시행되었는데, 공사들이 그 장소에 익숙해지도록 하기 위함이었다. 천자가 직접 진행하는 전시에서 실수가 있으면 안 되기 때문이다. 다만, 이것은 명분에 지나지 않았다. 실제로는 천자가 임명한 독권대신 여덟 명이 시험관을 맡았다. 응시자가 풀어야 하는 문제는 천자가 직접 내린 책론이며, 시험은 그날 중으로 끝났다. 심사는 며칠에 걸쳐서 진행되며, 낙제자를 내지 않는 것이 일반적이었다.

진사 합격 발표식은 궁중에서 성대하게 거행되었다. 모든 벼슬아치가 참석하고, 천자도 자리한다. 이를 전려傳臚나 창명唱名이라고 한다. 모두 이름을 부른다는 뜻으로, 성적순으로 이름을 세 번씩 부른다. 상위 세 명을 수석부터 각각 장원狀元, 방안榜眼, 탐화探花라고 불렀다. 과거에 합격한 것만으로도 큰 영광이지만, 이 상위 세 명에게는 특히 큰 명예를 부여했다. 장원 중에서는 재상이 된 사람이나 충신도 적지 않게 나왔다. 소설과 연극의 주인공으로도 장원이 곧잘 등장한다.

전체적으로 볼 때 각 복시는 불필요해 보이지만, 본인 확인을 위해 시험을 더 시행한 것을 보면 그만큼 대리 시험 같은 비리가 많았던 듯하다.

◆ **과거의 영향**

중국이 거대한 관료제 국가가 될 수 있었던 배경에는 과거가 있었다고 할 수 있다. 공정한 인재 채용으로 황제가 관료 집단을 수하에 두고 독재적인 통치를 할 수 있었기 때문이다. 또한 시험 내용이 고전에 치우친 탓에 민간 사람들도 전통문화에 친숙해질 수 있었고, 지식 계급이 생겨나는 데 큰 역할을 했다.

다만 과거에 의해 관리가 되지 못한 이들이 반체제주의자나 폭도가 되었고, 부정 시험 문제도 계속되었다. 고전을 지나치게 중시한 것이 새로운 사상의 탄생을 방해하기도 했을 것이다. 실제로 과거가 시행되지 않았던 원나라에서는 구어체 연극과 같은 새로운 문화가 많이 생겨났다. 좋든 나쁘든 과거로 인해서 중국의 분위기가 형성되었다.

참고로 과거라고 하면 문관을 등용하는 문과 시험을 말하는데 이와 동시에 무관을 등용하기 위한 무과 과거, 짧게 줄여서 무거武擧가 당나라 때부터 시작되었다. 시험 과목은 학과목 외에 무예를 추가했다. 그러나 문과와 같은 성과는 얻지 못한 것 같다. 사람들도 병사로 시작해 무공을 세워 승진한 장군을 존경했다(조선에는 무과 외에 잡과가 있었으며, 무과 출신자로서 이순신 같은 명장이 나오기도 했지만, 역시 문과보다 천하게 여겼다. 군사 지휘관은 주로 무과 출신자였지만, 권율처럼 문과 출신자로서 지방관으로 일하다가 군사 지휘관으로 활약한 이도 있다 - 옮긴이 주).

과거에 얽힌 이야기와 그 변주 사례는 끝이 없을 정도다. 과거(또는 이를 바탕으로 한 관리나 군인이 되기 위한 시험)를 위해서 수도로 향한 시골내기들의 희비, 같은 시기에 과거 시험을 치른 이들의 평생에 걸친 우정이나 경쟁 관계, 과거의 배후에 있는 음모 등 이야기를 얼마든지 만들 수 있다.

중화 세계의
무기와 전투 기술

전투 상황 전개는 이야기의 꽃이다. 강철로 된 무기와 무기가 서로 부딪쳐 불꽃이 튀고, 살이 찢어지고 피가 끓는 전투 상황이 연출됨으로써 젊은이의 성장도, 어른들의 갈등도, 나아가 비극과 대단원도 아름다운 모습으로 사람들의 마음에 남게 된다.

전투를 멋지게 연출하려면 무기에 대해 제대로 알아야 한다. 무기는 그 지역의 역사와 풍토, 상황과 밀접한 관계를 맺으며 독자적으로 발전한다. 여기서는 중화풍 세계에 등장하는 무기와 방어구를 소개하고, 창작에 쓸 만한 요소를 찾아보겠다.

◆ 무기의 분류

중국의 무기에는 ① 화약의 사용 여부와 ② 사용 거리나 사용법에 따른 두 종류의 분류법이 있다.

① 화약의 사용 여부

　·냉병기 … 화약을 쓰지 않는 것.

　·화기 … 화약을 쓰는 것.

② 사용 거리·사용법

　·원거리 병기射兵 - 궁弓(활), 노弩 등.

　·단병기短兵器 - 도刀, 검劍 등.

　·장병기長兵器 - 창 등.

　·타격 병기打兵 - 곤봉 등.

　·연병기軟兵器(끈 계열) - 던지는 그물 등.

　·암기暗器 - 몰래 사용하는 무기.

　이 분류는 어디까지나 기본적인 형태로 구분했으며, 예를 들어 장병기이면서 타격 병기이기도 한 두 가지 이상의 성질을 지닌 무기도 있다. 이러한 무기의 다양성을 보여주기 위해 명나라 때는 무기를 사용하는 18가지 무예가 등장했다. 이것은 무협 소설에서 종종 볼 수 있는 '십팔반무예十八般武藝'라는 말의 바탕이 되었으며, 자료에 따라서 등장하는 18개 무기의 종류가 다르다. 여기에서 그 무예에 사용되는 무기 중 대표적인 것을 소개하겠다.

　◆ **도검刀劍 - 검과 도**

　검과 도는 매우 비슷한 무기다. 둘 다 단병기로서 금속제의 칼 몸(검신, 도신)을 지녔으며, 칼날이 붙어 있다. 검과 도의 가장 큰 차이점을 말하자면, 검은 양날로 되어 있으며 주로 찌르는 공격에 적합하고, 도는 날이 한쪽에 있어서 베는 데 적합하다. 도의 칼날이 똑바른 것을 장도, 칼날이 휘어진 것을 곡도라고 하며, 일본도나 유럽 기병이 쓰는 세이버saber는 곡도에 속한다.

세계 각지와 마찬가지로 중국에서도 도검은 매우 오랜 역사를 지닌 무기다. 그렇지만 전차가 주력이었던 시대에 도검은 전장의 주역이 아니었다. 전차 위에서 적을 공격한다면 장병기 쪽이 훨씬 편리했기 때문이다.

그 후 전국 시대, 초한 전쟁, 그리고 한나라 초기 무렵까지 검을 자주 사용했지만, 기병의 무기로는 그다지 적합하지 않아서(베어야 하는 경우가 많은 데다 휘둘러도 부러지지 않도록 날을 두껍게 만들다 보면 도보다 비용이 많이 들었다) 전장에서 무기로는 사용하지 않게 되었다. 그러나 의례와 의식용, 또는 민간용 무기로서 오랫동안 사랑받았다. 전장에서 사용되지 않기 때문에 비교적 규제가 느슨했고, 서민이나 무법자, 종교인 등이 사용하기 편했다.

한편, 도는 검보다 훨씬 더 오래 전장에서 사용됐다. 처음에는 활, 그다음에는 창으로 싸우다가 난전, 접근전이 되면 병사들은 이제껏 사용하던 무기를 버리고 허리에서 칼을 빼 들었다.

송나라 때 들어서면 다시 한번 변화가 일어난다. 그때까지 함께 사용되던 직도와 곡도 중에서 직도가 사라지고, 곡도가 표준이 된다. 이것도 다양한 형태가 있지만 대부분 날의 폭이 매우 넓다. 일본에서 중국풍 무기로서 유명한 청룡도靑龍刀(중국에서는 버드나무잎 모양이라고 해서 '유엽도柳葉刀'라고 부른다)가 그것이다.

곡도 중에서도 이야기 등에서 꽤 특별한 위치를 차지하는 것이 일본도다. 독특한 단조법으로 만들어 '부러지지 않고, 휘지 않으며, 잘 베어진다'고 하는 일본도는 사실은 중국에도 들어와 있었다. 처음에는 수입품이었지만, 이윽고 중국에서도 생산되기 시작했다. 이것을 '왜도倭刀'라고 부른다. 명나라 때 중국의 해안 지대에 밀려와서 약탈하던 왜구들이 주로 사용하면서 알려졌고, 중국에서도 유행했다고 한다(중국, 한국의 무협 소설에서도 왜도를 사용하는 일본 무사가 내공은 없지만 뛰어난 검술과 정신 수행으로 활약하는 위험한 적수로 등장한다 – 옮긴이 주).

◆ 장병기의 변천

귀족이 청동제 무기를 마차 위에서 휘두르는 것이 전장의 주류였던 시대에 자주 사용된 것은 '과戈'와 '모鉾/矛', 그리고 '극戟'이라는 장병기였다. 각각 앞에 낫처럼 생긴 날이 튀어나와 상대를 걸게 되어 있는 것, 끝부분에 찌르기 위한 날이 나와 있는 것, 그리고 그 두 가지 특징을 함께 지닌 것이다. 이 중에서 '과'와 '극'이 자주 쓰였다. 그만큼 전차전에 적합했다고 할 수 있다.

전차전이 쇠퇴한 이후, '모'가 발전하여 '창'이 탄생했다. '모'와 비교하면 날끝이 더욱 예리하고 찌르는 힘도 강해진 무기라고 할 수 있다. 창의 끝부분을 '창두槍頭', 그 아래에 붙어 있는 술을 '창영槍纓', 자루를 '창간槍杆', 창날 반대부분에 달린 금속을 '준鐏'(모나 창 등의 자루 아래쪽에 붙은 원뿔형 금속, 물미 – 옮긴이 주)이라고 한다.

기본 재질은 창두와 준은 강철, 창간은 목재와 대나무였다. 강철로만 완성한 철창도 있었지만, 일단 매우 무거워서 다루기 쉽지 않았다. 하지만 이것을 휘둘러 때리면 무거운 만큼 효과가 뛰어났다. 무엇보다 금속 덩어리가 귀중했던 만큼, 자신의 재력을 뽐내는 효과가 있었을지도 모른다.

길이는 사용하는 사람에 따라 달랐다. 길면 길수록 공격 범위가 넓어지고 긴 자루가 휘어지면서 독특한 움직임을 보여 상대방이 피하기 어려워지겠지만, 지나치게 길면 자루가 너무 휘어버려서 힘이 잘 들어가지 않는다. 따라서 보통은 사용자의 키보다 긴 정도, 최대 사용자 키의 3배 정도까지로 한정했다.

창을 땅에 꽂아서 돌진해 오는 적을 막을 수도 있었기에 전장에서 사용하는 창이라면 '준' 부분이 뾰족하고 튼튼해야 했다. 급박한 상황에서는 창두를 대신하여 이 부분으로 공격하기도 했다.

중국 창에서 보이는 특징 중 하나로 털이나 실로 만든 '창영'을 들 수 있다. 이것이 멋지게 휘날리면 매우 이국적인 분위기가 감돌며 중국 특유의 느낌이 난다. 왜 이걸 붙였는지에 대해 여러 가지 의견이 있는데 '적의 몸을 찔렀을 때 흐르는 피를 창영에서 멈추게 해서 창을 쥔 손이 젖어서 미끄러지지 않게 하려고', '멋지게 보이기 위해' 등을 생각해볼 수 있다.

칭기즈 칸이 베어낸 적의 머리를 창에 묶어서 공적을 드러내고 용자의 상징으로 삼은 것에서 시작됐다는 재미있는 전설도 있지만, 창영은 그가 살던 시대보다 훨씬 이전부터 있었기 때문에 신빙성이 없다. 그러나 무기에 사냥감 일부를 묶어서 매달거나, 사냥감의 신체를 이용해 자신의 용기와 공적을 드러낸다는 것은 상당히 매력적인 상상이다. 인간의 뼈나 치아를 무기로 삼는 것은 지나치겠지만, 용 같은 괴물의 것이라면 꽤 좋은 무기가 되지 않을까?

창이 등장하면서 모든 장병기가 창으로 통일되었다고 생각하기 쉽지만, 그렇지 않다. 시대마다 다양한 장병기가 있었다. 오래전에 사용된 '극'을 연상케 하는 무기로서 창 옆쪽에 낫 모양 날이 튀어나온 **구겸창**鉤鐮槍(당나라 이후)이나, 좌우에 초승달 같은 날이 튀어나와 있는 **방천극**方天戟(송나라 이후)이 있었다. 전한 때부터 원형이 존재한 대도大刀는 긴 자루 끝에 커다란 도의 날이 달린 것으로 송나라 때 특히 유행했다. 대도 중에서도 특히 날이 큰 언월도偃月刀는 실전에는 그다지 어울리지 않지만, 휘두르는 것만으로도 멋지게 보였던 듯하다. '모'에 해당하지만, 날이 뱀처럼 구불구불한 사모蛇矛라는 무기도 있었다. 승려들은 자루 양쪽 끝에 각각 삽과 초승달 모양의 날이 달린 산鏟(선장禪杖)이라는 이름의 무기를 애용했다.

방천극과 (청룡) 언월도, (장팔) 사모는 『삼국지연의』의 호걸들인 여포, 관우, 장비의 무기로 유명하지만, 사실 삼국 시대는 이러한 무기가 등장하기 전이었다. 이들 이야기가 만들어진 송나라 때 유행하던 무기를 호걸들이 사용한다고 설정한 것으로, 그 당시 사람들의 취향을 알 수 있다.

♦ 곤과 타격 무기

무기라고 하면 보통 베거나 찌른다는 느낌이 강하다. 하지만 날이 붙어 있지

않은 타격 무기도 오랫동안 사용되었다. 가장 대표적인 것이 곤봉이다. 곤봉은 종류가 다양한데, 우선 중국 무술에서 자주 사용되는 '곤棍'을 소개하겠다.

곤은 한쪽 끝에서 끝까지 굵기가 일정한 막대기로, 금속 파이프나 빨래를 거는 장대를 떠올리면 편하다. 야구 방망이처럼 손잡이 부분은 가늘고 끝이 두껍고 둥글게 되어 있지 않다. 나무로 된 것이 많지만, 철제도 있다. 길이는 1미터가 조금 넘는 것부터 3미터 정도까지 다양했다. 짧은 것은 양손에 하나씩 들고 사용했다. 또한, 짧은 곤 두 개를 사슬로 연결한 다절곤多節棍은 원심력을 이용해서 타격력을 높일 수 있으며, 움직임이 복잡해서 막아내기 어렵다.

곤의 장점은 장병기 자루보다 굵기 때문에 잘라내기 쉽지 않으며, 설사 적에게 잘리더라도 공격력이 그다지 떨어지지 않는다. 여하튼 칼날이고 뭐고 달리지 않았으니 말이다. 또한 날이 달리지 않았기에 편하게 지니고 다니며 자유롭게 사용하고, 자유자재로 싸울 수 있다. 숙달된 사람이 사용하는 곤은 방어와 동시에 공격이 이루어지는 무서운 무기다.

이처럼 간단한 곤만 있는 것은 아니다. 나무를 금속으로 감싸서 강화하거나 끝에 갈고리가 달린 날을 붙여서 짧은 창처럼 만든 것도 있었다. 그 밖에도 끝에 둥근 타격 부분을 붙여 타격력을 강화한 추鐘와 타격 부분에 가시를 단 낭아봉狼牙棒 등이 있다. 서양 무기 중에서 메이스mace(철퇴)를 떠올리면 이해하기 쉽다.

◆ 도끼-부, 월

휘둘러서 사용하는 무기의 위력은 원심력에 상당히 의존한다. 검처럼 전체가 균형 잡힌 무기보다 끝이 무거운 쪽이 일격의 위력이 크다. 이러한 생각에서 탄생한 것이 도끼류인 부斧와 월鉞이다. 양쪽 모두 오래전부터 나무를 베거나 장작을 만드는 데 사용된 도끼와 거의 비슷하다. 부와 월의 차이를 말하자면 '큰 쪽이 월'이라고도 하고, '왕이 의식에서 사용하는 것이 월'이라고도 한다.

이들은 주로 송나라 때 전장에서 널리 사용되었다. 이때는 대부大斧라고 하여 길이가 3미터에 이르는 장병기의 일종이었던 도끼가 많이 사용되었다. 중장기병의 갑옷을 때려 부수려면 그 정도 위력은 필요했다. 다만, 이 병기로 상대의 몸통뿐만 아니라 말의 다리를 노리기도 했다. 말을 잃은 중장기병은 기동력을 상실하기 때문이다.

◆ 궁(활)

전장에서 장병기가 주력이 될 수 있었던 이유는 단병기보다 공격 범위가 넓었기 때문이다. 그렇다면 더 멀리까지 공격하려면 어떻게 하면 좋을까? 어떤 방식으로든 무기를 쏴 보내면 된다. 돌이나 비수匕首를 던지는 등 다양한 원거리 병기가 있었지만, 역시 최고로 인기 있는 것은 세계 곳곳에서 볼 수 있는 궁(활)이 아닐까.

중국의 활은 상하가 대칭을 이룬다(일본의 독자적인 화궁和弓[일본 활]은 손잡이 아래가 짧고 위가 길다). 활은 크고 작은 것이 있었는데, 큰 것 중에는 사람 키보다 긴 것도 있었다. 짧은 활은 말 위에서 다루기 쉬웠기 때문에 기병이, 위력이 강한 긴 활은 보병이 썼다.

가장 간단한 활은 나무를 그대로 사용했는데, 더 강한 위력을 발휘하려면 이것만으로는 반발력이 부족하다. 그래서 대나무와 나무를 주요 소재로 하면서 소뿔이나 옻나무를 가미하는 등 다양한 소재를 추가해서 만드는 합성궁이 오래전부터 사용되었다.

재미있게도 활의 성능은 계절에 좌우된다. 겨울에는 건조해서 위력이 높지만, 장마철 등에는 습기를 머금어서 시위가 늘어지고 부서지기 쉬웠다. 그래서 북방 기마 민족 등은 활이 강하고 여름, 가을을 거치며 말도 살찌는 겨울에 주로 전쟁을 했다고 한다.

또한, 활로 화살만 쏘지 않았다. 탄궁彈弓이라고 하여 탄환을 발사하는 활도 있었다. 새총이라고 생각하면 이해하기 쉬운데, 구조는 거의 활과 같다. 처음에는 사냥에 쓰였지만, 일반 화살보다도 조용하다는 점에서 암기로 널리 사용되었다(돌을 날린다고 해서 '석궁'이라고도 불렀다 - 옮긴이 주).

활과 뒤에 나오는 노弩(또는 노궁)와 화약 병기는 어떤 점에서 차이가 있을까? 그것은 발사할 때 인간의 몸을 사용하는지, 아니면 기계를 사용하는지가 다르다. 인간이 자기 몸과 힘으로 조작하는 활은 쓰는 사람의 기술과 신체 능력에 따라서 그 위력과 정밀함이 달라진다. 또한, 연사 능력도 좋다. 기계는 아무리 빨리 조작해도 한계가 있지만, 인간은 단련을 통해서 문자 그대로 화살처럼 빠르게 활을 쏠 수 있다. 활과 노, 그리고 초기 총의 발사 속도는 최소한 두 배 이상 차이가 났다고 한다. 그 결과, 총이 등장하면서 노궁은 사라졌지만, 활은 총의 보조 병기로서 살아남았다.

◆ 노(노궁)

노는 기계 장치를 이용하여 '전箭'이라고 불리는 특별한 화살을 발사하는 무기다. 서양에서 말하는 크로스보crossbow(십자궁)라고 하면 이해하기 쉬울까. 시위를 당겨서(손의 힘 외에도 다리를 사용하는 등 한층 더 강한 힘으로 당겼다) 고정하고, 일단 발사할 때는 방아쇠를 당긴다. 그 결과, 활보다 위력이 강하고 멀리까지 도달한다. 게다가 쏠 때는 힘을 쓰지 않기 때문에 정확하게 쏠 수 있었다. 이 노가 전국 시대 무렵에 대량으로 군대에 배치될 정도로 일반화되었는데, 이것은 중국에서 보이는 무기의 특징으로서 두드러진다.

노는 연사할 수 없다는 약점이 있어서 이를 극복하기 위해 연사가 가능한 연노連弩를 개발하거나(삼국 시대에 제갈량이 군대에 보급한 것으로 유명하다), 송나라 때는 시위를 당기는 병사, 시위가 당겨진 노를 전달하는 병사, 쏘는 병사로 나누는 전술이 개발되기도 했다.

◆ 암기

지금까지는 주로 전장에서 사용되는, 말하자면 겉으로 드러난 무기를 소개했다. 그러나 무기의 역할은 그게 다가 아니다. 몰래 상대를 암살하고, 유사시에는 자신을 지키기 위한 암기暗器도 훌륭한 무기다.

기본적인 암기로 비수匕首, 즉 단도를 들 수 있다. 일반적인 검이나 도와 달리 몸 곳곳에 숨길 수 있었다. 아미자峨嵋刺라고 하여 양 끝이 뾰족한 막대 중앙에 손가락을 넣을 수 있는 고리를 붙인 것이 있었는데, 이것도 몰래 숨기기 좋은 데다 고리를 사용하여 빙글빙글 돌리면 즉시 공격 태세로 전환할 수 있었다.

암기 중에는 적에게 다가가지 않고도 죽일 수 있다는 점에서 던지는 암기도 많았다. 유엽비도柳葉飛刀처럼 본래는 손에 들고 싸우는 무기를 던질 수 있도록 고안한 것도 있었고, 금전표金錢鏢(나한전羅漢錢이라고 하며 화폐 그대로 던지기도 하고, 가장자리를 날카롭게 가공한 것도 있다)를 던지는 기술도 있었다.

본래는 무기가 아닌 것을 무기로 사용하면 사람을 속일 수 있다. 철적鐵笛(쇠로 된 피리)과 철선鐵扇(뼈대가 쇠로 된 부채)은 언뜻 보면 그저 일상 도구이지만, 쇠로 만들어졌기 때문에 상대의 공격을 받아낼 수 있고, 휘두르면 사람의 머리를 깨뜨릴 수도 있었기에 암기로서 충분했다.

◆ 백타

백타白打란, 무기를 말하는 것이 아니다. 무기를 쓰지 않고 자기 육체로 싸우는 기술의 총칭이다. 현대식으로 말하면 '격투술'이다. 백타를 위해 신체를 단련함으로써 뛰어난 육체를 기르고, 이를 통해 다른 무기를 사용할 때의 전투력을 증가시킬 수 있다는 점에서 백타 훈련은 필수적이었다.

그럼 구체적으로 중국에서는 백타의 기법을 어떻게 분류했을까? 여기에는 '사격四擊'이라고 해서 다음과 같은 것이 있었다.

· 타打 - 손을 이용한 타격, 펀치.
· 퇴腿 - 다리를 이용한 타격, 킥.
· 솔摔 - 상대를 잡아서 던진다.
· 나拿 - 관절을 꺾거나, 목을 조르거나, 누워서 하는 기술로 제압한다.

물론, 이것만이 아니라 박치기나 몸통 부딪히기 등도 있었으며 사격은 어디까지나 기본에 불과했다.

◆ 화기

화기란, 화약을 이용한 무기를 말한다. 총과 대포 등도 당연히 화기에 포함된다. 훗날 세계를 석권한 화약은 중국에서 시작되었다고 한다. 그 발명에는 선도仙道, 즉 도교가 관련되어 있었다. 불로불사의 선인을 동경한 중국인들은 기원전부터 불로불사를 얻기 위한 약품 실험을 활발하게 진행했는데, 이 과정에서 화약이 발견되었다. 신선이 화약 제조법을 알고 있어도 이상한 일은 아니지만, 선술로 불을 만들어낼 수 있는 그들에게는 무용지물이 아닐까. 선인들이 방치한 화약 제조법을 발견한 사람이 그것을 이용하여 역사를 바꾸려 할지도 모른다.

화약 조합법이 언제 발명되었는지는 확실치 않다. 당나라 때 책에서 그 존재를 확인할 수 있지만, 그보다 오래전에 발명한 사람이 있다고 해도 좋을 것이다.

한편, 화약은 10세기경에야 무기로 사용되었다고 한다. 세계에서 가장 오래된 화약 무기에 관한 기록이 송나라 때였던 11세기의 책 『무경총요』에 등장한다. 오대십국 시대에 처음으로 발명된 것은 창끝에 화약을 담은 관을 달아서 거기에서 적에게 화염을 발사하는 화염 방사기였다. 이를 '화창火槍'이라고 한다. 나아가 명나라 초기에는 철포鐵砲(대포大砲)가 발명되는 등 점점 진화해갔다. 원나라 때 사용되었다고 하는 수류탄과 비슷한 진천뢰 등도 잘 알려져 있다.

화약 무기는 파괴력과 사정거리가 뛰어날 뿐만 아니라 굉장한 소리와 연기가 뿜어져 나온다는 점에서 적을 겁먹게 하기 좋다. 또한, 방아쇠를 당기기만 해도 탄환이 나오기 때문에 병사를 쉽게 훈련시킬 수 있다. 총과 대포의 보급은 전쟁 양상과 나라의 형태마저 바꾸었다. 따라서 화약이 있는 판타지 세계와, 화약 없는 시대를 무대로 한 이야기는 크게 달라야 한다.

◆ 방어구

중화 세계에는 어떤 방어구가 있었을까? 가장 오래된 시대에는 주로 덩굴이나 나뭇조각 같은 식물, 또는 짐승의 털가죽을 무두질한 가죽으로 만들었다. 보통 털가죽을 연결해서 몸을 감싸는 갑옷을 만들지만, 무두질한 작고 두꺼운 가죽 조각을 여러 개 연결하여 만들기도 했다.

『삼국지연의』에서도 남만의 장수인 올돌골 휘하의 병사가 등갑藤甲을 걸치고 등장하는데, 이는 특별한 등나무에 기름을 바르고 말리는 과정을 반복해서 만든 것으로, 칼날에도 베이지 않고 물에도 강한 이상한 갑옷이었다고 한다. 약점은 화염으로, 제갈량이 등갑병을 유인하여 불태워버림으로써 승리했다고 한다.

진나라와 한나라 때에 이르면 이후에 소개하는 제철 기술이 발달하면서 갑옷에도 금속을 사용할 수 있게 된다. 철제 갑옷이 등장하면서 흑색 화약도 부산물로서 등장한다(이전부터 청동으로 투구를 만드는 사례는 있었던 듯하다). 그렇다곤 해도 철판 한 장으로 갑옷을 만드는 기술은 아직 없었다. 그래서 작은 철판(소찰)을 서로 연결하는 수법이 사용되었다. 이 철판의 크기가 매우 작아지면 마치 물고기 비늘처럼 보인다. 철판의 크기가 좀 더 큰 것이 서양에서 말하는 라멜라 아머lamellar armour(찰갑), 물고기 비늘처럼 작은 철판을 이용한 것이 스케일 아머scale armour(어린갑)다.

후한, 남북조, 당나라에 걸쳐서 오랫동안 사용된 갑옷으로 명광개와 양당개가 있다. 명광개는 기본적으로 작은 금속판으로 만든 갑옷이지만, 몸통은 한 장의 철판으로 둘러싸서 방어력을 높였다. 양당개는 작은 금속판으로 만든 두 장의 판 모양 부품을 끈으로 연결한 형태로, 전면과 후면을 보호한다.

송나라 때에도 소찰을 엮어서 갑옷을 만들었는데, 이 무렵에는 쇠사슬을 연결한 세강갑細綱甲이 등장했으며, 뒤이어 원나라 때에는 보병도 기병도 강갑綱甲을 착용했다. 이들이 서양에서 말하는 체인 메일chain mail(사슬 갑옷)이다.

청나라 때는 면오갑이 사용되었다. 이것은 언뜻 보면 면으로 만든 옷처럼 보이지만, 실제로는 옷 안쪽에 작은 철 조각인 소찰이 꿰매어져 있었다. 이들은 실용적이라기보다는 군인의 제복, 군인이라는 직책을 나타내는 측면이 강했다고 볼 수 있다. 왜냐하면 송나라 이후에는 화약이 발전하면서 갑옷이 의미를 잃어갔기 때문이다.

몸을 보호하는 도구가 갑옷만 있는 것은 아니다. '방패盾' 역시 고대부터 오랫동안 널리 사용되었다. 그 형태도 원형으로 되어 있으면서 손에 고정하는 것부터 사각형에 때로는 땅에 고정해서 상대의 돌격을 받아내는 것까지 다양하다. 그중에는 크기가 크고 바퀴가 달려서 여러 명이 그 안에 숨어서 이동할 수 있는 것까지 있었다. 방패에는 종종 상대를 위협하는 귀신이나 신, 괴물 그림이나 아군을 분발하게 하는 주문이 적혀 있었다.

◆ 무구의 다양한 이야기

무기와 방어구는 신에게 기원하는 제사 도구로 사용되거나, 왕의 권위를 나타내는 상징이기도 했다. 따라서 이와 관련하여 다양한 신화와 전설이 전해 내려온다. 신화에 따르면 중국에서 무기는 신농神農(염제炎帝) 때 시작되었다고 한다. 그는 돌을 두드리고 다듬어 무기로 삼았다고 한다. 다음에는 황제黃帝가 옥玉(비취翡翠)을 무기로 사용했다. 금속 무기를 가져온 것은 황제에게 반기를

150

든 치우蚩尤로 알려졌다. 원시 시대를 반영한 것으로 보이는 신농 이야기에는 석기가 등장하고, 황제는 무기보다는 제사용 도구를 연상케 하는 옥을 사용하며, 신화적인 악당 치우를 통해서 실용적인 금속이 등장한다는 점이 재미있다. 무력으로 사람을 다치게 하는 일은 적어도 이 가치관에서는 악이다.

좀 더 구체적으로 신비한 무기 이야기로 넘어가보자. 일본 신화에는 구사나기 검草薙劍이, 서양에는 엑스칼리버가 있듯이 중국 신화나 전설에도 여러 신비한 무기 이야기가 전해 내려온다. 이것을 이야기에 등장시키거나, 응용해보는 것도 좋겠다.

가장 이해하기 쉬운 사례로 파산검이 있다. 이름 그대로 '산을 부수는 검'인데, 효과는 단 한 번에 그쳤다고 한다. 하지만 효과가 사라진 후에도 어느 정도 가치가 있었다고 하는데, 수집품으로서의 가치일까, 아니면 재료가 특수했던 것일까? 또는 현대의 유탄 발사기 같은 폭발물 발사 장치로서 한 발 쏘아도 보충한다면 다시 쏠 수 있는 것일까?

신비한 무기라고 해서 반드시 실용적이라고는 할 수 없다. 은의 제왕帝王이 소유했다는 세 개의 검은 모두 신비한 힘을 가졌지만, 제대로 된 무기로 쓸 수 있을 것 같지는 않다. '함광含光'은 칼날이 보이지 않으며, 만지려고 해도 만질 수 없고, 베어도 상대가 베였다고 느끼지 않는다고 한다. 그건 칼날이 없다는 뜻일까? '승영承影'도 칼날은 보이지 않지만, 새벽이나 황혼 무렵에 북쪽으로 향하면 그 존재만은 알 수 있다. 이것 역시 베인 상대가 고통을 느끼지 않는다고 한다. 정말로 괴상하다. 마지막으로 '소련宵練'이 있다. 이것은 빛의 덩어리 같은 칼날이 달렸으며, 무언가를 벨 수 있고, 베이면 통증을 느끼지만, 베인 즉시 상처가 치료되기 때문에 사람을 죽일 수 없다.

어떤가. 아무런 쓸모가 없어 보이지만 거기에는 어떠한 의미가 담겨 있을지도 모른다. 쓸모없어 보이는 마법 무기와 그것에 감추어진 진정한 사용 방법, 신 또는 과거의 성인이 미래 후손에게 남긴 바람 등은 이야기 소재로 쓸 만하

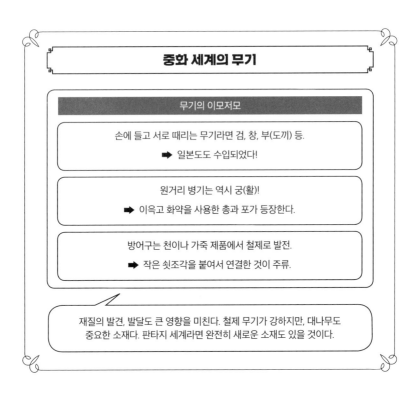

중화 세계의 무기

무기의 이모저모

손에 들고 서로 때리는 무기라면 검, 창, 부(도끼) 등.

➡ 일본도도 수입되었다!

원거리 병기는 역시 궁(활)!

➡ 이윽고 화약을 사용한 총과 포가 등장한다.

방어구는 천이나 가죽 제품에서 철제로 발전.

➡ 작은 쇳조각을 붙여서 연결한 것이 주류.

재질의 발견, 발달도 큰 영향을 미친다. 철제 무기가 강하지만, 대나무도 중요한 소재다. 판타지 세계라면 완전히 새로운 소재도 있을 것이다.

지 않을까?

특별하지 않은 보통 무기와 방어구는 각지의 공장에서 생산되었다. 역대 왕조는 때로는 100만에 달하는 거대한 군대를 유지하기에 충분한 무기와 갑옷, 화살 같은 소모품을 만들기 위해 중앙과 지방 각지에 수많은 공장을 세워두었다. 나라에서 세운 공장만으로 부족한 경우에는 민간에서 구매하는 등의 방법으로 군대의 막대한 수요에 응했던 모양이다. 만약, 당신의 이야기에서 무법자와 반군이 무기 수급에 어려움을 느낀다면, 이러한 공장을 습격하게 해도 좋을 것이다.

중화 세계의 전쟁

전쟁만큼 많은 사람이 참여하고, 많은 돈과 물자가 쏟아지며, 나라와 사람들의 운명을 바꾸는 것은 없다. 거대한 규모의 이야기를 쓰려면 전쟁은 절대로 빼놓을 수 없는 요소다. 역사 속 중국, 그리고 소설 속 중화 세계에도 독자적인 전쟁 상황이 존재한다.

◆ 전차가 활약한 춘추 시대

당신은 근대 이전의 전쟁을 어떻게 생각하는가? 수만 명에 이르는 사람이 일제히 돌격하여 충돌하고, 어느 한쪽이 전멸할 때까지 계속되는 것이라 여기는 사람이 있을까. 고대 중국, 특히 주周나라 시대부터 춘추 시대까지의 전쟁은 그러한 느낌과는 상당히 다를지도 모른다. 참여 인원은 꽤 많았는데, 초기에는 2~3만 명 정도, 나중에는 3~4만 명 정도가 평균이었다.

이 시대 전쟁의 가장 큰 특징은 귀족이 주력이었다는 점이다. 그들은 전차에 탑승했는데, 물론 '탱크tank'가 아니라 말이 끄는 '채리엇chariot'이다. 대개는 세 명이 타는데, 가운데에 앉은 사람이 마부, 양옆에 앉은 사람이 무기를 사용한다. 전쟁터에서 사용하는 무기는 개인이 직접 구매한다. 전쟁에 참여한다는 것은 곧 일정한 재산을 가졌다는 증거이자, 나라에 봉사할 의무와 권리의 행사이기도 했다.

그들은 주나라 때의 중요한 가치였던 '의례'를 전장에 도입했기 때문에, 전투는 신호가 울리고 시작하여 다음과 같은 조건이 충족된 시점에서 끝났다.

① 전차 행렬이 흐트러져서 통솔할 수 없게 된다.
② 장군이 포로가 된다.
③ 적에게 등을 돌리고 패주한다.

②는 제쳐두더라도, ①의 시점에서 전쟁이 끝났다고는 생각하기 어려울지도 모른다. 하지만 당시의 가치관에 따르면 여기서 전쟁은 끝나는 것이다. 또한 ③의 상황에서도 적을 추격하지 않는다. 승패가 정해진 시점에서 화해를 위한 회담을 열고, 예를 들면 금전 또는 일부 영지 등을 전달하는 방식으로 싸움을 종결했다. 어느 쪽이건 한쪽이 멸망하는 일은 절대로 일어나선 안 되었다. 이것은 고대의 전쟁이 낭만적이고 목가적이었다는 말도 될 수 있다. 하지만 그보다는 전쟁이란 돈, 토지, 인민이라는 귀중한 자원을 둘러싼 싸움이며, 무리하게 절멸 전쟁으로 끌고 가봤자 도움이 안 된다는 계산도 있었을 것이다.

이러한 형식의 전쟁에서는 뛰어난 장비와 기술, 체력을 가진 영웅이 한 사람만 있어도 전황을 단숨에 뒤집을 수 있다. 무적의 호걸이 적진으로 돌진하여 적의 장군을 사로잡거나, 귀중한 전차를 몇 개 부숴버리거나, 너무 강한 상대에게 맞서는 것을 두려워한 귀족이 도망하는 바람에 모두가 겁을 먹거나 하면 쉽게 승패가 결정되기 때문이다.

선인, 괴물, 초능력자, 거대 로봇처럼 사람의 힘을 초월한 강력한 존재가 전

투의 주역인 전쟁에서는 비슷한 일이 얼마든지 일어날 수 있다. 다수의 병력으로 단번에 둘러싸면 이길 것 같거나, 아직 전력이 남은 상태라도 군단을 구성하는 군인들이 겁에 질린 상황이라면 어쩔 도리가 없다. 극적인 전쟁을 연출할 때 참고하기를 바란다.

♦ 시대의 변화, 총력전으로

춘추 시대 말기에 이르면 이러한 상황이 달라지기 시작한다. 이 변화는 중국 동남쪽에서 흥한 오吳나라에서 시작되었다. 하천, 호수, 늪 등에 의해 분단된 지역으로서 전차를 운용하기 어려웠던 오나라는 보병을 전쟁의 주력으로 사용하기 시작했다. 또한, 다른 나라와 달리 주나라에서 시작된 전장에 의례를 도입한 가치관을 지니지 않았고, 평민들에게 무기를 제공하고 군대에 합류시켰기 때문에 원래 보병이 많았다.

이렇게 오나라가 득세하는 가운데, 새로운 가치관이 퍼지면서 전쟁 양상이 달라진다. 국가가 평민을 군대에 동원하면서 각 군의 숫자가 불어났다. 군단의 수는 10만에서 20만, 나아가 30만에서 100만 명으로 시간이 지날수록 증가했고, 전국 시대를 끝낸 진시황 때에 이르면 항시 100만 병력을 동원할 수 있게 되었다. 신호와 함께 싸움을 시작하는 광경도 사라졌다. 더는 한 개인의 활약으로 어찌할 수 없는 시대가 되어갔지만, 초한 전쟁이나 삼국 시대 등에는 인간의 힘을 넘어선 듯한 영웅들이 등장하기 때문에 아직은 완전히 바뀌었다고는 할 수 없었다. 한 명의 영웅이 활약하는 모습이 아군을 격려하고 적에게 두려움을 안겨주어 싸움의 형세를 바꿀 가능성은 항상 존재했다.

다른 변화도 있었다. 청동 무기는 한물가고 철제 무기가 확산하면서 활 대신 노궁이 보급되었고, 전차, 기마, 보병 등 다양한 병종을 조합하는 전술이 발달했다.

한편, 이전 시대에 있었던 예절은 사라져갔다. 특히, 진秦나라에는 패자에 대한 잔학한 소문이 많았는데, '24만 명의 목을 베었다'거나, '40만 명을 산 채로 묻었다'는 등의 이야기가 전해졌다. 확실히 목가적이고 낭만적인 전쟁의 시대는 막을 내리고, 누가 멸망할지를 겨루는 총력전 시대가 도래한 것이다.

♦ **병법**

춘추 시대 정도까지는 전쟁에서 뛰어난 무기와 육체를 가진 개인이 전쟁의 흐름을 결정할 수 있었다. 하지만 총력전에 이르게 되면 개인의 기량보다 군의 통제가 중요해진다. 또한, 전략을 통해 아군의 힘을 강화하고, 적의 힘을 약하게 만들어야 한다. 그리하여 전술가, 군사軍師가 등장하게 되었다.

만약 당신의 이야기에서 군단이 어떻게 움직여야 할지 알고 싶고, 또는 열세에 놓인 군단이 역전하는 전개를 극적이면서도 설득력 있는 형태로 그리고 싶다면 좋은 방법이 있다. 역사나 이야기에 등장하는 전쟁 기록이나 실제로 전해 내려오는 전쟁을 위한 학문, 즉 병법을 살펴보면 된다.

　춘추 전국 시대에 활발히 활동한 제자백가 중에는 '병가兵家'라고 해서 병법을 전문적으로 연구하는 사람들이 있었고, 병가 이외의 학자들도 병법을 배웠다. 그만큼 전쟁은 중요하게 여겨졌다.

　그들이 기록한 것을 비롯하여 병법 책도 많이 남아 있어서 참고할 수 있다. 고전으로 유명한 무경칠서武經七書라고 불리는 일곱 권의 책이 있는데, 그중에서 『손자』는 지금까지도 실용적이라는 평가를 받으며 인기가 높다. 또한, '삼십육계 줄행랑'이라는 말로도 알려진 『병법 삼십육계』에는 말 그대로 36가지 전략이 기록되어 있는데, 이 역시 창작에 활용할 수 있다.

　한편, 구체적인 전쟁과 병법에 관한 이야기는 역사에도, 이를 각색한 이야기 속에도 사실과 허구가 뒤섞여 다양하게 존재한다. 한신의 '배수진'(일부러 아군이 철수할 수 없도록 강을 등지고 싸우면서 버티는 사이에 적의 배후를 찌르는 전술)과 제갈량의 '적벽대전'(대선단을 불로 공격하고, 비술로 바람을 불게 하여 불태워서 격퇴) 등이 잘 알려졌지만, 유구한 중국 역사에는 훨씬 다채롭고 다양한 전쟁 이야기들이 숨어 있다. 그러니 꼭 조사해보길 바란다.

♦ 병역과 세금 징수

전쟁이 귀족의 특권이었던 시대뿐만 아니라, 평민이 징용되기 시작한 춘추 시대에도 평민이 무기를 소지할 의무는 없었다. 이때의 군대는 유사시와 평시 모두 귀족이 지휘했다.

전국 시대가 되면서 귀족의 후손이 늘어나고, 본국에서는 생계를 꾸릴 수 없는 이들이 생겨나기 시작했다. 바로 집이나 영지를 물려받는 적자 이외의 사람들이다. 이들은 동맹국으로 이주하여 유사시에는 군대를 이끌었다. 장군이 존경을 받던 주나라 때와 비교하면 지위는 낮아졌다.

평민은 그때그때 필요할 때 징병했다. 징병되지 않은 자는 대신에 세금을 내야 했다. 전쟁을 치르면 무기든 군량이든 무언가에 대해서 지출이 생겨나기 마련이고, 당연히 돈이 필요했다. 현대에도 '전시 특수'라는 말이 있듯이 전쟁과 경제는 떼려야 뗄 수 없는 관계다.

한나라 때에 이르면 '병역=세금'이라는 풍조가 점점 강해진다. 각 지역 농민들에게 병역 의무를 부과하여 일정한 수의 병력을 확보하는 '병농 일치' 상황이 정착한다. 또한 징병제의 원형으로서 다음과 같은 의무가 부과되었다.

① 병역 기간은 20~56세.
② 일반 병사(졸卒)로서 한 해 동안 지역 경비에 종사.
③ 1년간 변방 경비에 종사.

그러나 이것도 세금으로 대신할 수 있었다. 처음에는 그다지 많은 인원이 필요하지 않았기 때문이다. 또한, 최장 3년 정도 종사하도록 되어 있었다(일반 병사를 간단히 묶어서 졸병이나 병졸이라고 부르지만, 고대 중국에서 '병'과 '졸'은 각기 다른 존재였다. 후자는 농민들을 징병한 일반 병사였지만, 전자는 병농 분리 체계의 직업 군인으로 좀 더 전문적인 병사를 가리켰다. 또한, 이 병과 졸은 각각 다섯 명이 한 개의 단위를 이루었는데, 장기의 병, 졸이 각각 다섯 개인 것은 이와 관련이 깊다 - 옮긴이 주).

이 병농 일치를 유지하려면 호적 제도와 함께 군사비 마련을 위한 세금 징수가 필요하다는 것을 쉽게 떠올릴 수 있다. 하지만 전쟁이 늘어날수록 점점 병력이 부족해졌다. 그 결과, 4년 이상 복무해야 하는 이들도 늘어났다. 세금을 내거나 다른 이유로 병역을 면제받거나, 나이가 많아서 면제된 사람도 별도의 육체노동으로 무료 봉사를 해야만 했다. 이러한 노동도 돈을 내면 면제받을 수 있었다고 한다.

이 시대의 병역은 마치 악덕 기업이 그러하듯이 공짜로 백성들을 부리는 강제 노동과 다를 바 없었다. 게다가 징병에서 벗어나기 위해서는 막대한 세금을 바쳐야 한다는 점에서 백성은 어디까지나 나라에 착취되는 인간이라고 해야 할까? 현대적인 기준에서 보면 인권이 얼마나 낮았는지 알 수 있다.

하지만 이것은 농민을 지키기 위함이기도 했다. 중국은 정착하여 농사를 짓는 자와 사냥과 유목을 주로 하는 자로 나뉘어 있었다. 유목민처럼 정착하지 않고 살아가는 이들은 때때로 식량이 부족해졌고, 그들에 의한 농작물 약탈이 빈번하게 벌어졌다. 또한, 자신들의 땅에서 농사 지을 노동력이 필요하면 농민을 납치하기도 했다. 사냥과 유목에 종사하던 그들은 전투 능력이 우수했기에 농민과 영주에게 큰 위협이었을 것이다.

이러한 외부의 적으로부터 보호하기 위해서 농민들이 무장하기 시작했다고 여겨진다. 농기계 등은 당연히 없었고, 주로 인력으로 작업하는 시대였다. 농업, 특히 쌀농사에는 많은 인력이 필요하고, 농작물을 지키기 위해 병력을 준비하는 것도 힘겨운 일이었다. 그렇다면 농민들이 자발적으로 나서는 것이 최고의 방법이었기에 병역을 부과하여 농민들을 훈련시켰다. 그러나 이 병농 일

치 제도에서는 농민들이 유랑민이 되어 빠져나가면 군사력이 줄어들 뿐만 아니라 재정 파탄이 동시에 일어날 수도 있다.

'병농 일치'에서 '병농 분리'로 개혁한 것이 바로 위나라의 조조였다. 병사와 그 가족은 일반 농민들과 호적을 구분해 가족 단위의 전투 요원으로 취급했다. 그들은 평생 생활을 보장받고 세금을 면제받았지만, 영구적인 병역 의무가 있었다. 병사로서 빈자리가 생기지 않도록 아버지와 아들, 또는 형제들이 항상 자리를 메워야 했다. 또한, 병사가 도망치거나 반란을 일으키면 가족 모두에게 무거운 벌이 내려졌다. 군인 가족에게 연대 책임을 물음으로써 인질을 잡고 있는 것과 같은 효과를 얻었다. 이런 식으로 병사의 탈주와 반란을 막았다.

군인의 역사는 그 후에도 계속된다. 중국사 부분에서 소개했듯이 한나라와 삼국 시대 이후에도 중국에는 종종 전란의 시대가 도래했다. 흉노와 몽골인, 왜구 등 이민족의 습격이 중국의 지도자와 인민을 괴롭혔다. 따라서 군인과 병사들이 활약할 기회가 넘쳐났고, 구조와 형태를 바꾸면서도 이후의 왕조는 군대를 계속 유지했다. 때로는 군인들이 독자적으로 군벌을 형성할 수도 있었지만, 전체적으로 볼 때 군인의 지위는 절대로 높지 않았다.

악비와 송강 같은 이들이 군사적으로 활약했음에도 결국 정쟁에 휘말려 죽은 것에서도 알 수 있다. 서양의 기사나 일본 사무라이 같은 군사 계급(군벌을 제외)을 중국사에서는 거의 찾아볼 수 없다. 무관 위에는 항상 문관이 존재하는 문치주의야말로 중국의 표준이었다(한국에서도 고려 시대의 무신 정권처럼 무관들이 통치한 일도 있지만, 기본은 문치주의였다. 조선의 선비들은 말타기, 활쏘기를 교양으로 삼아 체격이 당당하고 실력이 뛰어났다고 하나, 무과가 천대받은 것은 비슷했다 – 옮긴이 주).

당신의 이야기에 전쟁에서 당당하게 활약하는 군인을 등장시킬 때, 그가 문관과 어떤 식으로 교류할지, 교류를 잘하는지 못하는지, 또는 그로 인해서 어떤 이익 또는 불이익을 받는지를 설정해두면 문명의 땅인 중국다운 면모를 잘 보여줄 수 있을 것이다.

◆ 공성전

전쟁에는 야전, 즉 야외에서 군대와 군대가 맞부딪치는 것만 존재하지는 않는다. 고대에는 주로 흙과 나무, 돌로 벽을 만들어서 성이나 요새를 세우고 방어 거점으로 삼았다. 특히 대륙 국가인 중국에서는 종종 도시조차 높은 벽으로 둘러싸서 철저하게 방어하고자 했다. 한 세력이 성에 틀어박히면, 다른 쪽은 어떻게든 이것을 공략하려 한다. 공성전이 펼쳐지는 것이다.

공성전에서는 지키는 쪽이 압도적으로 유리하다. 성벽을 지키면서 화살이나 돌 같은 것으로 공격할 수 있다. 높은 곳에서 공격할 수 있다는 점도 장점이다. 공격 쪽은 어떻게 하는가? 단점을 보완하기 위해 공성 병기를 사용하는 경우가 많다. 여기에는 방패를 달아서 쏟아지는 화살을 막아내는 전호피차塡壕皮車 같은 공성용 차량, 성문을 단번에 깨부수는 충차衝車나 파성퇴破城槌, 벽과 같

중화 세계의 '전쟁'

전차전에서 병사들의 전쟁으로

주나라, 춘추 시대에는 우수한
무기를 지닌 귀족의 전차가 주력.

↓

전국 시대 이후, 도보로 이동하는
병사들에 의한 총력전이 주류로.

중화 세계의 군인

직업 군인이 등장하지만,
그다지 존경받지 못함.

↓

철저한 문치주의가
중심이 되는 경향이 있다.

승패를 좌우하는 전략

· 『손자』나 『병법 삼십육계』 같은
 병법서는 이야기 속 전술을
 생각할 때 편리하다.
· 한신의 배수진 등 전쟁 이야기도
 도움이 된다.

공성전

· 성이나 도시를 둘러싼 높은 벽으로
 지킨다. 방어 측이 유리하다.
· 공격 측은 병기를 쓰고, 전술을 연구
 하지만 싸우지 않는 것도 방법이다.

시대나 지역에 따라서 다양한 상황이나 사정이 있다.

은 높이의 높은 망루로 만들어진 정란井欄이나 망루차望樓車, 그리고 거대한 바위를 던지는 투석기 등이 있었다. 나중에는 화약을 사용한 대포가 가세했다. 땅굴을 파서 지하에서 공격하거나, 물로 공격하고, 철저하게 포위해 상대방을 굶기는 전술을 구사하기도 했다. 다만 어느 쪽이건 공성전은 공격하는 쪽이 불리하기 때문에 뛰어난 장군이나 군사라면 성을 무리하게 공격하지 않고 목적을 달성하는 방법을 모색했을 것이다.

중화 세계의
도시와 마을

이야기의 무대가 되는 장소는 다양하다. 광야, 산림, 깊은 바다처럼 쉽게 접근하기 힘든 장소도 있고, 혹은 평원이나 도로처럼 사람이 오가기는 하지만 위험이 아른거리는 장소도 있다. 그러나 이야기에서는 주로 사람이 생활하는 공간을 다루게 마련이다. 적게는 수십 명에서 수백 명이 사는 촌락이나 마을, 많게는 수천 명이 살아가는 고을, 그리고 수만에서 수백만 명이 사는 도시가 있다.

많은 사람이 모여 살면 자연스럽게 서로 협력하거나 대립하는 상황이 펼쳐지고, 좋건 나쁘건 이야기가 생겨난다. 사람은 그곳에서 태어나 자라나고 아이를 키우며 죽는다. 중화풍 세계에서 도시와 마을이 어떤 장소인지 알아두면 절대로 손해 보지 않을 것이다.

◆ 성벽으로 둘러싸인 마을

우선 중국 도시의 역사를 살펴보자. 중국 신석기 시대 마을은 해자(성 둘레에 파놓은 연못-옮긴이 주)로 둘러싸여 있었으며, 일정한 간격을 두고 감시소가 설치되어 있었다. 도시는 은나라 시대부터 근래에 이르기까지 성벽 안에 만들어졌다. 성벽으로 둘러싸인 도시는 '읍邑'이나 '국國'이라고 불렸다. 이들 한자에 포함된 '口'는 주변을 둘러싸고 있다는 것을 의미하며, 마을과 도시를 둘러싼 성벽을 상징한다고 알려졌다. 그만큼 항상 외적을 의식하고 있었음을 알 수 있다.

은나라와 주나라 시대에는 도시 국가가 중심이었다. 왕조는 커다란 읍이고, 주변의 크고 작은 읍을 군사적으로 지배하는 형태였다. 성곽을 중심으로 그 주변에 반지름이 수십 킬로미터가 되는 농지가 있었다. 농지 주변에는 개간하지 않은 산림이 펼쳐져 있었다. 성곽 주변에 사는 민중의 거주지까지 흙으로 만든 담으로 둘러싼 것은 은나라 때의 일로 여겨진다. 하지만 전쟁 중에는 성 밖에 살던 백성도 성안에 머무르면서 방어전에 참여했다. 은나라 때는 이러한 '산성 방식'이 일반적이었던 듯하다. 이후 서주 시대부터 춘추 시대에 걸쳐 내성 외곽식으로 바뀐다. 사람들의 거주지를 둘러싸는 외벽을 강화했는데 이 외벽을 곽郭, 내벽을 성城이라고 한다. 중심이 되는 성과 거주 지역이 벽에 의해서 두 개의 층으로 확실하게 나뉜 것이다. '성곽'이라는 말은 바로 이 이층 구조에서 비롯되었다. 여기서 한 가지 주목할 점은 성곽은 곧 '성'과 '곽'을 가리키는 것으로, 둘 다 벽을 뜻한다는 것이다. 일본에서는 '성곽'이라고 하면 일반적으로 높이 솟아오른 '천수각'을 뜻하는 만큼 그 느낌이 상당히 다르다(한국의 성곽도 전투용 요새에 해당하는 일부 산성을 제외하면 중국과 비슷하게 도시를 전부 둘러싸는 형태가 많다 – 옮긴이 주).

외곽에 사는 주민은 대부분 농민으로, 외곽 바깥에 농지가 있었다. 아침에 곽문郭門으로 나가 일하고 밤에는 곽내로 돌아왔다. 농지로 향하는 통근 시간을 줄일 수 있어서 많은 시간을 농사에 들일 수 있었고, 생산성 향상으로 이어졌다.

춘추 시대부터 전국 시대에는 은나라, 주나라 때의 도시 국가와 달리 영토 국

가가 형성되었다. 그때까지는 산성 형식으로 된 각각의 읍이 큰 읍을 중심으로 마치 선으로 연결된 듯한 연합체였다. 하지만 큰 읍이 중소 읍을 흡수하는 동시에 주변의 미개척 지역을 개간하여 영토를 넓혀나가면서 국가 형태로 변해 갔다. 이 국가 형태의 변화가 성곽 구조에도 변화를 가져왔다.

전국 시대가 되면 내성은 사실상 소멸한다. 각지에서 패자들이 패권을 다투던 시대였으니 당연히 전쟁에 대한 대비는 강화되어갔다. 이전에는 비상시에 내성을 믿고 틀어박혔지만, 이 무렵에는 오직 외곽 강화에 전념했다. 그리고 외곽의 방어력이 내성을 넘어서면서 전시에 대비한 방벽으로서 내성의 의미가 사라져갔다. 그리하여 의미를 잃은 내성은 결국 소멸하고 말았다. 내성이 없는 성곽 구조를 성곽 일치식이라고 한다.

◆ 도시의 모습

이렇게 탄생한 중국 도시에는 몇 가지 공통된 특징이 있다. 기본적으로 강변의 낮은 땅에 세워지는 경우가 많고, 고원 지대에서는 별로 찾아볼 수 없다. 그러면 아무래도 공격을 받거나, 천재지변으로 인해 피해를 보기 쉬운 만큼 주변을 단단히 방어벽으로 둘러싸야만 했다. 교통편을 생각하면 동서남북 사방에 문을 열어야 하는데 북쪽만은 문을 만들지 않고 막아버렸다. 북쪽을 귀문鬼門(재앙이나 병이 드나드는 입구)으로 생각했기 때문이다.

도시의 각 시설도 배치에 적합한 장소가 있다고 생각했다. 중앙에 궁성宮城, 동쪽에 선조의 묘지, 서쪽에 토지신을 모신 사당, 남쪽에는 관청(정부), 북쪽에 시장을 두는 것이 일반적이었다. 그러나 이 규칙이 항상 지켜지지는 않았다. 이를 증명하듯 수나라, 당나라 시대의 장안長安을 본떠 만들어진 일본의 헤이안쿄平安京에서는 천황의 거처가 북쪽에 놓여 있었다.

또한, 중국의 도시는 '방坊'이라는 네모난 구획으로 나뉘어 있다. 고대에는 흙벽으로 둘러싸여 방의 문을 통해서만 드나들 수 있었다. 이 벽은 당나라 중기부터 송나라 시대에 걸쳐 점점 사라졌지만, '방'이라는 구조는 남았다.

♦ **한나라 시대의 농촌 사회**

앞에서 진시황이 군현제를 도입했다고 이야기했다. 이것의 자세한 구조는 알려지지 않았지만, 제도 자체는 현대 중국에까지 이어지고 있다. 여기에서는 한나라 때의 구조를 살펴보고자 한다.

군郡이 몇 개의 현縣으로 이루어진 것처럼, 현 역시 향鄕·정亭·리里라는 마을들로 이루어져 있다. 이 세 지역의 상호 관계에 대해서는 여러 설이 있지만, 명확하지 않다. 가장 작은 집단이 리里이고, 이들이 모여 정亭이나 향鄕이 되며, 향이 정보다 규모가 크다. 그리고 정과 향이 모여서 현이 된다. 향 안에 정이 포함된 것은 아니고, 그 안에 속한 마을의 숫자에 따라서 정 또는 향이 되는 듯하다(이것을 한국의 상황에 대비한다면 '현=군, 향=읍, 정=면'이라고 볼 수 있다 - 옮긴이 주).

166

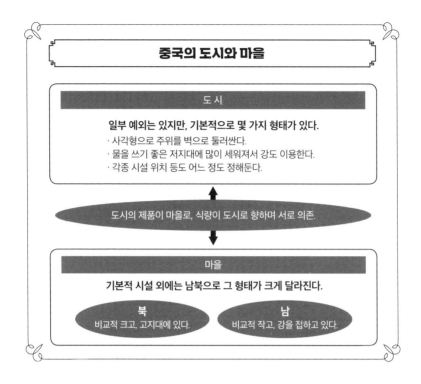

중국의 도시와 마을

도시

일부 예외는 있지만, 기본적으로 몇 가지 형태가 있다.
· 사각형으로 주위를 벽으로 둘러싼다.
· 물을 쓰기 좋은 저지대에 많이 세워져서 강도 이용한다.
· 각종 시설 위치 등도 어느 정도 정해둔다.

도시의 제품이 마을로, 식량이 도시로 향하며 서로 의존.

마을

기본적 시설 외에는 남북으로 그 형태가 크게 달라진다.

북
비교적 크고, 고지대에 있다.

남
비교적 작고, 강을 접하고 있다.

그리고 이 집단 중에서 가장 큰 것이 현성縣城이다. 성안은 여러 구획으로 나뉘어 있고 한 구획이 리里다. 현성에는 장인이나 상인도 살지만, 역시 대부분은 농민이었다. 현성은 일본에서 말하는 현청 소재지(한국의 군청 소재지 – 옮긴이 주)를 생각하면 된다. 현의 통치를 맡은 중심 지역이지만, 주민 대부분이 농민이었기 때문에 상업 도시처럼 활발한 느낌은 없었던 것으로 보인다.

◆ **주현제로**

진한秦漢 시대 이후에는 군현제가 지방 행정의 기본이었다. 이를 개혁한 것이 수나라 문제文帝다. 군현제에서는 군 위에 다시 주州라는 행정 단위가 있었다. 군이 몇 개 모여서 주가 된다. 이 구분은 이후에도 이어지지만, 시간이 지날수록 주와 군이 세분화되었다. 각 주에 속한 군과 현의 숫자는 변하지 않았지만, 새로운 주와 군의 수가 비정상적으로 늘어나면서 전체적으로 군현도 늘어났다. 평균적으로 볼 때 한 주당 2~4개 군, 한 군당 2개 현으로, 이는 삼국 시대의 오나라와 비교하면 5~7배에 이르는 정도였다. 군현이 늘었다고 해서 성곽을 늘린 것은 아니지만, 새롭게 주와 군이 만들어진 만큼 관리의 수는 증가했다.

문제는 이를 개혁하기 위해 주·군·현을 통폐합하고, '군'을 폐지하고 '주'로 일원화했다. 그리고 당시 지방 장관은 그 지방 사람들을 자유롭게 채용할 수 있는 특별 인사권을 갖고 있었는데, 이 권한을 폐지하고 지방의 인사권을 장악했다. 더욱이 장관이 지니고 있던 군사권도 박탈하고 중앙에 귀속시켜 중앙 권력의 강화를 노렸다. 문제가 시행한 이 주현 제도는 이후 청나라 시대에 이르기까지 계승되었다.

◆ 마을의 모습

무엇보다도 이러한 제도에 의해 각지의 도시와 무수한 마을이 통괄되었다.

중국 마을은 어떤 요소로 구성되는가. 우선은 사람들이 살아가는 집이 있다. 길에는 도로가, 강에는 다리가 놓여 있고, 죽은 사람을 묻을 묘지가 있다. 주변에는 숲이 있고, 개울도 흐르며, 여기에서 연료가 되는 나무와 생활에 필요한 물을 채취한다. 누군가가 독점하는 것이 아니라 모두가 함께 사용한다. 그리고 농촌이라면 논과 밭이, 어촌이라면 바다와 호수가 펼쳐져 있어서 거기에서 일용할 양식을 얻는다. 소나 돼지 같은 가축을 대규모로 기르는 마을도 있을 것이다.

마을을 구성하는 다른 요소는 시대와 지역에 따라 크게 다르다. 광대하기 이를 데 없는 중국에서는 마을이 북쪽에 있는지 남쪽에 있는지에 따라 그 풍경이 크게 바뀌었다. 평원이 펼쳐진 북쪽에서는 마을 규모를 쉽게 넓힐 수 있지만, 그만큼 물을 강에만 의존할 수 없게 되므로 우물을 파야 할 필요성이 생긴다.

한편, 강이 많은 남쪽에서는 무리하게 우물을 준비하지 않고 강가에 마을을 만들 수 있었다.

마을 형태에도 차이가 있다. 북쪽 마을은 비교적 크고, 약간 높은 곳에 건물이 세워져 있었다. 주위를 때때로 벽이 둘러싸고 있는 것은 일찍이 전란에 휩싸였던 흔적이다. 사람들은 벽에 있는 문을 통해서 밭일을 나갔다.

남쪽 마을은 주로 소규모 강변이나 강이 교차하여 흐르는 곳에 있었다. 강은 물의 원천인 동시에 교통의 중심지인 셈이다. 집들이 늘어선 주변을 논이 둘러싸고 있으며, 그 주위를 제방이 감싸고 있다.

농촌 구성원은 대부분 농민이다. 그들은 과거에 공동 농지를 함께 경작했지만, 이윽고 각자 자신들의 토지를 경작하게 되었다. 나아가 10세기에는 지주의 토지를 소작농이 경작하는 등 시대에 따라 변화했다. 그 밖에 작은 가게의 주인이나 장인처럼 농업에 종사하지 않는 사람도 있었는데, 그들은 아무래도 외부인처럼 느껴지는 존재였던 모양이다.

한편 흥미로운 요소로서 동성촌락同姓村落이라는 것이 있다. 하나 혹은 둘 정도의 성씨가 마을에 모여 사는 사례다. 이러한 마을은 강한 일족 의식과 단결 의식을 지녔다. 외적에 대해서는 다른 마을과 서로 힘을 합쳐 단결하지만, 평소에는 외부인에 대해서 매우 폐쇄적인 경향을 보인다. 지방의 마을을 그리고자 할 때는 이러한 점을 기억하도록 하자.

♦ 저명한 도시

여기에서는 중국 역사상 유명한 몇몇 도시를 소개한다. 여러분의 중화풍 세계를 만들 때 참고하기를 바란다.

· 장안(창안)

당나라 시대에는 100만 명의 인구를 자랑하던 장안長安. 서안西安(시안)의 일부 지역이었던 도시로서 세계 제국이었던 당나라의 수도였다. 다양한 민족, 다양한 직업의 사람들이 오가는 실로 화려한 도시였다고 한다. 수나라는 중국을 통일한 뒤, 장안에 새로운 도성都城을 건설했다. 장안은 한나라 시기에도 수도였던 장소로서 이미 장안성이 존재했지만 남북통일을 염두에 두고 더욱 큰 도성 건설이 시작되었다. 만약을 위해서 이야기해두지만 도성은 성곽으로 둘러싸인 도시를 가리키며, 정치를 행하는 궁성뿐만 아니라 그 안에 있는 마을도 포함한다. 다시 말해 장안성의 궁성 건물이 아니라, 장안이라는 도시를 의미한다.

우선, 황제가 사는 궁성이 세워졌다. 수나라 말기에는 동란이 계속되었기에 축조 공사가 중단되었지만 당나라가 세워진 그해에 재개되었고, 이윽고 나성羅城, 즉, 도시를 둘러싼 성곽 바깥쪽 벽이 완성되었다. 북쪽 중앙에 태극궁太極宮이 있고, 북쪽 외곽과 접해 있었다. 이를 중심으로 도시가 사각으로 펼쳐지고 도로는 바둑판처럼 가로 세로로 뻗은 조방제條坊制였다. 동원된 인원이

나 공사 기간을 생각하면 그다지 훌륭한 성곽은 아니었던 듯하다. 나중에 북쪽으로 튀어나오는 형태로 대명궁大明宮이 증설되었고, 이곳이 실질적인 궁성으로 이용된다.

나성의 높이는 5.3미터 혹은 5.8미터였다. 수치가 정확하지 않은 이유는 이를 기록한 문헌에서 척尺이라는 단위를 썼는데, 수나라와 당나라에서 정한 척의 길이가 달랐기 때문이다. 도시 크기는 고고학적 조사로 확인되었는데, 동서가 9,721미터, 남북이 8,651.8미터로 동서로 약간 더 길다. 벽 두께는 기본적으로 9~12미터이지만, 3~5미터 정도로 좁은 부분도 많다. 도성으로서는 대규모이지만, 동원된 인원이 많지 않아서 도시에 비해서는 초라한 나성이었다.

· 상해(상하이)

도시는 육지 한가운데에만 있는 것은 아니다. 오히려 바다나 강처럼 물과 접하고 있어서 발전하는 도시도 드물지 않다. 사람이든 물건이든 대량으로

운반하려면 배가 가장 좋기 때문이다. 실제로 중국의 장강長江이나 다른 강에 접한 도시가 항구로서 크게 발전했다. 수당 시대에는 교통로로서 운하도 건설되어 많은 도시가 수상 운송으로 번성했다. 그중 대표 주자로 상해上海를 소개하겠다.

상해는 장강의 물길을 따라서 내려온 토사가 쌓이고, 여기에 사람의 손길이 더해져 만들어진 도시다. 따라서 상해가 있는 곳이 오래전에는 바다였다. 이것이 당나라 때 육지화되었다. 그리고 송나라 때에 이르러 상해라는 작은 시장 도시가 만들어졌다. 송나라 때에는 시박사라는 해상 무역을 감독하는 관청이 있었고, 일찍부터 배가 오가는 항구 도시였던 것 같다. 또한 이제껏 폐쇄적이었던 경제 체제가 개방된 시기이기도 하다. 이때부터 항구 마을로서 번영하기 시작했을 것이다.

그러나 원나라 시기에 상해의 번영은 자취를 감추었다. 인근의 다른 항구가 번성했기 때문이다. 상해가 다시금 무역항으로서 번영을 되찾은 것은 명나라 시기에 하천 공사가 진행된 이후다. 현재 상해는 두 개의 물줄기가 흘러들어 대형 선박이 들어올 수 있는데, 이 두 개의 물줄기가 바로 명나라 하천 공사로 만들어진 것이다. 본래는 대형 선박이 들어오지 못해 인근 항구에 지역 최대 무역항 자리를 빼앗긴 상태였는데, 이 두 지류가 상해에는 구세주였다. 하지만 이것은 무역을 위한 공사가 아니라 범람이 계속되는 강을 제어하기 위한 치수 공사였기 때문에 상해가 그 혜택을 받았다는 것은 결과론적인 이야기다.

이제까지 계속 성곽 이야기를 해왔는데, 명나라 후기에 이르기까지 상해에는 성곽이 세워지지 않았다. 그로 인해 명나라의 항해 금지 정책에 반발한 왜구들이 습격하여 상해는 한 번 불타게 된다. 이 사건을 계기로 상해에도 처음으로 성곽이 세워졌고, 스스로 보호할 수 있게 되었다.

· 향항(홍콩)

향항은 중국 남부의 주강珠江(주장) 하구 동쪽에 위치한 도시다. 구룡九龍(주룡) 반도와 향항도香港島(홍콩) 외에 기타 크고 작은 230여 개의 섬이 있다. 영국의 식민지였으나 1997년 중국에 반환된 이후 특별 행정구가 되었다. 그런 정치적 상황으로 인해 중국(아시아)이면서 영국(유럽)이기도 한 독특한 분위기를 가진 도시로서, 세계 설정의 동기가 될 만한 재미있는 도시다.

훗날 향항이라 불리게 된 이 지역은 예부터 항구로 이용되고 있었지만, 정착해서 사는 사람은 없었던 것으로 여겨졌다. 하지만 유적 발굴 조사가 진행되면서 출토품을 통해 선사 시대에 토착민이 있었음을 알게 되었다. 이후 진한 시대에 이주하여 정착한 한족과 토착민은 동화되었다.

향항의 둔문屯門(투엔문)이라는 곳에는 해상 교역의 요충지가 있었다. 둔문은 아라비아나 인도, 동남아시아로부터 찾아온 상인들의 항구가 되었다. 당나라는 해상 방어를 위한 기관을 둔문에 설치했다. 송나라 때는 향항도나 그 밖의 섬에 국영 염전이 만들어졌으며, 전속 수군도 있었다고 한다.

또한, 향항은 남송이 종막을 맞이한 땅이기도 하다. 몽골에서 발흥한 원나라의 공격을 받은 남송은 궁지에 몰려 향항 지역을 전전하다가 1279년에 멸망했다. 이 남송에 관한 유적도 향항에 남아 있다. 이 땅이 향항이라고 불리게 된 것은 식민지 시대인 19세기 초반으로, 영국의 조사가 진행되는 가운데 향항도를 가리키는 이름으로서 이때 처음으로 사용되었다. 명칭의 유래에 대해서는 여러 이야기가 전해지며 수수께끼로 남아 있다. 구룡반도라는 이름도 명나라 후기 문헌에 등장하는데, 그 이유는 분명하지 않다

향항도 북쪽 해안은 깎아 지른 산에 의해 천연의 항구가 되었지만, 사람이 살려면 매립지가 필요한 험한 지역이기도 했다. 영국 식민지로서 정비된 홍콩의 빅토리아 항구는 매립 공사와 함께 시작되었는데, 그 공사는 여전히 진행되고 있으며 홍콩은 계속해서 넓어지고 있다.

　홍콩의 변화는 여기에서 그치지 않는다. 현재 홍콩은 중국에 반환된 이래 '일국양제', 즉 중국이면서 본토와는 다른 체제로 운영되지만, 시간이 지나면 이 상태는 해소될 예정이다. 그때 홍콩이 어떻게 바뀔지 알 수 없다. 아니, 정치적, 경제적인 것뿐만 아니라 사람들의 모습까지도 계속해서 변화하고 있다. 그런 점 역시 이야기의 재료가 된다.

무림인들이 활약하는 중화 세계

◆ 무협 소설, 무협물이란?

중국의 창작 문화에는 무협 소설 또는 무협물이라고 부르는 장르가 있다. 무예와 협의를 주제로 한 이야기로 의협심이 있고 무예에 뛰어난 주인공, 즉 무협(무림인)이 주로 청나라 이전 시대를 무대로 활약하는 이야기다.

일본에서 말하는 시대극이나 시대물, 한국의 사극에 가까울지도 모르겠지만, 훨씬 무법자의 세계라는 느낌이 강하다. 앞서 소개한 『수호전』은 중국뿐만 아니라 동양 전반에서 지명도가 높은 작품 중에서도 가장 '무협'의 색채가 강한 고전이라고 할 수 있다. 검극이나 무술만이 아니라 역사와 모험, 그리고 연애 요소도 포함되어 다양한 이야기가 전개되는 것이 장점이다.

중국의 무협 소설을 이야기할 때 20세기 후반에 활약한 작가 김용金庸(진융)을 빼놓을 수 없다. 김용은 필명으로, 그는 작가이자 언론인이었다. 김용은 열두 편의 장편과 두 편의 중편, 그리고 한 편의 단편을 남겼다. 시대 배경이 명확하지 않은 작품도 있지만, 주로 송나라 시기와 원나라 말기, 명나라 말기, 청나라 초기와 같은 왕조가 뒤바뀌는 격동의 시대를 그려냈다.

김용 작품은 민족이나 세력 간의 적대 의식에서 시작되는 배타적인 사상에 의해 불행한 상황이 펼쳐지는 경우가 많다. 타고난 출신(민족만이 아니라 정파, 사파와 같은 조직도 포함된다 - 옮긴이 주)으로 아군이냐 아니냐를 결정하는 편향된 민족주의로 인하여 등장인물의 정체성이 부정되고 삶도 바뀌어버린다. 김용 작품에서는 그와 같은 비극적인 주제가 잘 느껴진다. 이러한 민족의식에 관한 문제는 현대 사회에서도 세계적으로 통하는 보편적 주제다.

일본에는 이 같은 중화 세계를 무대로 한 무협 작품이 많지 않지만, 근년에 우로부치 겐虛淵玄이 원안과 각본을 맡은 인형극 〈선더볼트 판타지 동리검유기 Thunderbolt Fantasy 東離劍遊紀〉가 등장하여 주목을 받았다. 이것은 환상적인 색채가 강하고, 세계관도 중화적인 것과 일본적인 요소를 모두 담았으며, 자신만의 신념을 가지고 의리로 얽힌 무협인들의 활약을 흥미롭게 그려냈다.

또한, 일본에서는 오래전부터 야쿠자물이 사랑받았는데, 일부 작품은 무협 분위기를 풍기기도 한다. 특히, 에도 시대를 무대로 천하를 방랑하는 도박꾼이나 협객을 주인공으로 한 작품들은 상당히 비슷하다. 의리와 인정에 얽매여 때로는 어쩔 수 없이 살인을 저지르고 세상 사람들의 비난을 받기도 한다. 그 와중에서 자신의 신념을 관철하고자 하는 협객들의 이야기는 한때 일본 엔터테인먼트의 주류였던 만큼, 무협 역시 충분히 일본인에게 받아들여질 수 있다(한국에서는 판타지 작품의 유행 이전에 주로 대본소와 대여점을 중심으로 중국 무림을 무대로 한 한국의 독자적인 무협물이 인기를 끌었으며 현재도 꾸준히 창작되고 있다. 중국 작품의 영향을 받으면서도 독자적인 색채를 띤 다양한 한국 무협물은 한국 판타지 문화의 밑바탕이라고도 할 수 있다. 또한, 야쿠자물과 비슷한 조폭물, 특히 일제 강점기를 배경으로 한 〈장군의 아들〉, 〈야인시대〉, 현대 서민의 협객 이야기를 그려낸 〈인간 시장〉과 같은 작품도 무협 분위기를 풍긴다 - 옮긴이 주).

176

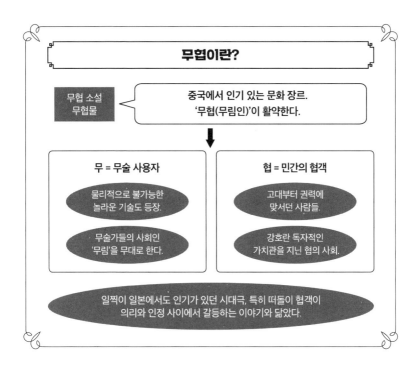

무협이란?

무협 소설
무협물

중국에서 인기 있는 문화 장르.
'무협(무림인)'이 활약한다.

무 = 무술 사용자

물리적으로 불가능한
놀라운 기술도 등장.

무술가들의 사회인
'무림'을 무대로 한다.

협 = 민간의 협객

고대부터 권력에
맞서던 사람들.

강호란 독자적인
가치관을 지닌 협의 사회.

일찍이 일본에서도 인기가 있던 시대극, 특히 떠돌이 협객이
의리와 인정 사이에서 갈등하는 이야기와 닮았다.

♦ **무와 협**

무협의 '무武'는 육체적 특징, 즉 무예를 뜻한다. 한편, '협俠'은 정신적 특징
을 나타낸다. 또는 '협'은 주인공의 목적, '무'는 그 수단이라고도 할 수 있다.
사람들은 무협 소설에서 단순히 무예의 강력함만이 아니라, 협의로서의 모습
을 보고 싶어 한다(중국 무협 작가 양우생은 "'무'는 쓰지 않을지언정, '협'이 빠져
서는 안 된다"라고 했다 – 옮긴이 주).

이러한 특징이야말로 중화풍 무협의 색채인 만큼 여기에서 자세하게 소개
하고자 한다. 무협의 주역인 무림인들은 가혹한 운명에 농락당하고, 때로는 뒤
에서 이야기할 강호와 무림의 세계 안에서 인간관계와 속박에 얽매인다. 나아
가 자신만의 강한 신념 때문에 때때로 불합리하거나 자신에게 매우 불리한 선

택을 해야 할 수도 있다. 그것은 삶의 방식으로서는 그다지 지혜롭지 않아 보일 수도 있고, 손해를 보거나 남들에게 멸시당하는 삶일 수도 있지만, 동시에 동경의 대상이 되거나 존경과 칭찬을 받는 삶일 수도 있다.

이러한 모습은 무협이나 중화풍 작품에서뿐만 아니라 일반적으로도 멋진 삶의 자세로 여겨진다. '사내의 길'이라고 하면 진부하게 여길지도 모르지만, 여성도 그렇게 살아가는 사람은 멋지게 보인다. 실제로 무협물에는 때때로 매력적인 여성 캐릭터가 등장하곤 한다.

◆ 무협물의 역사

무협물이 등장하기 전부터 이른바 무법자 같은 인물이 활약하는 이야기가 인기를 끌었다. 그중에서도 특히 협의俠義 소설과 검협劍俠 소설이 무협 소설에 큰 영향을 주었다.

협의 소설은 청나라 후기에 유행한, 선량한 관료와 영웅이 활약하면서 세상을 바로 잡는 이야기다. 대표적인 작품이 『삼협오의』다. 송나라 때 실존했던 성실한 판관(재판관)이 주인공이지만, 판관을 주역으로 한 내용은 초기에 짧게 소개되고, 이윽고 이야기는 그를 도와주는 무인들의 활약이 중심이 되어간다. 이런 사내들의 활약이 매력적으로 펼쳐지는 세계관은 그대로 무협 소설에 반영되었다(『삼협오의』의 중심인물인 판관이 바로 한국에서도 TV 드라마로 인기를 끌었던 포청천[포증]이다 – 옮긴이 주).

이후 『삼협오의』의 영향을 받아서 청나라 후기에 선인이나 반인반선半人半仙의 검협들이 활약하는 '검협 소설'이 등장한다. 그 밑바탕에는 『서유기』로 대표되는 괴물 퇴치 이야기(신괴 소설神怪小說)가 있었다.

이러한 무협물은 1923년부터 상하이의 잡지에 평강불초생(필명으로, 본명은 상개연向愷然이다 – 옮긴이 주)의 『강호기협전』이 연재되면서 근대적인 대중 소설로서 진화하게 된다. 무협 소설은 신문이나 잡지에 연재되면서 많은 독자를 얻었으며, 대중 연극과 영화, TV가 보급된 이후에는 드라마를 통해서 두꺼운 팬덤을 형성하기에 이른다(최초의 무협 영화 역시 『강호기협전』을 바탕으로 한 〈화소홍련사〉다 – 옮긴이 주).

◆ '협'의 전통

물론 이러한 무협물이 매우 황당무계한 사람이나 세계만을 그려내는 것은 아니다. 고대부터 중국에서 이어져 내려온 '협'의 세계가 그 바탕이 된다. 나라는 법과 질서로 운영되지만, 모든 사람이 그 법과 질서의 보호를 받지는 않는다. 직업이나 성격 때문에 죄를 짓는 등의 이유로 떠돌이가 되거나, 여기저기 방랑하며 살아가거나, 반사회적 집단을 만드는 사람도 나타난다. 이러한 상황 속에서 살아남고자 무장하고 서로의 약속과 맹세를 준수하면서 동료가 다치거나 하면 보복하는 무리를 '협(의협)'이라고 불렀다(호걸이라 불리기도 한 이들은 영웅처럼 사회 정의를 위해서가 아니라, 신념이나 개인적으로 끌리는 무언가를 위해 행동했다 – 옮긴이 주).

'협'의 대표적인 인물로 진시황을 암살하려고 했지만 뜻을 이루지 못한 형가가 있다. 이러한 집단은 국가에는 방해가 되는 존재인 만큼, 종종 탄압의 대상이 된다. 하지만 서민에게는 무서운 존재인 동시에 만일의 경우에는 힘을 빌릴 수 있는 존재로서, 이야기 안에서 영웅시되곤 한다. 덧붙여서 처음에는 유가, 즉 유학자들도 협객처럼 자신의 길을 걸어가는 무법자 같은 존재였지만, 이윽고 체제 속에 포함되어갔다. 하지만 고대 유교의 뜻을 물려받아 학문을 무기로 하는 협객이 있어도 좋지 않을까.

◆ 인지를 넘어선 무술

중국 무협 소설의 특징 중 하나는 그 무술에 있다고 여겨진다. 일본의 사극이나 연극, 영화 등에서 볼 수 있는 협객물에서는 황당한 동작이나 전투 상황은 거의 나오지 않는다. 다소 환상적인 검 기술과 곡예와 같은 움직임을 선보일 수는 있어도 현실과 동떨어진 것은 그다지 많지 않다. 검호가 설사 평범한 사람을 초월한 힘을 가지고 있었다고 해도 어디까지나 인간의 영역을 벗어나지 않는 선에서 그려진다.

하지만 중국 무협 소설에서는 신체적인 의미에서의 인간다움은 별로 중요하지 않은 것 같다. 무술을 선보이면서 눈 위를 발자국 하나 남기지 않고 달려가거나, 수직의 벽을 단번에 뛰어오르는 황당무계한 신체 능력을 발휘하는 것이 기본이다. 중국 영화라고 하면 많은 사람이 쿵후 영화의 곡예와 같은 장면을 떠올리는데, 바로 그러한 이미지다.

초인적이라기보다는 인류의 영역을 넘어선 인물도 적지 않고 선인이나 반선인도 등장하지만, 보통 요술 대결은 잘 벌어지지 않는다(『수호전』의 공손승처럼 도술을 쓰거나, 강시술, 진법 같은 기술이 나오기도 한다 – 옮긴이 주). 검술, 무술이라는 이름으로 인지를 넘어선 가공할 만한 기술들을 주고받는다.

이러한 것들은 중국 소설 속 검술의 전통에서는 당연한 일이다. 검술을 선보일 때 검기가 총알처럼 변하여 무서운 기세로 움직인다든지, 검기를 길게 늘여서 날리면 하늘이 흐려지고 모래바람이 춤추며 번개가 내리치는 등의 기술이 등장한다. 검협 소설에는 둥글게 만 검을 뱃속에 담아두었다가 입으로 날리는 것과 같은 기술도 등장한다. 검을 공중에 띄워서 자유자재로 조종하여 적을 공격하는 기술이 비교적 정상처럼 보일 정도다(무협의 무술에서 내면의 힘을 보여주는 기氣, 내공이라는 요소는 무시할 수 없다. 이를 통해 일종의 초능력으로 대결하는 듯한 전투 연출이 무협물의 매력이다 – 옮긴이 주).

◆ 강호와 무림

무협 소설에서는 '강호'와 '무림'이라는 두 세계가 그려진다. 이것은 검협 소설의 영향으로 생겨난 개념인 듯하다. 강호는 '천하', '세상' 등으로 번역할 수

있지만, 일반적으로 '관(정부)'에 대한 '민초(민간)'를 뜻하는 말이다.

영웅은 세상에 몸을 감추고 떠돌아다닌다. 하지만 그 실력을 바탕으로 강호(세상)에서 특별한 이름으로 불리며 명성을 얻기도 한다. 종종 수배자인 경우도 있다. 이 경우 강호에서는 유명하지만 관리 같은 공적인 이들에게는 드러나지 않은, 이른바 숨은 영웅과 같은 느낌이다. 사내가 다른 사내에게 반하여 의형제를 맺고, 이러한 관계가 확산해가는 무법자들의 세계. 즉 '협'의 영역이다.

일반적으로 『수호전』의 세계를 생각하면 이해하기 쉽다. 호걸들은 만나기 전부터 서로에 대해 알고 있다. 주역인 송강은 특히 유명해서 그를 잡아 죽이려던 자도 그 이름을 듣고는 황급히 고개를 숙여 무례를 사과한다. 이것은 단순히 의로운 사람인 송강의 인덕에 압도되었다고도 해석할 수 있지만, 많은 사람에게 은혜를 베풀어온 송강을 죽였다간 다른 우두머리들에게 살해될지도 모른다는 걱정 때문이었을 수도 있다.

한편, 무림은 문단을 뜻하는 '문림'이라는 말에 대응하여 무술인들의 세계를 부르는 말로 만들어졌다. 무림은 수많은 무술의 문파가 존재하는 사회로서, 각 집단 내부에 존재하는 사제들의 계층 구조가 작품 속에서 그려진다. 스승은 아버지, 스승의 아내는 어머니와 다름없고, 사형제는 형제나 마찬가지인 유사 가족 관계다. 그리고 문파에는 독자적인 계율이 있어서 이를 어길 시 스승에 의해서 처벌된다. 무림이라는 말 자체는 무협 소설이 형성될 무렵에 만들어졌지만, 그 이전의 검협 소설에서도 이러한 문파에 의한 항쟁과 유사 가족 관계가 그려졌다.

강호건 무림이건 그려지는 인물들의 인연이 비슷해 보이겠지만, 그 종류는 다르다. 강호가 주로 의형제로서 연결되는 수평적 인연에 가깝다면, 무림의 가족적인 인연은 스승에서 제자로 이어지는 수직적 연결이라고 할 수 있겠다. 이러한 유대 관계의 세계관은 검협 소설에서 무협 소설로 계승되었다.

무협물에서는 가혹한 운명에 맞서는 주인공을 어떻게 그릴지가 중요하다. 주인공이 신념을 지니도록 하고, 또한 운명을 극복하는 데 필요한 무예를 갖추게 한 다음, 그를 철저하게 괴롭히는 강적과 비극적인 운명, 알고 싶지 않은 비밀 등을 준비하면 적당하다.

중화요리는
다종다양하다

요리와 식사는 이야기에 큰 영향을 미치는 요소다. 등장인물이 무엇을 먹는지는 그 인물의 특징과 깊이 관련되며, 그 지역의 독특한 음식이 나오면 매우 분위기가 살아난다.

특히 중국인들은 음식을 정말 좋아하기로 유명하다. '다리 넷 달린 것 중엔 의자와 책상 빼고, 하늘을 나는 건 비행기 빼고 다 먹는다'는 말까지 있을 정도다. 중화 세계 하면 넓은 중식도나 큰 냄비를 휘두르는 요리사의 이미지를 떠올리는 사람도 많다. 여기서는 이러한 중화요리의 세계를 살펴보겠다.

◆ 중화요리의 특징

우선, 중화요리의 특징을 파고들어보자. 하나는 광대한 중국 각지의 환경에 맞춰 다양한 양식이 확립되어 있다는 점으로, 이것은 뒤에서 자세히 소개하겠다.

주로 큰 접시에 요리를 담아 먹는 식사 방식도 중요한 특징이다. 큰 접시에 요리를 가득 담아놓으면 사람들은 거기에 젓가락을 뻗어 자신이 먹을 만큼 가져간다. 여기에서 대륙 특유의 유연함이 엿보인다. 접시에는 실로 다양한 조리법으로 가공한 요리가 담긴다. 고기나 생선, 채소와 곡물, 또는 이들을 가공한 음식 재료를 볶고, 튀기고, 찌고, 조리고, 굽고, 고명을 얹어서 훌륭한 요리로 완성한다.

또 하나의 중요한 특징으로 도구가 간단하다는 점을 들 수 있다. 중식도(차이다오菜刀) 하나에 냄비만 있으면 대충 요리를 만들 수 있다. 그래서 중화 판타지 세계에는 요리 도구를 등에 업고 각지를 방랑하는 요리사가 매우 잘 어울린다. 칼을 손에 들고 냄비를 방패로 싸우는 전투 요리사라는 설정도 재미있다. 그는 분명 재료도 자기 손으로 싸워서 얻을 것이다. 그는 무엇을 위해 여행하는 것일까. 최고의 미식을 찾아서? 각지의 명인에게 가르침을 얻기 위해서? 아니면 그냥 장사할 만한 장소를 찾아다니거나, 고향에서 쫓겨나 떠돌면서 살아남고자 요리사가 된 것일까.

또한, 중화요리에서는 '약식동원藥食同源' 사상도 중시된다. 음식과 약은 근원이 같다는 말로, 음식에 따라 건강이 좌우되고 또한 질병 치료도 기대할 수 있다는 생각이다. 중국만이 아니라, 한국 등 동양 의학에서 쉽게 볼 수 있는 개념이다(약식동원 사상은 중국보다 한식에서 좀 더 자주 볼 수 있다 - 옮긴이 주).

실제로 중국에서 자주 사용되는 향신료는 대부분 한방 재료로서도 중요하게 여겨지며, 무엇을 먹느냐에 따라 건강이 좌우된다는 것은 현대인이라면 잘 아는 바이다. 특히 약물에 가까운 재료를 이용하여 건강을 회복시키는 음식을 한방 요리라고 부른다. 중화 판타지 세계에서는 이것을 더욱 극적인 형태로 묘사해도 좋다. 특별한 재료와 요리법(내공을 담는 등)을 사용하여 상처나 병을 순식간에 낫게 하거나, 사람들의 마음을 들뜨게 만들거나, 날개가 돋친 듯 몸이 가벼워지게 하는 요리를 만든다면 어떨까. 가장 극적인 경우에는 죽은 자가 부활하거나, 거의 죽어가던 사람이 소생하기도 할 것이다.

◆ 다양한 중화요리

중화요리의 종류는 실로 다양하다. 일본이라는 작은 섬나라에서조차 도호쿠(일본 본섬의 동쪽 끝 지역 - 옮긴이 주)와 규슈(일본의 서쪽 끝 지역 - 옮긴이 주)처럼 기후가 다르면 요리도 다르다. 중국은 민족이 다양하고, 땅도 일본보다 훨씬 넓어서 당연히 지역에 따라 기후 차이가 크기 때문에 요리도 지방에 따라 다양한 특색을 보인다.

예를 들어 중국인의 주식이라고 하면 쌀을 떠올리는 이들이 많을 것이다. 실제로 밀보다 수확량이 많아서 쌀이 중국 인구를 먹여 살린다고 생각하기 쉽지만, 추세로 보면 북쪽 사람들은 면류(만두나 교자 등도 포함된다)를 좋아한다. 쌀을 사랑하는 것은 남방 사람들이다. 이것을 일컬어 '북면남반北麵南飯'이라고 한다. 쌀은 기본적으로 남방의 산물로 추위에 약하지만, 면의 주재료인 밀은 추위에 강하기 때문이다.

또한, 중화요리는 맵다는 인식이 있는데 그것은 사천 요리와 호남 요리에 한정되며, 광동 요리 등은 단맛이 더 강하다. 또한, 매운맛을 내는 주재료인 고추는 아메리카 원산으로, 유럽이 대항해 시대를 맞이한 이후에야 세계로 퍼져 나갔다.

현재 중화요리는 크게 여덟 가지로 구분하여 8대 요리로 불리곤 한다. 지역은 다음과 같다.

· 산동채계山東菜系 ─ 북경 요리北京料理, 궁정 요리宮廷料理, 동북 요리東北料理

　　　　　　　　　　　하남 요리河南料理, 서안 요리西安料理, 서북 요리西北料理

· 사천채계四川菜系 ─ 사천 요리四川料理, 운남 요리雲南料理

· 강소채계江蘇菜系 ─ 상해 요리上海料理, 회양 요리淮揚料理

· 광동채계広東菜系 ─ 광주 요리広州料理, 조주 요리潮州料理, 객가 요리客家料理

· 안휘채계安徽菜系 ─ 안휘 요리安徽料理

· 호남채계湖南菜系 ─ 호남 요리湖南料理

· 절강채계浙江菜系 ─ 절강 요리浙江料理

· 복건채계福建菜系 ─ 복건 요리福建料理

여기에서는 이들에 대해 조금씩 살펴보겠다. 다만, 이들은 현대 요리를 참고했으며, 고추를 비롯하여 고대 중국에는 없었을 것으로 보이는 조미료도 소개하고 있다. 하지만 각각의 풍토에 바탕을 두고 발전해온 요리의 특색을 느낄 수 있으리라 생각하고 정리해보았다. 여기에 역사적 사실에 바탕을 둔 상황을 추가하거나, 당신이 창작하는 중화풍 세계 특유의 요소를 도입하거나(고추가 자생하는 고대 중국!), 더욱 환상적인 요소를 넣거나(용을 재료로 이 세상에 없는 요리를 만들겠다며 분발하는 방랑 요리사 등) 할 수 있다. 오히려 적극적으로 그렇게 해야 할 것이다(무협물에서는 운중행의 소설『추룡기행』처럼 용의 내단을 얻고자 여행하는 이야기를 종종 볼 수 있다 - 옮긴이 주).

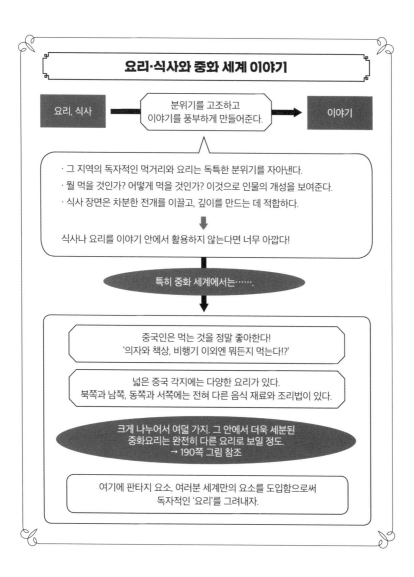

요리·식사와 중화 세계 이야기

| 요리, 식사 | → | 분위기를 고조하고
이야기를 풍부하게 만들어준다. | → | 이야기 |

· 그 지역의 독자적인 먹거리와 요리는 독특한 분위기를 자아낸다.

· 뭘 먹을 것인가? 어떻게 먹을 것인가? 이것으로 인물의 개성을 보여준다.

· 식사 장면은 차분한 전개를 이끌고, 깊이를 만드는 데 적합하다.

식사나 요리를 이야기 안에서 활용하지 않는다면 너무 아깝다!

특히 중화 세계에서는……

중국인은 먹는 것을 정말 좋아한다!
'의자와 책상, 비행기 이외엔 뭐든지 먹는다!?'

넓은 중국 각지에는 다양한 요리가 있다.
북쪽과 남쪽, 동쪽과 서쪽에는 전혀 다른 음식 재료와 조리법이 있다.

크게 나누어서 여덟 가지. 그 안에서 더욱 세분된
중화요리는 완전히 다른 요리로 보일 정도.
→ 190쪽 그림 참조

여기에 판타지 요소, 여러분 세계만의 요소를 도입함으로써
독자적인 '요리'를 그려내자.

· 산동채계-북경 요리

중국의 수도 북경과 천진을 중심으로 한 지역 요리. 내륙의 한랭지 기후를 반영하여 맛은 짜고 진하며 튀김이나 구이 등이 많다. 파와 부추 기름, 닭발을 고

아서 우려낸 국물 등이 많이 사용된다.

· 산동채계 - 궁정 요리

북경은 금나라부터 청나라 때까지 꾸준히 수도가 있던 지역으로, 궁정 요리의 전통이 살아 숨 쉬고 있다. 당연히 있는 대로 사치를 부린 재료와 섬세한 기술을 동원한 특별한 요리가 이어지고 있다. 그 대표적인 것이 '만한전석'으로, 7일간에 걸친 잔치에서 108가지 또는 수백 가지라고도 하는 음식이 제공된다.

· 산동채계 - 동북 요리

중국 동북東北(둥베이)(옛 만주 등) 지방의 명물 요리는 화과火鍋(훠궈)다. 두 종류의 수프에 각각 향신료가 들어가 있어 이름 그대로 불이 나는 것처럼 맵다. 또한, 거리가 가까운 몽골의 영향을 받아 양 요리도 인기 있다. 이들은 각각 몸을 따뜻하게 하는 효과가 있다.

· 산동채계 - 하남 요리

하남河南(허난)의 명물 요리로는 수석水席(수이시) 요리가 있다. 24가지의 요리로 구성된 코스 메뉴로서, 그중 16종이 국물 요리다. 건조한 이 지역에 특히 어울리는 음식이다.

· 산동채계 - 서안 요리

중앙아시아로 이어지는 비단길의 시작점에 해당하는 서안西安(시안)의 요리는 향신료가 두드러져 이국적인 향기가 난다. 산에서 얻은 재료와 강(황하 최대 지류인 위수渭水[웨이수이])의 해산물이 풍부한 지역으로서 다양한 재료를 바탕으로 밀가루로 만든 빵이나 면류를 주식으로 하는 것이 일반적이다.

· 산동채계 - 서북 요리

신강新疆(신장) 위구르 자치구를 포함하고 있으며, 몽골과 인도와도 가깝다. 따라서 전자의 영향으로 양고기를 먹고, 후자의 영향으로 향신료를 많이 사용한다. 겨울철 추위 때문에 북경 요리처럼 짠 음식이 많다.

· 사천채계 - 사천 요리

무더운 분지인 사천四川(쓰촨) 지역에서 쾌적하게 지내기 위해 고추와 산초를 사용한 매운 음식이 많다. 마파두부나 탄탄면처럼 우리에게 친숙한 요리를 떠올리겠지만, 사실 이들은 각지의 입맛에 맞게 바뀐 것이며 본고장의 맛과는 다르다(최근 한국에서 인기를 끈 마라탕도 사천 요리 중 하나다-옮긴이 주).

· 사천채계 - 운남 요리

운남雲南(윈난)은 산이 많은 지방으로, 표고 1,500~2,000미터에 이른다. 당연히 자연의 풍요로움을 바탕으로 채소와 산나물, 버섯을 사용한 요리가 많다. 양념은 식초가 기본이며, 여기에 매운맛을 더하여 복잡하고 다채로운 맛을 낸다.

· 강소채계 - 상해 요리(남경 요리)

세계 최고의 무역 도시인 상해上海(상하이), 또는 예부터 번성한 도시인 남경南京(난징)이 있는 이 지역 요리의 기본양념은 중국에서는 드물게 설탕을 사용하여 달콤하고 농후하다. 주로 무역의 영향을 받은 것으로 보인다. 상하이 게, 소룡포小籠包(샤오룽바오), 큰 완탕 같은 명물 요리도 많다.

· 강소채계 - 회양 요리

장강 북부에서 시작됐다. 상해 부근임에도 맛이 담백한 느낌이다.

각지의 중화요리

서북 요리

동북 요리

북경 요리
궁정 요리

하남 요리

서안 요리

안휘 요리

회양 요리

사천 요리

상해 요리

절강 요리

호남 요리

복건 요리

운남 요리

광주 요리
조주 요리
객가 요리

현대 중화요리의 종류와
대략적인 위치를 표시했다.

· 광동채계 - 광주 요리

'음식은 광주广州(광저우)에 있다'는 말이 있다. 그 정도로 광주는 음식의 땅이
라고도 불리며 먹거리가 번성한 도시였다. 하지만 미식을 추구하다 보면 괴상
한 재료에도 눈길이 가는 건지 뱀, 너구리, 개처럼 특수한 음식 재료도 많다. 맛
은 주로 담백하고 시원하다. 기름을 적게 쓰고 재료의 맛을 중시하며 풍요로
운 색채다. 점심点心(딤섬. 가벼운 식사로서 주로 디저트나 만두, 교자, 찐만두 등)
도 유명하다.

· 광동채계 - 조주 요리

광주 요리처럼 담백하고 채소를 많이 사용하며 매운 음식이 적다. 해산물 재
료도 많지만, 거위를 사용하는 것이 특징이다.

· 광동채계 - 객가 요리

일찍이 화남華南(화난)으로 이주했다는 북방 유목 민족의 이름을 붙인 이 요리는 말린 재료, 절임, 훈제, 말린 야채, 그리고 진한 염분과 유목민 시대를 느끼게 하는 보존성 높은 식재료가 눈에 띈다.

· 안휘채계 - 안휘 요리

안휘安徽(안후이)도 산으로 된 지역으로 야채, 콩, 육류, 민물고기(날것 또는 훈제) 등이 음식 재료로 널리 쓰인다. 약식동원 사상이 강하다고 알려졌다.

· 호남채계 - 호남 요리

장강 중하류, 동정호 남쪽에 펼쳐진 호남湖南(후난) 지방 요리는 사천 요리를 넘어 중국에서 가장 맵다고 한다. 호수의 물고기와 물의 이점을 살린 벼농사로 얻은 쌀이 중심 재료다.

· 절강채계 - 절강 요리

절강성浙江省(저장성)의 성도인 항주杭州(항저우)에도 재료의 맛을 살리는 담백한 요리가 많지만, 명물은 돼지고기 조림인 동파육이다. 송나라 관리이자 시인으로 유명한 소동파의 이름에서 유래했으며 당시엔 동물의 먹이로 생각했던 돼지고기를 푹 고아서 만든 요리다.

· 복건채계 - 복건 요리

복건성福建省(푸젠성)은 동쪽은 바다(바로 옆에 대만이 떠 있다)이고 서쪽은 산으로 둘러싸여 먹거리가 풍부하다. 그만큼 재료의 맛을 살리는 양념이 다양하고, 소박한 가정식 요리가 특색이다. 탄력이 강한 면 요리로도 잘 알려져 있다.

♦ 요리는 변화하며 사람을 끌어들인다

자, 어떤가. 설명을 읽기만 해도 배가 고파오는 듯한 아찔한 미식의 세계다. 여기에는 고대 중국 시절부터 이어져 내려온 음식부터 근현대에 이르러 개발되거나 다른 지역에서 전해진 것까지 다양하다. 이러한 변화는 당신이 만드는 중화 세계에서도 일어날 수 있다. 이른 시기에 다른 지역에서 독특한 재료가 들어온다면? 또는 반대로 특정한 재료가 사라진다면? 판타지적인 재료와 조리법이 발명된다면? 무언가에 구애받지 말고 자유롭게 변화를 상상해보길 바란다.

물론, 변화를 바라지 않는 인간 심리에 주목해도 좋다. 사람들은 음식 맛에 대해 의외로 보수적이며 친숙한 맛을 맛있다고 여기게 마련이다. 시골에서 올라와 성공한 사람이 도시의 호화로운 요리에 익숙해지지 못하고 지방의 소박하고 단순한 맛을 더욱 맛있다고 느끼거나, 현지 요리를 추구하는 여행자를 위해서 큰 도시에 각 지방 출신자가 운영하는 지방 음식점이 즐비한 상황은 충분히 있을 법하다.

여기서 한 걸음 더 나아가 고용주로부터 서민 요리를 만들라는 요구를 받은 도시의 요리사가 그 요구를 만족시키면서도 새로운 요리를 고안한다거나, 지방 요리 식당끼리 서로 영향을 받아서 완전히 새로운 요리법이 탄생한다는 설정도 재미있지 않을까?

의복-차이나 드레스,
관료복, 민중복

◆ 옷과 중화 세계

옷, 그리고 그와 함께 제공되는 장식품만큼 그 지역 분위기를 잘 보여주는 것도 없다. 전통적인 복장은 그 지역이 어떤 역사를 거쳐 왔는지, 어떤 기후인지, 어떤 사건이 일어났는지를 여실히 드러낸다. 특히 중국에서는 한족을 중심으로 주변 이민족 문화가 흘러들어 합쳐지고, 때로는 이민족 왕조가 그 민족의 복장을 강제하기도 했었기에 그 형태가 실로 다양하다.

또한, 관료들이 입는 정장은 제복 제도에 의해 모양과 색상이 엄격하게 정해져서 오직 황제만 입을 수 있는 옷도 있었다. 그리하여 중화풍 세계의 등장인물이 어떤 옷을 입고 있는지를 보면 사회적 위치나 사는 곳, 직업, 그리고 시대까지도 대강 떠올릴 수 있다.

이처럼 복잡한 사정은 창작자들에게 상당히 어렵게 느껴질지도 모른다. 하지만 제대로 조사하여 묘사하면 인물들의 개성을 쉽게 드러낼 수 있다는 장점도 있다. 그래서 여기에서는 시대마다 무슨 옷을 입었는지 대강 소개하겠다.

형태 등의 정보도 되도록 담고자 했으니 창작을 위해 중화 세계를 떠올릴 때 도움이 되길 바란다.

♦ 원시의 형태

중국의 원시인이라고 하면 북경 원인이 유명한데, 무려 2만 년 전에 살았던 북경 원인이 장식품을 몸에 걸치고 있었다고 한다. 하얀 천연석과 연두색 자갈, 짐승의 이빨과 물고기의 뼈 등에 작은 구멍을 뚫어 목걸이로 사용했다. 이러한 장식 도구는 치장을 위해서이기도 했지만 부적 같은 주술 도구로서도 의미가 있었다고 여겨진다. 옷과 관련해서 북경 원인은 침으로 짐승의 가죽을 봉합하는 기술도 가지고 있었던 것 같다.

신석기 시대 무렵 출토품으로 알려진 당시 복장은 긴 포목 같은 천의 중심에 구멍을 뚫고, 그 구멍에 머리를 넣어 걸친 다음, 그 천을 몸의 앞면과 뒷면에 늘어뜨려 허리끈으로 묶는 방식이었다고 한다. 길이는 무릎 정도로 생각된다. 세계 전역에서 비슷한 모양이 목격되는데, 인간이 최초로 고안한 옷은 세계적으로 공통된 것인가 보다.

♦ 고대의 의류 소재

고대 중국 사람들은 어떤 옷을 입었을까? 당시 옷은 기본적으로 대마로 만든 삼베 소재였다. 하지만 더운 여름에는 칡으로 만든 갈포가 사용되었다. 갈포는 삼베보다 바람이 잘 통한다. 하지만 삼베도 면포에 비하면 시원하다. 겨울과 봄처럼 추운 시기에는 면포를 사용한다.

비단 짜는 기술은 상당히 이른 시기에 확립되었다. 은나라 무렵에는 누에를 길러서 비단실을 뽑아내는 기술이 개발되었으며, 한나라 시대에는 비단 짜는 기술이나 비단 제품도 상당히 높은 수준에 도달했다. 이것은 중국의 특산품으로서 비단길을 통해 서쪽에 수출되었지만, 이러한 비단옷을 입을 수 있는 사람은 왕후·귀족뿐이었다.

또한, 비단 제품이 수출되었지만, 나라 밖으로 제조법 유출을 막는 규칙도 철저했다. 그 결과, 중국 외부로 비단 제조 기술이 전해진 유래로 '시집온 공주가 모자에 고치를 숨겨서 왔다'든가, '스님이 지팡이 끝에 숨겨왔다'는 등의 극적인 이야기가 전해질 수밖에 없었다. 하지만 실제로 비단 생산에는 먹이가 될 뽕나무도 필요한 만큼 누에만 가져와선 소용없다. 판타지 작품에서는 누에를 독자적인 괴물로 대체하거나, 그것으로 만든 물건을 다른 무언가로 바꾸면 극적인 상황이 연출되지 않을까? (한국에서는 중국처럼 상고 시대부터 비단을 짜왔으며, 삼국 시대를 전후하여 일본에 비단과 그것을 짜는 기술을 전수했다. 한편 중국에서 문익점이 붓두껍에 목화씨를 넣어 밀수했다는 야사가 유명하지만, 실제로는 이와 다르다고 한다 – 옮긴이 주.)

◆ 고대의 예복

우선 예복부터 살펴보자. 서주 시대에는 면복이라고 하여 면류관을 쓴 복장이 있었는데, 이것은 이후 표준이 되었다고 여겨진다. 이 관에는 판이 붙어 있고, 여기에 여러 가닥의 유旒(끈)가 매달려 있다. 명나라 때까지 오랫동안 왕이나 황제가 쓰는 관冠으로 사용되었다. 황제라고 하면 면류관을 떠올리는 사람이 많지 않을까? 중국 조정에서 입는 의복 제도는 기원전 10세기경 서주 시대에 이미 완성되었다고 한다. 주나라에는 사복司服, 내사복內司服, 옥부玉府 등 왕과 왕비의 의복을 위한 전문 직책이 존재했다. 황제부터 서민에 이르기까지 정해진 복장이 있었다.

춘추 전국 시대에 유행한 대표적인 예복으로 심의深衣가 유명하다. 이것은 상의인 의衣와 하의인 상裳이라는 치마 같은 옷을 허리 부분에서 연결한 것으로 남녀 관계없이 착용했다. 위아래라고 하면 분리형으로 생각하기 쉽지만, 결국 하나로 재단하여 연결했기 때문에 외형적으로는 일본의 기모노나 유카타처럼 한 벌로 구성된 느낌이다. 옷을 입을 때는 왼쪽이 바깥쪽을 향한다.

예복이다 보니 정해진 규정이 많다. 유교 문헌인 『예기』에는 '심의'에 대한 항목이 따로 마련되어 있을 정도다. 피부를 노출하지 않고, 길이는 바닥에 질질 끌리지 않을 정도여야 하며, 앞의 옷깃(금衿)은 길고 큰 삼각형을 만들고 몸의 뒤까지 감쌀 수 있어야 한다는 등의 내용이 정해져 있다. 이 문장에서 알 수 있듯이 왼쪽이 길고 몸을 감싸게 되어 있다. 심의는 남녀만이 아니라 문인과 무인에 상관없이 착용했다. 의식만이 아니라 행군이나 전투 때 입어도 되었으며 정말 활용 범위가 넓은 복장이다. 예복이라고 해서 딱딱한 이미지를 떠올리기 쉽지만, 전투 때 입어도 괜찮을 정도로 꽤 활동하기 편한 복장으로 보인다.

심의의 재질은 대부분 흰색 마로, 제사 의식 때는 검은 비단을 사용했다. 자수와 채색을 넣을 수 있었고, 유목민 옷의 영향을 받아 허리띠도 탄생했다. 덧붙여서 속옷은 존재하지 않았던 것 같다. 따라서 상을 걷어 올리면 하반신이 노출되기 때문에 강을 건널 때를 제외하고는 상을 걷으면 안 된다는 규칙까지 있었다. 심의는 고대에는 한漢민족의 상징적인 복장이었지만 시대가 지나면서 그다지 입지 않게 되었고, 송나라 때 부활해 사대부가 즐겨 입었다.

진나라와 한나라 때 남성들은 주로 장포長袍를 즐겨 입었다. 포(도포)라는 것은 본래 긴 옷을 말한다. 장포 자체는 오래전부터 있었는데, 삼황오제 중 하나인 순舜 시대에 존재했다고 기록된 문헌도 있다. 포 역시 예복으로서 배래가 넓고, 소맷부리는 작고 좁은 형태가 많았다. 이 부분 전체를 '소매'라고 불렀는데, '소매를 펼치면 그늘이 생긴다'고 말하기도 했다. 옷깃과 소매의 팔목 부분에는 마름모꼴이나 격자무늬를 수놓았다. 밑단 모양에 따라 곡거포曲裾袍와 직거포直裾袍로 나뉘는데, 곡거포는 전한 초기에 흔히 볼 수 있었고 직거포는 후한 시대에 유행했다. 직거포는 첨유襜褕라고도 하는데, 처음에는 정식 예복으로 이용할 수 없었다.

도포를 착용하면 하반신에는 고袴(고의)를 착용했다. 이것은 일종의 바지와

196

같은데, 본래는 두 정강이에 신는 것이었던 모양이다. 현대의 레그 워머 같은 느낌일까? 그것이 바지와 같은 형태로 발전한 것이다.

복장은 몸통과 다리를 감싸는 상의와 하의만 의미하지 않는다. 동서양을 가리지 않고 머리에도 뭔가를 쓴 모습이 널리 목격됐다. 관복으로서 모자류에는 엄격한 규정이 있었다. 면관이나 장관長冠 등 다양한 형태가 있으며 직책에 따라 구분되었다. 일반적으로 남자는 두건을 썼는데 여기에도 신분이나 상황에 따른 구분이 있었다.

신발과 관련해서는 한나라에서는 주로 앞코가 위로 솟아 있거나 갈라진 형태의 신발을 신었다. 옷과 마찬가지로 비단실이나 대마, 칡 등으로 만들어졌고, 다양한 문양을 자수했다(여기서 소개한 면관, 심의, 도포 같은 옷은 한국에서도 같은 이름의 비슷한 복식을 찾아볼 수 있다. 형태나 여러 가지 차이는 있지만, 기능이나 특성은 비슷했다 - 옮긴이 주).

◆ 일상 복장

평소에는 어떤 옷을 입었을까? '단單'은 관리가 평일에 가볍게 입는 옷이었다. 모양은 포와 거의 같지만 위아래가 연결되어 있으며, 안감은 없다. 도포 밑에 입거나, 혹은 여름에 집에서 편하게 입는 복장으로 여겨졌다. 일종의 실내복이라고 할 수 있다.

또한, 서민들은 '포의布衣'라는 평상복을 입었다. 이것은 지위가 없는 사람이 입는 옷으로서, 훗날 서민을 부르는 호칭이 되었다. 위에는 짧은 상의를 입고, 아래에는 긴 고의袴衣를 걸쳤다. 삼베 옷감으로 만들어 염색하지 않고 하얀 상태 그대로 입었다. 노동용 복장이기 때문에 길이가 짧고 소매가 가늘다. 여름에는 상의를 입지 않기도 했다.

◆ 방한 도구

방한 도구 중 최상급 물건은 동물 가죽으로 만든 구裘였다. 그중에서도 호백구狐白裘가 가장 귀했는데, 여우 겨드랑이의 흰 털 부분 가죽으로 만든 옷으로 군주만이 입을 수 있는 매우 비싼 옷이었다. 신분이 높은 사람은 호랑이와 늑대 가죽 등으로 만든 훌륭한 구를 입었지만, 서민은 장식이 없는 개나 양 등의 가죽을 이용한 구를 착용했다.

옷의 안감과 겉감 사이에 솜을 넣어 만든 솜옷도 있었다. 솜옷은 가볍고 따뜻하다. 하지만 서민은 도저히 입을 수 없는 부자만을 위한 옷이었다. 병사가 추워서 덜덜 떨고 있는 곳에 왕이 찾아가서 격려하면 솜옷을 입은 것처럼 따뜻해졌다는 일화도 전해진다. 물론 신분 제도가 엄격했던 고대에 왕이 직접 병사들을 격려하면 사기가 올라가고 더욱 분발하게 될 것이다. 기분 좋음은 고통을 잊게 하는 효과가 있다지만, 좋은 왕이라면 물리적인 면에서도 도움을 주고 싶은 법이다. 당신이 그려내는 왕은 어떨까.

◆ 호복(후푸)

또한 전국 시대에는 호인이라는 북방 소수 민족의 복장(내륙 노동자의 복장이라는 설도 있다)이 도입되었다. 주로 짧은 상의에 긴 바지, 여기에 가죽신을 신고, 옷 소매를 작게 하여 활동하기 좋게 만든 복장이다. 말을 타고 이동할 때가 많은 유목 민족 특유의 복장이라고 할 수 있다.

호복胡服과 관련하여 이런 일화가 있다. 일찍이 조趙나라 군주가 아군의 무기는 호인의 것보다 뛰어나지만, 병사는 장포를 착용하고 있어서 갑옷 부피가 크고 무거우며 날렵하게 움직일 수 없다는 사실을 깨달았다. 당시에는 보병과 전차병의 혼합 부대였기 때문에 무기 성능 이상으로 사람의 움직임이 중요했다. 따라서 움직이기 쉬운 복장일수록 좋았다. 이에 조나라 군주는 북방 민족이 말위에서 활을 쏘는 기마 사격술에 능하다는 것을 떠올리고 호복을 채용하도록

신하에게 명령을 내렸다. 이 명령이 주효하여 조나라는 빠르게 강대해졌다고 한다. 이러한 점에서 호복은 한민족의 군복에 큰 영향을 주었다.

◆ 여성이 가장 잘 꾸몄던 당나라 시대

당나라 때에는 국력이 번성하여 개방적인 사회가 되었다. 이것은 비단길 교역이 성행했던 시대라는 점에서도 잘 드러난다. 위진남북조 시대에 다양한 민족이 들어와 서로 뒤섞인 결과, 옷에도 새로운 유행이 생겨나기 시작했다. 특히 오복吳服을 좋은 것으로 여기는 풍조가 상당히 강했던 모양이다(오복은 삼국 시대 동오였던 지역에서 나오는 고급 견직물로 만든 옷을 부르는 이름으로서, 현재 일본에서는 고후쿠라고 하여 고급 일본 의상을 부르는 이름으로 사용된다-옮긴이 주).

관료와 서민 사이에서 둥근 깃의 원령 포삼圓領袍衫이 널리 유행했으며, 북방 민족의 영향을 강하게 받았다. 이외에 복두幞頭(사견으로 만든 사각형 두건 - 옮긴이 주)나 사모紗帽를 머리에 걸치고, 머리카락을 둥글게 말아서 머리 위로 올린 다음 천으로 감싼 것이 이 시대 복장의 특징이다.

특히 여성의 복장에 주목할 만하다. 당나라 시대에는 여성들의 옷과 장식이 더욱 화려해졌으며, 유행 주기도 매우 짧아졌다. 전무후무할 정도로 여성의 복식이 뛰어난 시대였다. 여성의 복장은 유군襦裙, 호복胡服, 남장男裝, 이렇게 세 가지 옷차림이 있었다.

유군은 위에는 짧은 저고리(유襦)를 입고, 아래에는 긴 치마(군裙)를 걸치고, 어깨에는 피백披帛을 둘렀으며, 반비半臂(소매가 없거나 짧은 겉옷 – 옮긴이 주)라는 반소매 옷을 위에 걸쳤다. 발에는 비단 신을 신었다. 머리에는 꽃장식을 달고, 외출할 때는 전신을 뒤덮는 큰 사각형 두건을 썼다. 저고리의 옷깃 형태도 다양해졌으며, 가슴을 풀어 헤친 듯한 짧은 것도 유행했다. 소매는 큰 것이 유행하여 점점 커졌다. 유군의 색상도 다양해서 많은 여성이 이들을 조합하여 치장하는 것을 즐겼다.

이 시대에는 여성이 남장을 좋아한 것도 큰 특징이라고 할 수 있는데, 문인의 아내가 남편 옷을 입는 경우도 많았다고 한다.

◆ 송나라에서 명나라로

북송과 남송 시대에는 의복 소재 면에서 큰 변화가 있었다. 먼저 무명이 유행했다. 무명은 현대에는 일반적인 소재이지만, 역사적으로는 비교적 새로운 시대의 의복 재료였다. 또한, 이 무렵에는 비단을 일반 서민(이라고 해도 농촌에서는 별로 볼 수 없었다)의 옷에도 사용하게 되었다.

이 밖에도 한족의 왕조로서 전통적인 복장으로 돌아가자는 흐름이 보였다. 예복 스타일은 당나라의 것을 계승하는 느낌이었지만, 전체적으로는 성리학 영향을 받아서 단순하고 소박하게 만들고자 했다.

일반적인 복장으로 남성은 둥근 깃에 넉넉한 느낌의 도포형 난삼襴衫(당나라

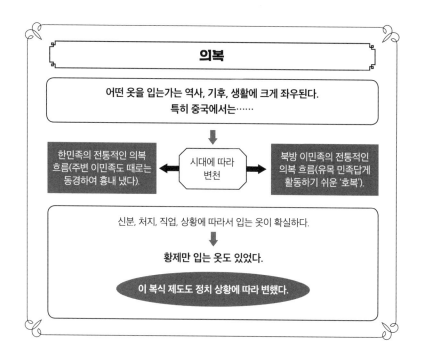

의복

어떤 옷을 입는가는 역사, 기후, 생활에 크게 좌우된다.
특히 중국에서는……

한민족의 전통적인 의복
흐름(주변 이민족도 때로는
동경하여 흉내 냈다).

시대에 따라
변천

북방 이민족의 전통적인
의복 흐름(유목 민족답게
활동하기 쉬운 '호복').

신분, 처지, 직업, 상황에 따라서 입는 옷이 확실하다.

황제만 입는 옷도 있었다.

이 복식 제도도 정치 상황에 따라 변했다.

때부터 있었지만, 송나라에서 특히 유행), 여자는 대금對襟(중앙에서 옷을 겹치지 않고 단추로 여미는 복식 – 옮긴이 주)으로 소매가 있는 긴 상의인 배자褙子를 특히 자주 입었다.

그에 반하여 금나라나 양梁, 그리고 원나라 같은 이민족 왕조에서는 당연하게도 그들 민족 본래의 복장, 즉 호복을 기본 복장으로 했다. 하지만 예복으로서 자신들만의 전통적인 복장뿐만 아니라, 한족의 제도, 즉 중국식 복장도 공존했다. 그만큼 오랜 역사와 전통을 가진 중국에 대한 동경도 있었을 것이며, 또한 중국을 동화시키려는 의도도 있었음이 분명하다.

원나라가 쓰러지고 명나라가 일어서자 관료들의 관복이 다시 한민족의 방식으로 돌아갔다. 특히 초대 황제가 당나라 시대로 돌아가라고 명령을 내린 영향이 컸던 것으로 보인다. 이 시대 남성의 일반적인 복장은 포삼과 군裙(치마 모양의 하의), 단의短衣 등이다(원나라에서는 '고려양'이라고 해서 고려 출신자를 통해서 전파된 고려식 복식이 유행했는데, 이것은 명나라 중기 때까지 이어졌으며 100여 년 후 홍치제 때에 이르러 중국 풍습이 아니라는 이유로 금지되었다 - 옮긴이 주).

◆ 차이나 드레스는 현대의 복장

청나라 시대에 이르면 다시 이민족 왕조에 의해 오복 방식의 복장이 널리 퍼진다. 여기에서 바로 차이나 드레스라고 불리는 치파오가 모습을 드러낸다. 실제로 중국 의상이라고 하면 차이나 드레스를 떠올리는 이들이 많을 것이다. 비단처럼 광택이 있는 천으로 만들어졌으며 목에서부터 내려오는 옷깃에 가슴에는 장식 단추가 달렸다. 몸에 딱 맞는 형태의 옷으로, 치마에는 크게 옆트임을 주었다. 이러한 치파오는 동서양을 가리지 않고 중국 복장으로 지명도가 높지만, 사실은 서양 문화가 중국에 들어온 20세기 초반에 탄생한 비교적 새로운 옷이다.

치파오는 허리 부분이 평평하고 곧게 만들어진 포袍다. 일반 가정의 여성도 착용했다. 처음에는 다리까지 내려오는 긴 옷이었지만, 서양 문화를 받아들이면서 길이가 짧고 허리가 딱 맞게 만들어진 형태도 등장했다. 그때까지 중국 여성의 복장은 직선적인 것이 많았지만, 근대에 이르러 곡선의 아름다움을 의식한 의상이 등장한 것이다.

한자와 갑골점과
하늘

한자는 중국에서 태어난 문자로서 중국의 우수한 문화와 함께 동아시아의 상당히 넓은 지역에 전해졌다. 현재는 한자를 그대로 사용하는 지역은 일본과 대만을 비롯해 그다지 많지 않다. 중국 본토에서조차 단순화한 간체자를 사용한다. 그러나 한자 문화가 아시아에 미친 영향이 적지 않은 만큼, 동양적인 분위기를 자아내는 데에 필수적인 요소다. 오히려 한자의 존재가 중국 문화 깊숙이 뿌리 내린 가치와 연결되어 있다고도 생각할 수 있다.

◆ 한자의 발명

한자가 언제 어디서 태어났는지는 알 수 없다. 중국 전설에 따르면 황제黃帝의 부하가 새 발자국을 보고 만들었다든가, 주역의 팔괘 모양에서 유래했다고도 하지만 명확한 근거를 찾기는 어렵다.

그러나 어느 정도는 그 뿌리를 거슬러 올라갈 수 있다. 신석기 시대의 도자기에는 부호와 그림 같은 것이 그려져 있는데, 이를 도문陶文 또는 암각화 부호라고 한다. 이때부터 이미 한자의 전신과 같은 존재가 있었음을 알 수 있다.

또 다른 의견으로서 '메소포타미아의 설형문자가 전해져 중국 한자와 이집트 상형문자가 되었다'는 설도 있다. 이것은 꽤 규모가 크고 흥미로운 이론이지만, 사실 중국 지역 바깥에서 뿌리를 찾는 것은 이치에 맞지 않는다. 하지만 만약 가상 세계라면 가능할지도 모른다. 한자를 비롯한 중국 문화의 뿌리가 있다면, 그것은 어떤 장소인가? 어떤 이유로 사람들은 그 뿌리가 되는 땅을 떠나 중국에 당도했는가? 여기에서도 흥미로운 이야기를 만들 수 있다.

◆ 점복과 갑골문

현존하는 한자 중에서 가장 오래된 것은 은나라 유적에서 출토된 갑골문이다. 은나라 중기까지는 부호를 갑골에 새긴 '각부刻符'라는 문장 기능이 없는 부호가 사용되었는데, 후기가 되면 이들은 문자라고 부를 만한 것으로 변화한다.

갑골문에 새겨진 내용은 대부분 점의 기록이었다. 운세 내용은 제사, 농업, 기후 등 사람들의 생활에 관한 모든 내용이었다. 갑골 문자를 새길 때는 먼저 붓으로 초안했다고 한다.

점을 칠 때는 우선 거북 껍데기 뒷면에 두 개의 구멍을 낸다. 그리고 그 부분을 불로 가열한 다음 급격하게 식히면 구멍 표면에 금이 생긴다. 이것을 '복조卜兆'라고 하는데, 이 복조 모양으로 길흉을 판단하고 그 결과를 새겼다. 갑골문을 새길 때는 청동이나 경옥으로 만든 칼 모양 도구를 사용했다고 한다. 하지만 불행히도 이 도구는 출토되지 않아서 실제로 어떤 것이었는지는 분명하지 않다.

재료로는 거북 껍데기뿐만 아니라 소뼈도 사용했다. 어느 쪽이 더 많았는지에 대한 통계는 없지만, 출토품 수는 반반이라고 한다. 하지만 거북 껍데기는 일부러 멀리서부터 가져왔다는 것을 갑골문 내용에서 알 수 있는 만큼, 분명히 거북 껍데기 쪽이 더 중시되었던 것 같다. 소뼈는 거북 껍데기를 구할 수 없을

때의 대용품이 아니냐는 시각도 있다. 더욱이 거북 껍데기에서도 배딱지 부분이 주로 사용되었다고 알려졌다. 덧붙여서 운세 내용과 갑골 재료 사이에는 어떤 인과 관계도 없는 듯하다.

♦ 한자와 신비한 힘

여기서 알 수 있듯이 본래 한자는 아무래도 주술적인 의미가 강해 보인다. 애초에 한자는 문자 중에서도 표어문자라고 하여 의미가 담긴 글자다. 예를 들어, '불꽃 염炎'이라는 글자에서 맹렬하게 타오르는 불길이 연상된다고 하면 이해하기 쉬울까? 이와 달리 의미가 분리되어 어디까지나 소리만을 표현하는 것이 표음문자다. 일본어의 히라가나, 가타카나, 알파벳, 한글 등이 이쪽 부류에 속한다.

이러한 점에서 문자에 담긴 뜻에는 힘이 있고, 문자에 생각을 담음으로써 신비한 힘이 발휘된다고 생각할 수 있다. 실제로 중화풍 마법사인 도사(방사)나

선인, 그 영향을 받은 일본 마법사인 음양사 등은 종종 '부적'을 사용한다. 말할 것도 없이 그것은 종이에 먹으로 문자(한자)를 적은 마법 아이템이다.

덧붙여서, 이처럼 힘이 담긴 문자로서 북유럽의 룬rune이 유명하다(룬 문자라고도 하지만, 룬 자체가 문자란 뜻이다 – 옮긴이 주). 사람들은 다양한 뜻을 지닌 이 언어를 새김으로써 마법의 힘을 발휘할 수 있다고 믿었다. 마찬가지로 한자, 또는 그 뿌리가 되는 문자를 새김으로써 힘을 발휘하는 마법이나 도구가 있어도 좋지 않을까?(한국에선 『마법천자문』 같은 작품에서 한자를 사용한 마법이 등장하는데, 여러분만의 형태로 새롭게 정리해봐도 좋겠다 – 옮긴이 주).

◆ 한자와 하늘

이야기를 고대 중국의 한자와 점복으로 다시 돌려보자. 당시의 군주는 점을 통해 초자연적인 존재와 이야기를 나눌 수 있다고 여겼다. 그 암시를 받음으로써 사람들을 더욱 잘 이끌 수 있다는 생각과 자신에게는 인간을 초월한 존재의 가호가 있다고 호소하여 권위를 높이려는 의도도 있었을 것이다.

그렇다면 그들이 모시던 초자연적 존재란 무엇일까? 그것은 '하늘'이었다. 일찍이 은나라 때는 '제帝'나 '상제上帝', 주나라 때는 '천天'이라 불리던 이들이 이윽고 천계를 통치하는 '천제天帝'나 '옥황대제玉皇大帝'로 불리게 된다.

고대 중국인들은 하늘을 신격화하고 의지를 가진 존재로 생각했다. 하늘과 인간 세계는 서로 관계를 맺고 하늘은 인간에게 처벌과 보상을 내리며 인간의 행위가 하늘을 움직인다고 말이다. 주도권은 물론 신인 하늘에 있다.

은나라 왕이 가뭄 때, 자신의 머리카락을 잘라서 죄인의 모습으로 속죄하면서 비를 내려달라고 하늘에 기원했다는 전설이 있다. 여기서 하늘을 인간의 소원을 이루어주는 존재로 여겼다는 것을 알 수 있다. 하지만 왕이 스스로 죄인의 모습을 하는 처벌을 내렸을 정도로 소원을 비는 일은 쉽지 않았던 듯하다.

하늘의 존재는 군주에게도 영향을 준다. 하늘은 우주를 다스리는 자이며, 형

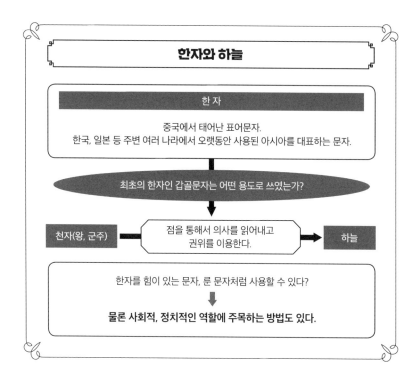

한자와 하늘

한 자

중국에서 태어난 표어문자.
한국, 일본 등 주변 여러 나라에서 오랫동안 사용된 아시아를 대표하는 문자.

최초의 한자인 갑골문자는 어떤 용도로 쓰였는가?

천자(왕, 군주) ← 점을 통해서 의사를 읽어내고 권위를 이용한다. → **하늘**

한자를 힘이 있는 문자, 룬 문자처럼 사용할 수 있다?

물론 사회적, 정치적인 역할에 주목하는 방법도 있다.

체가 없는 존재다. 형체가 없으므로 하늘은 덕이 있는 자 중에서 천하를 다스릴 사람을 선택하여 천명을 내린다고 한다. 통치자를 '천자'라고 부르는 이유는 하늘로부터 명을 받은 하늘의 자식이기 때문이다. 즉, 천자는 하늘의 대행자로서 천하를 다스리는 자다. 천자가 덕을 잃고 하늘의 뜻을 거역한 정치를하면 하늘은 화가 나서 다른 사람에게 천명을 내린다. 그리하여 천자가 쓰러지는 것이 혁명이다. 혁명으로 토벌된 천자가 짊어진 것은 사실 하늘의 뜻이라기보다는 백성의 뜻이겠지만, 고대 중국 사람들은 위대한 하늘의 의도에 따라 천하가 움직인다고 생각했을 것이다.

이러한 하늘에 대한 신앙은 주나라 시대까지 거슬러 올라간다. 하늘을 신격화하여 숭배하는 것은 유목민에게서 볼 수 있는 믿음이다. 주나라 민족은 유목

민인 북적과 서융 사이에서 나라를 세웠으니, 마찬가지로 하늘을 숭배한 것이 조금도 이상하지 않다.

◆ 천하란?

이 '하늘'과 관계가 깊은 개념이 '천하天下'다. '천하'라는 말은 일본에서도 일찍이 널리 사용되었다. 센고쿠 다이묘戰國大名가 전국을 지배하겠다는 야망을 품고 천하를 손에 넣겠다고 외치는 느낌이라고나 할까?(실제로 센고쿠 다이묘들은 자기 영토를 지키기에 급급했기에 그럴 형편은 아니었지만). (센고쿠 다이묘는 일본 전국 시대에 어느 정도 규모의 영토를 실질적으로 지배한 영주를 말한다. 본래 일본에선 슈고 다이묘守護大名라고 하여 막부에서 직접 '구니國'(국)라 불리는 지역을 다스리는 영주를 임명했는데, 센고쿠 다이묘는 이러한 전통을 무시하고 무력으로 권력을 장악했다. 이중엔 정통성을 얻고자 슈고 다이묘직을 얻은 이도 있었지만, 그 밖에 다양한 방법으로 권위를 추구했고, 무엇보다도 구니에 머무르지 않고 더넓은 영토와 권력을 추구하며 지방 권력을 독점하여 분권화 경향을 가속화했다 - 옮긴이 주.) 일본에서 천하라고 하면 교토 주변의 긴키 지방이나 일본 전역을 뜻했지만, 이 단어는 본래 중국에서 시작됐다. 물론 중국에서 '천하'가 가리키는 범위는 달랐다. 글자 뜻대로는 하늘 아래에 있는 세계를 나타내는데, 단순히 '세계'로 생각하면 고대 중국에서 말하는 천하의 개념을 제대로 이해할 수 없다. 천하란, 천자의 권위가 미치는 범위를 말한다. 따라서 천하의 범위는 천자에 따라서 다르다. 천자의 덕이 높을수록 천하는 넓어지고, 낮으면 좁아지는 셈이다. 즉, 황제의 영토와 조공국을 합친 범위를 천하라고 할 수 있다.

하지만 실제 통치에서는 두 가지 의미로 천하라는 말이 사용되었는데, 야만 지역의 오랑캐를 포함하느냐, 하지 않느냐에 따라 달라졌다. 오랑캐를 포함하지 않는다면, 중국 왕조가 실제로 통치한 곳을 가리킨다. 진나라 통일 이후 군현제가 설정된 영역이다. '천하 통일'이라는 단어가 자주 사용되는데, 그때 천하는 이곳을 가리킨다.

그리고 오랑캐를 포함하는 경우엔 다음과 같았다. 중국 황제가 오랑캐의 왕을 책봉할 때, 즉 오랑캐 왕을 신하로 삼았다면 황제가 왕에게 명령할 때 천자의 이름이 새겨진 옥새를 사용하게 되어 있었다. 이것은 꼭 지켜지는 것은 아니었지만, 한나라 때부터 청나라 때까지 규정으로 정해져 있었다. 천자로서 명령한다는 것은 곧, 신하로 삼은 오랑캐의 땅도 천하의 일부라는 것을 의미했다.

이처럼 두 가지 형태가 있었지만, 고대 중국인이 명확하게 그것을 의식했는지는 의문이다. 원래 천자의 덕에 따라 천하의 범위도 달라진다고 하니 그냥 막연하게 나누어 사용하지 않았을까?

◆ 청동기의 명문

물론, 문자는 이러한 주술적인 도구로만 기능하지 않는다. 사회적, 역사적 의미로서 더 중요한 기능은 '기록'과 '전달'이다. 문자가 없으면 과거의 지식과 경험을 계승하거나, 먼 곳에 정보와 지시를 전하기가 어렵다. 물론, 불가능한 것은 아니다. 잉카 제국 등은 넓은 영토를 보유했으면서도 문자를 갖지 않은 문명이다. 그렇지만 역시 문자가 있는 편이 발전에는 유리했을 것이다. 그래서 중국 역사 속 한자의 발전을 좀 더 따라가보도록 하겠다.

갑골문 이외에 청동기에서도 문자가 발견되고 있다. 은나라와 주나라 시대의 문자 문화를 알 수 있는 귀중한 자료로서 청동기도 중요한 위치에 있다. 청동기 문화는 은나라 시대에 들어서면서 퍼져 나갔다. 은나라 전기 유물에서는 명문銘文을 볼 수 없지만, 후기 유물 중에는 청동기 안쪽 바닥이나 바깥쪽에 글자가 새겨진 것들이 발견되었다. 청동기는 실용품으로 사용되었지만, 점차 조상을 모시는 제례용이나 왕의 권위를 나타내는 물건으로 취급되었다. 이에 따라서 처음에는 짧은 내용이었던 명문도 점차 긴 글이 되어갔다. 그리고 차이가 나던 문자의 선 두께도 점점 균일해졌다.

◆ 먹물로 쓴 글씨

먹물로 직접 쓴 글을 묵서라고 하는데, 오래된 것으로는 은허 유적지에서 출토된 도자기의 문양이나 옥판玉版에 새겨진 문자 등이 있다.

춘추 시대 후기 자료에서는 한자의 간략화 등을 확인할 수 있다. 그것이 전국 시대 후기가 되면 점차 예변隷變 현상이 일어나게 된다. 이것은 한자가 단순해지면서 일어난 현상 중 하나로, 진秦나라 이전에 사용되던 전서체가 예서체로 변화하는 것을 말한다.

앞에서 소개했듯이 본래 한자는 상형문자에서 발전한 표어문자다. 하지만 단순화하는 과정에서 그 상징성을 잃으면서 부호화되었다. 전서로부터 예서가 태어나고, 다시금 초서가 태어나기에 이르렀다. 이러한 변화 역시 한자 역사상 큰 변혁이다. 이 같은 변화가 정확히 언제 시작되었는지에 대해서는 여러 가지 설이 있다.

◆ 진나라에서 통일된 문자

처음으로 중국을 통일한 진秦나라는 문자를 통일했다고도 알려졌다. 그 방법으로 오랫동안 전국칠웅 중 하나였던 진나라가 다른 여섯 나라에서 사용되던 문자를 배제했다는 설이 전해진다.

하지만 근래의 연구에 따르면, 문서에 사용하는 용자법을 일치시킴으로써 문자를 통일했다고 한다. 용자법이란, 언어를 표시할 때 사용하는 문자 규칙이다. 예를 들면, 언어 표기를 어떤 문자로 할지, 한자 읽는 법은 무엇을 따를지 등을 정하는 것이다. 이것이 통일되지 않으면 글자를 읽기 어렵고, 공적인 서류가 지방마다 다르게 작성되어 문제가 발생한다. 진은 실무적인 문자를 통일하고자 일정한 제한을 두었다고 한다.

그 후, 한자는 '종이'라는 뛰어난 기록 매체를 얻었다. 거북이 껍데기, 소뼈,

금속에 새기는 과정을 거쳐서 나무와 대나무가 기록 매체로 많이 쓰였다. 이들은 가공하기 쉽고 표면을 깎아내어 재사용할 수도 있었지만, 유감스럽게도 크고 무거웠다. 그러나 전한이나 후한 시대에 중국에서 발명된 종이는 가볍고 강하며 보존성도 높았다. 다른 지역에서 사용된 파피루스나 양피지 등과 비교해도 품질이 좋고 편리했다.

종이와 함께 먹도 내구성이 뛰어나서(제조법이나 재료에 따라 차이가 나는 만큼 일괄적으로 말하긴 어렵지만) 이들에 의해 기록된 한자는 오랫동안 유지되었고, 과거의 이야기가 현재까지 전해질 수 있었다.

◆ 인쇄술이 활용되지 않았던 중국

붓으로 문자를 쓰는 것은 속도에 한계가 있다. 문서나 책을 대량으로 만들려면 인쇄 기술이 필요하다. 도장 같은 것을 봐도 알 수 있듯이 새긴 문자에 잉크를 묻혀 인쇄한다는 발상은 오래전부터 존재했다.

아마도 여기서부터 발전한 형태로서 당나라 시대에는 인쇄가 진행되기에 이르렀다. 나무판을 이용한 목판 인쇄가 중심이었지만, 송나라 때에 이르면 금속 활자도 등장한다. 하지만 이러한 인쇄술이 주류가 되진 않았다. 정확한 이유는 알 수 없지만 보수적인 중국의 가치관에 방해가 되었다고도 하고, 표음문자인 알파벳과 달리 표어문자인 한자는 그 수가 엄청났기 때문에 글자를 조합하는 인쇄술을 그다지 선호하지 않았다고도 한다.

결국, 인쇄술은 유럽에서 대대적으로 이용되어 문화 발전에 큰 도움이 된다. 만약 중국에서(또는 당신의 중화 세계에서) 활판 인쇄가 대중화된다면, 그에 따른 정보의 발신은 세계에 어떤 변화를 가져오게 될까?

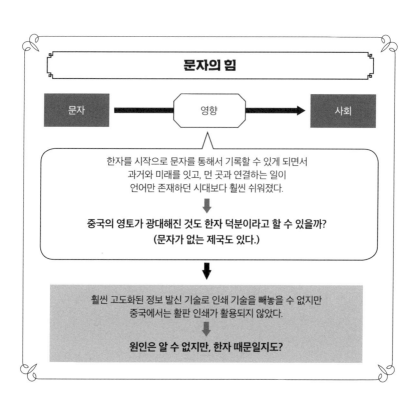

문자의 힘

문자 → 영향 → 사회

한자를 시작으로 문자를 통해서 기록할 수 있게 되면서
과거와 미래를 잇고, 먼 곳과 연결하는 일이
언어만 존재하던 시대보다 훨씬 쉬워졌다.

중국의 영토가 광대해진 것도 한자 덕분이라고 할 수 있을까?
(문자가 없는 제국도 있다.)

훨씬 고도화된 정보 발신 기술로 인쇄 기술을 빼놓을 수 없지만
중국에서는 활판 인쇄가 활용되지 않았다.

원인은 알 수 없지만, 한자 때문일지도?

학문-공자와
제자백가

◆ 제자백가

　제자백가는 춘추 전국 시대에 활동한 중국의 사상가와 학파를 지칭하는 말이다. 실제로 수백 명의 사상가가 있었다는 것은 아니고 '많다'는 뜻으로 사용되었다. 일본의 '팔백만 신'에서 '팔백만'이 구체적인 숫자를 나타내지 않는 것과 비슷하다. 또한 '자子'는 존칭으로서 '선생님' 정도의 의미로 이해하면 좋다.

　제자백가는 문헌에 따라 다양하게 분류되는데, 대표적인 이들로 아래의 열 가지를 소개할 수 있다(『한서』 등에 소개된 구류십가에는 병가 대신에 세상의 다양한 고사를 전하며 서적으로 남긴 소설가小說家가 추가된다. 여기선 사상적인 면에 초점을 맞추어 병가를 소개하고 있다-옮긴이 주).

① 유가儒家

　'인仁(어짊)'과 '예禮(예의)'를 중심으로 한 사상.

② 도가道家

세계의 근원인 '도道'와 처세술.

③ 묵가墨家

유가와 대립한 가장 유력한 학파.

④ 법가法家

유가의 흐름을 포함한다.

⑤ 종횡가縱橫家

'종횡'이란, 종(남북계)과 횡(동서계)의 국제 동맹을 제안한 외교책을 말한다. 국내외의 정세를 파악했다. 종횡가 서적은 현존하지 않지만,『사기』등에서 그 내용을 엿볼 수 있다.

⑥ 음양가陰陽家

음양오행설을 응용한 사상 집단. 음양오행설은 일본에 전해져서 음양도로 발전했다. 자세한 내용은 별도 항목에서 설명하겠다.

⑦ 명가名家

이름에 대해 논쟁하던 학자들을 한데 모아 이렇게 부른다. 이름과 실제(대상)의 관계를 고찰하는 것으로, 현대의 의미론과 같다고 할 수 있다. 철학에서는 '개념론'이라고도 한다.

⑧ 농가農家

통치의 중심에 농업을 두어야 한다고 여긴 중농주의. 농가의 책도 현존하지 않지만, 논밭을 경작하고 파종하는 구체적인 기술이 적혀 있었다.

⑨ 잡가雜家

독창성 있는 주장이나 학설이 아닌 일종의 남의 주장을 빌려서 사용하는 학자들을 이렇게 불렀다. 훗날, 일가를 이룰 정도는 아니었던 사상도 모두 잡가로 분류했기에 그 범위가 상당히 넓었다. '기타' 분류에 가까울지도 모르겠다.

⑩ 병가兵家

병법가, 군학자들. 병법서로서는 『손자』나 『오자』 등이 대표적이다. 『손자』는 일찍부터 일본에서도 널리 읽혔으며, 현재도 처세술이나 경영학 지침서 등으로 응용된다.

하지만 이들은 사상과 학문의 경향에 따라 분류한 것에 지나지 않는다. 따라서 예를 들어 '병가'라는 학자 집단이 있었다고 생각하면 오해다. 실제로 학파로서 활동한 것은 유가와 묵가뿐이라고 여겨진다.

이러한 제자백가들을 소재로 세계 설정을 만들 때는 자유롭게 요소를 덧붙이거나 바꾸면 좋고, 실제로 그렇게 해야 한다. 예를 들어, 제자백가들은 전란 시대에 각국에 자신의 이론을 선전하여 고용되는 일이 많았다고 한다. 이러한 사정을 그대로 그려도 괜찮겠지만, 나라뿐만 아니라 종교 교단이나 상인 연합 등에 자신의 능력을 파는 이들이나, 자신의 이론을 바탕으로 도시와 마을을 주도해나가려는 학자를 등장시켜도 좋다.

또한 평범한 학문이 아니라 마법이나 초능력처럼 이상한 효과를 불러일으킨다는 설정도 괜찮다. 예를 들면, 명가가 '이름'의 힘을 조종한다면 재미있지 않을까.

◆ 유교(유학)

여기서는 제자백가 중에서도 특히 중요한 것을 골라서 소개하겠다. 유교는 중국을 대표하는 사상이다. 공자가 창시한 유교는 한나라 무제가 국교로 정한 이후 청나라 때까지 중국의 중심적인 가치관으로서 계속 이어졌다.

일반적으로 '유교'라고 부르지만, 이를 종교라고 하기는 어렵다. 학문으로서 유학이라고 하는 것이 정확하며, 중국에서 '유교'라는 말은 거의 쓰이지 않는 듯하다. 동의어로 '유가'가 있는데, 이것은 유교 학파와 사상가를 가리킨다. 일본에서 '유교'라는 말은 메이지 시대부터 사용됐다. 이것은 학문과 학파 등을 아우르는 총칭이다. 종교는 아니지만 유교는 중국의 근간을 이루는 사상이며, 그 역할은 서양의 기독교에 필적할 정도다. 세계사의 관점에서 세계 삼대 종교인 기독교, 이슬람교, 불교와 비교할 수 있고, 그런 점에서 유교라고 부르는 것이 적절하다.

유교는 국교였기 때문에 과거 시험에도 도입되었다. 유교 관련 서적 중 가장 중요한 책은 '경서'라고 부른다. 『역경』, 『시경』, 『서경』, 『예기』, 『춘추』 이 다섯 개는 '오경'이라고 부른다. 과거를 치르는 이들은 이 오경을 외워야 했다. 본래는 오경 이외에 『악경』이라는 것까지 합쳐서 '육경'이었다고 한다. 하지만 음악서였던 『악경』은 빨리 사라져버렸다(오경 외에도 유교 경전인 『논어』, 『맹자』, 『대학』, 『중용』을 묶어 사서라고 부르는데, 사서오경이 가장 핵심적인 책으로 손꼽힌다 – 옮긴이 주).

◆ 유교의 뿌리, 인과 예

유교의 시조인 공자는 인仁과 예禮를 중시했다. '인'이란 타인에 대한 애정과 연민을 말한다. 모든 사람이 인의 마음을 가지면 저절로 사랑이 넘치는 나라가 완성된다고 공자는 생각했다. 그러나 마음만으로는 행동할 수 없다. 그래서 중요한 것이 '예'이다. 예는 의식 등의 방법, 즉 정해진 규범을 말한다. 이것은

'법'과 통하는 점이 있어서 실제로 예를 중시한 순자는 법가인 한비자를 양성했다. 공자는 예를 중시한 주 왕조를 이상적인 국가로 동경했다. 마음은 인, 행동은 예가 유교에서 중요했다.

◆ 뛰어난 교육자이자 유교의 시조, 공자

고전으로서 많은 사람이 그 이름을 한 번쯤은 들어보았을 『논어』는 공자 사후에 제자들이 그의 언행과 제자들과 주고받은 문답을 정리한 것이다.

공자는 기원전 552년경 노魯나라의 하급 귀족 집안에서 태어났다. 이름은 구丘, 자는 중니仲尼다. 정수리가 움푹 들어가 있어서 이러한 이름이 붙었다고 한다. 세 살에 아버지를 잃고 점점 생활이 곤궁해졌다고 한다.

열아홉 살 무렵에 결혼하여 이듬해 노나라의 관리가 되었다. 젊은 시절부터 많은 제자를 거느린 공자는 인격자로 유명했으며, 50대 중반에는 재상의 대행을 맡았다. 공자는 예를 중심으로 한 개혁을 시행했지만 귀족의 반발로 약 2년 만에 좌초되고, 나라에서 쫓겨나고 말았다.

그 후, 공자는 제자를 거느리고 여러 나라를 돌아다녔는데, 그 기간이 14년이나 되었다. 그러나 공자의 정치 이론은 당시에는 제후들에게 받아들여지지 않았고, 살해될 뻔한 일도 있었다고 한다.

만년에는 노나라에 돌아와서 제자 교육에 전념했으며, 기원전 479년, 70대에 세상을 떠났다. 제자들은 공자의 묘 앞에 오두막을 짓고 몇 년 동안 애도했다. 일설에는 이를 6년이나 계속한 제자가 있었다고 한다. 『사기』에는 그의 제자가 3,000명 있었다고 적혀 있다. 그 숫자의 진위는 확실하지 않지만, 수많은 제자를 거느렸다는 사실을 알 수 있다. 공자의 가르침은 『논어』를 통해서 현대의 우리도 배울 수 있다. 그는 정치인으로서는 뜻을 이루지 못했지만 교육자로서는 가장 인정받는 인물이다.

◆ 도가의 시조, 노자

노자가 실존 인물인지는 분명하지 않다. 공자의 선배라는 설도, 반대로 100년 후의 인물이라는 설도 있다. 또는 실존 인물이 아니라는 설도 있다. 민간 신앙인 도교의 신 같은 존재이기도 하다.

그러나 인물의 실존 여부가 불명확한 것과 달리, 동명의 『노자』는 실재하는 책이다. 상하편으로 되어 있으며 상편을 「도경道經」, 하편을 「덕경德經」이라고 하고 합쳐서 '도덕경道德經'이라고도 부른다. 게다가 각 장의 내용이 독립적이기 때문에 여러 사람이 쓴 글을 정리한 책이라고도 한다. 책이 완성된 시기도 분명하지 않다.

도가는 노자에서 시작되어 여러 제자를 거쳐서 장자라는 사상가가 집대성 했다고 전해진다. 하지만 실제로는 비슷한 내용의 여러 사상을 나중에 연관 지어서 정리했다고 한다. 도가는 '도'를 사상의 중심으로 삼는다. 도가 모든 존재나 현상을 존재하게 하고 세계의 근원이라는 무위자연無爲自然(인위적이지 않은 자연스러움 - 옮긴이 주) 사상이다. 사람의 생각이 미치지 않는 도는 '무無'라고 도 불린다. 도가의 가르침은 이 도가 바탕이 되며 차별이나 다툼이 심한 격동 의 시대를 살아가기 위한 처세술이다. 이것은 유교에서 말하는 인의설과는 대 립하는 사상이었다.

◆ 사람의 선을 믿은 맹자(유가)

맹자는 전국 시대 중기의 유가다. 노나라의 이웃 나라인 추鄒나라에서 태어 났다. 맹자는 어려서부터 공자를 존경하여 공자의 손자인 자사의 문인에게 가 르침을 받았다. 학자들이 자유롭게 토론하는 학단學團에도 들어갔다. 공자를 존경한 나머지 그와 마찬가지로 자신의 사상을 실현하기 위해 여러 나라를 돌 아다녔지만 역시 받아들여지지 않았고, 말년에 고향으로 돌아와 제자 교육에 전념했다는 점까지 공자와 같은 길을 걸었다.

맹자는 공자의 '인'에 더하여 인간으로서 올바른 행동을 하는 '의'를 덧붙인 인의설을 주장했다. 사람의 본성은 선하다는 성선설을 주장한 맹자는 사람의 정의감과 도덕심 같은 선한 마음으로 평화로운 사회가 만들어지길 바란 것이 다. 그의 사상은 '왕도론'이라고 불리며 무력으로 천하를 장악하려는 '패도론' 과 대립했다. 그의 사상이 받아들여지지 않은 것은 전국 시대에는 당연한 일이 었는지도 모른다.

◆ 사람의 악을 다스리는 사회를 바란 순자

맹자보다 조금 늦게, 순자라는 사상가가 조趙나라에서 태어났다. 그도 유가 였지만, 순자는 사람의 본성은 악하다는 성악설을 내세우며 성선설을 주장한 맹자를 비판했다. 맹자가 개인에서 사회로 접근했다면, 순자는 반대로 사회 질 서를 정돈함으로써 개인이 좋아진다고 생각했다. 악함을 타고난 인간을 선하 게 만들기 위해서 교육하는 환경을 조성하고 '예'를 바탕으로 사회의 틀에 맞

추어 가르치고자 했다. 이것이 제자인 한비자나 이사와 같은 이들을 통해서 계승되었다.

◆ 장애를 아랑곳하지 않았던 한비자

전국 시대 후기 무렵, 한韓나라의 사상가였던 한비자는 순자에게서 가르침을 받은 인물이었다. 언어 장애가 있었기 때문에 말하기는 서툴렀지만, 글쓰기는 매우 우수했다. 그 당시 한비자는 앞서 말한 도덕에 호소하는 유가 사상은 이 세상에 맞지 않는다고 비판했고, 법술法術 사상을 주장했다. '법'은 법률, '술'은 형명참동술이라는 신하의 직무를 감시하는 기술이다. 순자의 영향인지 그는 성악설에 근거한 인간관을 가지고 있었다. 사람의 선의와 포부에 의존하지 않고, '법'으로 나라를 다스리겠다고 생각한 것이다.

진시황을 따라서 재상이 된 이사는 일찍이 순자 밑에서 함께 배운 동기였다. 하지만 한비자는 한나라의 사자로서 진나라에 갔을 때, 자신을 질투하던 이사의 속임수에 넘어가 자살하면서 최후를 맞이했다.

◆ 사상을 실천한 과격한 묵가

유가와 함께 세력을 자랑하던 묵가의 시조는 송나라의 장인 묵자(묵적)다. 그의 생애는 거의 알려지지 않았으며 생몰년도 정확하지 않다. 공자가 사망하고 오래지 않아 노나라에서 활동을 시작했다고 한다.

묵가는 사상을 논할 뿐만 아니라 그것을 실천하는 집단이었다. 묵가의 지도자는 '거자鉅子'라고 불렸고, 그 일원은 장인이나 농민이 중심이었다. 처음에는 오합지졸에 불과한 집단이었지만, 오래지 않아 지도자 밑에서 엄격한 규율을 지키며 행동하게 되었다. 유세, 홍보, 교육, 성곽의 경호 등 역할 분담이 되어 있었고, 학파이자 군사 조직이기도 했다. 이러한 내용만으로도 충분히 이야기의 소재가 될 만한 집단이다.

한편 묵가의 사상을 정리한 책으로 『묵자』가 전해진다. 상현尙賢, 상동尙同, 겸애兼愛, 비공非攻, 절용節用, 절장節葬, 천지天志, 비악非樂, 명귀明鬼, 비명非命, 이 열 가지가 사상이 중심이 되었다. 묵자는 제자들에게 유세할 나라의 정세를 보고 무엇을 논할지를 선택하라고 했다. 특히 이 열 개의 이론 중 겸애와 비공에서 묵가의 특징이 잘 드러난다.

겸애는 모든 사람이 타인을 사랑하면 세상이 흐트러지는 일이 없어진다는 것이다. 이를 비판한 사람이 맹자였다. 유가는 아버지와 군주를 중시하기 때문에 타인과 아버지를 동등하게 사랑한다는 것은 곧 아버지를 소홀히 여기는 것이며, 짐승의 행위라고 통렬하게 비판했다.

다만 묵자는 "자신을 사랑하듯 다른 사람을 사랑하라(자신에 대한 사랑과 타인에 대한 사랑에 차이를 두지 말라)"고 말하지만, 처음부터 박애 정신을 가지라고는 말하지 않는다. 아버지와 타인을 똑같이 사랑하라는 말과는 미묘하게 다르기에, 맹자의 비판은 묵자의 진정한 뜻과는 조금 어긋난다. 하지만 당시 중

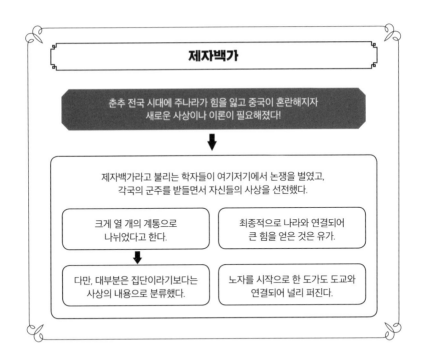

제자백가

춘추 전국 시대에 주나라가 힘을 잃고 중국이 혼란해지자
새로운 사상이나 이론이 필요해졌다!

제자백가라고 불리는 학자들이 여기저기에서 논쟁을 벌였고,
각국의 군주를 받들면서 자신들의 사상을 선전했다.

크게 열 개의 계통으로
나뉘었다고 한다.

최종적으로 나라와 연결되어
큰 힘을 얻은 것은 유가.

다만, 대부분은 집단이라기보다는
사상의 내용으로 분류했다.

노자를 시작으로 한 도가도 도교와
연결되어 널리 퍼진다.

국에서는 타인을 사랑하기보다는 우선 가까운 사람을 사랑하는 쪽이 좀 더 쉽게 이해되었기에 겸애는 쉽게 받아들여지지 않았다.

비공의 정신도 겸애가 바탕이 된다. 비공은 전쟁을 악으로 여기는 사상으로서 묵가는 침략 저지를 실천했다. 그래서 묵가는 군사력을 길렀다. '묵수墨守'라는 말이 있다. 자신의 습관과 생각 등을 완고하게 지키는 일을 의미하는데, 묵가의 군사 조직이 침략을 받은 성을 여러 번 지켜냈다는 고사에서 유래한다.

엄격한 규율을 가진 묵가 사상은 그것을 실행함에 대해서도 완강했다. 겸애나 비공이라는 자신들의 뜻에 따라서 일을 완수하지 못하는 것은 곧 죽음을 뜻했다. 길을 잘못 든 군주에게 간언할 때, 유가는 세 번 거듭하여 이야기해도 받아들여지지 않으면 물러섰던 반면, 묵가는 목숨을 걸고 싸워서라도 이를 관철하려고 했다. 실제로 침략 저지에 실패한 묵가들이 집단 자결을 하는 사건도 일어났다. 당연히 이로 인해 사상을 후세에 전할 사람이 줄어들었다.

이렇게 쇠퇴한 묵가는 기원전 221년 전한의 무제가 유교에 치우친 정책을 펼치면서 소멸했다.

(유학은 중국에서 시작되었지만, 조선에서 더욱 적극적으로 받아들여서 현재까지도 한국 문화에 큰 영향을 미치고 있다. 사실상 유학 전통을 버린 중국과 달리, 한국은 제사 등 유학의 각종 의례를 계승하고 있으며, 지금도 유학을 교양 필수로 가르치며 공자가 태어난 날[공부자 탄강일]을 기리는 성균관대학교 같은 곳이 있을 정도다. 그런 면에서 여기서 소개하는 유학의 여러 전통이 좀 더 친숙하게 느껴질 것이다—옮긴이 주).

중화 세계의 문화

직접적으로 이야기의 실마리가 될 만한 역사, 전투 전개에서 필수적인 무기나 마법 등의 요소에 비해 예술, 풍습 같은 문화는 아무래도 심심해 보일 수 있다. 그러나 그 세계 사람들이 평소에 어떻게 살아가고, 한가로울 때는 무엇을 하며, 언제 기분이 들뜨는지 등을 안다면 더욱 풍부하게 묘사할 수 있다. 등장인물이나 세계 설정도 훨씬 풍족해지고, 그럴듯한 느낌을 줄 수 있을 것이다. 따라서 여기서는 창작에 사용할 만한 중국 문화를 몇 가지 소개하겠다.

◆ 문인과 화공

우선은 문인과 화공의 관계를 소개하겠다. 중국은 문文을 중시하는 분위기였다. 문이란, 문화나 학술 전반을 가리키는데 그 범위가 상당히 넓다. 다만, 그 중심이 되는 것은 문학으로서 시나 문장을 중시했다. 현대 일본과 한국은 의무교육을 시행하기에 세계적으로 보아도 문해율이 높은 편이다. 그렇기에 사람들이 쉽게 잊어버리곤 하지만, 본래 문학이나 문장을 다루는 일은 제대로 교육

받은 교양 있는 사람들만 할 수 있었다.

　주나라 시대 문헌 『주례』에는 지식인과 문화인이 지녀야 할 교양으로서 '육예'가 적혀 있다. 육예는 예禮(예절), 악樂(음악), 사射(궁술), 어御(승마술), 서書(글쓰기), 수數(산술)를 말한다. 그로부터 시간이 더 흘러 당나라 시기에는 인물 평가의 기준이 신身(용모), 언言(언사), 서書, 판判(문서 작성)이었는데, 역시 글쓰기가 포함되어 있다. 문서 작성까지 포함하면 문장에 관한 항목이 절반을 차지한다. 반면에 그림 그리기는 그다지 중시되지 않았으며 오히려 멸시당했다고 한다. 화가는 화공이라고 불렀는데, 여기서 '공'은 장인을 뜻했다.

　사대부 중심 사회에서 서열을 나타내는 '사농공상'이라는 말이 있다. 에도 시대에 일본에서도 사용된 이 말은 본래는 중국에서 사용되다가 일본에 들어온 것이다(성리학을 계승하고 중시한 조선에서도 사농공상의 서열 체계를 강조했다-옮긴이 주).

　문인은 사농공상의 '사(선비)'에 해당하지만, 화가는 그 두 단계 아래인 '공(장인)'이다. 문인보다 화가의 지위가 훨씬 낮았다는 사실을 알 수 있다. 회화는 쓸데없는 기술이라면서 이를 배워선 안 된다고 부모가 아이를 혼냈다는 일화가 있었을 정도다. '공'이라는 글자가 나타내듯, 예술가가 아니라 기술자로서 취급하는 경우가 더 많았다.

　그렇다곤 해도 그림 그리기도 서민의 처지에서 보면 고상한 기술이었다는 점은 분명하다. 화가를 경시했다곤 하지만, 중국에 뛰어난 그림과 화가가 없는 것은 아니었다. 다만, 그림 그리기를 쓸데없는 기술로 여기는 사회에서 화가들은 예술가로서 인정받기까지 숱한 고생을 하면서 역경을 헤쳐 나갔을 것이다. 여기에서 이야기가 탄생할 수 있다.

◆ 중국의 음악

중국의 음악 문화는 그 역사가 너무도 길고 폭넓은 내용을 지닌 만큼, 여기서 모든 것을 소개할 수는 없다. 따라서 중국 음악에 관해 대략적인 내용을 정리하여 소개하겠다.

신화적으로 중국의 음악은 (다양한 지식과 기술, 도구와 마찬가지로) 황제, 복희, 여와 등의 고대 성인들로부터 시작되었다. 하지만 실제로는 종교 의식으로서 무녀나 무당의 노래와 춤에서 탄생한 듯하다.

서주 시대부터 춘추 전국 시대에 이르는 시기에 궁중에서 연주되는 공적인 음악으로서 '아악'의 역사가 시작되었다. 여기에 유교의 예악 사상이 도입되면서 음악은 국가가 하늘과 땅, 조상을 받들기 위해 사용하는 수단임과 동시에 지식인에게 예의 다음으로 중요한 교양으로 여겨지게 되었다. 음계의 7성(나중에는 5성), 음률의 12율, 그리고 악기의 8음(아악에 사용되는 여덟 가지 악기. 각각 소재가 다르다)이라는 음악 규칙이 정해진 것도 이 무렵이다.

물론 음악은 왕궁과 지식인, 한족만을 위한 것이 아니다. 서민들 사이에서 세속의 음악인 속악이 유행하고, 민요도 즐겨 불렀으며, 이들을 궁정에서도 도입했다. 또한, 서역에서도 새로운 음악이 들어왔다. 남북조 시대에 북방 이민족의 영향을 강하게 받은 북조에서는 호악, 즉 이민족에서 유래한 음악이 성행했다. 그리고 중국이 다시금 통일된 수당 시대에는 아악, 속악, 호악이 각각 인기를 끌었다. 덧붙여서 일본의 아악은 수당 시대에 당나라 호악의 영향을 받은 속악이 일본에 도입되어 탄생한 것이다(한국에서도 고려 때부터 중국의 아악을 도입했고, 세종대왕 때 정비 작업을 거쳐서 우리 감성에 맞게 변화했다. 나아가 한국의 재래 음악과 서역에서 전래한 향악을 바탕으로 신악 등 새로운 음악을 만들기도 했다. 이는 중국의 음계가 우리에게 친숙하지 않았던 점이 한 가지 이유라고 한다- 옮긴이 주).

이후에도 중국 음악의 변천은 계속됐다. 아악의 전통은 이민족 왕조 시대에

끊어졌으며, 결과적으로 속악과 뒤섞여 새로운 모습으로 바뀌었다. 물론 이민족 왕조 시대에는 새로운 음악과 종래의 음악이 뒤섞이기도 했다. 송나라 때에 이르면 민간에서는 가극인 잡극이 생겨나서 사람들을 즐겁게 해주었다.

시대별, 음악별로 사용하는 악기는 매우 다양하다. 피리라고 불리는 횡적, 현악기인 거문고琴(금), 이와 함께 사용하는 일이 많아서 종종 부부로 비유되는 큰 거문고瑟(슬)가 있다. 페르시아에서 전해졌으며 현을 튕겨서 소리를 내는 비파도 있다. 현악기 중에서도 막대기로 현을 문질러서 소리를 내는 '이호'라는 악기는 원나라 무렵 이슬람 문화의 영향을 받았다고 한다.

한편, 음악의 일부인 노래에서 시, 또는 시가라고 불리는 또 다른 문화가 탄생했다. 짧은 말로 서정적인 세계를 그려내는 시는 본래 노래에서 시작되었고, 실제로 가장 오래된 시집이기도 한 『시경』은 노래와 춤을 함께 담은 것이었다.

시의 양식과 이를 통해서 표현하고자 했던 주제는 시대 또는 시인에 따라서 실로 다양하다. 기본적인 형식으로는 오래전부터 있던 자유로운 시(고체시)와

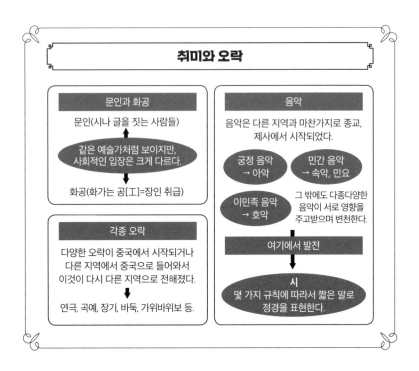

취미와 오락

문인과 화공

문인(시나 글을 짓는 사람들)

같은 예술가처럼 보이지만,
사회적인 입장은 크게 다르다.

화공(화가는 공[工]=장인 취급)

각종 오락

다양한 오락이 중국에서 시작되거나
다른 지역에서 중국으로 들어와서
이것이 다시 다른 지역으로 전해졌다.

연극, 곡예, 장기, 바둑, 가위바위보 등.

음악

음악은 다른 지역과 마찬가지로 종교,
제사에서 시작되었다.

궁정 음악
→ 아악

민간 음악
→ 속악, 민요

이민족 음악
→ 호악

그 밖에도 다종다양한
음악이 서로 영향을
주고받으며 변천한다.

여기에서 발전

시
몇 가지 규칙에 따라서 짧은 말로
정경을 표현한다.

문자 수나 운율 등 명확한 규칙이 있는 근체시가 있다. 근체시로는 율시(8행의 시)와 절구(4행의 시)가 있으며, 여기에서 각 줄의 문자 수에 따라서 오언율시, 칠언율시, 오언절구, 칠언절구 등으로 나뉜다.

◆ **오락과 놀이**

문화에 대해서 살펴보자면 오락과 놀이를 빼놓을 수 없다. 그것을 즐긴 시대와 사람들의 신분도 제각각이지만, 여러분에게 친숙할 듯한 것들 몇 가지를 소개하겠다.

뒤에 나오는 칼럼에서 소개하는 만담과 같은 구경거리는 도시에 사는 사람들에게 매우 친숙한 재밋거리였을 것이다. 만담 이외에도 연극(주로 가극 형식. 영화 등으로 우리에게 친숙한 경극은 17세기 무렵 북경 지역에서 유래했다), 곡예나 잡기도 즐기게 되었다.

성인의 즐거움으로 주점이나 주가라고 불리는 선술집을 빼놓을 수 없다. 전국 시대 무렵에는 이미 이처럼 술을 즐길 수 있는 가게가 존재했다. 이곳에서 서민들은 술에 취해 이야기를 나누며 피로를 풀고, 일상의 근심을 털어놓곤 했다.

일본의 전통 장난감 대부분은 중국에서 전해졌으니 중화 세계 사람들이 즐기더라도 전혀 이상하지 않다. 감은 끈을 잡아당겨 그 힘으로 돌리는 팽이는 일본에서 '고마高麗(고려)'라고도 부르는데 고려, 즉 한반도를 통해 중국에서 전해진 도구다. 종이나 천으로 제작되며, 바람의 힘으로 하늘을 나는 연도 중국에서 생겨난 장난감이다.

컴퓨터 게임이 이 정도로 널리 보급되기 전 실내 오락의 왕이었던 바둑과 장기도 중국에서 유래했는데, 장기의 원형은 인도에서 만들어진 차투랑가라는 게임이다.

중국을 거쳐 일본에 소개된 격구라는 놀이는 말을 타고 막대로 공을 치는 구기로서, 원형은 페르시아의 폴로다. 당나라 때 중국에 전해졌다.

실은 가위바위보의 뿌리도 중국이라고 한다. 술자리 분위기를 띄우기 위한 오락으로서 즐기던 충권이라는 놀이가 기원이다. 이름 그대로 손가락을 어떻게 굽히는가, 또는 이때 어떤 소리를 내는가를 조합하여 승부를 겨루었다.

◆ **의술**

중국 의술과 관련해서는 삼황오제 중 하나인 신농과 황제의 이름을 거론하는 문헌이 많다. 황제는 의술, 신농은 약학의 선조로 여겨진다. 다음 페이지 그림 속 인물은 신농이다. 그는 각지를 다니면서 접한 풀이나 광물을 직접 먹어보고 음식이나 약의 원료로서 좋고 나쁨을 확인하면서 사람들에게 유용한 약물을 파악했다고 한다. 하지만 그 탓에 몇십 번이나 식중독에 걸렸다고 전해진

다. 그러한 모습이 의사의 본보기로 여겨진 것이다.

　그 밖에도 주나라나 춘추 전국 시대 후기 의사들에 대한 일화가 남아 있는데, 그중 어떤 의사는 몸을 투시할 수 있었다고 한다. 그는 맥을 짚어 진단하는 일에 능숙했다고 하니 '투시'라는 말은 '마치 몸을 들여다본 것처럼 정확하게 진단한다'는 의미일지도 모른다. 엑스레이 같은 장치가 없었던 시대인 만큼, 정말로 몸을 들여다볼 수 있었다면 도사나 선인 같은 어떤 초인적 기술을 익힌 사람이 아니었을까.

　주나라 시대 의사들은 모두 관의였다. 이 시대의 의사라는 직책과 관련하여 조금 주의할 점이 있다. 의사는 우리가 생각하는 '닥터'가 아니라, 의약 행정을 담당하는 관료였다. 현대 일본의 후생 노동성(한국의 보건복지부 ─ 옮긴이 주)이나 보건소 직원 같은 존재일까? 약물 공급과 의료 종사자의 감독·평가 등이 주된 업무였고, 왕실과 귀족의 의료 업무에도 종사했다고 하니 의사의 역할까지 했을지도 모른다.

그 밖에도 질의疾醫, 양의瘍醫, 식의食醫 같은 이들이 있었다. 질의는 전염병 등 일반인의 내과 질환 치료를 담당하는 의사이며, 양의는 외과의였다. 식의는 황제의 식사와 관련된 직책으로서 현대로 말하면 영양사다. 수의사도 있었다.

질의와 양의는 의사에게 보고할 의무가 있었기 때문에 의사의 관할하에 있다고 말할 수 있다. 일반인을 상대하는 의사들은 연말에 그해 진찰한 내용을 바탕으로 녹봉을 받았다. 약도 관에서 지급했다. 진찰은 왕진이 아니라 모두 내진, 즉 환자가 의사를 찾아가는 방식으로 이루어졌다. 자동차가 없던 시대에 움직일 수 없는 중병 환자는 어떻게 했을지 궁금하다.

놀랍게도 고대의 치료법 중에는 악성 종기의 농을 입으로 빨아내는 방법도 있었다고 한다. 고름이 쌓인 종기는 손으로 누르면 아프지만, 입으로 빨아내면 통증이 약해지기 때문에 가장 좋은 방법으로 여겨졌다. 게다가 치질조차도 혀로 핥아서 치료했다니 놀랍다. 진秦나라의 왕은 종기를 빨아낸 사람에게는 수레 한 대(수레 한 대에 실을 수 있는 양의 보상 – 옮긴이 주), 치질을 핥는 사람에겐 다섯 대의 포상을 주었다고 한다. 핥는 위치가 아래일수록 보상이 컸지만, 항문 아래쪽으로는 보상이 없었다. 현재도 작은 상처와 찰과상 정도는 침을 바르면 낫는다고 하지만, 치질도 같은 치료 방법이 있었다는 사실이 그저 놀라울 뿐이다. 보상이 크다고는 하지만, 이런 치료를 정말로 한 사람이 얼마나 있었는지는 알 수 없다.

유아의 머리카락을 깎지 않으면 배가 아프다거나, 종기를 짜지 않으면 독이 늘어난다는 등의 이야기도 있었다. 현대 의학에서 보면 전혀 이치에 맞지 않는 미신에 불과하다.

춘추 시대 후기에 이르러 민간에도 의사가 등장하기 시작했다. 민간에서 명의가 몇 명이나 배출되었지만, 관의의 질투를 사서 살해된 이도 있었다고 한다.

현대 사회에서 의사라고 하면 어려운 국가시험을 통과하여 방대한 의료 및 의학 지식을 가지고 사람들을 치료하는 존경받는 직업이다. 하지만 고대 중국에서는 의사의 신분이 높지 않았다. 오히려 천한 존재로 여겨지기도 했던 모양이다. 『열자』에는 의사와 거지를 함께 나열하는 문구가 나오는데, 거지와 함께 거론되는 것을 보면 의사가 얼마나 우습게 보였는지를 알 수 있다. 고대 중국의 명의로 화타라는 인물이 있다. 그는 수술 기술이 뛰어나서 유명해졌지만, 본래는 하급 귀족인 사인士人 출신이었다. 화타는 훨씬 천한 의사가 된 것을 후회했다고도 한다.

이처럼 경시되는 직업이었기 때문에 신분이 높을수록 의사가 되려 하지 않았다. 교양 있는 사람이 의사가 되지 않는다는 말은 곧 민간 의사들이 일궈낸 의술이 계승되지 않는다는 것을 뜻했다. 무엇보다도 문헌으로 남기지 않았거나 남길 수 없었던 것도 많지 않았을까.

한편, 전염병은 악귀와 관련되어 있다고 생각해서 병이 유행하면 악귀를 퇴치하는 의식을 행하기도 했다. 역병의 확대를 막기 위해서 한나라에서는 일찍부터 격리법이 시행되었다. 전염병이 유행할 때 승려 두 명을 모집하여 환자들에게 약을 주고 식사 시중을 들게 했다고도 한다.

♦ 일식, 월식

세계 각지에서는 일식과 월식이 일어나면 태양과 달에 재앙이 일어났다고 여겼으며, 고대 중국에서도 어떻게든 그 재앙을 피하려고 노력했다. 이것은 하나라 왕조 시절부터 이미 행해졌다고 한다. 일식과 월식이 일어나면 음악관은 북을 치고, 천자도 식사를 소박하게 했다.

이러한 행위는 무려 청나라 시기에도 이루어졌다. 모든 벼슬아치는 하얀 옷을 입고, 상인과 백성 등은 구리 또는 철기를 두드렸다. 하나라나 주나라 시대에도 북을 두드렸던 것을 보면 소리가 세상을 구하는 데 도움이 된다고 믿었던 모양이다.

일식과 월식은 현대에는 굉장한 천체 쇼로서 관심을 모으며 많은 사람이 보고 싶어 하는 등 긍정적인 인상이지만, 고대 노나라 사람들은 일식이 일어나면 소리 높여 울었다고 한다. 청나라에서도 흰색 옷을 입고 소리를 내는 등 비슷한 방법으로 의식이 진행된 것을 보면, 고대와 마찬가지로 불길한 징조로 받아들였던 듯하다. 청나라로부터 지금까지 고작 100여 년 사이에 상황이 상당히 달라진 것이다. 중국에서는 이 같은 미신이나 괴물을 믿어서 금기시되는 것도 많았다.

◆ 혼례(결혼)

혼례는 큰 행사다. 새로 부부가 되는 두 사람에게도, 서로의 집안에도, 또는 공동체에도 그렇다. 주나라에서는 아이가 태어나면 생후 3개월째에 이름을 짓고, 그 생년월일과 성명을 매씨媒氏라는 관리에게 알린다. 매씨는 그것을 기록해두고 남자는 서른 살, 여자는 스무 살에 결혼을 시켰다. 혼례는 매씨가 주례한다. 매씨는 재혼인 여성을 아내로 맞아들이거나 의붓자식이 있는 경우에도 기록을 남겼다. 혼례를 올리고 싶을 때도 직접 할 수 없고 매씨를 거쳐야만 했다. 연애를 통한 자유 결혼은 좋지 않은 것으로 여겨졌기 때문이다.

중매인이 관직으로 존재하고, 명령으로 혼례가 이루어진 셈이다. 현대 사회에서 보면 너무 꽉 막혀 보인다. 하지만 자유로운 혼례를 금지함으로써 세상이 음란해지는 일을 막고, 사회 풍속을 지킨 것이다. 또한 초혼뿐만 아니라 배우자를 잃은 사람의 재혼에도 크게 이바지했다.

당시 혼례는 봄에 이루어졌다. 중춘이라 불리는 음력 2월에는 남녀가 만날 수 있고, 이달에는 정식 예를 거치지 않고 혼례를 올릴 수 있었다. 중춘은 온화한 계절로서 남녀의 기분이 들뜨는 시기인 만큼, 예를 생략하고 결혼해도 괜찮았다는 말이다. '예'란 결혼 절차를 가리킨다. 현대에도 결혼 전에 약혼을 하는 경우가 있는데, 『예기』에서는 이런 의식에 필요한 육례 절차에 관해 기술하고 있다.

우선, 남성 쪽에서 여성의 집에 선물을 보내는데(납채納采), 이것을 직접 전하는 것이 아니라 매씨를 통해서 전한다. 그리고 여성의 이름을 묻는다(문명問名). 다음으로 여성의 이름을 점쳐서 길흉을 여성의 아버지에게 전한다(납길納吉). 그다음 납채를 받아들이며(납징納徵), 남성 집에서 여성 집에 결혼 날짜를 묻는다(청기請期). 여성 집 호주는 선조의 무덤(사당)에 상을 두고 멍석을 깔아서 상대를 맞이한다.

결혼은 집안끼리의 중대사다. 이러한 예나 결혼 당일에 남편이 아내를 맞이하러 오는 친영親迎도 반드시 선조의 사당에서 진행되었다. 친영은 반드시 밤에 진행되며, 신랑 신부는 검은 옷을 입는다. 그 후에 진행되는 혼례도 자동으로 밤에 거행된다. 여기에는 음양설이 관계되어 있는데, 남성이 양이고 여성이 음이다. 음의 속성인 밤에 남성(양)이 여성(음)을 집으로 맞이하면 좋다는 것이다. 아내를 마차에 태우고 이동하여 바퀴가 세 번 회전한 후에 남편이 먼저 내려서 한발 앞서서 돌아가 아내를 기다린다. 이후 신부가 도착하면 술잔을 나누며 굳게 맹세한다. 이것이 끝나면 침실에 드는데, 남편이 벗은 옷은 아내의 시종이, 아내가 벗은 옷은 남편의 시종이 받는다. 이것은 부부로서 맺어지기 시작함을 나타낸다.

현대의 결혼식은 친척이나 친구 등을 초대하고 피로연도 성대하게 베푸는 사례가 많은데, 주나라 시대에는 혼례가 성대한 축제가 아니라 그저 부부의 시작을 알리는 의식이었다. 혼례 때 술잔을 나누는 것, 벗은 옷 등 하나하나가 부부로서 맺어지는 것을 의미했다. 그렇다곤 해도 한나라에서는 결혼식 때 술과 음식으로 축하하는 풍습이 있었다고 하니 오직 의식에만 신경을 쓴 것은 아니었던 듯하다.

혼례는 밤에 진행되기 때문에 신부가 시부모를 대면하는 것은 다음 날 아침이 된다. 신부는 일찍 일어나서 준비하고 해가 뜨면 남편의 부모를 만나 선물을 건넨다. 이후에 신부는 시어머니를 대신해 가사를 총괄하게 된다.

234

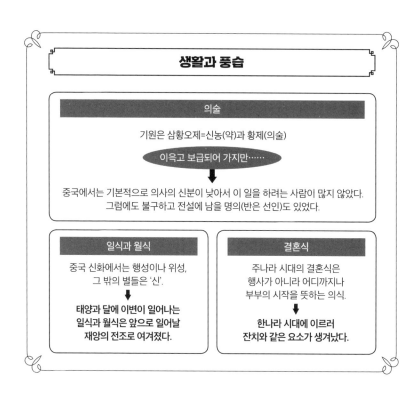

생활과 풍습

의술

기원은 삼황오제=신농(약)과 황제(의술)

이윽고 보급되어 가지만……

중국에서는 기본적으로 의사의 신분이 낮아서 이 일을 하려는 사람이 많지 않았다.
그럼에도 불구하고 전설에 남을 명의(반은 선인)도 있었다.

일식과 월식

중국 신화에서는 행성이나 위성,
그 밖의 별들은 '신'.

태양과 달에 이변이 일어나는
일식과 월식은 앞으로 일어날
재앙의 전조로 여겨졌다.

결혼식

주나라 시대의 결혼식은
행사가 아니라 어디까지나
부부의 시작을 뜻하는 의식.

한나라 시대에 이르러
잔치와 같은 요소가 생겨났다.

한편, 딸을 시집보낸 집에서는 사흘 밤 동안 등불을 밝히지 않고, 음악도 울리지 않는다. 이는 딸과의 이별에 대한 슬픔을 표현하는 것으로, 딸을 떠나보내는 집안에서는 혼례가 마냥 기쁜 일이 아니었음을 알 수 있다.

현재는 늦게 결혼하거나 평생 독신으로 사는 일도 드물지 않지만, 옛날에는 그렇지 않았다. 한나라 혜제惠帝는 인구를 늘리기 위해 여성이 서른 살까지 결혼하지 않으면 벌금을 물렸다. 인도에 어긋난다고 할 수도 있겠지만, 기계나 의술이 발달하지 않은 시대였고, 농업과 사업에는 인력이 필요한 데다 요절하는 일도 적지 않았던 시대적 배경을 고려하면 어쩔 수 없는 일이었는지도 모른다. 여성에게만 벌금을 부과하는 행위는 현대적 관점에서 보면 차별적이고 인도주의에 반하는 면이 있지만, 여성의 사회적 지위가 지금보다 상당히 낮았던 시대 배경에 따른 것이었다.

본래 밤에 하던 혼례는 당나라 때에 이르면 새벽에 하게 되었으며, 오늘날에는 낮에 진행되고 있다.

칼럼

말로써 전해진 이야기

『삼국지연의』, 『수호전』, 『서유기』 동아시아의 이야기 문화에 큰 영향을 준 이들은 소설 형식으로 일본과 한국 등에 전해졌다. 하지만 이들은 본래 만담, 즉 말로써 전해지고 있었으며, 나중에 글로 정리된 것이다.

당나라 말기에 '설서說書'라는 대중 예능이 등장했다. 이는 이야기꾼이 이야기를 들려주는 것으로, 추임새나 반주 없이 단지 이야기로만 구성되었다. 이것은 우리 식으로 말하면 만담이었기 때문에 여기서는 이 명칭으로 부르겠다.

중국의 만담은 처음에 사원에서 진행되었던 듯하다. 이윽고 본격적으로 만담이 인기를 끌게 되는 송나라 때는 와자瓦子라고 하는 상인이나 예능인이 모이는 장소에서 진행되었다. 또한, 송이나 원나라 이후에는 구란勾欄이라는 극장이 여러 번화가에 세워졌고, 그곳에서 연기한 것으로 보인다. 당시에는 삼국 시대 고사를 얘기하는 「설삼분說三分」이나, 오대십국 시대의 이야기를 하는 「설화인說話人」 등이 인기를 끌었다고 한다.

남송 시대에는 만담이 소설小說, 설경說經, 강사講史, 합생合生, 이렇게 네 가지로 나뉘었다고 한다(여러 설이 있다). 소설은 단편이면서 연애물, 괴담물, 재판 이야기, 전쟁 이야기에 이르기까지 다양한 장르가 있었다. 설경은 불교에 관한 내용이며, 강사는 『삼국지』 같은 역사물이었다. 마지막으로 합생은 서로 이야기를 나누면서 즉흥적으로 시를 만드는 재주를 보여준 것 같다. 전문적인 예능인이 있었고, 동업자 조합도 결성했다.

만담꾼은 부채를 휘두르거나 박자에 맞춰 나무를 두드리면서 관객을 열광시켰다. 재미있는 부분에서는 이야기를 일단 끊은 다음 손님에게 돈을 걷는데, 계속 듣고 싶은 이들은 남지만 자리를 떠나는 이들도 있었다. 오히려 처음부터 이야기는 거의 듣지 않고 일종의 협상 장소로 사용하는 이들도 있었던 모양이다. 만담 장소는 사교 모임의 장이기도 했다.

3장

중화풍 세계의
판타지

이야기의 꽃은 뭐니 뭐니 해도 가상, 환상적인 요소에 있지 않을까.
인간이나 선인이 사용하는 신비한 힘, 어두운 밤에 활개 치는 괴물들,
그리고 인지를 초월한 신들. 이들은 토지의 풍토나 신앙과 밀접하게 연결되어 있다.
중화풍 세계의 판타지 요소를 살펴보자.

음양오행

　음양오행. 이것의 이름만 알거나, 혹은 음陰, 양陽, 목木(나무), 화火(불), 토土(흙), 금金(쇠), 수水(물)라는 일곱 가지 요소를 들어본 이들도 많을 것이다. 이들은 중화풍 요소를 포함한 판타지 작품에서 종종 괴물이나 마법 등의 속성으로 사용된다. 음양오행설은 중국에서 발달해 한국과 일본에 들어왔다. 세계를 구성하는 원리를 나타낸 이론이지만, 원래는 음양설과 오행설로 각각 나뉘어 있었다. 여기에서 이들에 관하여 간단하게 소개하겠다.

◆ 음양설

　음양설은 『노자』와 『장자』에 등장하는 사상이다. 우주는 음과 양의 기(기운)로 이루어져 있으며, 이 두 가지 기운이 순환하면서 만물이 변화하고 탄생한다는 이론이다. 음과 양이 본래 구체적으로 무엇을 의미하는지에 대해서는 여러 가지 설이 있지만, 글자에서 전해지는 느낌 그대로 어둠과 밝음, 추움과 따뜻함이라는 요소가 포함된 것은 분명하다. 현재의 음양설에서는 하늘과 땅, 태양과 달, 남성과 여성 등 다양한 것을 음과 양으로 구분한다.

◆ 오행설

오행이란 목, 화, 토, 금, 수의 5개 원소를 말하며, 이들은 서로를 낳는 '상생相生'과 서로를 이기는 '상극相剋'(상승相勝이라고도 한다)의 관계에 있다.

· 상생

목생화木生火 나무는 타오르며 불을 낳는다.

화생토火生土 불은 재를 만들며, 재는 흙으로 돌아간다.

토생금土生金 흙에서 금(금속)이 발견된다.

금생수金生水 금(금속)은 응결에 의해 표면에 물이 생겨난다.

수생목水生木 물은 나무를 기른다.

· 상극

목극토木剋土 나무는 흙의 양분을 빼앗는다.

토극수土剋水 흙은 물을 탁하게 한다. 또한, 흙은 물을 막는다.

수극화水剋火 물은 불을 끈다.

화극금火剋金 불은 금속을 녹인다.

금극목金剋木 금속 도구는 나무를 베어낸다.

일본에서는 음양사인 아베노 세이메이('아베노 하루아키', '하루아키라'라고도 한다-옮긴이 주)가 오각별(오망성, 펜타그램) 문양으로 이를 표현하기도 했다. 오각별은 동서양에서 사용되며 마술의 상징적인 문양이기도 하지만, 일본 작품 속에서는 음양사의 표식으로도 등장한다. 아베노 세이메이가 사용한 문양은 세이메이키쿄淸明桔梗(세이메이의 도라지 문양)라고도 불린다.

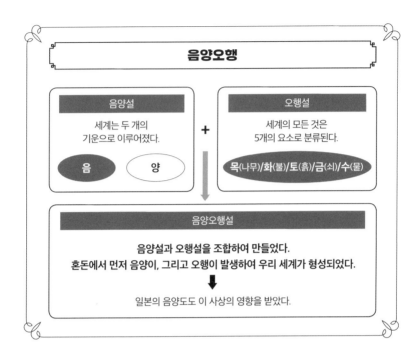

음양오행

음양설		오행설
세계는 두 개의 기운으로 이루어졌다.	+	세계의 모든 것은 5개의 요소로 분류된다.
음 양		목(나무)/화(불)/토(흙)/금(쇠)/수(물)

음양오행설

음양설과 오행설을 조합하여 만들었다.
혼돈에서 먼저 음양이, 그리고 오행이 발생하여 우리 세계가 형성되었다.

일본의 음양도도 이 사상의 영향을 받았다.

♦ 오행설과 연관된 것들

오행설은 진나라와 한나라 왕조에서 절대적인 지지를 받았으며, 이에 따라 만물을 오행에 적용하게 되었다. 조금 억지스러운 면도 있지만, 이때까지 별도로 존재하던 가설들과 연결되기도 했다.

그중 하나가 십간十干이다. 십간이란 갑甲, 을乙, 병丙, 정丁, 무戊, 기己, 경庚, 신辛, 임壬, 계癸, 이 열 개를 가리킨다. 본래 중국에서는 '1일째를 갑, 2일째를 을……' 이런 식으로 십간을 이용해 날짜를 세고 있었다. 본래 십간은 오행설과는 관계가 없었지만, 오행설을 받아들이면서 각각 오행의 성격을 지니게 되었다.

이와 마찬가지로 계절이나 방위에도 오행이 적용되었다. 청춘靑春(푸른 봄)과 백추白秋(하얀 가을) 같은 말이 있는데, 이는 오행과 계절이 연결되면서 생겨났다.

오행은 이에 한정하지 않고 여러 가지와 연결되어 세상의 이치를 나타냈다.

◆ 밀접한 관계를 맺은 음양설과 오행설

음양설과 오행설은 본래 다른 사상이었다. 그것이 하나로 합쳐져 음양오행설로 체계화된 것이다. 음양오행설은 『태극도해太極圖解』나 『태극도해설太極圖解說』같은 송나라 시기의 책을 통해서 소개되었다. 이 책에서도 간단히 소개해 보고자 한다.

세계의 시작은 혼돈(카오스)이었다. 온갖 것이 뒤섞인 상태에서 음과 양은 끊임없이 움직이고 멈추고를 반복하고 있었다. 이 상태를 표현한 것이 태극도다. 그 안에서 음과 양이 나와서 오행이 생겨났다. 이 오행이 서로 결합하고 융합하여 태극이 되었고, 이로부터 만물이 탄생했다. 이 세상의 모든 것은 태극에서 태어나며, 태극 그 자체라고도 한다. '하나이자 전부', '전부이자 하나'라는 발상이 음양오행설에 계승된다.

태극, 음양, 오행은 별개의 개념이 아니다. 부르는 방법이 다르고 조금 복잡하지만, 이들은 태극의 운행을 관점을 바꾸어서 논하는 것에 지나지 않으며 결국 같은 것이다.

◆ 음양오행과 이야기

자, 지금까지 음양오행의 대략적인 개념을 소개했다. 여기에서는 오행의 각각의 의미를 좀 더 파고들어보자. 물론, 단순히 마법이나 속성으로만 사용한다면 지금까지 소개한 내용이나 글상자에 제시한 것 정도로 충분하다. 예를 들어 화염이나 물로 총알을 만들어내고, 금속 칼날이나 흙으로 된 창으로 상처를 입힌다. 나무도 뾰족하게 만든다면 사람의 몸을 관통하기에 충분할 것이다. 혹은, 오행에 대응하는 감정을 끌어내거나, 대응하는 동물을 소환하고 조작한다는 설정도 좋다. 오행의 조작에 뛰어난 중화풍 술사나 선인은 화려한 활약을 할 수 있는 인물로서 활용 가능할 것이다. 하지만 음양은 물론 오행도 그런 단순한 요소나 자연 현상에 그치지 않고 좀 더 복잡한 의미를 지닌다. 그래서 더욱 깊이 있게 다루기 위해 각각에 대해 해설하고자 한다.

◆ '목'이란 무엇인가

오행에 대해서 해설한 수나라 시대의 책 『오행대의』에 따르면 나무는 '무릅쓰고 나아가는 것'이나 '닿는 것'이다. 나무는 대지에 닿아서 태어나고, 흙을 뚫고 나오기 때문이다. 그 몸은 불을 품고 있기에 따뜻하며 부드럽고, 구부러지거나 곧게 되는 성질을 지녔다. 나무가 불을 품는 것은 상생론에 근거한다. 나무는 불을 일으키기 때문에 불을 품고 있다고 생각하는 것이다.

◆ '화'란 무엇인가

『오행대의』에 따르면 불은 '변화하는 것'이라고 한다. 불은 양의 기운이 움직이기 시작하는 상징이며, 양의 기운이 움직이기 시작하면 변화가 일어나기 때문이다. 불은 밝고 뜨겁다. 그리고 바깥쪽이 빛나고 반짝이며, 안쪽은 어둡다. 타오르는 불은 양의 기운이 활발해짐을 의미하지만, 동시에 음의 기운을 안에 담는다는 것이기도 하다.

◆ '토'란 무엇인가

『오행대의』에 의하면 흙은 '토해내는 것'이다. 엄청난 기운을 품고 있으며, 이를 토해냄으로써 만물이 태어난다. 토는 땅을 가리키는 말이기도 하다. 즉, 대지를 말하며, 그 안에 품은 기운을 뿜어냄으로써 생명을 낳는다. 토는 포용력을 지녔기에 작물을 심고 이를 거두어들이는 성질이 있다. 또한 방위에서는 중앙에 배치되어 다른 사행을 정리해주는 존재이기도 하다.

♦ '금'이란 무엇인가

『오행대의』에서 말하는 금이란 '금하는 것'을 뜻한다. 금의 계절인 가을에는 음의 기운이 움직이며, 만물이 생장을 멈춘다. 만물의 생장을 금하는 금은 곧 죽음의 기운을 상징하기도 한다. 또한, '금金'에는 '토土'라는 글자가 포함되어 있다. 그러므로 금은 토를 따른다. 좌우의 점은 쇠(금)가 흙(토) 속에서 빛나는 모습을 나타낸다. 즉, 쇠는 땅에서 태어나며 흙 속에서 빛나는 존재다.

쇠는 강하고 차갑다. 또는 깨끗하고 차갑다. 금이 배치된 서쪽의 계절은 가을로 수확의 가을이며, 모든 일을 행하는 방위다. 그러면 앞서 말한 '금'의 의미와는 반대되는 듯 보이지만 그렇지는 않다. 사물이 완성되면 움직이지 않게 된다. 그것이 생장이 멈추는, 즉 '금지되는 것'이며 강하고 차가운 것이다.

쇠는 자유롭게 그 모습을 바꿀 수 있는 성질이 있다. 그것에 대해 『오행대의』에서는 상세하게 이야기하지는 않지만 금생수金生水이기 때문에 안에 물을 머금고 있는 것과 관련이 있다고 여겨진다. 물은 자유롭게 모습을 바꿀 수 있고,

오행으로 분류하는 여러 가지

음양오행의 사고방식에서는 모든 것을 오행으로 분류할 수 있다.

'청춘靑春'이나 '현동玄冬'('현'은 검다는 뜻)과 같은 말은
사실 이러한 개념에서 나왔다.

	방향	계절	색깔	시간	성질	맛	음양	생물
목(木)	동	봄	청색	아침	노여움	신맛	양	물고기나 파충류
화(火)	남	여름	적색	낮	기쁨	쓴맛	양	새
토(土)	중앙	토용	황색	-	생각	단맛	반반	사람
금(金)	서	가을	백색	저녁	슬픔	매운맛	음	짐승
수(水)	북	겨울	검은색	밤	공포	짠맛	음	거북이나 갑각류

토용土用이란, 오행에서 흙의 기운이 왕성한 토왕지절의 첫 번째 날로 계절마다 있다. '성질' 항목에서 '생각'이란, 너무 지나치게 사리를 따지면서 결정을 잘 내리지 못하는 것을 말한다 - 옮긴이 주

금속도 가열함으로써 모양을 바꿀 수 있다. 그래서 자유롭게 모습을 바꿀 수 있다고 여기지 않았을까.

♦ '수'란 무엇인가

물은 오행의 처음이라고 한다. 『오행대의』에 따르면 물은 '기준이 되는 것'이라고 한다. 물이 만물을 평평하게 만들기 때문이다. 또한 물은 '흐르는 것'이다. 물은 흐르고 침투하는 것이기에 '연演'이라고도 적혀 있다.

물은 음과 양이 섞여서 지형에 맞추어 모양을 바꾸고 만물의 구석구석까지 침투하여 촉촉하게 만든다. 또한 물은 춥고 허허롭다고 한다. 그 이유는 『오행

246

대의』에서는 언급되지 않았지만, 물의 계절은 겨울이다. 모든 것이 끝나고 만물이 숨어버리기 때문에 아무것도 없는 상태가 된다. 그래서 허허롭다고 한 것이 아닐까.

풍수와 용맥

◆ **풍수란?**

동아시아에는 각각의 토지에 담긴 특성과 기운이 인간에게 영향을 준다는 생각이 존재한다. 그러한 환경에 대한 길흉을 판단하는 방법을 풍수風水라고 부른다. 고대 사람들은 풍수로 환경의 선악을 판단하여 성이나 집 지을 땅, 못자리 등을 골랐다.

풍수는 크게 두 종류로 나뉜다. 하나는 음택 풍수, 다른 하나는 양택 풍수다. 여기에는 명백하게 음양 사상의 영향이 존재한다.

'음택'은 죽은 자를 위한 공간, 즉 묘지의 길흉을 따지는 풍수다. 묘지라고 하면 죽음이나 귀신, 괴물 등과 연관되기 쉽다. 묘지에 좋고 나쁘고가 있냐고 생각할지도 모르지만, 묘지는 조상과 부모를 매장하는 장소다. 묘지를 소중히 다루는 것은 조상에 대한 효도이며, 그 덕이 자손에게 전해진다고 여겨질 정도로 매우 중요한 일이다.

반대로 '양택'은 거리, 마을, 주거 등 산 사람이 사는 공간과 관련된다. 즉, 집처럼 산 사람을 위한 땅의 길흉을 가려내는 풍수를 말한다. 일본에서는 에도 시대에 양택 풍수로서 가상家相(집의 위상)이라는 개념이 성행했다. 가상이란, 집의 위치나 구조가 운명에 영향을 미친다는 말로서, 일본에서의 풍수는 이러한 느낌이 강하다.

♦ 풍수를 키운 토양

풍수에서는 사람과 하늘과 땅의 연결을 중시한다. 사람은 하늘과 땅과는 떨어져 살 수 없다. 사람이 존재한다는 말을 풀어보면, '존存=하늘의 순회로 인하여 생겨나는 시간, 재在=대지나 자연이 만드는 공간'이라고 할 수 있다. 그리고 인간 사회는 지연과 혈연으로 연결되어 있으며, 그러한 관계에 따라 개인을 정의하기도 한다. 동아시아에서는 이런 혈연, 지연을 소중히 하는 경향이 있다.

'맹모삼천孟母三遷'(맹자의 어머니가 아들의 교육 환경을 위해 세 번 이사했다는 고사 – 옮긴이 주)이라는 말이 있는데, 이 역시 배움을 위한 장소를 중요하게 여긴 결과다. 살아가는 장소는 인생을 좌우한다고 할 수 있을 정도로 중요하다.

풍수라는 말은 송나라 시대 이후 문헌에 등장한다. 하지만 그 전에도 그 사상 자체는 감여堪輿, 지리地理, 청오靑烏 등 다양한 이름으로 불리면서 존재했다. 좋은 토지가 백성에게 안녕을 가져다준다는 믿음은 은나라 때 이미 전해지고 있었던 듯하다.

은나라 시기 갑골문을 보면 풍수의 '풍風(바람)'은 봉황새를 그린 것이었다. 봉황鳳은 신의 사자로서 하늘의 뜻을 땅에 전하는 존재. 또한 풍수의 '수水(물)'는 대지와 천공을 항상 순환하는 물을 나타낸다. 물은 바다와 강에서 수증기가 되어 하늘로 떠오르고, 천상에서 구름이 되어 비와 눈을 내리며, 땅에 떨어져 강을 이루고 다시 바다로 흘러든다.

바람과 물은 항상 하늘과 땅 사이에 존재하고, 끊임없이 변화하며, 서로 관련된다. 풍수적인 사고방식을 그려낼 때는 바람과 물을 중심으로 한 이러한 연결

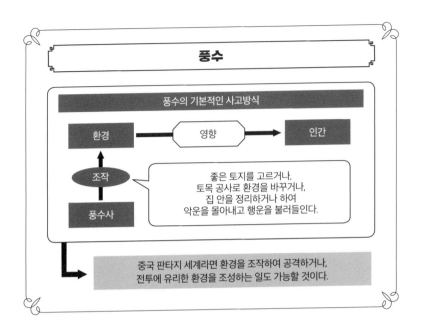

풍수

풍수의 기본적인 사고방식

환경 → 영향 → 인간

조작

풍수사

좋은 토지를 고르거나,
토목 공사로 환경을 바꾸거나,
집 안을 정리하거나 하여
악운을 몰아내고 행운을 불러들인다.

중국 판타지 세계라면 환경을 조작하여 공격하거나,
전투에 유리한 환경을 조성하는 일도 가능할 것이다.

관계를 중시하자.

◆ 병법에서도 중요한 풍수

은나라 시대에는 점을 쳐서 토지의 길흉을 판단했다. 갑골문에는 그러한 기록이 남아 있다. 은 왕조는 점을 쳐서 도성의 터를 결정했는데, 이것은 한나라 때에 이르러 체계화된다. 이 시대에는 사상이나 문화, 기술 등 다방면에서 발전을 이룩했는데, 풍수도 그중 하나였다. 특히 전란의 시대였던 만큼 도성 위치는 매우 중요한 의미를 지니고 있었다. 병법과도 관련되기 때문이다.

한나라의 유방은 낙양에 수도를 세우려고 했지만, 군사軍師가 낙양이 아니라 장안 주변이 좋다고 진언했다고 한다. 낙양은 평지였고, 장안은 산으로 둘러싸였으며 강이 흐르는 지형이었다. 산들은 천연 요새를 만들고, 강이 토양을 비옥하게 하기 때문에 최적이라고 한 것이다. 이전에는 단지 점술에 불과했던 풍수가 이 시대에는 확실히 이론화되었다는 사실을 알 수 있다.

이 시대의 훌륭한 군사들은 뛰어난 풍수술을 지니고 있었다. 『삼국지연의』로 유명한 제갈량(공명)도 그중 한 명이다. 땅의 이점을 잘 활용하여 승리에 크게 공헌했다. 지금처럼 편리한 지도 앱 같은 것은 당연히 없었고, 지도도 정교하지 않았을 것이다. 행군하는 길을 잘못 들면 싸움조차 할 수 없었다. 토지를 이해하는 능력은 제갈량과 같은 군사에게는 없어서는 안 될 중요한 것이었다.

◆ 유교와 풍수

유방과 군사 이야기에서도 알 수 있듯이 풍수는 토지를 선택하기 위해 이론화한 기술이다. 하지만 풍수는 그리 단순하지 않다. 행운을 끌어당기기 위한 기술이지만, 그 이익을 얻기 위해서는 덕을 쌓아야만 한다. 이것은 유교적 사고방식이며, 풍수와 유교는 깊이 관계되어 있다.

『사기』에서는 그러한 일면을 엿볼 수 있다. 주 왕조와 중국 최초의 통일 왕조인 진은 모두 위수渭水 주변에 수도를 두었다. 하지만 주 왕조가 수백 년간 이어진 반면, 진 왕조는 단명으로 끝났는데, 천자가 악정을 행했기 때문이라고 쓰여 있다. 이렇듯 풍수에서는 좋은 토지의 혜택은 좋은 행위를 하는 사람만이 누릴 수 있다고 여긴다.

◆ 용맥과 인체

풍수는 있는 그대로의 자연과의 교류를 소중히 한다. 토지에는 기운이 존재하는데, 산의 정기가 흐르는 통로인 지맥을 풍수에서는 '용맥龍脈'이라고 부른다. 자연의 기운인 용은 산에서 출현하여 용맥을 따라 낮은 토지로 향하고 용맥에 의해 기운이 대지 전체로 퍼져 나간다. 그것이 바로 하천이다. 용맥에는 곳곳에 용혈龍穴이라는 기운이 모이는 지점이 있으며, 특히 곤륜산은 용맥의 근원이라고 한다. 곤륜산을 중심으로 중국 전역에 정기가 흐른다고 생각하는 것 같다.

　이 사고방식은 중국의 전통 의학과도 통하는 지점이 있는데, 대지와 인체가 같은 원리로 형성되어 있다는 것이다. 대지라는 장대한 존재와 사람은 그 규모가 너무도 다르기에 같은 기준으로 생각했을 때 잘 와닿지 않는 독자도 있을 것이다.

　중국의 전통 의학에서는 경맥經脈과 맥락脈絡을 통해 각 기관에 기가 흘러서 인체가 형성된다고 생각한다. 연결되어 있는 여러 기관과 관련된 경혈經穴이 있으며, 인체의 맥 안에 기혈이 흐르고 수분도 체내에 흐른다. 이렇게 하여 몸 전체의 구조가 완성된다. 기가 맥에 흐름으로써 형성된다는 점에서 대지와 인체는 같다는 것이다.

　기혈이 흐르지 않으면 사람은 죽는다. 대지도 마찬가지다. 풍수에는 적룡赤龍 (붉은 용)이라는 말이 있다. 그것은 산의 나무들이 벌채된 상태를 말하는데, 용이 다쳐서 피를 흘리는 모습에 비유한 것이다. 상처가 심하고 많은 피를 흘리면 용은 곧 죽는다. 자연의 순환이 무너지면 아무리 장엄한 대지라고 해도 영양이 고갈되고 나무는 자라지 않는다. 풍수는 원래 점술에 불과했지만, 단순히 딱 잘라 점이나 미신이라고만 말할 수 없는 사상이 되었다.

　중국 의학의 관점에서도 경혈에 지리나 건축물과 관련된 이름이 붙은 점을 볼 때, 의학과 풍수는 서로 관련되어 있다는 것을 알 수 있다. 그 밖에도 '대지에 하천이 흐르는 것은 인체에 혈맥이 있는 것과 비슷하다'거나, '천지의 산은 사람 뼈와 비슷하다'고 하는 풍수 서적도 있다.

◆ 만두 풍수와 이기 풍수

　송나라 때부터 형성된 풍수 중에서 만두 풍수巒頭風水라는 것이 있다. '만두'란 산수 등의 형상을 뜻하며, 만두 풍수에서는 주로 산세, 강, 수목, 건물 등 토지와 관련된 다양한 것을 종합적으로 보고 토지의 길흉을 판단한다. 이들과 관련된 '기'는 천체나 땅(공간)과의 연결에 따라 변화하기 때문에 쉽게 판단할 수 없다. 만두 풍수에서는 이러한 요인이 복잡하게 작용하는 토지의 길흉을 다양한 사례로 정리하여 풍수서에 기록하고 있다.

한편, 이기 풍수理氣風水는 송나라 이후에 발전한 풍수술로서, 동그란 나침반을 이용한다. 일종의 계측기인 풍수 나침반은 풍수사의 상징과도 같기 때문에 풍수사 캐릭터를 만들 때 이것을 보유하게 하면 편리하다.

'이기'는 시간의 흐름에 따른 사물, 사건의 변화를 의미한다. 이기 풍수에서는 시간의 경과에 따라 자연이 변화하는 것까지 고려해 길흉을 판단한다. 같은 땅이라고 해도 계속해서 길한 땅으로 남지 않는다는 개념이다.

나침반으로는 시간과 방위를 계측한다. 시간은 천체의 운행으로, 방위는 기준이 되는 천체와 다른 천체의 각도로 측정한다. 나침반 위에서 시간과 방위는 함께 다루어진다.

이기 풍수는 나침반만으로 판단하는 것이 아니라, 앞에서 논한 만두(환경)까지 함께 보고 판단한다.

♦ 일본에 도입된 풍수

현대 일본의 풍수에서는 가상家相, 즉 집의 환경을 어떻게 정돈하면 악운을 몰아내고 행운을 불러올지에 주목하는 경우가 많다. 동북쪽이 귀문, 남서쪽이 귀문으로 들어온 귀신이 지나가는 길이니까 거기에 문이나 주방, 욕실 등 물이 흐르는 곳이 있으면 좋지 않다는 식이다. 또는 그 연장선상에서 지갑은 황색이 좋다는 등의 이야기도 종종 듣게 된다.

일본에서도 풍수는 오래전부터 존재했다. 가장 알기 쉬운 예가 헤이안쿄平安京(교토시의 예전 이름 - 옮긴이 주)다. 천 년간 일본의 수도였던 교토는 현재 관광 명소로 유명한데, 풍수에서 이상적인 땅으로 여겨진다. 헤이안쿄는 남쪽을 제외한 나머지 세 방향이 산으로 둘러싸인 분지이며, 북쪽이 높고 남쪽을 향해

완만하게 경사져 있다. 동쪽으로 가모가와, 서남쪽으로 가쓰라가와라는 강이 흐르며, 남쪽에는 큰 호수인 오구라이케가 있다. 앞서 소개한 낙양과 에도(도쿄)도 이와 비슷한 장소다(한국도 일찍부터 풍수가 발달했으며, 새로운 왕조를 세울 때 풍수도참설을 바탕으로 수도를 정하기도 했다. 고려의 수도인 개경, 조선의 수도인 한양 등에 관한 이야기도 판타지 설정에 활용하기 좋을 것이다 – 옮긴이 주).

◆ 이야기 속 풍수

당신의 이야기에 풍수를 도입한다면 어떤 방법이 있을까. 우선, 마법사 혹은 조금 특별한 기술자로서 풍수사를 생각할 수 있다. 게임 〈파이널 판타지〉 시리즈에는 지형이나 환경에 맞춰 마법으로 공격하는 풍수사가 등장한다. 그가 정신을 집중하거나 나침반을 만지면 폭풍이 불고, 물살이 거세어지며, 지면이 거칠어진다.

풍수사는 적절한 방위를 알아내는 기술자이기도 하다. 따라서 공격할 때 가장 효과가 큰 각도를 산출하는 기술이나, 검을 내밀었을 때 적의 공격을 확실하게 방어할 수 있는 방향을 만들어내는 마법이나 특수 기술을 사용하도록 설정해도 괜찮다. 전장이라는 환경을 정비하는 데 풍수를 이용하는 것이다. 특정 방향에서 공격하지 않으면 절대로 죽일 수 없는 풍수사를 만난다면 도대체 어떻게 쓰러뜨려야 할까.

풍수사는 용맥과 끊으려야 끊을 수 없는 관계다. 용맥에서 가져온 힘을 자기 몸에 받아들여 전투에 사용하는 풍수사가 있어도 좋다. 강한 용맥에 자리 잡은 풍수사와의 전투는 대지 그 자체와 싸우는 것과 같기에 쉽게 이길 수 없다. 따라서 용맥을 방해하고 풍수사의 힘을 약화시키는 방법이 필요하다.

풍수가 실제로 영향력을 발휘한다면 실력 좋은 풍수사를 찾는 이들이 많을 것이다. 그들은 나라에서 진행하는 도시나 요새, 성의 건설이나, 귀족과 대상인 등 힘 있는 개인이 사는 저택의 건축에서도 빼놓을 수 없는 존재다. 그러나 그 건축물에 풍수적으로 어떤 장단점이 있는지는 중요한 기밀이 될 수 있으므로 풍수사가 입단속을 해야 하는 상황도 생긴다. 어떤 경우에는 생명의 위협을 받게 될지도 모른다.

환경을 파악하고 조작하는 기술은 황야와 산림에 감추어진 보물을 찾는 일에 사용할 수도 있다. 일반적으로 금광업자 등의 일이다. 보물은 무엇인가? 현실이라면 귀금속의 광맥이나 석유 같은 자원, 판타지 세계라면 역시 용맥일 것이다. 대지에 잠든 마법의 힘을 찾아내어 그것을 끌어내거나, 보존하거나, 도시에 보내거나 하는 조직을 결성하는 것도 풍수사의 일이 될 수 있다.

이런 풍수사는 확실히 어려운 인생을 살게 될 것이다. 금광업자가 그렇듯이 자원을 찾아다니는 풍수사 역시 보물을 찾을 수 있을지가 매우 불확실하기 때문이다. 후원자를 잘 구워삶아서 돈을 받았지만, 생각만큼 일이 잘 풀리지 않아서 도망쳐야 할지도 모른다. 또한 용맥을 지키는 괴물이나 신들과 싸우거나, 자원을 캐내거나, 용맥의 흐름을 바꾼 탓에 환경이 파괴되어 현지 사람들과 적대 관계가 될지도 모른다.

이처럼 중화 판타지 세계의 풍수사는 화려한 활약을 펼치며 다양한 이야기에 등장할 수 있는 존재다.

중화 세계의 죽음과
귀신·강시

◆ 이야기와 죽음

죽음은 이야기 속에서 종종 중요한 의미를 지니곤 한다. 주인공이 소중한 사람의 죽음을 막거나 그를 소생시키기 위해서 여행을 떠나거나, 혹은 누군가의 죽음을 극복하는 것이 가장 큰 장해물이 되기도 한다. 그만큼 인간에게 죽음은 보편적이지만 큰 사건이다. 그렇기에 지역이나 시대에 따라 죽음을 마주하는 방식과 죽은 뒤에 영혼이 어디로 가는지에 대한 생각이 다르며, 독자적인 풍습이 있다. 이야기를 창작하려면 이러한 점을 제대로 정리해두어야 한다.

◆ 죽은 자를 추모하다

우선은 고대 중국의 장례에 대해 간단히 살펴보자. 유교 경전인『의례』와『예기』에는 장례에 관한 내용이 기록되어 있으며, 주나라 때 이미 '초상'에 대한 제도가 마련되어 있었음을 알 수 있다. 이들은 유교 문화와 함께 전통으로서 지켜져 내려왔다.

현대에는 상복이라고 하면 검은색을 많이 떠올린다. 하지만 고대 중국이나 한국에서는 흰색 상복을 입었다. 현대 도시에서는 장례식장 같은 시설이 마련되어 검은색 상복(예복)을 입는다지만, 지방에서는 예부터 전해 내려온 풍습에 따라 흰색을 입는다고 한다.

만약 중국이나 중화풍 세계의 구체적인 장례 순서를 묘사해야 한다면 전문서를 참고하길 권한다. 『장송 의례와 복장의 비교문화사葬送儀礼と装いの比較文化史』(마스다 요시코 편저, 도쿄도출판)와 같은 책은 『의례』나 『예기』를 바탕으로 고대 중국의 장례 수법을 상세히 소개하고 있으므로 꼭 참고하길 바란다(한국에는 번역서가 출간되지 않았지만, 한국의 전통 장례는 중국에서 들어와 변형되어 비슷한 면이 많으므로 관련된 자료를 참고하면 좋을 것이다 – 옮긴이 주).

여기에서 그 내용을 살짝 소개하면서 당신의 상상력을 자극할 만한 정보를 정리해보겠다. 우선, 누군가가 병으로 쓰러지면 악기를 정리하고, 위독해지면 방 안팎을 닦아서 청소하며, 병자의 옷도 갈아입힌다. 부정함을 씻어내려고 했던 걸까. 사망 여부는 면으로 된 천을 얼굴 가까이에 대어 숨을 쉬는지 확인한다. 이것도 직접 손을 대 확인하지 않는다는 점에서 부정함을 멀리하려는 것이 느껴진다.

그 후, 침대를 빼버리고 바닥에 직접 누이는 사례도 있었다. 인간은 태어나면 지면 위에 눕게 되는데(태어난 지 얼마 안 된 아기는 사흘간 땅 위에서 잠들게 하는 풍습이 있었다), 그렇게 함으로써 생기가 돌아오길 바랐다는 설도 있다.

지붕 위에서 영혼을 다시 불러들이는 '복複'이라는 의식을 해도 효과가 없으면 목욕을 시켜 몸을 깨끗이 하고 사후 3일 뒤에 관으로 옮긴다. 그리고 3개월이 지나면 땅에 묻는다. 이것은 서민의 사례로, 만약 제후라면 5일 후에 관으로 옮기고 5개월 후에 매장, 천자라면 7일 후에 관으로 옮기고 7개월 후에 매장했다고 한다.

이처럼 신분에 따라 장례 방식이 상당히 다른데, 상복을 입는 형태가 되면 이것은 더욱 복잡해진다. 고인과의 관계에 따라서 장례 기간이 바뀌고, 착용하는 상복도 다르다. 가장 중하게 여기는 것이 참최斬衰다. 아버지, 군주, 맏아들, 양아버지, 남편(또는 첩에게는 주인), 할아버지(맏손자인 경우) 등을 잃었을 때 3년간 상복을 입는다. 심통함을 표현하기 위해 지팡이를 드는데, 이때 지팡이 길이는 그것을 지닌 사람의 심장 높이로 정해져 있었다.

그다음으로 중한 것이 자최齊衰다. 사망한 사람이 누구인지에 따라서 복상 기간이 다음과 같이 자세하게 나뉘어 있었다.

① 3년: 아버지를 잃은 상태에서 어머니·계모를 잃었을 때, 어머니가 맏아들을 잃었을 때, 맏손자가 할아버지가 돌아가신 이후에 할머니를 잃었을 때 등.

② 1년(지팡이를 짚는다): 아버지는 아직 생존해 있지만 어머니를 잃었을 때, 아내를 잃었을 때, 아버지가 사망한 상태에서 계모를 잃었을 때 등.

③ 1년(지팡이를 짚지 않음): 조부모, 숙부나 숙모, 형제, 형제의 자식을 잃었을 때, 결혼한 딸이 친가 양친을 잃었을 때 등.

④ 3개월: 과거에 모셨던 주군이나 그 어머니가 죽었을 때, 국민이 그 나라의 왕을 잃었을 때 등.

조금 복잡하게 여겨질지도 모르겠다. 이렇듯 똑같은 상황이라도 누가 먼저 죽느냐에 따라서 복상 기간이 달라지고, 종류가 바뀐다.

다음은 대공大功으로, 9개월간 상복을 입는다. 시어머니나 자매, 결혼한 딸, 사촌 형제를 위해 또는 시어머니가 맏며느리를 위해서 입는다.

다음은 소공小功. 5개월간 상복을 입는다. 할아버지 형제의 내외(종조부, 종조모), 아버지의 사촌 형제 내외(종숙부, 종숙모), 6촌 형제(재종형제), 4촌 형제의 아들(종질), 형제의 손자(종손) 등과 외가의 외할아버지, 외할머니, 외아저씨(외삼촌), 이모 등을 위해 입는다.

그리고 가장 가벼운 것이 시마媤麻다. 복상 기간은 3개월로, 매장할 즈음 복상 기간이 끝난다. 조부모의 숙부·숙모, 할아버지 종형제의 자식이나 손자, 외손자, 유모, 증손자를 위해서, 또는 사위가 아내의 부모를 위해서 입는다.

매장 후에도 의례가 있다. 장사를 치르고 돌아와서 진행하는 우제虞祭는 신명神明이 된 고인의 혼백을 평안하게 하기 위한 의식으로,『예기』에 따르면 천자는 9우제, 제후는 5우제, 선비는 3우제를 행했다고 한다. 고인을 위한 식사를 준비하고, 죽은 자의 손자에게 망자의 옷을 입히고 고인을 대신하여 상 위에 앉힌 뒤 의식을 진행했다. 이렇게 대신하는 존재를 시동尸童이라고 한다.

그 후에도 의례가 이어진다. 1년 후에 진행하는 '소상', 2년 후의 '대상', 3년 후 새벽에 진행되는 '담제禫祭'의 의례가 있다. 의례 때마다 복장이나 식사가 점점 일상에 가까워지며, 담제의 한 달 뒤에 진행되는 '길제'의 의례를 거쳐서 완전히 일상생활로 돌아간다.

이 유교식 중국 장례를 일본과 비교하면 어떨까. 고인이 소생하도록 기도하고 영혼을 부르는 의식을 치르거나 고인의 옷을 갈아 입히는 등 공통되는 부분도 적지 않다. 어느 정도 기간에 걸쳐 상복을 입는 것도 마찬가지다. 하지만 일본에서 장례와 매장은 기본적으로 불교 승려가 전담하여 불교식으로 진행되고 유교식 장례는 그다지 찾아볼 수 없다(한국에서는 주로 유교식에 가깝게 진행된다 - 옮긴이 주).

어쨌든 장례식이 그곳에 참석한 사람들이 누군가를 슬프게 떠나보내는 의식이라는 것은 고금동서 불변한 일이다. 고인과의 이별을 슬퍼하면서 울며 외치는 애호哀號(호곡號哭이라고도 한다 - 옮긴이 주)의 관습은 중국에서 시작되어 한국과 일본에 전해졌다. 누군가의 죽음은 곧 그 이전과 상황이나 사정이 바뀐다는 것을 뜻한다. 장례식 자리에서 음모를 꾸미는 자, 슬퍼하는 친지들을 설득하려는 자도 있을 것이다. 여기에서도 극적인 이야기가 생겨날 수 있다.

◆ 죽은 자를 위한 부장품

신분이 높은 사람이 죽으면 부장품을 함께 묻는다. 무덤의 부장품으로 만들어진 인형을 용俑이라고 한다. 이는 고인의 사후 생활을 위해 넣는 것으로, 사후 세계가 있다는 생각에서 나온 행위가 아닐까. 직인, 요리사, 병마, 마차, 소달구지 등 다양한 것을 본떠서 만들었다.

용은 그 재질에 따라서 도용陶俑(도자기), 목용木俑(나무), 동용銅俑(구리) 등이 있다. 일반적으로 '병마용兵馬俑'이라는 말이 더 친숙할지도 모른다. 병사와 말의 모습을 해서 병마용이라고 한다. 진시황릉의 병마용갱이 가장 유명하며 이곳에서 수천 개에 달하는 병마용이 출토되었다. 그 이후 시대가 되면 용의 크기가 점차 작아진다.

황제와 제후는 수많은 호화로운 부장품과 함께 매장되었다. 후한 시대에는 제후왕에게 옥으로 만든 옷을 입히고, 금세공 장식 등을 더하는 것이 일반적이었다. 하지만 이처럼 호화로운 것과는 관련이 없는 장례식으로 유명한 장수

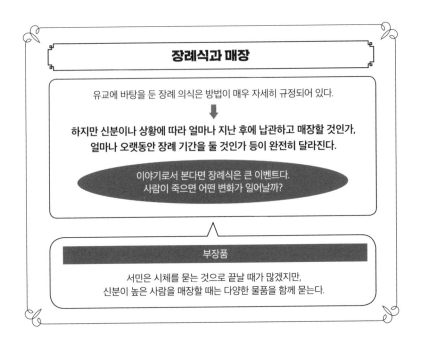

장례식과 매장

유교에 바탕을 둔 장례 의식은 방법이 매우 자세히 규정되어 있다.

⬇

하지만 신분이나 상황에 따라 얼마나 지난 후에 납관하고 매장할 것인가,
얼마나 오랫동안 장례 기간을 둘 것인가 등이 완전히 달라진다.

이야기로서 본다면 장례식은 큰 이벤트다.
사람이 죽으면 어떤 변화가 일어날까?

부장품

서민은 시체를 묻는 것으로 끝날 때가 많겠지만,
신분이 높은 사람을 매장할 때는 다양한 물품을 함께 묻는다.

가 있다. 『삼국지』에서 활약한 조조다. 그는 "천하가 아직 안정되지 못하여 옛 법도를 따를 수 없다. 장례에 참석한 모든 관리는 열다섯 번만 곡하고, 장례가 끝나면 상복을 벗어라. 군영에 있는 장병들은 자리를 떠나지 말고, 사무를 맡은 이도 각자의 직무를 다하라. 일상복을 입히고, 금, 옥, 진귀한 보물을 같이 묻지 말라"라는 유언을 남겼다. 그 때문에 그 시대의 왕으로서는 드물게도 무덤에서 옥 조각 하나조차 발견되지 않았다. 금세공도 없고, 부장품은 상당히 소박한 것뿐이었다. 조조의 무덤은 몇 번이나 도굴을 당했기에 단정할 수는 없지만, 조조의 유언이 잘 지켜진 것이 아닐까.

◆ **귀신이란?**

장례식이 마무리되면 산 자와 죽은 자의 관계는 끝나는 것일까? 반드시 그렇

다고는 할 수 없다. 현세에서 귀신을 만날 수 있기 때문이다.

중국에서 귀鬼라고 하면 죽은 자의 영혼을 가리킨다. 같은 한자로 표기되는 일본의 '오니鬼'는 뿔과 송곳니가 나 있고 호랑이 가죽 옷을 걸쳤다는 등 시대와 지역에 따라서 느낌이 다르지만, 여하튼 일본 요괴인 오니와는 다른 존재라는 점에 주의해야 한다. '귀신'이라는 말도 거의 똑같이 영적인 의미로 사용되는 듯하다(중국에서 귀신이란, 죽은 혼령뿐 아니라 초자연적인 힘을 가진 괴이한 존재를 모두 가리키는 말로서 죽은 이의 혼령[한국의 귀신]을 뜻하는 귀鬼와는 다른 말이지만, 여기에서는 모두 귀신으로 통일했다 - 옮긴이 주).

공자와 묵자 같은 사상가들도 이 귀신의 존재 여부에 대해서 논했다. 정치 등을 논의하던 사상가들이 신비적인 이야기를 나누었다니 묘한 느낌도 들지만, 당시는 과학과 요술적인 것의 경계가 모호한 시대였다. 게다가 귀신(혼령)의 존재에 대해 논하는 것은 곧 조상을 모시는 일과 삶의 방식과도 관련되는 만큼 무작정 신비적이라고 단언할 수 없다.

공자는 귀신은 존재한다고 말하면서 깊이 관여하려고 하지 말고 자신의 조상만을 모시며 멀리서 공경의 마음을 드러내는 것이 좋다고 했다. 덧붙여서 여기에서 '경원敬遠'(공경하되 가까이하지는 않는다 - 옮긴이 주)이라는 말이 나왔다고 한다. 다만 공자가 귀신이 정말로 어딘가에 존재한다고 생각했는지는 의문이다.

묵자는 귀신이 착한 이에게 포상을 내리고 악인에게 벌을 내리는 힘이 있다고 믿으면 천하가 어지러워지지 않을 것이라고 했다. 눈에 보이지 않아도 잘잘못을 심판하는 존재가 있으니 올바른 일을 해야 한다고 가르칠 수 있기 때문이다. 귀신의 실존 여부는 중요하지 않고, 그들이 있다고 믿고 행동하는 편이 좋다는 말이다.

물론, 세상에 귀신은 없다고 주장한 사람도 있었다. 후한 시대의 왕충이라는 사람은 철저히 귀신을 부정했다. 사람도 물건이고, 물건이 망가져도 혼령이 되

지 않는데 사람만 혼령이 되는 것은 이상하다고 했다. 또한 천지가 나뉜 이래 수명을 다한 자가 억이나 만 단위로 셀 수 있을 정도이며, 지금 살아 있는 사람보다 죽은 자의 수가 더 많을 텐데, 만일 사람이 죽어서 귀신이 된다면 곳곳에 귀신이 넘쳐날 것이며, 한두 사람 눈에만 보일 리가 없다고 말했다. 게다가 귀신이 죽은 자의 혼령이라면 알몸 상태로 나타나야지, 옷과 띠를 착용하는 것은 이상하다고 주장했다. 사람이 죽으면 육체가 썩기 때문에 혼령이 옷을 입고 있을 리가 없으며, 옷을 입은 귀신을 본다는 것은 말도 안 된다고 했다. 혼령이 있다고 생각하다 보면 쉽게 눈치채지 못하는 점들에 주목한 왕충의 생각이 꽤 재미있다.

하지만 이보다 조금 이후 시대가 되면 귀신을 만났다는 이야기가 많이 등장한다. 그중에 왕충처럼 귀신은 없다고 생각하는 남자가 있었는데, 그 누구도 논파할 수 없었던 그의 논리를 깨뜨려버린 손님의 이야기가 전해진다. 손님은 "나야말로 귀신이다"라고 말하고는 사람이 아닌 자의 모습으로 변하는가 하더니 금방 사라져버렸다. 남성은 그로부터 1년 정도 후에 병사했다고 한다. 이 이야기에서 귀신은 대낮에 남성을 방문했고, 남성은 귀신을 산 사람이라고 생각하며 응대했다.

중국의 혼령은 산 사람과 다를 바 없는 모습으로 등장하는 것 같다. 물론, 밤에 벌어진 이야기가 더 많다.

♦ 사후 세계

왕충은 곳곳에서 그 모습을 볼 수 없으니 귀신은 없다고 부정했지만, 사실 산 사람의 세계에 모습을 드러내지 않을 때 귀신은 죽은 자의 세계에 머문다고 한다. 이것은 불교가 전래하기 이전의 문헌인 『산해경』에 적혀 있었다고 전해지는 내용이다. '전해지는 내용'이라고 한 이유는 『산해경』 자체는 현존하지만 현재의 것에서는 사라진 부분이며, 다른 책에 『산해경』에서 인용했다는 내용이 남아 있기 때문이다. 국내외를 불문하고 오래된 책에는 종종 이런 일이 있다. 어쨌든 중국에서 예부터 전해 내려온 사후 세계관을 소개하겠다.

죽은 사람은 푸른 바다 한가운데 있다는 도삭산이라는 곳에 산다. 산 위에는 복숭아나무가 있는데, 삼천리에 걸쳐 가지를 뻗고 있는 거대한 나무다. 가지 사이의 동북쪽을 귀문이라고 하며 수많은 귀신이 그곳을 드나든다. 그리고 그 문에서 신도와 울루라는 두 신이 귀신들을 감독하고 있다. 나쁜 혼령은 갈대로 만든 줄로 묶어서 호랑이가 잡아먹게 했다고 한다. 이것을 바탕으로 황제黃帝는 사악한 힘을 몰아내는 행사를 시작했다. 큰 복숭아나무로 만든 인형을 세우고, 출입구에는 신도와 울루, 호랑이를 그린 다음, 갈대로 만든 줄을 걸어서 악귀를 막았다고 한다.

이 귀신을 막는 풍습은 현재도 남아 있다. 문짝이나 기둥 등의 좌우에 대비되는 구절을 쓴 붉은 종이를 붙이는데, 황제의 의식이 그 기원이라고 한다. 문에 붙이기 때문에 문련門聯이라고 하지만, 대비되는 구절을 먹으로 쓰기 때문에 대련對聯이라고도 한다. 집들이를 축하하거나 결혼, 출산과 같은 경사스러운 날에 이 종이를 붙이는데, 새해맞이 행사의 경우에는 춘련春聯이라고 해서 따로 구별한다.

또한, 복숭아나무는 현재도 영적인 힘을 가진 과일나무로 여겨지는데, 이러한 내용을 통해서 일찍부터 특별한 존재로 인식되었다는 점이 엿보인다. 복숭아에서 태어난 모모타로가 오니를 퇴치하는 일본의 옛이야기도 이러한 사상과 풍습의 영향이 크다.

한참 뒤의 시대이긴 하지만, 산 사람이 죽은 자의 나라에 방문한다는 내용의 소설도 남아 있다. 한 상인이 항해 도중에 조난하여 어떤 섬에 표류했다. 멀리 산과 강, 성곽이 보였고, 거리도 가옥도 논밭도 중국의 모습 그대로였다. 하지만 마주치는 사람들에게 인사해도 그들은 상인을 무시했다. 문지기조차 그를 무시했다. 이윽고 상인이 왕궁에 도착하니 그곳에서는 연회가 한창 진행되고 있었다. 역시 복장이나 장식 등은 중국과 같았다. 상인은 연회와 왕의 모습을 지켜보고 있었는데, 갑자기 왕의 상태가 나빠졌다. 의사를 겸하고 있던 무당의 말에 따르면, 산 사람이 섞여 들어와서 양陽의 기운이 들어왔기에 왕이 병을 얻게 된 것 같다고 했다. 무당의 말을 들은 가신들은 상인을 위해 별실에 술과 음식을 마련했고, 왕과 함께 기도를 올렸다. 식사를 마친 상인을 위해 말을 준비했고, 상인은 그것을 타고 배까지 돌아갔다. 배에 탑승하고 보니 이 나라의 사람들은 아무도 보이지 않았고, 그때 마침 좋은 바람이 불어서 상인은 무사히 돌아왔다.

이 이야기에서 알 수 있는 사실은 죽은 사람에게는 산 사람이 보이지 않고, 죽은 사람의 세계도 현세와 차이가 없다는 것이다. 그리고 산 사람의 영향으로 병이 들고 기도를 올리는 것은 마치 산 사람이 죽은 사람이나 재앙신을 다루는 상황과 비슷하다. 현세에서 영혼을 대하는 행위를 죽은 사람의 나라에서는 산 사람에게 행하고 있었다.

266

◆ 태산부군

사후 세계로서 또 하나 전해지는 세계가 있다. 그것은 산동성山東省(산둥성)의 태산泰山 지하에 있다고 하는 명계다. 그곳은 태산부군이라는 이가 다스린다고 한다. 태산은 중국에서 예로부터 전해 내려오는 신앙의 장소로서 오악五岳이라 불리는 오대 명산 중 으뜸으로 꼽힌다. 또한 황제가 정치적 성공을 천지에 보고하는 국가적 행사인 봉선封禪 의식을 행하는 장소이기도 하다. 산 사람에게도 영적인 의미에서 중요한 장소였다.

태산 지하에 있는 명계는 산 사람의 나라처럼 관료 제도가 있는 것이 큰 특징이다. 조태라는 남성이 임사 체험을 통해 명계를 시찰하는 내용의 소설이 있다. 그에 따르면 사람은 죽으면 우선 두 남자에게 안겨 큰 성으로 가게 된다고 한다. 서문으로 들어가자 관공서 건물이 있었고, 남녀 합쳐서 50~60명이 있었다. 조태는 30번째로 불렸다고 하는데, 이들 남녀는 아마 죽은 자들로 보인다. 그리고 관공서에 들어가면 태산부군이 서쪽을 향해 앉아 있고, 명부와 대조한다. 조태는 그곳에서 가족이 지닌 신심(독경과 기부)의 도움을 받아 세 명의 망자가 지옥에서 나오는 것을 목격했다. 그들을 쫓아가다가 개광대사開光大솔라는 하얀 벽에 붉은 기둥이 있는 삼중 문을 빠져나갔다. 그러자 큰 궁전이 나타났고, 진귀한 보물이 빛을 발했다. 광장에는 사자 두 마리가 몸을 굽힌 채 발판이 되어 있었고, 그 사자 발판 위에 한 인물이 있었다. 키는 1장丈(약 3미터) 정도에 얼굴은 금빛으로, 뒤쪽에서 햇빛이 비치고 있었다. 부처님이었다. 부처는 은혜를 베풀 듯이 지옥에 떨어진 망자 중에서 불교를 믿는 이들을 구제한다. 그리고 이야기 안에서 취급되는 모습을 보더라도 부처는 확실히 태산부군보다 높은 존재다. 마지막으로 조태는 아직 수명이 남아 있는데도 악귀가 멋대로 끌고 왔다는 사실이 밝혀져 되살아난다.

이 명계의 모습은 불교의 영향을 강하게 받았다. 일본에도 이와 비슷한 임사 체험 이야기가 있는데, 어쩌면 중국이나 불교의 영향을 받았는지도 모른다. 중국의 이런 설화 중에는 타인을 대신해 살아남거나 수명을 새롭게 고치는 스토리도 존재한다.

◆ 강시

중국에서 죽음이나 시체라고 하면 강시를 떠올리는 사람이 많지 않을까. 강시는 사후 경직 상태로 마음대로 움직이는 시체로서 중국판 좀비라고 부를 만한 존재다. 영화나 창작품을 통해 유명해졌지만, 원래는 중국 전설에 등장하는 괴물이다.

강시는 사후 경직이 일어난 채 썩지 않은 시체를 말한다. 이것만 보면 천연미라 같은 느낌이지만, 이것이 움직이고 머리카락이 자란다는 이야기가 더해져 괴담이 만들어졌다. 창작품에서는 나쁜 도사에 의해 조종되거나 자연 발생하여 사람을 습격하고 동료를 늘리는 괴물로 활약한다. 사후 경직이 풀릴 때 시신이 움직이는 경우가 있는데(자연 현상), 거기에 과장이 더해져 전설이 된 듯하다. 그렇다면 강시 이야기를 소개해보겠다.

어느 마을에서 촌장의 부인이 죽었다. 관에 옮기기 전 저녁 무렵, 어디에선가 음악이 들려왔다. 그러자 시체가 움직이며 춤을 추었다. 음악 소리가 멀어지자 시체는 이를 쫓아갔지만, 집안사람들은 무서워서 따라갈 수도 없었다. 이후 집으로 돌아온 촌장이 이 사실을 알게 되었고, 술기운에 용기를 내서 달려가보니 묘지에서 아내의 시체가 계속 춤을 추고 있었다고 한다.

한편 강시가 사람을 덮치는 이야기도 있다. 강시가 숨을 내뱉어서 산 사람을 죽이거나 붙잡는 일도 있다고 한다. 만약 도망치지 못하고 붙잡히면 강시의 양손이 부러지더라도 손가락 끝이나 손톱은 산 사람의 살에 박혀서 빠지지 않는다고 한다.

또 다른 이야기로 어느 낡은 묘에 여성의 시신이 안치되어 있었다. 그런데 그 여성이 일어나 닭을 잡아 산 채로 피를 빨아 마시더니 잔해를 사당 문 밖으로

던져버리고는 다시 관에 누웠다고 한다. 이처럼 시체가 움직이고 나쁜 짓을 하는 설화는 많다. 관에서 소생한다는 점에서 흡혈귀를 떠올리기 쉽지만, 이야기에서 강시가 피를 빠는 모습으로 등장하는 경우는 적다. 이것은 산 사람이 인육을 먹는 이야기가 중국에 많기 때문이 아닐까(강시와 관련해서는 전쟁터 등에서 시체를 고국으로 옮기기 위해 영환도사라고 불리는 도교 사제들이 부적으로 시체를 움직이게 만든다는 설정도 있다. 중국에서는 시체를 고향에 매장하는 것이 좋다고 여겼는데, 이를 바탕으로 한 것이다. 객사한 채 원혼이 붙은 시체가 강시가 된다고도 하며, 여러 작품을 통해 다양한 설정이 추가되었다 – 옮긴이 주).

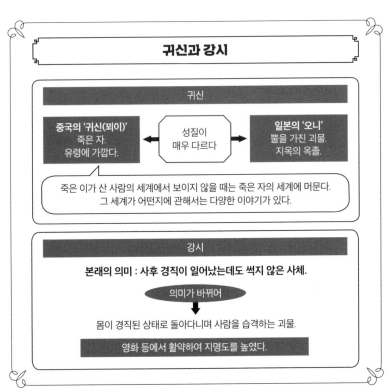

귀신과 강시

귀신

중국의 '귀신(꾀이)'
죽은 자.
유령에 가깝다.

성질이
매우 다르다

일본의 '오니'
뿔을 가진 괴물.
지옥의 옥졸.

죽은 이가 산 사람의 세계에서 보이지 않을 때는 죽은 자의 세계에 머문다.
그 세계가 어떤지에 관해서는 다양한 이야기가 있다.

강시

본래의 의미 : 사후 경직이 일어났는데도 썩지 않은 사체.

의미가 바뀌어

몸이 경직된 상태로 돌아다니며 사람을 습격하는 괴물.

영화 등에서 활약하여 지명도를 높였다.

※ 한국의 귀신도 죽은 사람의 영혼이라는 점에서 중국과 비슷하다. 한국의 도깨비에 관해서 다양한 설이 있지만, 일반적으로 뿔이 없고 사람과 비슷한 모습에 옷을 입고 있다는 점에서 일본의 오니와 다른 점이 많다 -옮긴이 주.

기공과 무술과
사원

◆ 중화풍과 기공, 무술, 사원

중화풍 연출을 위한 요소는 다양한데, 그중 '기를 다루는 무술가'는 꽤 그럴듯한 존재다. 맨손을 이용한 격투기인 쿵후의 달인은 불가사의한 힘인 기氣(내공이라고도 함 – 옮긴이 주)를 사용할 수 있다. 이들은 때때로 종교인으로서 사원에서 가혹한 수행에 도전하는 모습으로 등장하기도 한다. 이러한 이미지는 영화 〈스타워즈〉에 등장하는 포스의 사용자 제다이에게도 어느 정도 영향을 미쳤을 것이다.

하지만 창작품에 등장하는 '기'의 이미지는 실상과는 상당히 거리가 멀고, 쿵후에 대해서도 문제가 있다. 중국에서 쿵후(이른바 '중국 권법')가 성립한 것은 16세기 이후다. 이 책에서 기준으로 삼는 고대 중국과는 꽤 시대가 어긋난다.

하지만 각 무술 유파의 전설을 거슬러 올라가면 고대 중국에 이르기도 한다. 무엇보다 창작 세계라면 고대 중국풍 세계에 맨손 격투술이 존재하더라도 전혀 이상하지 않다. 다만, 그에 어울리는 이유를 붙여야 한다. 일반적으로는 주먹으로 때리는 것보다 검이나 창을 사용하는 것이 효과적이다. 그런데도 주먹이나 발차기 기술을 사용하는 자가 있다면 분명히 무언가 의미가 있을 것이다. 아니, 반드시 이유가 있어야 한다. 예를 들면 '기'를 활용해 무기 이상의 파괴력을 주먹에 실을 수 있다거나, 강대한 지배자에 의해 무기 사용이 금지된 경우 등이다.

창작에 도움을 주기 위해 이 항목에서는 기공, 무술, 사원의 관계를 소개하고자 한다(쿵후란 보통 서양권에서 중국 권법을 가리키는 말로 사용하지만, 본래는 무술이 아니라 분야에 상관없이 노력해서 쌓은 실력이나 기술을 말한다. 즉, 권법을 수련한 결과를 권법의 쿵후라고 부르는 것이다. 그렇기에 무협물, 또는 중화풍 판타지라면 권법, 무술 등으로 부르는 게 자연스럽다 – 옮긴이 주).

◆ 기공

기공 혹은 기와 내공은 어떤 느낌일까. 인간이 간직한 생명의 기운으로, 이것을 풀어내는 특별한 재능이 있거나 수행을 한 사람은 멀리 떨어진 상대를 공격하거나(이른바 장풍), 신체 능력을 강화하거나, 상처가 한순간에 낫거나, 수명이 늘어나서 언제까지나 젊은 모습을 유지한다. 이런 특징은 전설이나 창작 작품에서 자주 보인다.

하지만 실제로는 조금 다르다. 기공이란, 중국에서 예로부터 전해 내려온 심신을 단련하는 방법이다. 천천히 진행하는 체조로 아는 사람도 있다. 호흡법과 체조를 통해서 체내 기혈의 흐름을 좋게 하여 질병을 예방하거나 건강을 유지할 수 있다. 기공 요법이라고도 하는데, 현대 일본에서도 건강법으로 도입되어 한때는 열풍이 일었다.

하지만 이들은 기공의 본질이 아니다. 기공의 목적은 자연과 생명의 본질을 찾는 것이다. 이 세계의 본질을 '도道'(길)라고 부르고, 기공 수련은 '도를 찾는

일'이며, 이 수련을 하는 사람들을 '구도자'(도를 찾는 사람)라고 한다.

중국에서 기공의 역사는 상당히 오래되었다. 은나라 시기보다 오래된 신석기 시대에 이미 기공이 있었다고 한다. 중국에서 가장 오래된 의학서 『황제내경』은 춘추 전국 시대에 쓰였다. 이 책에는 당시에 '도인행기'라고 불리던 기공에 대한 항목이 있으며 중요한 치료법으로 취급한다. 『황제내경』에는 그 밖에도 안마, 침, 뜸과 같은 현대 중국만이 아니라 일본에서도 활용되는 치료법이 실려 있다.

기는 우주에 존재하는 기운으로, 하늘과 땅, 그리고 사람 사이를 끊임없이 유동한다. 이것은 관점에 따라 풍수설이 되기도, 음양오행설이 되기도 한다.

기공의 목적은 세계의 본질인 도를 찾는 일이라고 말했지만, 심신을 단련하는 방법이기 때문에 인체의 기에 초점을 맞춰도 좋다. 대지의 정기가 순환하는 길을 지맥이나 용맥이라고 부르는 것처럼 인간의 체내에서 기가 흐르는 길을 경락이라 하고, 경락이 모이는 부분이 경혈이다. 『황제내경』에는 기에 의해서 병이 생겨난다는 내용이 적혀 있다. 흔히 말하는 '병은 마음에서 온다'는 말이 아니라, 인체를 둘러싼 기의 흐름이 흐트러지면 이상이 생긴다는 뜻이다.

기공은 단순한 건강법이 아니다. 유교, 도교, 불교 등 중국과는 떼려야 뗄 수 없는 사상 철학과 종교, 심지어 역易이나 풍수의 영향도 받으면서 수많은 기공법이 태어났다. 현재는 3,000개 이상의 유파가 있다고 하니 실로 놀라울 따름이다.

◆ 무술

다음으로 무술에 대해 소개하겠다. 무기 항목에서도 언급했듯이 중국에는 다양한 무기가 있다. 그것들을 능숙하게 다루는 기술을 연마하는 것이 무술이다. 맨손으로 하는 중국 권법은 그중 일부로, 우리가 아는 권법 유파들은 다양한 무기 사용법도 배우는 것이 일반적이다. 그러니 권법이 주먹만 사용하는 기술이 아니라는 점에 주의하자.

중국 권법에는 크게 두 가지 분류법이 있다. 하나는 지역을 기준으로 나눈 북파北派와 남파南派다. 중국이 광대하다 보니 북쪽과 남쪽은 기후와 지형 조건이 크게 차이가 나며 이에 따라 사람들의 생활 방식도 달라진다. 요리에서 말하는 '북면남반北麵南飯'(북쪽은 면 요리, 남쪽은 쌀밥 요리)을 생각하면 이해하기 쉽다. 그리고 권법에서는 '남권북퇴南拳北腿'라고 한다. '권'은 주먹, 즉 손을 이용한 타격이며, '퇴'는 발차기 기술을 말한다. 남쪽 기술인 남파에는 손으로 타격하는 것이 많고, 북쪽 기술인 북파에서는 다리 기술을 주로 사용한다.

이렇게 된 데에는 환경이 영향을 미쳤다. 강이나 호수가 많은 남쪽에서는 교통수단으로 배가 널리 쓰이는데, 이들은 공간이 좁아서 당연히 안정적이지 않다. 그렇게 되면 불안정해지기 쉬운 발차기 기술은 사용하기 어렵다. 한편 넓은 평원이 많은 북쪽에서는 그런 걱정이 없으니 마음껏 발을 올려 걸어찰 수 있다.

또 하나로 외가권外家拳과 내가권內家拳이 있다. 전자는 힘과 속도가 겉으로

274

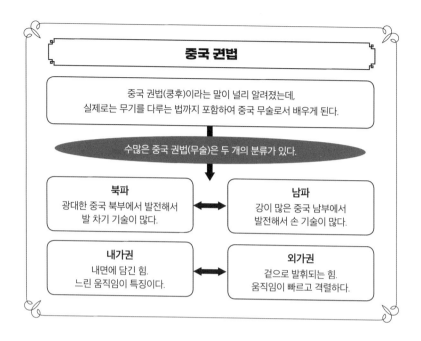

확실하게 드러나는 강력한 권법이며, 후자는 움직임이 느긋하고 힘이 내면에 담긴 권법이다. 또한 외가권은 출가한 스님의 권법이라고도 한다. 다만, 남권 북퇴이건, 밖으로 드러나는 힘과 안에 담긴 힘이건 어디까지나 대략적인 경향이며, 유파마다 예외가 많다.

이 외가권과 내가권의 관계성을 알고 싶고, 이것을 이야기 소재로 삼거나 강조하고자 할 때, 만화 『북두의 권』을 참고하면 이해하기 쉽다. 핵전쟁으로 황폐해진 미래 세계에서 오직 무술의 승패로 모든 것을 결정한다는 내용이다. 이 작품에서는 실로 다양한 무술이 등장하는데, 특히 중요한 위치를 차지하는 것이 북두신권과 남두성권이다. 전자는 특별한 경혈인 비공을 찌름으로써 자신의 몸을 강화하거나 말 그대로 상대를 폭발시키는 권법으로, 매우 과장되긴 했지만 내가권의 느낌을 준다. 한편, 남두성권은 (실제로는 매우 다양하여 한마디로 표현할 수 없지만) 인체를 손날로 가볍게 꿰뚫거나, 발차기로 잘라버리는 듯한 기술이 다양하게 등장하여 외가권의 느낌이 난다.

♦ 수많은 문파

중국 권법(무술)의 유파는 문파라고도 한다. 문門은 큰 집단을 가리키는 말이며, 그 안의 다양한 유파가 파派다.

여기서는 유명한 권법과 그 특징을 간략하게 소개한다. 더욱 자세한 내용이나 훈련법 등을 알고 싶다면 중국 권법을 소개한 책을 참고하거나 실제 도장을 방문해 취재하길 권한다.

다양한 유파 중에서도 사대문으로 불리는 유명한 문파가 내가권의 태극권, 형의권, 팔괘장, 그리고 외가권의 소림권이다.

태극권을 건강 체조로 아는 사람도 많겠지만, 그것은 간소하게 만든 형태다. 본래의 태극권은 원의 움직임을 특징으로 하는 권법이다.

형의권은 빠르고 직선적인 움직임이 특징이다. 또한, 십이형권이라 하여 용, 호랑이, 뱀 등 십이지 동물의 움직임을 모방하여 만든 응용 기술이 있어서 재미있다.

팔괘장은 거의 주먹을 사용하지 않는다. 손 모양이 여덟 가지 있는데, 이것을 유연한 신체 움직임과 원을 그리며 걷는 방법과 조합하여 적의 공격을 막아내거나 공격한다.

소림권은 많은 사람이 중국 권법 중에서 대표적 존재로 여기지 않을까? 그 뿌리를 소림사라는 사원으로 아는 사람도 많을 것이다. 다만, 실은 소림권은 크게 두 개의 계통이 있으며 각각 뿌리가 되는 사원도 다르다. 숭산 소림사에 바탕을 둔 북파 소림권은 민첩한 움직임, 경쾌한 도약, 그리고 발차기가 주된 특징이다. 이 유파와 소림사에 대해서는 나중에 자세히 설명하겠다. 이에 반하여 남파 소림권은 복건성福建省(푸젠성)의 소림사에서 시작되어 묵직하게 허리를 낮춘 상태로 시작하는 움직임이 많다고 한다. 그러나 북파건 남파건 다양한 유파를 내포하고 있어 이 특징들에 해당하지 않는 것도 많다.

그 밖에도 다양한 문파가 있다. 팔꿈치나 등을 이용한 접근전을 주특기로 하는 팔극권이나, 채찍처럼 손을 휘둘러서 원거리 전투에 적합한 벽괘권(벽괘장이라고도 한다 – 옮긴이 주)은 함께 묶어서 배우는 경우가 많은 듯하다. 사마귀의 움직임을 흉내 낸 모습으로 유명한 당랑권도 실은 북파와 남파로 나뉜다. 취팔선권은 이른바 '취권'이라고 하는데, 실제로 술을 마시고 싸우거나 하진 않고, 취한 듯한 움직임으로 상대를 현혹한다.

북파 소림권의 한 갈래로서 복잡한 발동작으로 상대를 혼란스럽게 만드는 연청권(『수호전』의 영웅 연청의 이름에서 따왔다)이 있으며, 남파 소림권에는 여성의 이름을 딴 영춘권이 있다. 쿵후 스타로 유명한 이소룡(브루스 리)이 바로 이 영춘권을 배웠는데, 그는 다양한 무술을 바탕으로 절권도라는 새로운 무술과 철학을 창시했다.

◆ 태극권과 기공

그렇다면 무술과 기공은 어떤 관계가 있을까. 내가권을 '내면에 담긴 힘'이라고 소개했는데, 이것은 '기'와 거의 같은 말이라고 생각해도 좋다. 중국 무술에서는 기공의 힘을 활용하는 것을 중시한다. 배꼽 아래쪽 단전(하단전)에 기를 모으고, 발경發勁(모은 힘을 최대로, 합리적으로 발휘한다)이나 청경聽勁(상대의 몸 일부를 만져서 움직임을 읽는다), 화경化勁(상대를 무너뜨리고 받아 넘긴다)이라는 형태로 활용한다.

좀 더 구체적으로 소개해보자. 바로 태극권과 기공의 관계다. 태극권이라는 이름은 18세기 무술가가 기록한 『태극권론』에서 나왔다. '태극'이란 『역경』에 기록된 태극 음양론을 말한다.

태극 음양이 기의 순환이나 상호 관계를 나타내는 것은 말할 필요도 없다. 그

때까지 있었던 권법의 원리가 『역경』의 원리와 맞아떨어진다고 생각한 저자가 태극 음양의 관점에서 분석하여 논하고 정리한 것이 『태극권론』이라고 한다.

이 내용에서도 알 수 있듯이 태극권과 기공은 밀접한 관계가 있다. 따라서 태극권에는 기공 수련을 동시에 포함하는 단련 방법이 있다. 기공 체조는 이것이 건강법으로서 퍼진 것이라고 생각하는 편이 합당하지 않을까.

◆ 소림사의 선과 무술

끝으로 소림권(북파 소림권)을 소개하면서 무술과 사원에 대해서도 살펴보겠다. 소림사 권법은 일본에서도 번성한 만큼(단 이것은 소림사의 가르침을 바탕으로 일본에서 만들어진 무술이다), 소림사라고 하면 가장 먼저 권법과 무술을 떠올리는 사람이 많다. 하지만 소림사는 선종, 좌선과 참선을 중시하는 절로서 무술과 선禪으로 심신을 단련하도록 한다. 육체가 약하면 학문을 익히기 어렵고, 육체만 단련해도 강해질 수 없다. 무술에는 정신 통일도 필요하기 때문이다. 어느 한쪽만으로는 안 되며 선의 정신과 무술을 연결하는 것이 기공이다.

숭산 소림사는 495년에 중국 오악산 중 하나인 숭산 기슭에 불교 보급을 위해 인도에서 고승을 모셔와서 건립했다. 북쪽으로 황하가 흐르고 서쪽에는 낙양이 있어서 자연스럽게 문화와 종교, 사상이 모여들었다. 유명한 문인과 황제도 즐겨 방문했다고 한다.

그 후 527년에 다시 인도에서 고승을 초빙했는데, 선종의 시조라고도 불리는 달마대사다. 달마대사는 9년간 오로지 벽을 바라보고 좌선과 명상을 하며 수행했다고 알려졌다. 좌선은 달마대사에 의해 전파되어 현대에도 계승되고 있다. 좌선 자세로 명상을 하면 장시간 같은 자세를 유지하기 때문에 피의 흐름에 문제가 생기기 쉽다. 이를 해소하고 건강을 유지하기 위해서 무술 수행이 필수가 되었다. 게다가 소림사는 건립 당시 산 안쪽에 있었기에 위험한 맹수들이 주변에 도사리고 있었고, 승려들은 절과 농민을 지켜야 했다. 소림사에는 선을 중심으로 불교를 배우는 문승文僧과 무술 훈련을 하는 무승武僧이 있었다.

수나라 문제文帝가 집권하던 시기에 소림사는 광대한 토지를 받았다. 그리고 수나라 전란기에는 산적의 습격을 받아서 사원 건물이 전부 타버리고 말았다. 황제로부터 영지를 받고 보호받고 있던 소림사는 일종의 장원莊園이었던 셈이다. 그래서 누군가가 소림사의 논밭과 농민의 지배권을 노리고 습격했을 가능성도 있다.

소림사는 건물이 전부 타버렸지만, 문을 닫지는 않았다. 오히려 이것을 계기로 무장을 강화한 듯하다. 소림사가 무술로 역사에 남을 공적을 세운 것은 이 직후이기 때문이다. 소림사는 이후 당나라 시대의 전란기에 2대 황제인 당 태종 이세민을 도와서 무공을 세웠다. 이세민이 중국 통일을 이루기 위해서는 마지막 적인 왕세충을 쓰러뜨려야 했는데, 소림사가 왕세충 조카가 이끄는 군대와 싸워서 그를 인질로 잡은 것이다. 이로써 당나라 통일에 크게 공헌했다.

이러한 공적으로 소림사는 더욱 번영했다. 이때 무승은 봉술을 주로 사용했기 때문에 '곤승棍僧'이라고 불렸다. 소림사는 무술 세계에서도 유명해졌다. 하지만 불행히도 이 시대에 소림사가 어떤 군사적 훈련이나 무술 지도를 하고 있었는지는 수수께끼로 남았다. 소림사는 수나라 때에도 조정의 보호를 받았지만, 당나라 창건에 공헌하면서 황실과의 관계가 더욱 깊어졌다. 당나라의 보호 아래 무술뿐만 아니라 종교적인 의미에서도 명성을 얻었다.

하지만 그 후, 소림사는 쇠퇴하여 역사의 전면에 거의 이름이 나오지 않게 되었다. 그리고 이런 상황은 8세기 말부터 13세기 말까지 500년 정도 지속됐다. 당나라의 보호를 잃은 것이 그 원인 중 하나로 꼽힌다. 양귀비의 남편인 황제 현종이 실각하면서 당 왕조는 힘이 약해졌다. 그렇게 당나라 황실의 보호를 잃고, 다시는 그때와 같은 비호를 받지 못했다.

그 후, 많은 불교 교단이 해체되었고, 중국의 독자적인 불교가 정착하면서 인도의 색채가 짙은 소림사의 영향력 저하, 불교와 도교의 대립 등이 겹쳐 소림

사는 500년 동안 역사에서 자취를 감춘다.

그리고 이민족 왕조인 원나라 시대에 이르러 부활한다. 원나라 세조인 쿠빌라이가 열여덟 개 유파의 무술가들을 소림사에 모았고, 전국의 무술이 뛰어난 자들이 소림사에 집결했다. 이에 많은 무술가가 출가하여 소림사에 들어갔고, 이렇게 소림사는 중국 무술의 성지가 되었다.

소림사에서 무술 훈련이 일상화되어 가장 활발해진 것은 명나라 시기였다. 이 무렵 소림사 무술은 절을 지키고 자신을 보호하기 위한 것뿐만 아니라, 북쪽으로는 몽골군, 동쪽으로는 왜구 등 외적의 침략과 반란 등에 대처하는 데 사용하기도 했다. 소림사라는 이름에서 떠오르는 무술의 이미지는 명나라 때의 군사적 활동에 근거해 형성된 것이라고 할 수 있다.

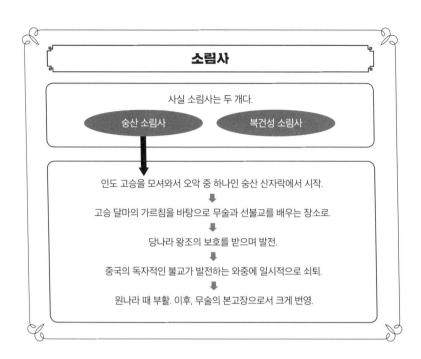

소림사

사실 소림사는 두 개다.

숭산 소림사

복건성 소림사

인도 고승을 모셔와서 오악 중 하나인 숭산 산자락에서 시작.

고승 달마의 가르침을 바탕으로 무술과 선불교를 배우는 장소로.

당나라 왕조의 보호를 받으며 발전.

중국의 독자적인 불교가 발전하는 와중에 일시적으로 쇠퇴.

원나라 때 부활. 이후, 무술의 본고장으로서 크게 번영.

도교와
선인

◆ **도교란?**

　내가 만들어내는 이야기나 세계에서 중국적인 느낌을 강하게 풍기고 싶다
면 도교를 빼놓을 수 없다. 도교야말로 중국에서 태어나 중국인(주로 한족)과
밀접한 관계를 맺으며 발전한 종교이자 가치관이기 때문이다.

　'학문' 항목에서도 조금 소개했지만, 도교는 노자로부터 시작되어 제자에게
계승된 가르침을 장자가 집대성한 것이라고 한다. 거기에 신선 사상 등이 도입
되어 종교로서도 발전해갔다.

　도교는 유교나 불교와 나란히 거론되는 일이 많다. 불교는 인도에서 시작된
종교이지만, 유교는 종교가 아닌 학문으로서 '유학'이라고 부르는 것이 옳다
고 한다. 그리고 도교는 종교와 학문의 측면을 모두 가지고 있다. 도교에서 노
자는 신격화되어 있으며, 그 밖에도 수많은 신들이 있다. 이에 대해서는 '도교
의 신들' 항목에서 일부이지만 소개하고 있으니 살펴보길 권한다.

　다른 나라에서 들어온 불교와 달리 중국에서 태어나 유교처럼 제자백가 사

상으로 내세워졌던 도교가 실은 종교적 측면이 꽤 확고하다는 것이 왠지 이상하다. 다만 종교도 윤리나 정치 같은 학문(철학)과 마찬가지로 크게 '사상'으로 묶을 수 있기 때문에 사실은 그리 이상한 일은 아닐지도 모른다.

반복하지만, 도가 사상의 중심은 도道다. 도는 올바른 길이나 진리의 의미로 사용되는 말이다. 도교라는 말은 원래 '올바른 길의 가르침'이라는 의미로 유교와 불교에서도 사용되었다. 그것이 남북조 시대 무렵부터 도가가 세운 교리의 의미로 사용되었다.

◆ 도가와 도교와 방사

중국 고전 속에서 도가는 신선술과 주술을 다루는 도사들을 가리키는 말로도 사용된다. 역사적으로 보면 이 의미로 오랫동안 사용됐다. 그러나 근대 이후에 '도가'는 노자와 장자 등의 진秦나라 이전 사상, '도교'는 종교로서 구분하고 있다. 따라서 고전을 포함한 문헌을 참조할 때 주의해야 한다.

도교에는 '도가삼품道家三品'이라는 말이 있다. 도교의 내용이 크게 세 가지로 나뉜다는 말인데, 그 내용은 아래와 같다.

① 노자의 무위無爲(자연을 거스르지 않고 흐름에 맞게 행하는 것-옮긴이 주) 사상

② 신선술(방술)

③ 부적을 이용한 주술

창작에 특히 도움이 될 만한 것은 역시 ②와 ③이다. ②의 신선술은 선인이 사용하는 신기한 술법인 동시에 불사의 선인이 되기 위한 기술이기도 하다. ③의 부적을 이용한 주술은 초사장부醮事章符라고도 하는데, 다음과 같이 나눌 수 있다.

초醮: 하늘의 신들을 모시는 의식.

장章: 천상의 관리에게 문장을 바쳐서 액막이를 기원하는 의식.

부符: 부적 등을 이용한 주술.

이들은 오두미도의 시조인 장릉이 사람들을 병에서 구할 때 사용한 방법이다. 오두미도는 '천사도'라고도 한다. 황건의 난을 일으킨 태평도 창시자인 장각 역시 부적으로 사람들의 병을 치료했다. 오두미도와 태평도 모두 도교의 원류라고 불리는 집단이다.

고대 일본에서도 귀족이 병의 회복을 빌며 승려나 음양사에게 기도하기도 했다. 『겐지 이야기』같은 작품에서도 기도하는 장면이 등장하는데, 이 역시 도교의 영향을 받은 것이다.

도교의 종교인, 사제, 신관이라 할 수 있는 것이 도사(방사方士)다. 이들은 후술하는 신선 사상에 바탕을 두고 선인이 되고자 하는 수행자다(유파에 따라서는 선인을 목표로 하지 않기도 한다). 다만, 단순히 선인을 목표로 할 것이 아니라 그 과정에서 다양한 술법을 익히고 선행을 할 필요도 있다. 그 때문에 불교에서 말하는 사원에 해당하는 도관道觀이라는 거점에서 수업을 했다. 사람들이 신비한 일로 곤란에 빠지면 도사의 도움을 받고자 도관에 찾아가기도 했을 것이다.

◆ 신선 사상

고대 중국 문화는 황하 유역을 중심으로 발전했으며 그 밖의 세계에는 불사의 존재가 살고 있다고 생각했다. 현대와 같이 정확하고 상세하게 그려진 지도도 없고, 포장도로나 자동차, 전철과 같은 고속 교통수단도 없는 시대라면 사람들이 생활하는 세계는 자연스레 좁아지게 마련이다. 어쩌면 자신들이 사는 곳 바깥에 있는 미지의 땅에 이상한 세계가 존재할 거라고 상상했을지도 모른

다. 하지만 그 상상의 세계도 고대 중국 사람들은 실재하는 것으로 여겼다.

『사기』에는 기원전 왕들이 발해(중국 북동의 해역)에 있다고 생각한 봉래, 영주, 방장이라는 환상의 산을 실제로 사람을 보내어 찾았다고 기록되어 있다. 이들을 합쳐서 삼신산三神山 또는 삼호산三壺山이라고 부른다(한국에선 신선이 산다고 하여 금강산, 지리산, 한라산을 이렇게 부르기도 한다 - 옮긴이 주). 아마도 이들이 모두 박壺 모양을 하고 있다고 생각한 모양이다. 삼신산은 인간 세계에서 그리 멀지 않은 곳에 있지만, 도달하려고 하면 바람이 배를 몰아내어 다다를 수 없게 만든다고 한다. 그곳에는 선인이 머물고, 불사의 약이 존재하며, 새나 짐승은 모두 새하얀 모습에 궁전은 금과 은으로 만들어졌다고 한다.

봉래는 일본 고전 『다케토리 이야기』에도 등장한다. 대나무에서 발견되어 아름답게 자란 가구야 공주가 자신에게 구혼하러 온 다섯 명의 귀공자에게 다양하고 무리한 요구를 하는데, 그중 하나가 봉래산에서 자라는 옥 나뭇가지를 가져오는 것이다. 여기서도 귀공자는 봉래에 도달하지 못한다.

한편 동쪽뿐만 아니라 서쪽에도 곤륜산이라는 불사의 세계가 있다고 여겨졌다. 이곳에는 선녀인 서왕모가 살고 있었다고 전해진다.

◆ 선인이란?

선인은 한적한 산속에서 방술을 다루고, 이슬을 먹고 사는 불로불사의 존재라는 인상이 있다. 이들은 인류를 초월한 존재이지만 신과는 다르다. 하늘을 날고, 물 위를 걸으며, 천리안이나 초인적인 신통력을 지닌다. 선인은 다음과 같은 계급으로 나뉜다.

① 신인神人
깊은 산에 사는 생사를 초월한 존재. 신에 가까운 존재로서 자유자재로 변신하여 천상을 오간다. 항상 젊음을 유지하며 늙지 않는다. 이슬을 먹고 산다.

② 진인眞人
수행을 쌓아 도道를 깨달은 후천적인 선인. 노자 등으로 대표된다.

③ 선인僊人
가볍게 천상에 올라갈 수 있는 선인.

④ 보통의 선인仙人
선천적으로 선인이 될 자격을 가진 사람. 일반적으로 말하는 선인仙人은 이들을 가리킨다.

신인과 진인, 선인僊人을 묶어서 '신선神僊'이라고 불렀는데, 전국 시대 후반에 '신선神仙'으로 바뀌었다. 또한 보통의 선인 안에도 계급이 있다.

㉠ 천선天仙(비선飛仙)
천상에 살면서 하늘을 날 수 있게 된 선인. 불로불사로서 최상위 도사만이 될

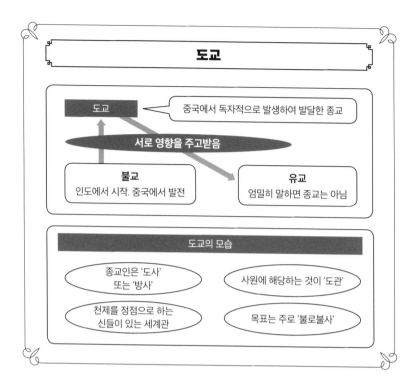

도교

도교 ← 중국에서 독자적으로 발생하여 발달한 종교

서로 영향을 주고받음

불교
인도에서 시작. 중국에서 발전

유교
엄밀히 말하면 종교는 아님

도교의 모습

종교인은 '도사'
또는 '방사'

사원에 해당하는 것이 '도관'

천제를 정점으로 하는
신들이 있는 세계관

목표는 주로 '불로불사'

수 있다. 영원한 젊음을 지키기 위해 선녀가 필요하다.

ⓒ **지선**地仙(수선水仙을 포함)

하늘에 오르지 못하고 지상의 명산에 사는 선인. 수행을 쌓아서 천선이 되기 위한 단약을 만든다. 중위 도사가 될 수 있다. 수선은 하천이나 호수에서 살 수 있다.

ⓒ **시해선**尸解仙

사후에 선인이 된 자. 선도를 추구하면서 죽은 하위 도사가 될 수 있다. 수행이 부족하여 상위 선인은 될 수 없다. 단약을 만드는 능력도 없다. 그 때문에 불로장생을 얻을 수 없다.

이상은 『포박자』라는 선인에 관한 서적에 따른 분류다. 『태평경』, 『신선전』 등 더욱 세밀하게 분류한 책도 있다. 더 깊게 파고들고 싶다면 꼭 살펴보길 권한다.

물론, 이 같은 설명을 반드시 따를 필요는 없다. 어디까지나 하나의 힌트로 생각하고, 여러분이 쓰고 싶은 이야기에 어울리는 선인 사회, 선인 본연의 자세를 창작하자. 다만, 아무런 단서도 없이 창작하기는 어려울 것이다. 이를 위해 선인이 되려고 한 사람들을 조금 더 추적해보자.

◆ 선인이 되기 위한 신선술

진의 시황제를 시작으로 패권을 손에 넣은 자가 그다음으로 바라는 것은 불사의 능력이었고, 영원한 생명을 얻기 위한 연구가 활발히 이루어졌다.

선인이 되려면 우선 훌륭한 선인에게 가르침을 받으며 부단히 노력해야 했다. 선인이 되기 위해서는 불사의 약(단약)도 매우 중요했다. 하지만 약이 있다고 해서 선인이 되는 것은 아니었고, 정기를 아끼고 기를 순환시키는 호흡법이나 방중술과 같은 신선술 연마에 힘쓸 필요가 있었다.

이런 선인과 단약에 대한 지식을 가진 자가 도사와 방사였다. 이들은 음양오행설 등을 도입하여 방선도方僊道를 형성했다. 귀신과 교류했다고도 전해지는 만큼 영매사로서의 일면도 있었을 것이다. 한 방사는 신을 부르는 힘이 있다고 하여 장군의 칭호를 받았지만, 효과가 없자 살해되었다.

황금이나 불사의 약을 만들어낼 수 있다고 말한 방사의 이야기도 전해진다. 그 또한 장군의 칭호를 얻어 황녀를 아내로 맞이하는 등 출세했지만, 힘을 발휘하지 못해 살해되었다.

후자의 이야기에서 알 수 있듯이 도사는 서양에서 말하는 연금술사와 같은 모습도 지니고 있었다. 단약을 만드는 기술을 연단술이라고 한다. 이것은 '황백黃白의 술'이라고도 하는데, '황'은 황금, '백'은 은을 말한다. 공기나 물에 닿

아도 광택을 잃지 않는 황금에는 인간을 선인으로 바꾸는 힘이 있다고 여겨졌다. 단약은 선인에게 매우 중요한 것이다.

단약을 만들기 위한 연구는 활발히 진행되었으며, 여기에는 황금이나 은이 유효하다고 여겨졌던 듯하다. 불사의 힘을 얻을 수 있다는 믿음에 수은을 마시고 죽음에 이른 황제도 있다고 한다. 연단술이 성행하기 전에는 버섯을 신선이 먹는 신비한 식재료로 여겼다. 복숭아는 신성한 과일이라는 이미지가 강했고, 특히 서왕모의 복숭아를 먹으면 불로불사가 되었다고 한다.

또한, 신선술은 의술이나 건강법으로서의 측면도 있다. 조금이라도 오랫동안 살아가기를 원하기 때문에 의학과 연결되는 것은 자연스러운 일이다. 현대에도 행해지는 안마나 호흡법 등이 서적에 남아 있다.

◆ 선인의 조건

그 밖에도 선인이 되기 위해 필요한 요소가 많다. 세상을 사랑하며 사리사욕

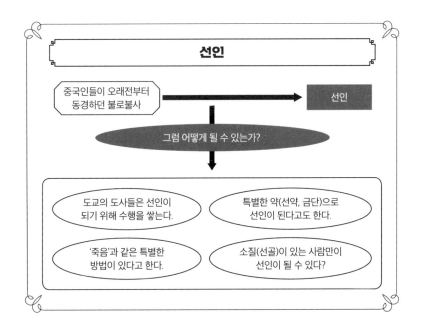

을 버리고 아침부터 저녁까지 정신을 수양하는 일도 중요했다. 중립과 중용의
마음을 지키고, 사물에 집착하지 않는 것도 선인에게 필요한 자세였다. 어쩌면
불로불사를 계속 유지하기 위해서 그러한 정신이 필요했을까. 종종 흡혈귀 같
은 이들을 '불로불사에 지쳐서 죽고 싶어 하는 인물'로 묘사하기도 하는데, 선
인은 집착을 버림으로써 그러한 상태에 이르지 않을 수 있을까? 또한, 대전제
로서 아무리 신선술을 극도로 수련해도 덕을 쌓지 않으면 선인이 될 수 없다.
무엇보다도 선행을 쌓는 것이 선인이 되는 첫걸음이다.

　한편으로 숙명에 의해서만 선인이 될 수 있으며, 성인이나 현자라도 선인이
되기는 어렵다고도 한다. 선골仙骨(신선의 뼈)이라는 말이 있다. 이것은 선인이
될 수 있는 소질을 의미하지만, 말 그대로 뼈라는 이야기도 있으며, 골상, 즉 머
리뼈 모양으로 그 사람의 운명 등을 판단하는 골상학에서 말하는 특별한 외모
라고도 한다(『삼국지』에서는 유비와 관련하여 "손을 내리면 무릎에 닿고, 귀가 커

서 눈으로 자신의 귀를 볼 수 있었다"라고 묘사하는데, 중국에선 이처럼 특이한 외모를 기인이나 선인의 조건처럼 이야기하기도 했다 – 옮긴이 주). 이러한 점은 당신이 만드는 중화풍 세계에 맞춰 자유롭게 결정해도 좋다. 뼈라고 해도 좋고, 다른 사람에게는 없는 내장이 있다고 해도 좋다. 눈에 보이지 않는 특별한 소질이 있어야 한다거나, 누구나 배움으로써 선인이 될 수 있다고 해도 상관없다.

또한, 임신과 출산을 할 수 있는 여성은 남성과 신체적 특징이 다르다. 그 때문에 선녀가 되어도 하늘로 올라갈 수 없다고 한다. 선녀가 하늘에 오르려면 생리를 멈추어야만 하는데, 기의 순환을 제어하여 생리를 멈추게 하는 것을 여단女丹이라고 한다. 물론, 실제로 이런 일은 가능하지 않다.

월경을 하는 여성에게는 종종 '피의 부정'이라는 설정이 주어지곤 했다. 이것 때문에 일본의 성지 중에서도 여인의 출입을 금지하는 장소가 몇몇 있다. 현대에도 여성 차별이 심하지만, 고대에는 그것이 당연한 가치관이었다.

다만, 여성이 완전히 도교나 선인의 세계에서 배제되었다고는 생각하지 않았으면 한다. 도교에도 여성 도사(여관女冠)가 있었으며, 팔선八仙이라 불리는 고명한 선인 중에도 여성이 있었다.

도교의 신들

♦ 관청과 같은 도교의 천계

중국 고유의 종교인 도교는 다신교다. 그만큼 개성이 풍부한 신들을 당신의 세계에 등장시킬 수 있다. 하지만 그 신들을 언급하기에 앞서 도교의 세계 구조부터 소개하자.

도교의 우주관에는 여섯 개 세계界 안에 서른여섯 개 하늘天이라는 영역이 있다고 한다. 위에서부터 순서대로 소개하면 다음과 같다. 숫자는 각각에 포함된 하늘의 개수를 나타낸다.

· 대라천大羅天 ─ 1

· 삼청경三淸境 ─ 3

· 사범천四梵天 ─ 4

· 무색계無色界 ─ 4

· 색계色界 ─ 18

이들이 합쳐져 서른여섯 개의 하늘, 삼십육천이 된다. 무색계 이하는 각각 수련이 필요한 세계다. 이 삼계를 거쳐서 도착하는 사범천이 이른바 천계이고, 삼청경은 도교가 이상으로 생각하는 신선계. 가장 위대한 신이 있는 곳은 그 앞에 자리한 대라천이다.

천계는 많은 신과 그들을 섬기는 종자, 그리고 선인들로 구성되어 복잡한 계급 구조를 형성하고 있다. 그 모습은 마치 황제와 신하들로 구성된 거대 관료 조직과도 비슷하다.

천계에서 신들의 정점에 선 것은 천제天帝이지만, 그 위에는 더욱더 격이 높은 신들이 존재한다. 천제 아래에는 다양한 신과 선인 들이 있고, 가장 하급은 지상에 있는 토지신이나 보통의 선인과 같은 존재가 될 것이다.

신들도 관청 같은 조직의 계층 구조에 놓여 있다면 거기에서 일어나는 일들도 지상의 관청에서 벌어지는 일과 근본적으로 유사할 것이다. 예를 들면, 수백 년 혹은 수천 년마다 신들이 교체될지도 모른다. 그렇다면 과거 제도처럼 신을 채용하는 시험도 있을 텐데, 시험 종류로 무엇이 있을까. 아니면, 신이라면 세습 체계가 더 우선될지도 모른다. 은퇴한 신은 사라지는가. 아니면 성가신 할아버지나 할머니로 남을까.

신들이 좌천되거나 출세해도 이상하지 않다. 원래는 명성이 높던 신이 자그마한 마을의 토지신으로 전락하여 권토중래를 노릴지도 모른다. 실제로, 도교 안에서 신들의 등급과 계급 체계는 시대에 따라 상당히 달라졌으며 천제가 바뀌었다는 이야기마저 있다. 이러한 것들을 이야기 소재로 활용해도 좋을 듯하다.

이러한 면에서 세심하고 사람 냄새 풍기는 이야기뿐만 아니라, 규모가 큰 모험(예를 들면 『서유기』나 『봉신연의』 같은) 이야기도 할 수 있는 것이 도교의 세

계관이다. 여기에서는 그중에서도 특히 유명한 신들을 중심으로 소개한다.

♦ 천제

현대에 남아 있는 신화에 따르면 천제는 원래 평범한 인간이었지만 동시에
완벽한 인간이었다. 자녀가 없는 왕 부부가 노자의 꿈을 꾼 뒤 그를 낳았고 그
는 뛰어난 왕으로서 생애를 보냈다. 왕좌에서 물러난 이후에는 신에게 기도하
고 명상하는 나날을 보내다가 인간에서 신이 되었다고 한다.

다만, 역사를 거슬러 올라가보니 본래의 천제는 그런 존재가 아니었다. 은나
라 시대에 제(상제)라고 불린 천제는 비를 내리는 농업의 신이자, 도시 건설을
인정하는 도시의 신이기도 하여 인간 생활에 밀착해 있는 중요한 존재였다. 그
러나 한편으로는 직접적인 신앙 대상은 아니었다. 사람들을 구하는 것은 천제
가 파견한 사신이나 가신이며, 천제 본인은 아니다. 이러한 점은 지상에 군림
하는 인간 황제가 직접 백성과 만나지 않고, 가림막 너머로 모습을 보이기는커

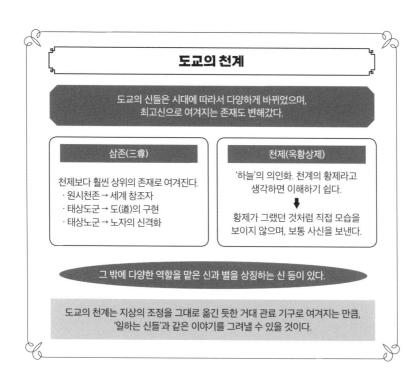

도교의 천계

도교의 신들은 시대에 따라서 다양하게 바뀌었으며,
최고신으로 여겨지는 존재도 변해갔다.

삼존(三尊)

천제보다 훨씬 상위의 존재로 여겨진다.
· 원시천존 → 세계 창조자
· 태상도군 → 도(道)의 구현
· 태상노군 → 노자의 신격화

천제(옥황상제)

'하늘'의 의인화. 천계의 황제라고
생각하면 이해하기 쉽다.

↓

황제가 그랬던 것처럼 직접 모습을
보이지 않으며, 보통 사신을 보낸다.

그 밖에 다양한 역할을 맡은 신과 별을 상징하는 신 등이 있다.

도교의 천계는 지상의 조정을 그대로 옮긴 듯한 거대 관료 기구로 여겨지는 만큼,
'일하는 신들'과 같은 이야기를 그려낼 수 있을 것이다.

녕 말도 귓속말을 들은 가신이 대신 전하는 모습과 유사하다. 그러다 주나라
시대에 이르러 세상의 뜻을 나타내는 '하늘(천명)'이라는 가치관이 확립되면
서 천제가 그 상징이 되었고, 천체를 모시는 일이야말로 천자의 특권과 의무라
고 여겨지게 되었다.

　이처럼 오직 특별한 사람만이 모실 수 있는 신이라는 존재가 판타지 분위기
를 끌어올리는 데 도움이 된다.

◆ 태상노군

　태상노군太上老君이란, 도교의 뿌리인 도가 사상의 시조인 노자를 말한다. 원
래 도교에서는 이 태상노군이야말로 최고의 신으로 여겨졌다. 하지만 역시 원

래는 인간 학자였던 만큼 신격으로서 놀라운 능력을 지닌다는 점을 사람들이 받아들이기 어려워서였을까? 훗날 그는 원시천존과 태상도군이 속한 최고신 집단인 삼존三尊의 하위에 배속된다.

하지만 이런 위치에 놓인 것은 태상노군에게 좋은 일이었을지도 모른다. 그 모델이 된 인물 때문인지 태상노군은 최고신 중에서도 인간성을 가진 존재로서 사랑받았다. 이러한 점을 바탕으로 태상노군의 진정한 몸은 천계에 있고, 지상에서 가끔 보이는 것은 임시 모습(사상가 노자도 포함한다)에 불과하다고 여겨졌다.

남은 두 명의 삼존 가운데 태상도군은 도道의 사상을 신으로 구현한 존재다. 그리고 정점에 서는 것이 도교 교리에서 이 세계의 창조자라고 하는 원시천존이다. 출현한 순서는 '태상노군 → 태상도군 → 원시천존'이지만, 위대함의 순서는 그 반대여서 재미있다. 원시천존은 평소에 대라천의 옥경산에 있는 현도에 머무는데, 그런 신이 직접 움직일 때도 있다. 이 세계에는 때때로 나뉘어 있던 하늘과 땅이 뒤섞였다가 다시 분리되는 일이 있다고 한다. 이것은 세계의 붕괴와 재생을 보여준다고 생각해도 좋을 것이다. 그리고 세계가 재생할 때마다 원시천존은 사람들에게 도교를 가르치고 인도한다. 이러한 점은 왠지 구세주 사상에 가깝게 느껴진다.

◆ 서왕모

중국 서쪽에 있는 곤륜산에 사는 선녀로, 여선들을 다스리는 존재다. 동쪽의 봉래산에 살며 남선들을 다스리는 동왕부(서왕모의 배우자)와 함께 묶어서 다루는 경우가 많다. 그 궁궐에서 자라는 복숭아를 먹으면 불로불사가 된다는 전설도 유명하다.

매우 오래전부터 신화 속에 이름을 남긴 여신적인 존재이지만, 그녀에 관한 이야기는 상당히 바뀌어왔다. 실제로 가장 오래된 기술 속에 등장하는 그녀는

'호랑이 이빨에 표범 꼬리를 지녔고, 구슬로 된 장식을 머리에 올린 이상한 모습을 한 존재'였다.

이윽고 서왕모는 미녀로 소개되기에 이르렀고, 종종 왕의 이야기에 등장한다. 주나라 목왕이 서쪽으로 사냥을 떠났다가 서왕모를 만났다는 이야기, 신선의 길을 동경했다고 알려진 한 무제가 서왕모를 찾아가 함께 연회를 즐겼다는 이야기 등이 전해진다. 당신이 그리는 왕이나 왕이 되려는 젊은이가 서왕모를 만나서 깨달음을 얻는다는 전개를 펼쳐보면 어떨까?

◆ 북두성군

북두칠성을 신격화한 신. 원래 북두칠성은 천제가 타는 수레로 설정되었지만, 별을 숭배하는 성신 숭배가 널리 퍼지면서 죽기 전 사망자의 행적을 조사해 그 사람이 떨어질 지옥의 종류를 결정하는 재판관과 같은 존재로 여겨지게되었다. 그 이후로 화, 복, 수명 등 인간의 운명을 관리한다고 생각해 장수를 기원하면서 모시게 되었다.

◆ 남극 노인

남쪽 수평선 근처에 나타나는 수성壽星(수명성)(남극성이라고도 한다. 용골자리의 알파성 카노푸스)을 신격화한 존재다. 사람의 행복과 장수를 담당하는 신으로 전란이 일어나거나 치안이 악화한 시기에는 나타나지 않는다. 태평성대에만 나타난다고 하는 행운을 전해주는 신이다. 수노인 등의 이름으로도 알려졌으며 칠복신 중 하나다. 머리가 매우 긴 노인 모습으로 그려지는 경우가 많다.

◆ 관성제군

이는 『삼국지(연의)』의 영웅, 관우를 말한다. 사람들에게 많은 사랑을 받은 『삼국지』의 영웅 중에서도 특히 엄청난 인기를 끈 관우는 신으로 숭배되어 '관성제군'이나 '복마대제'라고 불리게 되었다. 역대 왕조들도 그에게 경의를 표했으며, 청 왕조부터는 수호신으로까지 여겨졌다. 그 인기는 세계에 흩어진 화교들이 각지에 관제묘를 만든 것에서도 잘 알 수 있다. 일본에서는 요코하마에 있는 관제묘가 유명하다(인천 차이나타운에 관제묘는 없지만 의선당에 관우가 모셔져 있고, 『삼국지』를 묘사한 벽화가 그려진 거리가 유명하다 – 옮긴이 주).

이렇게 높은 지명도 덕분인지 관성제군은 다양한 성질을 가진 신으로 여겨진다. 무쌍한 용장이기에 무신으로, 유교 공부에 열심이었기에 유교신으로, 그리고 역사상 본래 소금 장수였다거나 주판을 발명했다는 전설이 있어서 장사나 재산의 신으로 모셔지기도 한다. 지역에 따라서는 '관성제군이 지금의 천제가 되었다'는 이야기마저 있을 정도로 인기가 대단하다.

관우처럼 도교에서는 종종 영웅과 위인을 신으로 모시는 일이 있다. 일본에서도 똑같이 인간을 신으로 모시는 경우가 있지만, 그것은 종종 어령 사상御靈思想(어령 신앙이라고도 한다 – 옮긴이 주)이라고 하여 전염병이나 자연재해 등이 발생하면 원한을 품고 죽거나 비명횡사한 인간의 원령 탓으로 돌려서 재앙을 피하려는 것이었기 때문에 중국의 경우와는 조금 다르다. 다만, 관우가 원령으로서 모셔졌다는 의견도 있다(한국에서도 무속 신앙에서 이순신 장군 등 뛰어난 인물을 신으로 숭배하거나, 죽은 어린 아이나 태아의 영혼인 태자귀[동자신]를 귀신으로서 받들기도 한다 – 옮긴이 주).

◆ 삼황오제

중국에서 신이나 그에 가까운 존재를 말할 때 삼황오제三皇五帝를 빼놓을 수 없다. 『사기』를 비롯한 역사서에 따르면 하나라 왕조 이전에 사실은 여덟 명의 군주가 있었다고 하는데, 이것이 삼황오제다. 앞에서도 말했지만 진시황제가 여기에서 글자를 따와 '황제'라는 명칭을 처음으로 사용했다.

다만, 삼황오제가 누구인지에 대해서는 여러 가지 설이 있다. 『사기』에서도 삼황은 복희, 여와, 신농이라고 하는 널리 알려진 설과 함께 천황, 지황, 인황이라는 설을 병기하고 있다.

· 복희

뱀의 몸에 사람 머리가 달렸다는 신. 문화와 문명을 가져온 신이라는 속성이 강하다. 하늘에서 상象(사물의 형태와 본질의 모습)을, 땅에서는 법을 관찰함으로써 팔괘八卦(역易)를 만들거나, 그물을 발명하여 백성에게 사냥과 어업을 가르치고, 나아가 음식을 날것 그대로 먹는 것이 아니라 불을 사용해 요리해 먹는 법을 가르치는 등 다양한 발명 이야기가 전해진다. 재미있게도 결혼 제도나 방패를 발명한 것도 복희라고 한다. 이런 이야기들은 다양한 것의 기원을 성스러운 천자의 공적으로 돌리려고 하는 흐름에서 나온 것으로 보인다. 또한, 복희와 여와가 결혼하여 인류의 조상이 되었다는 설도 있다.

· 여와

복희와 마찬가지로 머리는 사람이고 몸은 뱀의 형상이다. 서로 꼬리가 얽힌 채 나란히 있는 그림이 유명하다. 덕이 있으며, 복희의 뒤를 이어 즉위했다. 복희의 후계자로서 공적을 쌓았기에 삼황 중 하나가 되었다고 한다. 삼황으로서 그녀에게는 장대한 에피소드가 있다. 여와처럼 뱀의 몸에 사람 얼굴을 한 신 공공이 반란을 일으켰다. 이 반란은 불의 신 축융에게 패하면서 끝나고, 공공은 하늘의 기둥인 불주산不周山에 부딪혀 쓰러지고 만다. 그 때문에 하늘에 균열이 생겨 엄청난 물이 대지에 떨어지고 하늘과 땅이 불안정해졌다. 그러자 여와는 오색 돌을 반죽하여 하늘의 균열을 메웠다고 한다. 나아가 거북이의 네 다리를 베어서 그것을 기둥으로 삼아 하늘과 대지를 지탱했다. 그렇게 땅이 평평해지고 평화를 되찾았다고 한다.

'복희' 항목에서도 소개했듯이 여와와 복희는 부부이고, 우주의 창조자였다는 이야기가 있다. 그뿐만 아니라 소수 민족인 묘족 안에서는 여와와 복희가 남매 관계이지만 결혼해서 묘족을 낳았다는 전설이 전해진다. 남매이면서 동시에 부부라는 것은 현대적인 정서에서는 조금 위화감이 들지만, 신화에서는 자주 볼 수 있다.

또한, 『풍속통의』라는 책에는 여와야말로 인간의 창조자라는 이야기가 나온다. 그녀는 처음에 황토를 사람 모양으로 반죽한 뒤, 인간을 공들여서 한 사람씩 만들고 있었다. 하지만 너무 고된 작업에 지쳐버린 여와는 마침내 줄을 진흙에 담갔다가 그것을 끌어 올렸다. 그때 흩어진 진흙 덩어리가 모두 인간이 되었다는 것이다. 이 이야기가 만일 사실이라면 처음에 공들여서 만든 인간과 나중에 진흙 덩어리에서 대충 태어난 인간은 과연 같은 생물일까. 여와가 직접 만든 인간은 모습이 다르거나(여와와 같은 뱀 인간?) 특별한 힘을 가지고 있었을까.

아무튼 이런 창조신으로서 전해지던 이야기가 변화하여 여와가 삼황 중 하나라거나, 복희와 부부라는 설이 생성되지 않았을까 싶다.

· 신농

농경, 의약, 상업의 창시자로서 신격화되는 신이다. 다양한 이름으로 불리며, 불의 덕성을 지니고 있어서 '염제炎帝'라고도 한다.

삼황은 모두 그렇지만, 신농도 평범한 인간의 모습은 아니다. 몸은 인간, 머리는 뿔이 달린 소의 형상이다. 서양으로 말하면 미노타우로스이지만, 신농은 괴물이 아니다. 고대인들이 사냥과 채집으로 식량을 얻고 있었을 무렵, 사람들은 독이나 병에 시달렸다. 여기서 신농은 사람들에게 농사를 가르쳐 식량을 안정적으로 얻도록 도왔다. 그뿐만 아니라 직접 식물이나 물을 먹으면서 좋고 나쁨을 판별했다고 한다. 덕분에 사람들은 먹지 말아야 할 것을 피할 수 있게 되었고, 약에 관한 지식도 후세에 전해졌지만, 대신 신농은 몇 번이나 중독을 경험했다고 한다.

· 황제

황제는 오제 중 하나로 유명한데, 의학 역사 속에서는 복희, 신농과 함께 삼황 중 하나로 여겨진다. 헌원軒轅의 언덕에서 태어나서 헌원씨라고도 불린다. 신 농(염제) 시대에 괴물 치우가 반란을 일으켰을 때 군대를 이끌고 일어나 이를 진압하여 새로운 천자가 되었다. 황제라는 이름은 불의 덕을 지닌 염제의 뒤 를 잇는 존재는 황색을 상징으로 하는 흙의 덕을 지닌 제왕이어야 한다는 오 행 사상에서 나왔다.

그는 문자, 음률, 도량형, 의학, 의복, 화폐 제도를 정하여 한족의 시조가 되었 으며, 인류가 문화 생활을 즐길 수 있게 해준 최초의 제왕이라고 한다.

· 전욱

전욱은 황제의 손자로서 처음으로 고양高陽에 나라를 세웠기에 고양씨라고도 불렀다. 원래는 창세 신화 등에 나오는 신이었던 듯하다. '한때 하늘과 땅은 사 다리로 이어져 있었지만, 악신이 사람들을 위협할 우려가 있었다. 이에 전욱 이 증손자인 두 신에게 명하여 하늘을 밀어 올리고, 땅을 내리게 했다. 이렇게 하늘과 땅은 떨어지게 되었다'거나, '전욱은 죽었다가 되살아나는 신이었다' 는 등의 이야기가 전해진다.

이윽고 삼황오제 이야기가 정리되는 가운데, 전욱의 이야기도 이념이 앞서는 형태가 되어간다. 즉, 그는 신령의 보호를 받는 사람으로서 무엇이 존귀하고 비 천한가에 대한 이론을 정리하여 사람들을 이끌었다고 한다.

· 제곡

황제의 증손자. 전욱의 뒤를 이어서 제위에 올랐다. 태어날 때부터 신령스러

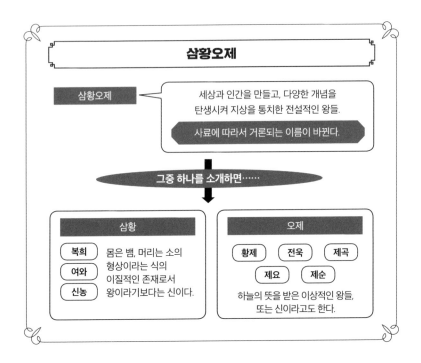

위서 직접 이름을 말했으며, 성스러운 덕으로 전욱을 잘 보좌했다고 한다. 하지만 이 역시 다른 오제와 마찬가지로 나중에 이념을 앞세워 만들어진 위업일 것이다. 재위 70년 만에 105세가 되어 붕어하자 아들이 뒤를 이어 즉위했지만, 정치력이 약했기에 동생인 제요가 즉위했다.

· 제요, 제순

요는 제곡의 자식이다. 제곡 사후에 즉위한 형이 믿음직스럽지 못하여 요가 즉위했다. 명군으로 알려졌으며, 그가 자리에서 물러나던 당시의 일화가 매우 유명하다. 요는 민간에서 순舜이라는 영재를 찾아서 자신의 딸 두 명과 결혼시켰고, 그가 활약할 수 있도록 도왔다. 그리고 자신이 늙어서 군주의 자리를 물려

줄 때 아들이 있었음에도 사위인 순을 택했다.

순은 불행하게 자랐다. 아버지는 시각 장애인이었고, 양어머니와 동생은 순을 싫어하여 그를 죽이려 했다. 하지만 순은 그들을 용서했고 가족을 사랑하고 효도했다. 그런 성품과 정치적인 재능이 요의 눈에 띈 것이다.

하지만 순도 손쉽게 천자가 된 것은 아니었다. 그의 성격상 이를 고사하고 요의 아들에게 양보하려 했다. 하지만 사람들의 마음이 그에게 몰렸기에 천자가 되었다. 순과 요의 치세는 이상적인 형태로 여겨지며 '요순 정치'라는 말로 후세에 남았다.

중화 세계의
괴물과 신수

◆ 괴물과 이야기

기묘한 동물, 신비한 생물, 불꽃이나 번개를 조종하고 하늘을 나는 등 현실에는 존재하지 않을 법한 괴물들. 이른바 몬스터는 판타지 이야기의 재미와 분위기를 높이기 위해 빼놓을 수 없는 요소다. 광야에서 괴물과 싸우면서 위험한 여정을 이어나가고, 도시나 마을을 위협하는 마수 무리로부터 사람들을 지키며, 깊은 산속 신비한 짐승과 교류하며 모험에 필요한 도움을 받는다. 이만큼 영웅에게 어울리는 행동이 있을까.

그리고 또 하나, 일반적으로 환상적인 괴물은 이야기의 무대가 되는 지역이나 세계와 어울리는 것이어야 한다. 중세 유럽 세계에 일본식 괴물이 등장하거나, 반대로 일본식 세계에 곤충의 날개를 가진 요정이 나온다면 위화감이 생길 것이다. 대부분의 괴물(일본식으로 말하면 요괴?)은 오래전부터 신화나 전설에 등장했다. 즉, 그 지역의 자연, 기상, 동물, 사람들의 성질 등과 밀접한 관련을 맺고 있기에 오랫동안 전해진 것이다. 그래서 일본, 유럽, 중국 등 어떠한 지역을 참고하여 세계를 만들어나간다면 그곳에 존재하는 괴물에 관한 전설을 알아 두어 손해 볼 일은 없다.

오해하지 않기를 바란다. 중국풍 세계에 중국 전설에 등장하는 괴물 외에는 나오면 안 된다는 말이 아니다. 오히려 엉뚱한 괴물의 등장에서 오는 위화감은 독자들을 이야기로 끌어들이는 강력한 힘이 될 수 있다.

예를 들어, '일본풍이나 유럽풍 괴물을 중국풍으로 바꾸면 어떤 느낌일까?', '다른 지역에서 흘러들어 온 괴물이 나타나면 본 적도 없는 괴물에 대해서 사람들은 어떤 식으로 대응할까', '토착 괴물들은 어떻게 대응할까?'와 같은 식으로 생각해볼 수 있다.

이 항목에서는 중국의 신화와 전설, 가상 이야기에 등장하는 다양한 괴물들을 소개한다. 신에 필적하거나 신과 동격으로 여겨지는 엄청난 괴물이 있다면, 한편으로 동물의 일종으로서 실제로 존재한다고 사람들이 오랫동안 믿어온 괴물도 있을 것이다. 인간을 해치는 무서운 마수가 있다면 자비로운 영수도 있다. 그 성질과 능력은 다양하다.

이러한 중국의 다양한 괴물을 그대로, 혹은 어떠한 형태로 바꾸어 등장시킨다(예를 들면, 오노 후유미의 『십이국기』에는 작품 세계의 중심에 존재하는 중요한 요소로서 독자적인 설정이 추가된 기린이 등장한다). 그럼으로써 그야말로 중화풍이라는 분위기를 자아낼 수 있을 것이다.

◆ 기린

신령한 동물. 아프리카의 기린과 직접적인 관계는 없다. 용, 봉황, 거북이와 함께 네 영수靈獸로 손꼽힌다. 수컷을 기麒, 암컷을 린麟이라고 한다. 유가 사상이 퍼지면서 기린은 덕이 높은 왕과 성인이 출현했을 때만 사람 앞에 모습을 드러낸다는 전설이 탄생했다.

몸은 사슴, 꼬리는 소, 발굽은 말을 닮았다고 한다. 오색으로 빛나는 털을 지

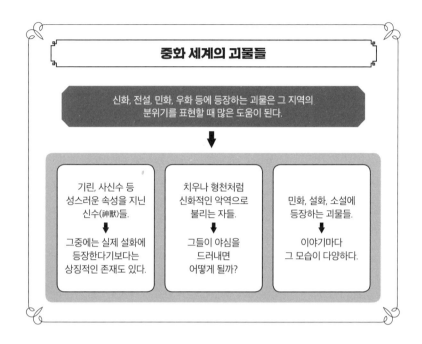

중화 세계의 괴물들

신화, 전설, 민화, 우화 등에 등장하는 괴물은 그 지역의
분위기를 표현할 때 많은 도움이 된다.

기린, 사신수 등
성스러운 속성을 지닌
신수(神獸)들.

그중에는 실제 설화에
등장한다기보다는
상징적인 존재도 있다.

치우나 형천처럼
신화적인 악역으로
불리는 자들.

그들이 야심을
드러내면
어떻게 될까?

민화, 설화, 소설에
등장하는 괴물들.

이야기마다
그 모습이 다양하다.

니고 있으며 머리에는 둥글고 살로 둘러싸인 뿔이 있다. 그 뿔은 인덕의 마음
을 나타낸다. 시대에 따라 모습은 다소 다르지만, 사슴과 비슷한 뿔이 달렸다
는 인상은 거의 변하지 않는다.

기린은 걸을 때는 원을 그리고, 돌 때는 정확하게 직각으로 돈다. 조심스럽게
흙을 골라서 다리를 내리고, 평평한 장소에만 머무르며, 결코 무리를 짓지 않
는다. 먼 곳으로는 가지 않고, 살아 있는 생물을 먹지 않으며, 풀을 밟지 않는다
고 한다.

◆ 봉황

뛰어난 군주가 있을 때 출현하는 상서로운 동물로 여겨진다. 수컷은 봉鳳, 암
컷은 황凰이라고 나누어 부르기도 한다. 봉이라는 글자는 이미 은나라 때 갑골

문자에 등장했는데, 그때부터 바람의 신으로서 숭배 대상이 되었던 것 같다.

봉황은 어떤 모습일까. 대략 닭을 닮았다고 하지만, 오색 깃털을 가졌으며, 무엇보다 몸의 각 부분에 문자가 나타난다고 하며(머리에는 덕德, 날개에는 의義, 등에는 예禮, 가슴에는 인仁, 배에는 신信) 신성한 분위기를 풍긴다. 또 봉황은 중국의 관악기인 퉁소를 연주하는 자를 좋아한다고 한다.

◆ 용

천자의 상징으로 사용되는 신령한 동물. 용 또는 드래곤이라 불리는 파충류의 특징을 강하게 지닌 거대한 괴물의 전설은 세계 각지에 존재하는데, 동아시아에서는 뱀처럼 긴 동체를 지녔을 거라고 상상했다. 중국에서 용은 비늘이나 갑각을 지닌 생물의 수장으로 여겨졌다.

중국의 용이 가진 신체적 특징을 좀 더 세밀하게 살펴보자. 머리는 낙타를 닮았고, 몸에 달린 비늘은 잉어, 뿔은 사슴, 눈은 토끼, 귀는 황소, 목은 뱀, 배의 볼록한 정도는 쌍각류 조개, 다리는 호랑이, 발톱은 독수리와 비슷하다고 한다. 또한 중국의 용도 1,000년을 넘게 살면 날개(라고는 해도 나뭇가지처럼 작은 것이다)가 생겨난다고 하는데, 날개는 하늘을 날아오르는 것과는 관련이 없다.

그림으로 그려진 중국의 용은 종종 보배로운 구슬을 지니고 있다. 때때로 이 구슬을 인간에게 선물로 주거나 도난당하는데, 대개는 신비한 힘을 지니고 있다. 예를 들면, 동물과 이야기할 수 있게 되거나, 구슬을 삼켜버린 인간이 용으로 변한다는 식이다. 또는 일본 신화에 등장하는 우미사치히코, 야마사치히코의 이야기에서 야마사치히코가 해신의 딸에게서 얻은 썰물과 밀물을 다스리는 힘을 지닌 구슬도 이 같은 용의 구슬이었을지도 모른다(해신의 딸은 상어였다고 하지만, 사실은 용이었다는 발상도 해볼 수 있다).

용은 물속에 살면서 비를 내린다는 점에서 물과 관련된 영수다. 하지만 용의 가장 큰 특징은 물을 떠나 하늘로 올라갈 수 있다는 점이다. 멀리 떨어진 하늘

과 땅을 왕래할 수 있고, 몸의 크기도 자유자재로 변하는 용은 모든 의미에서 초월적인 존재였다.

용은 때때로 세세하게 분류된다고 한다. 다섯 개의 발가락(발톱)을 지니고 있어서 황제의 상징으로 여겨진 황룡, 용족의 지배자라는 천룡, 비를 조종하는 신룡, 지하에 살면서 귀금속과 보석, 보물을 지키는 복장룡, 대지의 용으로서 강이나 호수를 관장하는 지룡 등이다.

한편 불교가 전해지면서 불법을 수호하는 팔부중의 하나인 용(용왕)이 중국에서 예부터 전해진 용과 합쳐져 사해용왕(동서남북 각 바다를 다스리는 용왕-옮긴이 주)이라는 개념이 중국에 정착했다.

한나라 때 생겨난 사신의 개념에서도 용은 동쪽에 배치되어 청룡이 되었다. 그 후, 그림으로 그려지는 일도 많았는데, 이들 그림에서 용은 훌륭한 다리와 갈기를 지니는 등 말과 유사한 점이 있다. 용은 황제의 말이기도 하다.

오늘날에는 음력 2월 춘룡절에 겨울 동안 잠들었던 용을 깨우는 행사를 연다. 용은 물과 풍작을 담당하는 농업신으로 모셔지기도 한다.

◆ 사신(사신수)

고대 중국에서 탄생한 방위를 나타내는 네 종류의 상징적 영수들이다. 뱀과 거북이가 합쳐진 현무와 주작(새), 청룡(용), 백호(호랑이)로 구성되는데, 처음에는 용과 호랑이만 존재했을 가능성도 있다. 전국 시대 전기의 출토품에 용과 호랑이가 그려져 있었기 때문이다. 거기에 린(비늘)이 있는 것, 즉 봉황(새), 거북이, 뱀의 개념이 합쳐져 지금의 사신이 되었다고 한다.

이 사신의 개념이 발전하고 정착한 것은 한나라 때라고 하며, 이윽고 일본과 한반도에도 전해졌다. 중화풍 혹은 동양풍 판타지 세계를 창작할 때도 마술이나 조직, 기술 등의 명칭에 사신 이름을 붙이면 더욱 분위기가 살아난다.

· 현무(북쪽)

거북이와 뱀이 합쳐진 모습이다. 다른 세 방향의 영수들이 단일 존재임을 생각하면 조금 이질적으로 보일 수도 있다. 북쪽은 오행 사상에서 겨울이다. 현무가 북쪽에 배치된 것은 햇빛이 가장 약해지는 동지 시기에 우주적인 교합이 일어나고, 여기에서 세계의 재생이 시작된다(햇빛도 강해진다)고 하는 사상과 관련 있다는 설이 있다. 거북을 암컷, 뱀을 수컷으로 여긴 것 같다는 점을 생각해볼 때, 교합과 재생이라는 의미에서 현무가 나왔다는 말에 신빙성이 더해진다.

· 주작(남쪽)

남쪽을 맡은 붉은 영조. 오행 사상에서 '불'과 '여름'을 관장하기에 주작은 불새라고도 여겨진다. 주작은 상징적 존재이며 인간 앞에 모습을 드러내는 설화는 적다. 벽화 등에서는 주로 날개를 활짝 펼친 모습으로 그려진다. 같은 영조로서 앞서 말한 봉황이 있지만, 둘을 명확하게 구분하여 그리진 않는 듯하다. 일반적으로 붉게 채색된 것이 주작일 가능성이 크다.

· 청룡(동쪽)

창룡이라고도 한다. 오행 사상에서 동쪽은 봄에 해당하기 때문에 봄을 상징하는 영수이기도 하다. 앞서 말했듯이 용은 물과 관련이 있는데, 동쪽은 오행에서 목행에 해당하므로 대응하는 것은 물이 아니라 바람과 번개다. 용이라고 하면 뱀처럼 똬리를 틀 정도로 긴 몸통을 가진 모습을 상상할지도 모르지만, 목, 몸통, 꼬리가 확실히 길면서도 다리가 네 개 달린 동물로 묘사한 그림도 많다.

· 백호(서쪽)

서쪽을 관장하는 하얀 호랑이. 백호는 청룡과 한 쌍으로 그려질 때가 많다. 앞서 언급했듯이 사신이 성립하기 이전부터 그 역사는 꽤 오래되었다. 중국에서는 백호의 몸이 자라나 용으로 변하는 현상이 알려져 있으며, 이 때문에 양자가 비슷한 모습으로 그려지는 사례도 있다. 실례로 일본 나라현의 기토라 고분의 청룡과 백호 벽화는 같은 종이 틀을 이용해서 그렸기에 백호가 청룡처럼 길쭉한 몸을 하고 있다.

◆ 해치

황제의 궁정에 있었다는 도덕적인 신수. 해치는 옳고 그름과 선악을 한순간에 구분할 수 있었다고 한다. 머리에는 굵은 뿔이 하나 달려 있는데, 사람들 사이에 다툼이 발생하면 이치에 맞지 않는 쪽으로 뿔을 겨눈다. 또한, 법정에서 위증하는 자가 있으면 달려들어 뿔로 찌른다고 한다.

몸은 푸른 털로 덮여 있으며, 양을 닮았지만 곰과 비슷하다고도 한다. '신양'

이라고도 부른다(해치는 한국에선 해태라고 불리며, 경복궁 자경전의 해태상으로 유명하다 - 옮긴이 주).

◆ 화안금정수

『봉신연의』에 등장하는 영수. 눈이 붉고, 황금빛을 내뿜는다. 『봉신연의』에서는 장수나 요선妖仙(요망하고 간사한 선인 - 옮긴이 주) 등이 다양한 동물을 타고 등장하는데, 화안금정수火眼金睛獸도 그런 동물 중 하나다. 말의 모습인 듯하지만 어디서는 말이 아니라고 하고, 또 다른 곳에서는 매우 뛰어난 말로 묘사하기도 하여 정확한 모습은 알 수 없다.

비슷한 것으로 『서유기』에서 우마왕이 타는 벽수금정수碧水金睛獸가 있다. 이두 작품은 같은 시기에 쓰여서 어느 쪽이 모방했는지, 또는 그 당시에 이런 영수가 유행했는지 등은 분명하지 않다.

◆ 청모 사자

지혜의 보살인 문수보살이 타는 짐승. 문수보살이 산에서 수행 중에 만난 것으로 보인다. 그런데 청모 사자는 부처가 타는 짐승인데도 『서유기』에서는 나쁜 짓을 한다. 비가 좀처럼 내리지 않는 가운데, 청모 사자가 괴상한 도사로 변하여 비를 내렸다. 그렇게 하여 국왕의 신뢰를 얻어서 왕궁에 들어간 다음에 왕을 죽이고 3년간 왕 노릇을 한 것이다. 문수보살이 거느리고 있었던 만큼 책사로서도 뛰어났던 듯하다.

이후 청모 사자는 삼장 법사 일행에 의해 정체가 밝혀지는데, 실은 석가여래의 명령에 따라서 국왕을 혼내준 것이라는 사실이 드러난다. 여래는 국왕의 착한 마음을 시험하고자 문수보살에게 가난한 승려로 변신하게 했다. 하지만 국왕은 가난한 승려 모습을 한 문수보살에게 두세 마디의 비판을 듣고 분노하여 그를 밧줄로 묶어서 해자에 사흘이나 빠뜨렸다고 한다. 그러자 여래는 청모 사자를 보냈다. 3년이라는 세월은 이 사흘간의 일을 대갚음하기 위한 기간이었다.

여기에서 청모 사자가 거세당했기 때문에 왕비와 성행위를 하지 않았다는 것도 밝혀진다. 어디까지나 선한 마음을 보이지 않은 국왕만을 혼내기 위한 행위였기 때문이라고도 할 수 있다. 하지만 거세라는 굴욕적인 일을 당한 만큼, 청모 사자는 가장 손해를 본 존재일지도 모른다. 중국에서는 영수라고 해도, 동물은 더 낮은 존재로 취급되었던 것 같다.

◆ 사흉

중국에서 사흉이라고 말하는 존재는 두 종류가 있다. 하나는 『서경』에 등장하는 네 명의 악인(전설 속 인물이나 악령)이며, 다른 하나는 『춘추좌씨전』에 나오는 네 마리 괴물이다. 여기서는 후자에 관하여 소개하고자 한다.

· 혼돈

천지가 열릴 때 또는 그 이전부터 곤륜산 서쪽에 살았다고 전해진다. 개처럼 긴 털에 곰의 다리를 가졌으며 발톱은 없다. 눈과 귀가 있지만 보이지 않고 들리지 않으며 걸어도 전진하지 못한다. 온종일 아무것도 하지 않고 자신의 꼬리를 물고 빙글빙글 돌거나 하늘을 바라보며 웃는다. 선한 사람이나 약자에게는 덤벼들고, 악인이나 강자에게는 다가가서 따른다고 한다.

· 도철

중원의 서남쪽 끝에 산다는 괴물. 도饕는 재화를 빼앗는 것, 철餮은 음식을 빼앗는 것을 뜻한다. 얼굴은 인간, 몸은 양의 형상이다. 눈이 겨드랑이에 붙어 있고, 호랑이 이빨과 사람 발톱을 가졌으며, 아기 같은 소리를 내며 사람을 잡아먹는다고 한다. 머리에는 멧돼지를 쓰고 있다. 엄청나게 욕심이 많아서 돈을 긁어모으며, 노인과 약자를 약탈한다고 한다.

은나라와 주나라 시기에 만들어진 청동기에 새겨진 문양을 도철문이라고 하는데, 이것이 은나라 사람들이 선조를 모시는 제사를 지낼 때 바친 물소와 양의 문양이라는 설과 신령에게 바칠 제물을 악령으로부터 지키기 위한 문양이라는 설이 있다. 어쨌든 도철문에 주술적인 요소가 있었다는 점은 분명하다.

· 궁기

규산邽山이라는 산 정상에 사는 요괴. 『산해경』에 따르면 그 모습은 소와 같고, 고슴도치 같은 털을 지녔으며, 개가 짖는 소리를 내며 사람을 잡아먹는다고 한다. 궁기의 모습과 성질은 시대가 지날수록 흉포하게 변해간다. 이후 시대에는 호랑이를 닮았고, 한 쌍의 날개가 달렸다는 이야기가 퍼진다. 사람 사이에 다툼이 일어나면 옳은 쪽을 잡아먹고, 악한 인간에게는 짐승을 잡아다가 선물로 준다는 악의 화신 같은 존재다.

일본에서는 화가인 도리야마 세키엔이 궁기에 '가마이타치'라는 독음을 붙여서 『화도 백귀야행』에 그렸다. 어떤 경위로 일본에 전해졌는지는 알 수 없다.

· 도올

『신이경神異經』이라는 책에 따르면 서쪽 끝에 사는 짐승이다. 모습은 호랑이 같고, 그 털은 2척(60센티미터)이 넘으며, 사람 얼굴에 호랑이 다리, 멧돼지의 입과 송곳니를 지녔다. 1장 8척에 이르는 꼬리를 지니고 있다고 한다. 길이 단위는 척관법이 사용되었는데, 현대에 1척(자)은 약 30센티미터, 1장은 10척과 같은 길이이니 꼬리는 거의 5미터에 이른다. 다만, "현대에"라고 한 이유는 시대나 나라에 따라 정해진 기준이 다르기 때문으로, 어디까지나 대략적인 기준으로 생각해주었으면 한다. 어쨌든 긴 털과 긴 꼬리를 지니고 있었다. 『신이경』에는 도올이 변경 일대를 혼란스럽게 만들었다고 쓰여 있다. '긴 꼬리로'라고는 되어 있지 않지만, 긴 꼬리가 그러한 난동의 상징이라고도 여겨진다.

'도올'이란 도리를 모르는 쓸모없는 자를 말하며 오한(거만하고 남을 업신여긴다), 난훈(다루기 어렵다)이라는 별명이 있다.

♦ 치우

삼황오제 중 황제 시대 제후로서 황제의 강적, 거인족의 수령이라고도 한다. 염제(신농)의 손자다. 거대한 사람 몸을 지녔고, 머리는 소의 형상이며, 눈이 4개, 손이 6개라고 한다. 머리에는 뿔이 나 있고, 귀의 털이 칼날처럼 서 있었다는 흥미로운 모습이 전해진다. 음식도 모래, 돌, 철 등을 아드득아드득하고 씹어 먹었다.

치우에게는 81명 또는 72명, 어쨌든 많은 형제가 있었다고 하는데, 모두 짐승의 몸을 지녔다거나, 이마가 철로 되어 있었다는 등 기묘한 모습으로 전해진다.

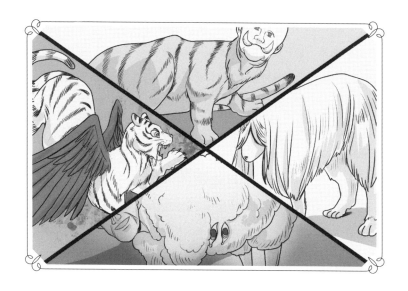

그렇게 거친 자였던 치우는 황제에게 반기를 든다. 조부인 염제에게 도움을 청했지만 거절당하자, 치우는 수많은 괴물로 이루어진 대군을 이끌고 도전했다. 황제는 대화로 해결하려고 했지만, 치우는 이에 응하지 않았다. 황제는 귀신, 용 등을 이끌고 치우를 물리쳤다. 치우의 목은 베어져 몸과 따로 묻혔다. 치우의 몸과 목이 묻힌 지방의 백성은 치우의 저주를 두려워하여 매년 치우에게 제사를 지냈다고 한다.

전투에서 사용된 창과 도끼, 튼튼한 방패 같은 수많은 무구는 치우의 발명품이라고 한다. 그는 군신으로 숭배되어 일본에도 전해졌다.

◆ 태세

중국에서 상상의 행성이자 신과 같은 존재. 고대 중국에서는 목성이 천구 위를 약 12년에 한 바퀴 도는 것을 달력에 이용했고, 이를 세성(해를 세는 별)이라고 불렀다. 하지만 목성이 하늘의 십이방위와는 역방향으로 움직이기 때문에 이처럼 기묘한 움직임을 설명하고자 목성이 태세라는 괴물을 따라서 움직인다는 설정을 만든 것으로 보인다. 태세는 달력이나 점에 이용되어 방위에 바탕을 둔 길흉 전반을 관장하는 신으로서 숭배되는 한편, 흙 속을 돌아다니는 붉은 고깃덩어리나 곰팡이 모양의 괴물로서 두려움을 사기도 했다.

◆ 구미호

꼬리가 아홉 개 달린 흰 여우 괴물. 강대한 괴물로서 다양한 작품에 등장한다. 다만 하얀 털과 변신 능력이 필수는 아니었다. 『산해경』에는 "청구국이라는 나라에 사는 여우는 꼬리가 아홉 개 달렸다"라고 적혀 있다(청구靑丘라는 지명에서 파란색은 방위로 동쪽을 상징한다는 점에서 구미호는 중국의 동쪽 어딘가에 있는 영수라고도 한다. 청구라는 땅은 삼국 시대 이후로 한반도 지역을 가리키는 경우가 많았다는 점에서 한반도의 영수라는 설도 있다. 한국에서도 여우는 본래 신령한 동물이었지만, 동물을 사람보다 아래로 보았던 유교 이념을 바탕으로 요물이라는 인식이 정착했다고 한다―옮긴이 주). 그 밖에는 "생김새는 여우 같은데 아홉 개의 꼬리가 있으며, 그 소리는 마치 어린애와 같고 사람을 잘 잡아먹는다"거나, "모습은 여우와 같고, 아홉 개의 꼬리, 아홉 개의 목, 호랑이의 손톱을 지녔으며, 사람을 잡아먹는다"와 같은 내용도 보인다. 하지만 어디까지나 "여우와 같다"라고만 언급되었을 뿐이라서 그 정체가 여우인지 아닌지는 확실하지 않다. 꼬리가 아홉 개라는 특징도 여우나 그와 비슷한 동물만이 아니라, 다양한 괴물에서 볼 수 있는 요소다. 구미호(여우 괴물)에 관한 유명한 이야기가 있다. 앞서 소개했듯이 은나라 주왕은 폭군이었는데, 모든 악행은 그의 아내였던 요부 달기 때문이라고 한다. 일본에서는 구미호가 변신한 존재가 달기라고 전해지기도 한다. 『봉신연의』에는 달기가 은나라를 멸망시키기 위해서 등장한 여우의 정령이라는 내용은 있지만, 이 여우의 꼬리가 아홉 개였는지는 적혀 있지 않다.

　구미호는 『산해경』에 등장하기 때문에 중국에서 시작된 것은 틀림없지만, 중국에서 여우 괴물이나 여우 신을 모시는 신앙이 성행했던 것에 비하면 꼬리가 아홉 개 달린 여우는 작품 속에서 별로 많이 등장하지 않는 편이다.

　달기의 예도 있고 해서 일본에서 구미호는 무서운 요괴라는 이미지가 강하지만, 중국에서는 꼭 그렇지만은 않다. 괴물이 아니라 좋은 징조를 가져오는 영수로 여겨지기도 한 모양이다.

　이런 전설이 있다. 한 남자가 황하의 치수 사업에 몰두하느라 서른 살이 되어도 아내가 없었다. 그러던 어느 날 아홉 꼬리의 여우가 나타나서 꼬리를 흔들었다. 당시에 '아홉 꼬리의 흰 여우를 본 자는 왕이 될 것이고, 도산塗山이라는 곳의 여성을 맞이한 자는 집안이 번성한다'는 노래가 전해지고 있었다. 그는 그 노랫말처럼 도산의 여성과 만나서 치수 사업에 성공하고 왕위를 물려받았다고 한다.

◆ 형천

형천形天은 목이 없고 대신 몸통 부분에 얼굴이 나타나 있다(젖꼭지에 눈, 배꼽에 입이 있다)는 기괴한 모습을 한 신이다. 방패와 도끼를 각각 손에 들고 춤을 추었다고 한다. 이런 모습을 한 이유는 천제와 싸워서 패했기 때문이다. 그 벌로 목이 베였는데, 그런데도 신이었기 때문인지 새로운 얼굴이 몸에 나타났다고 한다.

◆ 개명수

곤륜산에 있는 신수. 곤륜산의 모습을 기록한 『산해경』에는 "위에는 아홉 개의 문이 있고, 개명수가 그 문을 지킨다"라고 되어 있으며, 자세한 내용은 밝혀지지 않았다. 하지만 곤륜산에 대한 묘사 등을 바탕으로 개명수는 몸이 호랑이처럼 크고 머리가 아홉 개 달렸으며 사람 얼굴을 했다는 설도 있고, '개명'이라는 이름으로 보아 지능이 높았던 것이 아니냐는 추측도 있다. 인간에게 수수께끼를 냈다는 이집트의 스핑크스와 통하는 면이 있다.

◆ 추우

매우 경사스러운 일의 징조로 여겨지는 영수. 그 모습은 하얀 호랑이와 비슷하다. 몸에는 검은 점이 흩어져 있고, 꼬리는 몸보다 길었다고 한다. 덕을 좋아한다고 하며, 살생을 하지 않고 죽은 동물만 먹는다는 특징도 거기서 온 것이다. 죽이는 행위에서 생겨나는 부정함을 싫어한다.

◆ 대붕

『봉신연의』나 『서유기』에 등장하는 거대한 괴물 새. 두 작품에서 천상천하에 단 한 마리밖에 없는 거대한 영조로 소개된다. 하지만 그 행위나 습성에서는 차이를 보인다.

『봉신연의』에서는 양 날개를 펼치기만 해도 세상이 어두워질 정도로 거대한 몸을 가졌다고 나온다. 날갯짓 한 번으로 사방의 바다를 말려버린 다음 물고기를 먹는다고 한다. 『봉신연의』에 등장하는 용사들이 일제히 몰려들어도 쓰러뜨릴 수 없다.

『서유기』에서는 사타동의 세 마왕 중 하나로 나온다. 나머지 둘이 제각기 보살을 주인으로 모시고 있는 것과 달리, 붕마왕만은 독립한 존재다. 『서유기』에서는 거대함보다는 비행 속도가 강조된다. 평소에는 인간의 모습을 하고 있지만, 오공을 쫓을 때는 한 번의 날갯짓으로 9만 리를 날아간다. 오공이 타는 근두운은 단숨에 10만 8,000리를 날 수 있지만, 연속해서 날려면 주문을 반복해야 하는 등 번거롭다. 그에 비하면 붕마왕은 두 날개만으로도 순식간에 근두운을 따라잡는다.

이 두 작품에서 보이는 공통점은 절대로 굴복하지 않는 성격이다. 『봉신연의』와 『서유기』에서 붕은 포획되지만 절대 항복하기는 싫다고 말한다.

중국에서 대붕은 일본의 가라스텐구烏天狗(까마귀 부리가 달린 얼굴에 검은 날개를 가진 하늘을 나는 요괴 - 옮긴이 주)와 비슷하게 그려지는 경우가 많다. 이것은 대붕과 가라스텐구가 모두 인도 신화의 거대한 새 가루다에서 나왔기 때문이다.

◆ 백택

고대 중국의 영수. 사람의 언어를 구사할 수 있으며, 똑똑하다. 특히 귀신이나 정령 같은 괴이한 존재들에 대해서 무엇이든 알고 있다고 한다. 삼황오제중 황제는 놀러 나갔다가 우연히 백택을 만났다. 백택은 온갖 괴이한 존재에 대해서 황제에게 자세하게 알려주었는데, 그 설명에는 전혀 모호함이 없었다고 한다. 황제는 귀신과 괴물을 포함한 이 세상의 모든 것을 지배하려고 했지만, 그들에 대해 백택만큼 정확하게는 몰랐고, 조사하지도 않았다. 이에 그림을 잘 그리는 신하에게 명령을 내려 백택이 말하는 괴물 등을 모두 그리게 했는데, 그 수는 무려 11,520종에 달했다. 황제는 이 그림에 주석을 달았고, 이로인해 그들을 관리하는 일이 쉬워졌다고 한다.

백택은 액운을 막는 존재로서도 중요하다. 선술을 수행하는 사람들에게 액운을 막기 위한 백택도白澤圖가 필요하다고 적힌 책도 있다. 그 모습은 사냥개나 사자와 같지만, 코끝이 길고 약간 용과 비슷하다. 요물을 피하고자 백택 베개를 사용한 왕비가 있었다는데, 아마도 악몽을 먹어치운다는 맥獏 같은 전설의 동물이 그려진 베개가 아니었을까.

◆ 고획조

아기 목소리로 우는 괴상한 새. 한밤중에 날아와서 아이를 해친다고 한다. 타인의 아이를 빼앗아서 자기 아이로 삼으려는 습성이 있어서 아기 또는 밤에 말린 아기 옷을 발견하면 피로 표식을 남긴다. 표식이 붙은 아이는 혼령이 빠져

나간다고 한다.

일본에서는 '우부메'라고도 하며 산녀産女, 산부産婦라는 한자를 쓰기도 한다. '우부메'란, 임산부나 산욕기 여성을 가리키는데, 고획조는 출산 중에 죽은 여성이나 유산·낙태 등으로 죽은 태아의 혼령, 중국의 여러 괴상한 새를 의미하며, 역시 출산과 아기와 관계가 있다. 중국에서 전해진 고획조가 일본의 유령인 '우부메'와 관련을 맺었다고 여겨진다.

◆ 인호

사람이 호랑이로 변화한 것. 유럽에서 말하는 늑대 인간, 변신 종족 전설의 일종으로 생각된다. 중국의 설화집 『태평광기』에는 「인호전」이라는 전기 소설이 수록되어 있다. 이징李徵이라는 남성이 미쳐서 호랑이로 변해버린 후에 친구에게 시를 읊으며 아내와 자식을 맡겼다는 이야기다. 일본에서는 이를 바탕으로 나카지마 아쓰시가 쓴 소설 『산월기』가 유명하다.

◆ 화서

중국 전설에는 남쪽 끝에서 밤낮을 가리지 않고 계속해서 타오르는 화산이 등장한다. 이 산은 바람이 불건 폭우가 내리건 불길이 약해지거나 강해지지 않고 일정한 기운으로 계속 타오른다. 그 화산에는 부진목不盡木이라는 타지 않는 나무가 있는데, 그 안에 화서(불쥐)가 서식한다고 한다.

부진목은 화완포(불타지 않는 천)의 원료가 된다. 일본의 『다케토리 이야기』에서 가구야 공주가 귀공자들에게 요구한 물건 중 하나가 '화서의 가죽옷'인데, 화서와 화완포 등이 원료라고 추측할 수 있다. 덧붙여서 에도 시대 발명가 히라가 겐나이도 이 화완포를 만들었다고 한다. 원료는 석면이었고, 과학적으로 볼 때 확실히 불에 타지 않는 천이었다. 화서는 불 속에서 사는 쥐인 만큼, 불의 정령으로 여겨졌다.

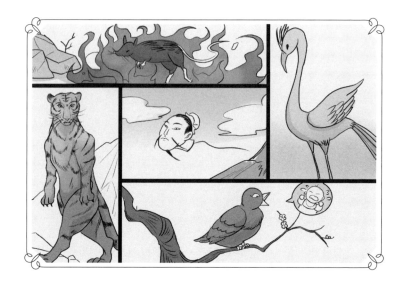

◆ 짐

중국의 남쪽 산에 사는 독을 지닌 새. 부리는 보라색이며 목이 길다. 살과 깃털에 맹독이 포함되어 있으며, 그 깃털을 담근 술을 마시면 사망한다. 이 짐독을 이용해서 죽이는 것을 '짐살'이라고 하며, 이 단어는 문헌에도 등장한다. 현재는 멸종했지만, 실재했다는 견해도 있다.

◆ 비두만

비두만飛頭蠻(시두만屍頭蠻)은 목이 늘어나거나, 머리가 몸과 분리되어 공중을 날아다니는 괴물이다. 일본에서는 목이 늘어나는 쪽을 '로쿠로쿠비'라고 부른다. 일본에서도 고이즈미 야쿠모의 『괴담』에 목만 떨어져서 날아다니는 요괴의 이야기가 소개되어 있다.

오랑캐를 뜻하는 '만'이라는 글자가 붙은 만큼, 이 괴물은 중국인 이외의 이민족 사이에 존재한다고 여겨진다. 명나라 때 중국의 항해 기록에는 지금의 남베트남 지역에 "시두만이 있음"이라고 적혀 있다. 이 괴물은 인간의 딸로 살고 있었지만, 눈동자가 없어서 사람들에게 의심을 받고 있었다. 모두가 잠든 밤에 머리만 날아가서 오물을 먹거나 아기의 항문을 빨았는데, 그러면 아이에게 요사스러운 기운이 침범하여 사망하고 말았다. 목이 몸과 떨어져 있을 때, 몸을 다른 곳으로 옮기면 목이 몸으로 돌아갈 수 없어서 죽는다고 한다.

책을 마치며

이것으로 『판타지 유니버스 창작 사전 2: 고대 중국과 중화풍 세계』를 마무리하게 되었다. 이 책이 여러분에게 도움이 되었을지 모르겠다. 이 책의 목표는 단순히 지식이나 정보를 소개하는 것만이 아니다. 읽기에도 재미있고, 가볍게 접근할 수 있게 구성하여 여러분의 흥미를 자극하고, 중화풍 세계의 매력을 느끼도록 하는 것이 목표다. 내 생각대로 되었는지는 여러분의 감상을 기다릴 수밖에 없다.

중국의 오랜 역사 속에는 장대한 전쟁, 궁정에서 벌어지는 미스터리한 음모, 재야의 위인, 환상적인 사건이나 괴물에 관한 것 등 다양한 내용이 넘쳐난다. 이 책에서 소개한 인물에 대해서도 재미있는 사건이나 이야기가 산더미처럼 많아서 부득이하게 극히 일부 내용밖에 다룰 수 없었다.

우리 에노모토사무소 제작팀 역시 다나카 요시키의 『창룡전』 같은 작품을 통해 장대한 중국의 역사와 환상적인 세계를 접하고, 또는 유키노 사이의 『채운국 이야기』나 오노 후유미의 『십이국기』 같은 작품에서 중화풍 세계의 깊이를 크게 느끼며 동경심을 품은 경험이 있다. 여러분도 비슷한 느낌을 받을 수 있다면, 그보다 더한 기쁨은 없을 것이다. 부디 이 책이 새로운 관심사를 향한 문을 여는 계기가 되길 바란다.

이 책은 『판타지 유니버스 창작 사전 1: 이세계 판타지』, 『중세 유럽 세계 창작 사전』, 『신화와 전설 창작 사전』, 『고대 일본과 일본풍 창작 사전』에 이은 사전 시리즈의 다섯 번째 작품이다(한국에는 『판타지 유니버스 창작 사전 1: 이세계 판타지』만 출간되었다-옮긴이 주). 이 책 이후에 또 다른 시리즈 작품을 출간할 계획은 아직까진 없지만, 여러분의 호평을 원동력 삼아 새로운 속편을 낼 수 있다면 좋겠다.

사전 시리즈는 각각 독립적으로 도움을 줄 수 있도록 제작했지만, 가능하다면 같은 시리즈의 다른 책과 함께 읽었으면 한다. 특히, 『중세 유럽 세계 창작 사전』, 『고대 일본과 일본풍 창작 사전』은 꼭 이 책과 함께 읽고 비교해주었으면 한다. 다루는 시대나 내용이 겹치는 부분이 적지 않아 서로 영향을 주고받기 때문이다. 유럽 세계와 중화 세계는 비단길(육지 혹은 바다)로 연결되어 있고, 중국과 일본이 깊이 연결되어 있다는 점은 따로 설명할 필요가 없을 것이다.

이들 세계가 어떻게 영향을 주고 또 어떻게 다른가? 다른 세계에서 온 사람이 활약하는 이야기, 혹은 두 개의 세계가 부딪히는 이야기는 어떻게 펼쳐질까? 이것은 절대로 황당무계한 이야기가 아니다. 전자는 당연히 그런 사례가 있었고, 후자도 몽골 제국 같은 사례가 있다. 다른 형태로, 혹은 좀 더 대대적으로 그 사건이 일어났다면 어떻게 되었을까 하고 상상의 날개를 펼쳐주었으면 한다.

마지막으로 이 책은 원고 일부를 에노모토 구라게가 집필하고, 에노모토 아키와 에노모토사무소 일원이 가필, 수정하여 완성했다. 도움을 주신 모든 분께 거듭 감사드린다.

옮긴이의 말

'중국' 하면 여러분은 어떤 것들이 떠오르시나요? 최근에는 그다지 좋은 느낌은 아닐지도 모릅니다. 동북공정, 사드 문제, 표절 문제, 코로나19, 근래에는 동계 올림픽의 이런저런 소식들이 우리를 불편하게 합니다. 어쩌면 국내에서 중국이라는 나라에 대한 인식이 가장 안 좋은 시기일지도 모르겠네요.

하지만 이처럼 중국 이야기가 많은 건 그만큼 중국이 중요한 나라이기 때문이겠죠. 한국 역사와 문화를 이야기할 때 중국은 빼놓을 수 없는 나라입니다. 오랫동안 이웃으로서 함께했으며, 역사적으로도 깊은 관계를 맺어왔으니까요.

서양에서는 '동양'이라는 세계를 바라보는 기준점이기도 합니다. 로마 시대부터, 아니 그 이전부터 중국은 유럽만이 아니라, 페르시아나 아랍 등의 중동권, 심지어 아프리카에 이르기까지 대국이자 신비한 나라로서 명성을 떨쳤습니다.

아랍권의 고전 판타지로서 대중적인 『천일야화』(아라비안나이트)에서도 가장 유명한 이야기 중 하나인(원전에는 없고 나중에 추가된 얘기지만) 「알라딘과 마술 램프」 속의 알라딘이 사실은 아랍인이나 페르시아인이 아닌 중국인이며 중국을 무대로 한 이야기라는 점을 보아도 당시 사람들이 중국이란 나라에 흥미를 느꼈음을 알 수 있습니다.

지금도 그렇지만 과거 서방 사람들은 우리가 중세 유럽 판타지물을 보듯 중국 이야기를 취급한 것 같습니다. 그야말로 신비하고 독특한 동방의 전설적인 환상 세계라고 여긴 것이죠. 중국을 부르는 옛 이름으로 알려진 세리카serica라는 말도 정확하게 중국이 아니라, '아시아의 동쪽 끝, 인도 북쪽에 있는 비단이 나는 신비한 나라' 정도의 뜻이었다고 합니다. 그러니 서양, 특히 중세 유럽 판타지와 차별되는 독특한 분위기의 판타지 작품을 만들고 싶을 때, 중국이나 중국풍 세계를 등장시키는 건 지극히 자연스럽습니다. 서양인에게도 그렇지만, 바로 옆 나라인 우리 입장에서도 중국, 특히 고대 중국은 뭔가가 있어 보이는 분위기를 주니까요.

친숙하다는 이점도 있습니다. 중국은 우리에게 가까우면서도 중요한 나라라서 비교적 많은 정보가 알려져 있습니다. 세계사만이 아니라 한국사에서도 중국 이야기가 끊임없이 등장하며, 『수호전』, 『서유기』와 같은 중국 작품의 인기도 만만치 않습니다. 어느 정도 알려진 작가라면 『삼국지(연의)』에 한 번쯤은 손을 댔을 정도로 대중적이며, 고에이의 〈삼국지〉나 〈삼국무쌍〉, 크리에이티브 어셈블리의 〈토탈 워: 삼국〉처럼 삼국지를 무대로 한 게임도 넘쳐나죠.

이러한 중국 문화에 대한 공감은 판타지 소설의 유행에 앞서 무협 소설의 성공을 통해서도 엿볼 수 있습니다. 무협은 본래 매우 중국적인 이야기입니다. 수없이 계속되는 전란, 끝없이 왕조가 바뀌는 과정에서 나라가 아니라, 오직 자기 자신과 친족, 또는 자신과 뜻을 함께하는 의협 집단만을 믿을 수 있었던 나라. 부자일수록 자신을 지키고자 무술을 수련하고, 사병을 길렀던 세계이기에 탄생할 수 있었던 독특한 이야기죠.

무술의 힘으로 의협 정신을 추구하는 무협 작품은 『수호전』을 비롯한 고전 협의 소설에서 시작되어 주로 대만, 그리고 홍콩에서 급격하게 발전했습니다. 그리고 한국에 유입되어 한국적인 스타일로 새롭게 발전했고 대표적인 대중 소설 장르로 사랑받았죠. 어떤 면에선 본토인 대만이나 중국보다 대중화되었다고 할 수 있을 정도입니다. 처음에는 번역 작품만 있었지만, 오래지 않아 한국 작가의 작품이 넘쳐나면서 대본소와 대여점을 휩쓸었습니다. 무협은 서양 세계를 무대로 한 '중세 유럽풍 판타지'와 차별되는 '동양풍 판타지'의 한 갈래처럼 받아들여졌죠.

이처럼 한국에서는 중국의 다양한 창작품을 보고 자란 이들이 그 영향을 받아 무협 소설과 같은 독자적인 '중국풍 창작물'을 만들어내기도 했습니다. 그런데 정말로 중국을 바탕으로 한 창작, 가령 중화풍 판타지 이야기를 만들 준비가 되어 있느냐는 물음에 대한 대답은 조금 고민이 됩니다. 사실 우리는 중국을 잘 알지 못하기 때문입니다. 한국 창작 무협물에서 수십만 마교가 날뛰는 무늬만 중국인 세계나, 명나라, 그중에서도 영락제 같은 특정 시대만을 무대로 한 작품이 많은 것도 바로 그 때문이겠죠.

『삼국지』를 보고 즐기지만 정작 배경이 되는 한나라에 관해서는 잘 모릅니다. 역사 시간에 어떤 사건이 일어났는지는 배우지만, 사람들이 어떻게 살았는지는 쉽게 알 수 없습니다. 유럽으로 보면 로마 같은 세계, 중국 문화의 기반을 갖추고 세계관을 완성한 나라, 중국색의 바탕이 된 이 세계에 대해서도 별로 아는 게 없죠.

『열국지』나 『초한지』, 이른바 중국의 문화를 담은 다양한 창작 소설들을 보지만, 중국 역사를 조금만 더 살펴보려고 하다 보면 알고 있는 것이 사실 많지 않다는 것을 깨닫게 됩니다. 가령, 무협 작가로 유명한 김용의 작품, 사조삼부곡(『사조영웅전』, 『신조협려』, 『의천도룡기』)에서 굉장히 중요한 존재로 등장하며 민간 신앙에서도 중요한 송나라 장군 악비에 대해서 우리는 얼마나 알고 있을까요?

삶의 모습, 생활에 관한 이야기에 이르면 더욱 자료가 없습니다. 중국의 관혼상제는 우리와 비슷한 면이 많습니다. 하지만 다른 점도 많죠. 그런데 얼마나 다를까요? 이야기 속에서 이들을 그려내려면 어떻게 해야 할까요?

이렇게 여러 가지를 살펴볼 때, 우리는 의외로 중국에 대해서 많이 알지 못한다는 것을 깨닫게 됩니다. 사실 몇몇 창작품을 제외하면 중국은 『천일야화』 속 아랍 세계만큼이나 멀게 느껴집니다.

동양풍 판타지를 만들 때 중국을 빼놓을 수는 없습니다. 소재 발굴이라는 측면에서도 우리나라보다 훨씬 넓은 영토와 다양한 문화를 지닌 중국을 빼놓는 것은 뭔가 아쉽습니다. 하지만 중국에 대해서 잘 모르기에 동양풍 판타지에 중국 세계를 등장시키기란 쉽지 않습니다. 창작물이나 학교 공부로 어중간하게 알고, 무협물로 간접적으로 접하다 보니 중국과 한국을 나누어 구별하긴 더 힘듭니다. 그래서 무대는 한국인데 문화는 중국 문화, 반대로 무대는 중국인데 문화는 한국 문화인 이상한 작품이 등장합니다.

한국, 중국, 일본은 비슷하면서도 다른 세계인만큼 차별해서 연출할 때 더욱 흥미로워질 수 있습니다. 동양풍 세계관에 깊이를 줄 수 있죠. 그리고 이를 위해선 당연히 이들 각각에 대해서 좀 더 깊이 이해하고 알아야 합니다.

아는 만큼 그 세계를 묘사할 수 있습니다. 하지만 중국에 대해서 잘 모르기 때문에 한국과 차별해서 생각하기 어렵습니다. 게다가 한국과 중국이 여러모로 워낙 가깝다 보니 중국을 생각하면서 자꾸만 한국과 관련지어 비교하고 대비하게 되었죠. 중국을 객관적으로 독립해서 보기 어려웠습니다.

그러다 이 책을 발견했습니다. 한국과 마찬가지로 중국과 오랜 관계를 맺어왔으며 우리와 다른 시선으로 바라보는 일본인의 '중국풍 세계관'에 대한 이야기입니다. 일본도 중국과 관계가 있지만 물리적으로 분리된 섬나라인 데다 일본인 특유의 독특한 세계관이 있으며, 독자적인 제도나 특성이 많습니다. 그만큼 중국을 우리와는 다르게 인식하기 쉽죠.

책을 번역하면서 그런 점을 많이 느꼈습니다. 적어도 저와는 완전히 다르게 바라보며, 사실상 다른 세계, 즉 판타지 세계처럼 보는 것을 느낄 수 있었죠. 그만큼 중국이란 세계의 다양한 면을 볼 수 있었습니다. 친숙한 상황만이 아니라, 매우 다양한 소재가 중국이라는 세계에 담겨 있음을 깨닫게 되었죠.

일본인의 시선에서 바라본 중국 이야기를 보니, 한국과 중국의 차이점도 더욱 눈에 띄었습니다. 중국풍 판타지를 소개하는 책을 통해 동양의 다양한 문화와 가능성을 느낀 것입니다.

저는 동양풍 판타지에 관심 있는 모든 분이 이러한 체험을 했으면 합니다. 이를 통해 서양 중세풍 판타지와는 다른 흥미로운 동양 판타지, 중국과 한국, 일본 등의 다양한 문화가 공존하며 다채로운 이야기를 연출하는 동양 판타지 이야기가 탄생하길 바랍니다.

이 책은 중국에 대한 깊이 있는 분석을 담은 책은 아닙니다. 한 권의 책에 담을 수 있는 내용은 제한적이죠. 하지만 중국을 넓고 다양한 시선으로 바라보았다는 점에서 중국풍 판타지, 동양풍 판타지를 쓰려는 여러분에게 하나의 출발점이 되기에 충분하다고 생각합니다.

이 책을 시작으로 『삼국지』와 같은 기존 창작물에만 한정된 중국풍 이야기에서 벗어나 그 폭을 넓혀보면 좋겠습니다. 나아가 한국에서 인기 있는 무협이나, 중국을 무대로 한 여러 작품(물론 홍콩의 의협물도 포함)을 새로운 관점에서 보시길 바랍니다.

중국을 알면 알수록 한국과의 차이점을 많이 알게 됩니다. 동양의 여러 나라(물론, 중국에 있던 여러 왕조나 다양한 국가도)가 제각기 다른 세계라는 것을 깨닫고 차별화할 수 있죠.

이 책을 통해 중국의 여러 면모를 알고, 중국풍 판타지 또는 중국풍과 차별된 다양한 동양 판타지가 탄생하길 바랍니다.

참고 문헌

※한국에 출간된 것은 굵게 표시했으며, 번역 작품은 가능한 한 원서 제목으로 표기했다.
_옮긴이 주

- 『갑골문자에서 역사를 읽다(甲骨文字に歴史をよむ)』 오치아이 아쓰시(落合淳思) 지음, 지쿠마쇼보(筑摩書房)

- 『갑골문자와 상나라 시대의 신앙(甲骨文字と商代の信仰)』 첸지에(陳捷) 지음, 교토대학학술출판회(京都大学学術出版会)

- 『개설 중국사 상·하(概説中国史 上·下)』 도미야 이타루(冨谷至) 편집, 쇼와토(昭和堂)

- 『개정 신판 세계 대백과 사전(改訂新版世界大百科事典)』 헤이본샤(平凡社)

- **『고대 중국인 이야기』 하야시 미나오 지음, 솔출판사**

- **『과거, 중국의 시험지옥』 미야자키 이치사다 지음, 역사비평사**

- 『교양으로서의 중국 고전(教養としての中国古典)』 유아사 구니히로(湯浅邦弘) 편저, 미네르바쇼보(ミネルヴァ書房)

- 『궁수 명사수의 전설과 궁시의 역사(アーチャー 名射手の伝説と弓矢の歴史)』 모리무라 무네후유(森村宗冬) 지음, 신키겐샤(新紀元社)

- 『기공·태극권(気功・太極拳)』 마다라메 다케오(班目健夫) 지음, 긴포도(金芳堂)

- **『도교와 신선의 세계』 구보 노리타다 지음, 법인문화사**

- 『도설 '사기'의 세계(図説『史記』の世界)』 야마구치 나오키(山口直樹) 사진·편집, 가와데쇼보신샤(河出書房新社)

- 『도설 삼국지의 세계(図説 三国志の世界)』 하야시다 신노스케(林田愼之助) 지음, 가와데쇼보신샤(河出書房新社)

- 『도설 중국의 신들-도교신과 선인의 대도감(『図説』中国の神々―道教神と仙人の大図鑑)』 각켄(学研)

- 『도해 중국 무술(図解 中国武術)』 오사노 준(小佐野淳) 지음, 신키겐샤(新紀元社)

- 『드래곤 : 신화, 전설, 그리고 설화(Dragons: The Myths, Legends, and Lore)』 더글러스 나일

스(Douglas Niles) 지음, 애덤스미디어(Adams Media)

- 『마법·마술(魔法·魔術)』 야마모토 아쓰시(山本厚) 지음, 신키겐샤(新紀元社)

- **『무기와 방어구(중국편)』 시노다 고이치 지음, 들녘**

- 『민족의 세계사 5-한민족과 중국 사회(民族の世界史 5-漢民族と中國社會)』 하시모토 만타로(橋本万太郎) 편집, 야마카와슛판샤(山川出版社)

- 『병법-살아남기 위한 전략과 전술(兵法-勝ち殘る爲の戰略と戰術)』 오와다 야스쓰네(小和田泰経) 지음, 신키겐샤 (新紀元社)

- 『복식과 중국 문화(服飾与中國文化)』 화메이(华梅) 지음, 인민출판사(人民出版社)

- **『삼국지의 정치와 사상』 와타나베 요시히로 지음, 동과서**

- 『상하이 역사 탐방-근대 상하이의 교우록과 도시 사회(上海歷史探訪-近代上海の交友錄と都市社會)』 미야타 미치아키(宮田道昭) 지음, 도보쇼텐(東方書店)

- 『세계의 장송·묘지-법과 그 배경(世界の葬送·墓地-法とその背景)』 모리 시게루(森茂) 지음, 호리쓰분카샤(法律文化社)

- 『신판 일본 가공 전승 인명 사전(新版日本架空伝承人名事典)』 헤이본샤(平凡社)

- 『신화 사전(DICTIONARY OF MYTHOLOGY)』 페르난드 콤트(Fernand Comte) 지음, 워즈워스 에디션(Wordsworth Editions Ltd)

- 『신화와 전설: 그 기원과 의미 도감(Myths and Legends: An Illustrated Guide to Their Origins and Meanings)』 필립 윌킨슨 편집, DK

- 『알아두었으면 하는 중국 3(知っておきたい中國 3)』 역사교육자협의회(歷史教育者協議會) 편집, 아오키쇼텐(青木書店)

- 『역, 풍수, 역법, 양생, 처세-동아시아의 우주관(易, 風水, 曆, 養生, 処世-東アジアの宇宙観)』 미즈노 아키(水野杏紀) 지음, 고단샤(講談社)

- 『역대 사회 풍속 사물고(歷代社會風俗事物考), 상빙허(尚秉和) 지음, 중국서점(中國書店)

- 『유랑의 영웅 중국 무협 소설로의 길 (漂泊のヒ―ロ― 中國武侠小説への道)』 오카자키 유미(岡崎由美) 지음, 다이슈칸쇼텐(大修館書店)

- 『음양도-주술과 귀신의 세계(陰陽道-呪術と鬼神の世界)』 스즈키 잇케이(鈴木一馨) 지음, 고단샤(講談社)

- 『인간이 아닌 자들-귀·금수·돌(人ならぬもの-鬼·禽獣·石)』, 히로세 레이코(廣瀬玲子) 편집, 호세이대학출판국(法政大学出版局)
- 『일본 대백과 전서(니포니카)(日本大百科全書[ニッポニカ])』, 쇼가쿠칸(小学館)
- 『일본과 중국의 선인(日本と中国の仙人)』, 마쓰다 도모히로(松田智弘) 지음, 이와타쇼인(岩田書院)
- 『장송 의례와 복장의 비교문화사-장례의 백과 흑과 관련하여(葬送儀礼と装いの比較文化史-装いの白と黒をめぐって)』, 마스다 요시코(増田美子) 편저, 도쿄도슛판(東京堂出版)
- **『정화의 남해 대원정』, 미야자키 마사카쓰 지음, 일빛**
- 『제자백가-유가·묵가·도가·법가·병가(諸子百家-儒家·墨家·道家·法家·兵家)』, 유아사 구니히로(湯浅邦弘), 주오코론신샤(中央公論新社)
- 『종교의 세계사 6-도교의 역사(宗教の世界史 6-道教の歴史)』, 요코테 유타카(横手裕) 지음, 야마카와슛판샤(山川出版社)
- **『주자와 기 그리고 몸』, 미우라 구니오 지음, 예문서원**
- 『중국 고대 군사 사상사의 연구(中国古代軍事思想史の研究)』, 유아사 구니히로(湯浅邦弘) 지음, 겐분슛판(研文出版)
- 『중국 고대 신화(中国古代神话)』, 추빈지에(褚斌杰) 지음, 중국소년아동출판사(中国少年儿童出版社)
- 『중국 고대국가와 사회 시스템-장강 유역 출토 자료의 연구(中国古代国家と社会システム-長江流域出土資料の研究)』, 후지타 가쓰히사(藤田勝久) 지음, 규코쇼인(汲古書院)
- 『중국 고전 소설선 1(中国古典小説選 1)』, 다케다 아키라(竹田晃) 지음, 메이지쇼인(明治書院)
- 『중국 왕조 4000년사-아시아에 군림한 중화제국의 흥망(中国王朝四〇〇〇年史-アジアに君臨した中華帝国の興亡)』, 와타나베 요시히로(渡邉義浩) 감수, 신진부쓰오라이샤(新人物往来社)
- 『중국 요괴 인물 사전(中国妖怪人物事典)』, 사네요시 다쓰오(実吉達郎) 지음, 고단샤(講談社)
- 『중국복장사(中国服装史)』, 화메이(华梅) 지음, 톈진인민미술출판사(天津人民美术出版社)
- 『중국사 상·하(中国史 上·下)』, 오가타 이사무(尾形勇) 편집, 야마카와슛판샤(山川出版社)
- 『중국소수민족사전(中国少数民族事典)』, 다바타 히사오(田畑久夫) 지음, 도쿄도슛판(東京堂

出版)

- 『중국의 귀신-천지신인귀(中国の鬼神-天地神人鬼)』, 사네요시 다쓰오(實吉達郎) 지음, 신키 겐샤(新紀元社)

- 『중국의 불교 수용과 그 전개(中国の仏教受容とその展開)』, 가와노 사토시(河野訓) 지음, 고 각칸대학출판부(皇學館大学出版部)

- 『중국의 성곽도시-은주에서 명청까지(中国の城郭都市-殷周から明清まで)』, 오타기 하지메 (愛宕元) 지음, 주오코론샤(中央公論社)

- 『중국의 역사 01(中国の歴史 01)』, 도나미 마모루(礪波護) 외(편집위원), 고단샤(講談社)

- 『중국의 역사 증보개정판(中国の歴史 増補改訂版)』, 야마모토 에이시(山本英史) 지음, 가와데 쇼보신샤(河出書房新社)

- 『중국의 영웅호걸을 읽다(中国の英雄豪傑を読む)』, 스즈키 요이치(鈴木陽一) 지음, 다이슈칸 쇼텐(大修館書店)

- 『중화-세계에서 제일 깊은 중화요리의 마력(요리 사전)(中華-世界一深い中華料理の魔力 [FOOD DICTIONARY])』, 에이슛판샤(枻出版社)

- 『증보신장판 기공-그 사상과 실천(増補新装版 気功-その思想と実践)』, 랴오치훙(廖赤虹) 지 음, 슌주샤(春秋社)

- 『증정 중국 무술사 대관(増訂 中国武術史大観)』, 가사오 교지(笠尾恭二) 지음, 고쿠쇼칸코카 이(国書刊行会)

- 『창조 신화 사전(A Dictionary of Creation Myths)』, 데이비드 애덤스 리밍(David Adams Leeming) 지음, 옥스포드대학출판(Oxford University Press)

- 『처음 배우는 중국 사상-사상가들과의 대화(はじめて学ぶ中国思想-思想家たちとの対話)』, 와타나베 요시히로(渡邊義浩) 지음, 미네르바쇼보(ミネルヴァ書房)

- 『천하와 천조의 중국사(天下と天朝の中国史)』, 단조 히로시(檀上寛) 지음, 이와나미쇼텐(岩波 書店)

- 『태극권 이론의 요체-왕종악과 무우양의 이론 문장을 배운다(太極拳理論の要諦-王宗岳と武 禹襄の理論文章を学ぶ)』, 첸유이차이(銭育才) 지음, 후쿠쇼도(福昌堂)

- 『테마로 읽어내는 중국 문화(テーマで読み解く中国の文化)』, 유아사 구니히로(湯浅邦弘) 편

저, 미네르바쇼보(ミネルヴァ書房)

- 『풍수와 가상의 역사(風水と家相の歴史)』 미야우치 다카히사(宮内貴久) 지음, 요시카와코분

   칸(吉川弘文館)

- 『현대에 살아 숨 쉬는 음양오행(現代に息づく陰陽五行)』 세다 요시유키(稲田義行) 지음, 니

   혼짓교슛판샤(日本実業出版社)

- 『홍콩을 알기 위한 60장(香港を知るための60章)』 요시카와 마사유키(吉川雅之) 편저, 아카

   시쇼텐(明石書店)

참고 자료 : 중국의 주요 지역과 발음

※ 이 책에서는 인명이나 지명 등을 한자의 한국식 발음으로 표기하는 만큼, 현대 중국식 발음과는 다르다. 이에 독자들이 손쉽게 이해할 수 있도록 한자어의 한국식 발음과 현대 중국식 발음 표기를 병기하고 있다. 하지만 모든 곳에 병기하지 못한 만큼, 참고할 수 있도록 중국의 주요 도시와 강, 지역(성) 이름을 따로 정리해서 소개한다.

독자적인 중화 판타지 인명이나 지명 등을 설정할 때는 연출하고 싶은 느낌에 따라 한국식 발음과 현대 중국식 발음 중에서 선택할 것을 권한다. 가령, 한국식 발음을 쓰면 『삼국지』나 다른 무협물처럼 좀 더 고전적이고 친숙한 느낌이며, 현대 중국식 발음을 쓰면 좀 더 이국적이며 근대적인 느낌이 든다. 다른 외국 이름도 한국식 한자 발음을 쓰면 더욱 분위기가 살아난다(예: 도요토미 히데요시 → 풍신수길[豊臣秀吉], 러시아 → 아라사[俄羅斯], 또는 아국[俄國]).

현대 중국어 발음은 국립국어원 외래어 표기법을 따랐으며, 실제 발음과는 다소 차이가 있다. 예를 들어 '가운데 중(中)' 자는 표기법상 '중'이지만, 실제 발음은 '중'과 '종'의 중간 정도 소리다('오'의 입 모양으로 '우'라고 발음하는 느낌).

한국식 발음	한자	현대 중국식 발음	내용	그 밖의 이름
서안	西安	시안	서주의 수도.	호경(鎬京)
낙양	洛陽	뤄양	동주, 후한의 수도.	낙읍(洛邑)
북경	北京	베이징	금, 원, 청의 수도.	중도(中都), 대도(大都), 연경(燕京)
장안	長安	창안	주나라 초기. 전한, 북주, 수, 당의 수도. 서안의 일부 지역.	함양(咸陽), 풍읍(豐邑)
개봉	開封	카이펑	북송의 수도.	
남경	南京	난징	춘추 전국 시대 초, 동오, 송, 명 초기의 수도.	건업(建業), 금릉(金陵), 말릉(秣陵)
허창	許昌	쉬창	삼국 시대 북위의 수도.	
성도	成都	청두	삼국 시대 촉한의 수도.	

함양	咸陽	셴양	춘추 전국 시대 진 후기의 수도.	
상해	上海	상하이	명 때부터 중국을 대표한 항구 도시.	
향항	香港	홍콩	남송의 종막을 맞이한 도시로, 영국 식민지로 번영.	
한중	漢中	한중	한나라의 중심지이자, 삼국 시대의 전략적 요충.	
양자	揚子	양쯔	중국 중앙부를 흐르는 강. 아시아에서 가장 길다.	장강(長江)
황하	黃河	황허	중국 서부에서 북동부로 흐르는 강.	하(河)
요하	遼河	랴오허	만주 남부 평야를 흐르는 강.	
회하	淮河	화이허	화북과 화남의 경계선에 해당하는 중국의 3대 강.	회수(淮水)
안휘	安徽	안후이	중국 동부 장강과 회하강 유역의 성.	
복건	福建	푸젠	중국 남동부의 성.	
감숙	甘肅	간쑤	중국 서북부의 성.	
광동	廣東	광둥	중국 남부의 성. 홍콩과 인접해 있다.	
귀주	貴州	구이저우	중국 서남부의 성.	
해남	海南	하이난	중국 최남단의 성. 여러 섬으로 이루어져 있다.	
하북	河北	허베이	중국 북부의 성. 중국의 수도권.	
흑룡강	黑龍江	헤이룽장	중국 동북부 끝의 성.	

하남	河南	허난	중국 중앙부의 성	
사천	四川	쓰촨	중국 양쯔강 상류 지역.	
섬서	陝西	산시	중국 북서부 지역.	
산동	山東	산둥	황하강 하류와 산동 반도로 구성.	
운남	雲南	윈난	중국 남부의 성. 홍콩과 인접해 있다.	
절강	浙江	저장	중국 남동부. 남쪽으로 남만(베트남, 라오스 등)과 접해 있다.	
산서	山西	산시	중국 중앙부의 성.	
동북	東北	둥베이	중국 북동부. 흑룡강, 길림, 요령으로 구성.	
요령	遼寧	랴오닝	만주 남동부의 성.	
길림	吉林	지린	북동부. 두만강, 압록강이 흐른다.	
신강	新疆	신장	중국 북서쪽 자치구.	

판타지 유니버스 창작 사전 2: 고대 중국과 중화풍 세계

2022년 3월 14일 1판 1쇄 인쇄
2022년 3월 28일 1판 1쇄 발행

지은이	에노모토 아키, 에노모토 구라게, 에노모토사무소
옮긴이	전홍식
일러스트	니시다 아스카
펴낸이	한기호
책임편집	유태선
편 집	도은숙, 정안나, 염경원, 김미향, 강세윤
마케팅	윤수연
경영지원	국순근
펴낸곳	요다

출판등록 2017년 9월 5일 제2017-000238호
주소 04029 서울시 마포구 동교로 12안길 14 삼성빌딩 A동 2층
전화 02-336-5675 팩스 02-337-5347
이메일 kpm@kpm21.co.kr

ISBN 979-11-90749-35-0 03800